ପ୍ରିୟଙ୍କରୀ

ପ୍ରିୟଙ୍କରୀ

ଦେବବ୍ରତ ମଦନରାୟ

BLACK EAGLE BOOKS
2021

BLACK EAGLE BOOKS

USA address:
7464 Wisdom Lane
Dublin, OH 43016

India address:
E/312, Trident Galaxy, Kalinga Nagar,
Bhubaneswar-751003, Odisha, India

E-mail: info@blackeaglebooks.org
Website: www.blackeaglebooks.org

First International Edition Published by
BLACK EAGLE BOOKS, 2021

PRIYANKARI
(A collection of short stories)
by **Debabrata Madanray**

Cover & Interior Design: Ezy's Publication

ISBN- 978-1-64560-168-5 (Paperback)

Printed in the United States of America

ଅନୁଭବର ରଙ୍ଗକୁ ଚିହ୍ନି
ଜୀବନର ଚିତ୍ର ଆଙ୍କିଥିବା
ପ୍ରିୟଙ୍କରୀଙ୍କୁ....

ସୂଚିପତ୍ର

ପ୍ରିୟଙ୍କରୀ

ସବୁବେଳେ ଚିନ୍ତା ଓ ଆଶଙ୍କାର ପରିଭାଷା । ଘର ଭିତରେ । ମୁଁ ବୁଝିପାରେ ନାହିଁ । ଏମିତି କୌଣସି ଦିନ ନାହିଁ, ଯେଉଁଦିନ ମାଆ ତା' ଆଖିରୁ ଲୁହ ପୋଛିନାହିଁ, ଅଭିଯୋଗ କରିନାହିଁ ବାପାଙ୍କ ବିରୋଧରେ । ବାସ୍ତବିକ ସବୁ ଉଜୁଡ଼ିଯାଉଥିବାର ଏକ ବିପର୍ଯ୍ୟସ୍ତ ଦୃଶ୍ୟ । ବେଳେବେଳେ ମାଆ କହେ, 'କ'ଣ ଅଛି ଏଇ ଘରେ ? କେଉଁ ସୁଖ ଦେଉଛନ୍ତି ତୋ' ବାପା ?'

ବୋଧଗମ୍ୟ ହେବା ସହଜ ନୁହେଁ ମାଆର କଥା । ସତରେ, ସୁଖ କୋଉଠି ମିଳେ, ତାହାର ଠିକଣା ମୋତେ କେହି ଜଣାଇନାହାନ୍ତି । ପିଲାଦିନେ ଏସବୁ କଥା ବୁଝିବା ମୋ' ପାଇଁ ଆଦୌ ସମ୍ଭବ ନଥିଲା । ଗୋଟେ ବ୍ୟାକୁଳ ହେବା ମୁହୂର୍ତ୍ତଠାରୁ ନିଜକୁ, ଯେତେଦୂର ସମ୍ଭବ, ଦୂରେଇ ରଖିପାରିବା ଉଚିତ, ତାହାହିଁ କରୁଥିଲି ।

ନକ୍ଷତ୍ରଭର୍ତ୍ତି ଆକାଶକୁ ସାରାରାତି ଅନିଦ୍ରାହୋଇ ଚାହିଁରହିବା କଥାଟି ବେଶ୍ ଗୁରୁତ୍ୱପୂର୍ଣ୍ଣ । ସେହି ଅନ୍ଧାର-ଆଲୁଅର ଲୁଚକାଳି ଭିତରେ ସୁଖର ଠିକଣା ମିଳିବା ସହଜ ହେବ ନାହିଁ ବୋଲି ମୋର ଧାରଣା ଥିଲା ।

ସୁନନ୍ଦା ସ୍ମିତ ହସିଲା । କହିଲା, 'ଆସୁନାହାନ୍ତି ଭିତରକୁ ? ଏତେ ସମୟ ଧରି ଠିଆହୋଇଛନ୍ତି ବାହାରେ ! ଆସନ୍ତୁ ।'

ବିସ୍ମୟ ଓ ବିହ୍ୱଳହେବାର ମୁହୂର୍ତ୍ତ । ଦରଜା ପାଖରେ ଠିଆହୋଇ କୋଡ଼ିଏବର୍ଷ ତଳ ସୁଖର ଠିକଣା ଖୋଜିବା କଥାଟି, ମୋତେ ଅଳ୍ପ ଲଜ୍ଜିତ କରିଦେଲା। ଘର ଭିତର ବେଶ୍ ନୀରବ । ସୋଫାସେଟ୍ । କାଚ ଆଲମାରି । ଥାକଥାକ ବହି ଏବଂ କେତୋଟି ତୈଳଚିତ୍ର।

– 'ଫ୍ଲାଟ୍ ଖୋଜି ପାଇବାରେ କୌଣସି ଅସୁବିଧା ହୋଇନାହିଁ ।'

କୋଠରି ଭିତରେ ଅଳ୍ପ ଥଣ୍ଡା । ଆରାମଦାୟକ ପରିବେଶ । ଝର୍କାରେ ହାଲୁକା ରଙ୍ଗର ପର୍ଦ୍ଦା । ବାହାର ଆଲୋକରେ ସ୍ପଷ୍ଟ ଦିଶୁଚି ସମୁଦାୟ ପରିବେଶ – ସୁନନ୍ଦାର ଗାଲ, ଓଠ ଓ ସ୍ମିତ ହସ ।

– 'ସଞ୍ଜୟ ବାହାରକୁ ଯାଇଛନ୍ତି । ଚାରିପାଞ୍ଚଦିନ ପରେ ଫେରିବେ । ସେ ଥିଲେ ସମୟ ବିତିବାରେ ଅସୁବିଧା ହୋଇନଥାନ୍ତା । ଭାରି ମେଳାପୀ ଲୋକ, କିନ୍ତୁ ପ୍ରଫେସନାଲ୍ । ଲାପ୍‌ଟପ୍ ଧରି ସବୁବେଳେ ସେ ବ୍ୟସ୍ତ । ତାଙ୍କ ଅନୁପସ୍ଥିତି ବାରିହୋଇପଡ଼େ ଏଇ ଘର ଭିତରେ । ଆପଣ ଟିକେ ବସନ୍ତୁ । କଫି ଆଣୁଚି ।'

ଆତ୍ମୀୟତାର ଫୁଲ କେତୋଟି ବିଂଚିଦେଲା ସୁନନ୍ଦା ଯେମିତି, ଲାଲ କାର୍ପେଟ୍ ଉପରେ । ବେଶ୍ ସ୍ମାର୍ଟ୍ ଦିଶିଲା ସେ ଯିବାବେଳେ । ପିନ୍ଧିଚି ସାଲୁଆର-ପଞ୍ଜାବି । ଖସିପଡୁଚି ଓଢ଼ଣି । ଦିଶୁଚି ବେକମୂଳ, କାନ୍ଧ । ଆପାତତ ଗୋଟିଏ ସୁନ୍ଦର ମୁହୂର୍ତ୍ତର ଅନୁଭବ ।

ଚାରିବର୍ଷ ତଳର କଥା । ଏହିପରି ଅନୁଭବରେ ମୁଁ ହୋଇଥିଲି ବିଭୋର । ମୋତେ ଦିଶି ନଥିଲା, ଅଭାବଅନଟନରେ ଭିଜା ଘରର ବିକଳ ଦୃଶ୍ୟ, ଯେଉଁ ଘରେ ଦୁଇଟି ଭଉଣୀ ବିବାହପାଇଁ ଅଛନ୍ତି । ବାପାଙ୍କର ଅସହାୟ ଚାହାଣି ।

ବୋଉର ଦୁର୍ବଳ କାନ୍ଦ ।

ଖୁବ୍ ସ୍ୱାଭାବିକ ଭାବରେ ପ୍ରସ୍ତାବ ଦେଇଥିଲେ ସରୋଜ । ସେ ମୋର ପ୍ରକାଶକ-ବନ୍ଧୁ । ତାଙ୍କଦ୍ୱାରା ପ୍ରକାଶିତ ମୋ'ର ତିନିଚାରୋଟି ଗପବହିର ଚରିତ୍ରମାନେ, ପୃଷ୍ଠା ଭିତରୁ ଉଲ୍ଲସିତ ହୋଇ ଚାହିଁରହିଥାନ୍ତି, ପାଠକମାନଙ୍କ ସହିତ କଥାହେବାପାଇଁ । ଯେତେଦୂର ସମ୍ଭବ, ସେମାନଙ୍କର ନୀରବ କଥୋପକଥନ ପବନରେ ଆଣେ ମୋ' ପାଇଁ ଆତ୍ମସନ୍ତୋଷ । ମହମହ ବାସ୍ନା।

– 'ଭିତରକନିକା ଯିବା।'

ପ୍ରତିବର୍ଷ ସାହିତ୍ୟ ଆସରର ଆୟୋଜନ କରନ୍ତି ସରୋଜ ଭିତରକନିକାରେ । କବି ଓ କବୟିତ୍ରୀଙ୍କର ଭିଡ ଜମେ । କବିତାପାଠ କରନ୍ତି ସେମାନେ । ପାଣିର ରାଗିଣୀ ସହ ସେହି ଶବ୍ଦ ମିଶି ଏକ ମଧୁର ସ୍ୱର ତିଆରିହୁଏ । ଖବରକାଗଜରୁ ଏହି ସମ୍ବାଦ

ଆଗରୁ ପଢ଼ିଥିଲି । ହେଲେ, ମୋତେ ଆମନ୍ତ୍ରଣ କରିବାରେ ତାଙ୍କର କ'ଣ ଉଦ୍ଦେଶ୍ୟ, ଜାଣିପାରିଲି ନାହିଁ । ତାଙ୍କ ମୁହଁକୁ ଚାହିଁଲି ।

ମୋର ଅସହଜ ଭାବକୁ ସେ ବୋଧେ ବୁଝିପାରିଲେ। କହିଲେ, 'ଏଥର ଆପଣ ଆମକୁ ଗପ ଶୁଣାଇବେ । କବିତାପାଠ ମଝିରେ । ଆସର ଭଲ ଜମିବ । ସୁନନ୍ଦା ବି ଯିବେ ବୋଲି ପ୍ରତିଶ୍ରୁତି ଦେଇଛନ୍ତି ।'

ଚମକିଲା ଭାବ ମୋ' ଭିତରେ । ଆକାଶରୁ କୁଆପଥର ଖସିବାଭଳି । ସୁନନ୍ଦା ମୋ'ଠାରୁ ଦୂରରେ ଥିଲେ ବି ତା' ମୁହଁ ମୋତେ ସ୍ପଷ୍ଟ ଦିଶିଲା । ମୁଁ ତାକୁ ଭଲପାଉଚି ବୋଲି ସାହିତ୍ୟ ଆସରରେ ଚର୍ଚ୍ଚା ହେଉଥିବାର କଥା, ସରୋଜ ବୋଧେ ଶୁଣିଛନ୍ତି।

ନାହିଁ କରିବାର ସମ୍ଭାବନା ଲୋପପାଇଲା ।

ପ୍ରାୟ ଦୌଡ଼ିଲାପରି ପାଞ୍ଚ ଛଅଦିନ ବିତିଗଲା । ରବିବାର ସକାଳ । ଭୁବନେଶ୍ୱରରୁ ଆସିଲେ ସରୋଜ । ତିନୋଟି ଗାଡ଼ି ଭିତରେ ଆମନ୍ତ୍ରିତ ସାହିତ୍ୟିକମାନେ। କଟକରୁ ବାହାରିଲି ମୁଁ । ସୁନନ୍ଦା ବସିଥିଲା ସାଇଡ୍‌ସିଟ୍‌ରେ । ତା' ପଛରେ ଥିବା ଖାଲିସିଟ୍‌ରେ ମୁଁ ବସିଲି । ଅଳ୍ପଅଳ୍ପ ପବନ । ଫୁର୍‌ଫୁର୍ ହୋଇ ଉଡୁଚି ତା' କେଶ । ସରୁସରୁ ଅଂଗୁଳିରେ ସେ କେଶକୁ ସଜାଡ଼ିଦେଲାବେଳେ ମୁଁ ରୋମାଂଚିତ ହେଲି । ତା' ଓଠରେ ହାଲୁକା ଲାଲ୍ ରଙ୍ଗ ।

ସାଲେପୁରରେ କିଛି ସମୟ ପାଇଁ ଅଟକିଲା ଗାଡ଼ି ।

ଧାନକ୍ଷେତ । ନୀଳ ଆକାଶ । ଆକାଶରେ ଉଡ଼ିଯାଉଥିବା ଚଢ଼େଇ । ଫର୍‌ଫର୍ ପବନ। ଅଚିହ୍ନା ବାଟୋଇ । ରାସ୍ତାକଡ଼ର ଦୋକାନ । ସବୁଠାରେ ଭରିହୋଇଯାଉଚି କବିତାର ଶବ୍ଦ ଯେମିତି ।

ରାସ୍ତାରେ ଅନେକ ଲୋକ । ଅନେକ ଗହଳି । ବାଟବଣାହେବାର ସମ୍ଭାବନା ଅଧିକ । ହେଲେ, ଆମ ଗାଡ଼ି ବାଟବଣା ହେଲା ନାହିଁ । ପଟ୍ଟାମୁଣ୍ଡାଇ ପରେ ରାଜନଗର । ହଁ, ସେଇଠି ଭିତରକନିକା।

ହଜିଗଲା ନୀରବତା । ଯାତ୍ରାର କ୍ଲାନ୍ତି । ନିଜନିଜର ଅସହଜବୋଧକୁ ରଖିଦେଇ ଆସିଲେ ଗାଡ଼ିଭିତରେ, ସମସ୍ତେ । ସାମାନ୍ୟ ଜଳଯୋଗ। ଆଗରୁ ପ୍ରସ୍ତୁତ ହୋଇରହିଥିଲା ସବୁକିଛି । ଭୁଟ୍‌ଭୁଟି । ଓ ଭୁଟ୍‌ଭୁଟି ଚାଳକ ।

ନଈଧାରକୁ ନଯିବା ପାଇଁ ସତର୍କ ସୂଚନା । କୁମ୍ଭୀର ପାଖକୁ ବି । ଦୂରରେ ରହିବା ଉଚିତ। ନଈ ମଝିରେ ସ୍ରୋତ । ଏବେ କବିତାପାଠ । ହସଖୁସି ଭିତରେ ସମସ୍ତେ ବିଭୋର । ମୁଁ ବି । କେହି ବ୍ୟସ୍ତହେବାର ନାହିଁ କାହା ପାଇଁ । ଶବ୍ଦ କିପରି ଫିଟିପଡ଼ିବ ପାଣି ସ୍ରୋତରେ, ତାହାରି ଅପେକ୍ଷାରେ ।

ଧୀର ପବନ । ସେହି ପବନରେ ଅଧିକ ଉଡିଲା ସୁନନ୍ଦାର କେଶ । ତା' ମୁହଁକୁ ମୁଁ ଚାହିଁପାରିଲି ନାହିଁ । କୋଉଠି ଲାଗିଗଲା ନିଆଁ, ମୋ' ଭିତରେ ନା ବାହାରେ ? ବୋଧେ ନଈରେ ଲାଗିଚି ନିଆଁ । ସେହି ନିଆଁର ଲେଲିହାନ ଶିଖା ଧୀରେ ଧୀରେ ମୋତେ ଘେରିଯାଉଚି ।

କ'ଣ ଗୋଟେ ଖସ୍‌ଖସ୍ ହୋଇ ଚାଲିଗଲା ନଈକୂଳରେ । ସମସ୍ତେ ସେହିଆଡ଼କୁ ଚାହିଁଲେ । ଭୁଟ୍‌ଭୁଟି ଚାଳକ କହିଲା, 'ସାର୍, ଏଠି ସବୁଠି କୁମ୍ଭୀର । କିନ୍ତୁ ଭୁଟ୍‌ଭୁଟି ପାଖକୁ ଆସିବେ ନାହିଁ । ଆପଣମାନେ ମୋଟେ ଡରନ୍ତୁ ନାହିଁ।'

ସମସ୍ତଙ୍କ ଚାହାଣିରୁ ତ୍ରସ୍ତ ଭାବ ସେ ଦେଖିପାରିଲା ବୋଧେ। ସାହସ ଦେବା ପାଇଁ ଏହି ମନ୍ତବ୍ୟଟି ସହାୟକ ହେଲା । ହେଲେ, ସୁନନ୍ଦା ମନରୁ ଭୟ ଦୂରେଇଗଲା ନାହିଁ । ସେ ଦାଢ଼ରୁ ଉଠିଆସି ଆମ ମଝିରେ ବସିଲା । ମୋଟେ ଚାହିଁଲା ନାହିଁ କୂଳଆଡ଼େ । ସଙ୍କୁଚିତ ହୋଇପଡ଼ିଲା ନିଜ ଭିତରେ।

ଭୁଟ୍‌ଭୁଟି ଧାରରେ ନଈପାଣି ।

ପ୍ରତୀକ୍ଷିତ ମୁହୂର୍ତ୍ତଟି ଆସି ପହଂଚିଲା । ଉତ୍କଣ୍ଠା ଭାବ ପବନରେ । ପାଣି ସ୍ରୋତରେ । ପ୍ରଥମେ କବିତା ପାଠ କଲେ ବୟସ୍କ କବି ଜଣେ । ବୟସ ପାଖାପାଖି ସତୁରି । ଶବ୍ଦଗୁଡିକ ଠିକ୍ ଭାବରେ ଆକାର ନେଲାନାହିଁ ତାଙ୍କ ଓଠରେ । ଆକାଶ, ମାଟି ଓ ଭାବପ୍ରବଣତାର କେତୋଟି ଶବ୍ଦ କବିତାରେ । କାହିଁକି ନିରାଶ କଲେ ସେ ମୋତେ, ତାହା ଜାଣିପାରିଲି ନାହିଁ । ଲକ୍ଷ୍ୟକଲି, ସେ କବିତାପାଠ କରୁନାହାନ୍ତି, ବରଂ ଏକ ଶୋକଗୀତ ଗାଉଛନ୍ତି ପତ୍ନୀଙ୍କ ମୃତ୍ୟୁ ପରେ ।

ସୁନନ୍ଦା ବସିରହିଛି ସେମିତି । କାକୁସ୍ଥ ହୋଇ ।

ଲେଲିହାନ ଶିଖା ଅଧିକ ବେଗରେ ମାଡ଼ିଆସୁଛି ଯେମିତି ।

ପରବର୍ତ୍ତୀ କବିଙ୍କୁ ଆଗରୁ ଭେଟି ନଥିଲି। ଆଖିରେ ମୋଟା ଲେନ୍ସର ଚଷମା - ଗୋଟେ ପଟକୁ ସାମାନ୍ୟ ଢଳିଛି ବେକ । କଥା କହିଲାବେଳେ ସେ ଥରୁଥାନ୍ତି । ହଠାତ୍ ଚମକିଲା ସ୍ୱର । ନଈପାଣି ବି ଚହଲିଗଲା । ଶବ୍ଦର ହୃଦୟ ଫାଟିଗଲା ଯେମିତି। ସମସ୍ତେ ଦିଶିଲେ ଗମ୍ଭୀର । ସେହି ଲୋକଜଣଙ୍କ କବି ବୋଲି ସମ୍ଭବତଃ ନିଃସନ୍ଦେହ ହୋଇପାରିଲି ନାହିଁ ।

ଭାବିଲି, ଭିତରକନିକା ଯିବା ପୂର୍ବରୁ ଖବରକାଗଜ ପୃଷ୍ଠାରୁ ରାଶିଫଳ ଦେଖି ସଚେତନ ହେବା ଉଚିତ୍ ଥିଲା । ଏମିତି ଅସହ୍ୟ ମୁହୂର୍ତ୍ତକୁ ନ ଭେଟିବାପାଇଁ ।

ଖୁଁ ଖୁଁ କାଶ । ଅଧିକ ଜୋର୍‌ରେ କବିତା ପଢୁଥିବା ହେତୁ କବିଙ୍କ ଛାତିରେ ଯନ୍ତ୍ରଣା ହେଲା । ଅଧାରୁ ସେ କବିତା ପାଠ ବନ୍ଦ୍‌କଲେ ।

ସରୋଜ ଉପରେ ରାଗିବା ସ୍ୱାଭାବିକ । ତାଙ୍କ ପାଇଁ ହୋଇଚି ଏମିତି ପରିସ୍ଥିତି । ମୋତେ ଖାଲି ଶୁଭିଲା, ନଈପାଣିରେ ଚବଚବ ଶବ୍ଦ । ଭୋକିଲା ଚଢ଼େଇର ସ୍ୱର । ଭୁଟ୍‌ଭୁଟି ଚାଳକର ଅଳସ ହାଇ ।

କବିତାର ଶବ୍ଦସବୁ ମିଳାଇଗଲା ଭିତରକନିକାର ଜଙ୍ଗଲ ଭିତରେ ।

ବସନ୍ତଋତୁ ଆସିଗଲା ବୋଧେ । ଲେଲିହାନ ଶିଖା ଚହଟିଗଲା । ନୀଳ ରଙ୍ଗ କାହିଁ ? ଚାରିଆଡ଼ ଲାଲ୍‌ରଙ୍ଗରେ ଭରପୂର । ବିଂଚିହୋଇଚି ଅବିର ଚାରିଆଡ଼େ ବୋଧେ । ମାଟିରେ, ପାଣିରେ ଓ ସାରା ଆକାଶରେ ।

କେହି ଜଣେ ପ୍ରଶଂସାରେ ପୋତିପକାଇଲେ କବିତାପାଠ ମଝିରେ । ସୁନନ୍ଦା ଆବୃତିକରୁଛି କବିତା । ସୁଲଳିତ ସ୍ୱରରେ । ଆଉ ଶୁଭିଲା ନାହିଁ ଭୋକିଲାଚଢ଼େଇର ସ୍ୱର । ସେ ବି ଶୁଣୁଚି ସୁନନ୍ଦାର କବିତା ନଈମଝିରେ ।

ସ୍ୱରରେ ଅଛି ସମ୍ମୋହନ ଭାବ । ଶବ୍ଦରେ ଅଛି ଭଲପାଇବା ପାଇଁ ସୀମାହୀନ ସମ୍ଭାବନା । ଶୂନ୍ୟତା ନୁହେଁ, ବରଂ ପ୍ରାପ୍ତିର ଉଦାରତା ଭିତରେ ଭିଜିଯାଉଚି ସମ୍ପୂର୍ଣ୍ଣ କବିତା । ହଁ, ଏପରି କବିତା ସୁନନ୍ଦା ହିଁ ଆବୃତି କରିପାରେ କେବଳ । କେହି ଜଣେ କହିବାପରି ମୋତେ ଲାଗିଲା ।

ଲାଜଲାଜ ହୋଇଗଲି ମୁଁ । ମୋ' ଭିତରେ । ପ୍ରଶଂସାରେ ପୋତିପାରିଲି ନାହିଁ ସୁନନ୍ଦାକୁ, ତା' କବିତା ପାଇଁ । ଅନ୍ୟମାନଙ୍କ ଅନୁରୋଧରେ ସେ ଆହୁରି ତିନୋଟି କବିତା ପଢ଼ିଲା । ଗୋଟେ ମୁଗ୍ଧ ଓ ବିସ୍ମୟର ଭାଷା ଲେଖିହୋଇଗଲା ମୋ' ଭିତରେ ।

ଏତିକିବେଳେ ଭୁଟ୍‌ଭୁଟି ଚାଳକ କହିଲା, 'ଏଠି ଗୋରୀ ଥିଲା । ତାକୁ ଦେଖିବାପାଇଁ ଦୂରଦୂରାନ୍ତରୁ ପର୍ଯ୍ୟଟକମାନେ ଆସୁଥିଲେ । ତା' ଆଖି ଦୁଇଟି ପାଣିର ରଂଗ ପରି । ଧଳାରଂଗର ଦେହ । ବିଚିତ୍ର କୁମ୍ଭୀର । ହେଲେ, ଭାରି ହିଂସ୍ର । କାହାକୁ ପାଖରେ ପୂରେଇଦେଲା ନାହିଁ । ଖାଲି ଗୋଡେଇଲା । କ'ଣ ହେଲା କେଜାଣି, ହଠାତ୍ ମରିଗଲା ।'

କଥାଟି ଏମିତି ଢଂଗରେ ସେ କହିଲା, ଗୋରୀ ହେଉଚି ତା' ପରିବାରର ଜଣେ ସଦସ୍ୟା ଯେମିତି । ତାହାର ମୃତ୍ୟୁରେ ସେ ମର୍ମାହତ ।

ଘୋଟିଆସିଲା ମେଘ । ପବନର ବେଗ ବଢ଼ିଲା । ଭୁଟ୍‌ଭୁଟି ନିଜର ନିୟନ୍ତ୍ରଣ ହରାଇବା ଭଳି ମନେହେଲା । ନଈପାଣିର ଚବଚବ ଶବ୍ଦ ଅଧିକ ଜୋର୍‌ରେ ଶୁଭିଲା ।

ସଚେତନ କରିଦେଲା ଭୁଟ୍‌ଭୁଟିଚାଳକ । କହିଲା, 'ଏବେ ଫେରିଯିବା । ବର୍ଷା ହୋଇପାରେ ।'

ବିଜୁଳି ଚମକିଉଠିଲା । ଭୁଟ୍‌ଭୁଟିଚାଳକର ଆଶଙ୍କା ସତ ହୋଇପାରେ । ସମୁଦ୍ରକୂଳରେ ଆସନ୍ନ ବର୍ଷାକୁ କିଏ ରୋକିପାରିବ? ବୟସ୍କ କବିଜଣକ କହିଲେ, 'ଚାଲ, ଫେରିଯିବା । ରିସର୍ଟରେ ବସି କବିତା ପଢ଼ିବା ଆଉ ମେଘର ମଜାନେବା ।'

ଭୁଟ୍‌ଭୁଟି ଫେରିଆସିଲା କୂଳକୁ ।

ରିସର୍ଟରେ କୋଳାହଳ । ଅଚିହ୍ନା ପର୍ଯ୍ୟଟକଙ୍କର ଗହଳି ।

ଗୋରା ତକତକ ଝିଅଟି ବଢ଼ାଇଦେଲା କଫି କପ୍ । ଭାରି ସୁନ୍ଦର ଦିଶୁଥିଲା ସେହି ପରିବେଶରେ । ହସିଦେଲେ ଦାନ୍ତ ଦିଶୁଥିଲା ମଲ୍ଲୀକଢ଼ ପରି । ତା' ସହିତ କଥା ଆରମ୍ଭକଲେ ବୟସ୍କ କବି ।

ସୁନନ୍ଦା ମୋତେ ଚାହିଁ ଆଖି ଫେରେଇନେଲା ଝର୍କାବାହାରକୁ । ଆକାଶ ଦିଶୁଚି ପୋଡ଼ାପତ୍ର ପରି ।

ଜଣେ କବୟିତ୍ରୀ ଆସି ସୁନନ୍ଦା ପାଖରେ ବସିଲେ । ଅତିକ୍ରାନ୍ତ ଯୌବନ । ଅତି ଧୀରେ ସେ କହିଲେ, 'ଏମିତିକା ପରିବେଶରେ ପ୍ରେମ କରିବାପାଇଁ ଇଚ୍ଛାହେଉଚି ।'

ସମ୍ଭବତଃ ସେ କ'ଣ କହିବାପାଇଁ ଚାହୁଁଥିଲେ, ତାହା ସେ ଭୁଲିଯାଇଛନ୍ତି ।

ଏମିତି କଥା ଶୁଣିବାପାଇଁ ଆଦୌ ପ୍ରସ୍ତୁତ ହିଁ ନଥିଲା ସୁନନ୍ଦା ।

ବାହାରେ ଆରମ୍ଭ ହେଲା ବର୍ଷା । ଆରମ୍ଭ ହେଲା ବିଚିତ୍ର କଥୋପକଥନ ସେହି ରିସର୍ଟ ଭିତରେ ।

ପାୱାର ଚାଲିଗଲା ହଠାତ୍ । ଅଳ୍ପ ଅଳ୍ପ ଅନ୍ଧାର ଭିତରେ କେହି କାହାକୁ ବୋଧେ ଚିହ୍ନିପାରିଲେ ନାହିଁ ।

ଘରକୁ ଫେରିବାପାଇଁ ସମସ୍ତେ ବ୍ୟସ୍ତ ହୋଇଉଠିଲେ । ଭୁଲିଗଲେ କବିତା ଆସରର କଥା । ସରୋଜ ବି ଭୁଲିଗଲେ, ମୋତେ ଆମନ୍ତ୍ରିତ କରିବାର ଉଦ୍ଦେଶ୍ୟ ।

ବର୍ଷାଟୋପା ପଡ଼ିବାର ଶବ୍ଦ ଶୁଣାଗଲା, ଜଙ୍ଗଲର ନୀରବତା ଭେଦକରି ।

ଫେରିବାବେଳେ ଓଦାମାଟିରେ ପାଦ ଖସିଗଲା ସୁନନ୍ଦାର । ହାତ ବଢ଼ାଇଲାବେଳେ ସେ ମୋ' ହାତକୁ ଧରିଲା ନାହିଁ । ନିଜେ ମାଟିରେ ଭରାଦେଇ ତଳୁ ଉଠିଲା । ଓଢ଼ଣି ସଜାଡ଼ିଲାବେଳେ ଏମିତି ଦୃଷ୍ଟିରେ ଚାହିଁଲା, ଯେମିତି ସେ ମୋତେ ଆଦୌ ଚିହ୍ନିନାହିଁ।

ଗାଡ଼ି ଭିତରେ ସମ୍ପୂର୍ଣ୍ଣ ନୀରବତା ।

କଟକରେ ମୁଁ ଗାଡ଼ିରୁ ଓହ୍ଲାଇବାବେଳେ ସେମିତି ଥିଲା ନୀରବତା ।

ଆଉଥରେ ସୁନନ୍ଦା ସହିତ ଭେଟ ହୋଇନାହିଁ । ସରୋଜଠାରୁ ଶୁଣିଥିଲି, ସେ

ବିବାହ ପରେ ଚାଲିଯାଇଚି ଦିଲ୍ଲୀ । ସେଠି ସେ ରହୁଚି । ତା' ସ୍ୱାମୀ କୌଣସି ଏକ ବିଦେଶୀ କମ୍ପାନିରେ ଚାକିରି କରନ୍ତି । ଫ୍ଲାଟ୍ କିଣିଛନ୍ତି ।

ଏମିତି ବି ଘଟିପାରେ । ମନକୁ କହି ବୁଝାଇଦେବା କଥାଟି ସ୍ୱାଭାବିକ । ଗପର ଚରିତ୍ରଭଳି ବୋଧେ ଥିଲା ସୁନନ୍ଦା । ନିର୍ବୋଧ ନା ସୁଖର ସନ୍ଧାନରେ ସେ ତା' ଠିକଣା ବଦଳାଇଦେଇଛି, ମୋ' ପାଇଁ ଜାଣିବା ସମ୍ଭବ ନୁହେଁ ।

ବ୍ୟସ୍ତ ସମୟ । ଚାକିରି । ଅଭାବରୁ ମୁକ୍ତିପାଇବା ପାଇଁ ରୀତିମତ ସଂଘର୍ଷ । ହଜିଯାଉଥିଲି ମୁଁ ଯେମିତି, ସମୟ ଓ ଜଂଜାଳ ଭିତରେ । ଭାବିଲି, ଆଉ କିଛି ଘଟିବାର ନାହିଁ ।

ଏହି ଯନ୍ତ୍ରଣା ଓ ନୈରାଶ୍ୟ ଭିତରେ ଚମତ୍କାର ଦୃଶ୍ୟଟି ମୋ' ଅପେକ୍ଷାରେ ଅଛି, ଜାଣିନଥିଲି । ଦିଲ୍ଲୀରେ ମୋ' ଇଂରାଜି ବହିଟି ଉନ୍‌ମୋଚିତ ହେବ, ଜଣାଇଲେ ପ୍ରକାଶକ । ତିନିଦିନ ପାଇଁ ସେଠାରେ ରହଣି । ଆଗରୁ କେବେ ଦିଲ୍ଲୀ ଯାଇନାହିଁ । କେଉଁଠି ରହିବି ? ଓଡିଶା ଭବନରେ ନା କୌଣସି ହୋଟେଲ୍‌ରେ ?

– 'ସୁନନ୍ଦା ରହୁଛନ୍ତି ଦିଲ୍ଲୀରେ । ମୋବାଇଲ୍ ନମ୍ବର ଓ ଠିକଣା ମୋ' ପାଖରେ ଅଛି । ତାଙ୍କ ସହିତ କଥାହେଲେ ଭଲ ହେବ ।' ସରୋଜ କହିଲେ ଏମିତି ବାଗରେ, ଯେମିତି ସୁନନ୍ଦା ସହିତ ମୋ'ଠାରୁ ତାଙ୍କର ପରିଚୟ ବେଶୀ । ଆଦୌ ଖୁସି ହୋଇନଥିଲି ତାଙ୍କଠାରୁ ମୋବାଇଲ୍ ନମ୍ବର ଆଣିଲାବେଳେ ।

ଚାହିଁଲି ଏଣେତେଣେ । ବହିଥାକ ଭିତରେ ମୋ' ବହି । ଅନେକଦିନ ତଳେ ସୁନନ୍ଦାକୁ ଉପହାରସ୍ୱରୂପ ଦେଇଥିଲି । ଆଶ୍ଚର୍ଯ୍ୟ ହେଲି, ଏପର୍ଯ୍ୟନ୍ତ ସେ ସବୁ ସାଇତି ରଖିଚି ! ତେବେ କ'ଣ କରିବି ? କୃତଜ୍ଞ ହୋଇପଡ଼ିବି ମୁଗ୍ଧ ଓ ସନ୍ତୁଷ୍ଟ ମୁହୂର୍ତ୍ତ ପାଇଁ ?

କଫି କପ୍ ଧରି ଫେରିଲା ସୁନନ୍ଦା । କହିଲା, 'ମୋତେ ଭାରି ଏକାଏକା ଲାଗେ ସଞ୍ଜୟ ନଥିଲାବେଳେ । ଏତେ ବଡ଼ ଫ୍ଲାଟ୍ ଭିତରେ ଡର ଲାଗେ । ଅଚିହ୍ନା ଜାଗା। ଅଚିହ୍ନା ଲୋକ । ଏକଥା ମୋତେ ବୁଝନ୍ତି ନାହିଁ ସେ।'

ଅନୁଭବ କଲି, ସୁନନ୍ଦାର ଚେହେରା ଅଛି ପୂର୍ବଭଳି ଅତୁଟ। ପରିପୂର୍ଣ୍ଣ, ଗୋରା । ଟିକେ ମଳିନ ହେବାର ସୂଚନା ବି ନାହିଁ । କଥା କହିବାର ଢଙ୍ଗ ଆକର୍ଷଣୀୟ । ଢଳଢଳ ଆଖି । ହାତପାପୁଲି ଗାଲ ଉପରେ ବୁଲାଇଲାବେଳେ ସତେଜତା ଭରିଯାଉଚି ମୁହଁରେ ।

ଯା'ପରେ ଆଉ କ'ଣ ସୁନନ୍ଦା କହିବ ? ସଳଖ ହୋଇ ବସି କଫି ପିଇଲି । ଅତ୍ୟନ୍ତ ମନୋମୁଗ୍ଧକର ମୁହୂର୍ତ୍ତଗୁଡିକର ବର୍ଣ୍ଣନା ଆସିଯିବ ତା' କଥା ଭିତରେ । ଖୁସିରେ

ଅଛି ବୋଲି ଗୋଟେ ଚିତ୍ର ଆଙ୍କିଦେବ ଶବ୍ଦର ରଂଗରେ । ଚାରିଆଡ଼େ ଖେଳିଯିବ ବାସ୍ନାଭିଜା ପବନ, ମହକିଲା ଅନୁଭୂତି ନେଇ ।

ବାସ୍ତବିକ୍ ତାହାହିଁ ହେଲା । ସୁନନ୍ଦା କହିଲା, 'କବିତା କେତୋଟିକୁ ନେଇ ସଙ୍କଳନ କରିବାପାଇଁ ସଞ୍ଜୟ ଚାହୁଁଛନ୍ତି । ହେଲେ, ମୋର ବେଳ କାହିଁ? ଗୋଟେ ଏନ୍.ଜି.ଓ. ସଂସ୍ଥାରେ କାମ କରୁଛି । ପିଲାଙ୍କୁ ପଢ଼ାଉଚି ।'

କୋଠରିଟି ପରିପୂର୍ଣ୍ଣ ହୋଇଗଲା, ପ୍ରାପ୍ତିର ଆନନ୍ଦରେ । ସୁଖର ପ୍ରାଚୁର୍ଯ୍ୟରେ ।

ବିହ୍ୱଳ ହେବାପରି ମୁହୂର୍ତ୍ତ । ଯାହା କିଛି ଖୋଜିଥିଲା, ସବୁ ପାଇଛି ବୋଧେ ସୁନନ୍ଦା ତା' ଜୀବନରେ । କିଛିହେଲେ ଅଭାବ ନାହିଁ ।

କଲିଂବେଲ୍‌ର ଶବ୍ଦ । ଅଚିହ୍ନା ପବନ ପରି ପ୍ରବେଶକଲା କୋଠରି ଭିତରେ ।

ଦରଜା ଖୋଲିଲା ସୁନନ୍ଦା । ଅତ୍ୟନ୍ତ ଦୟନୀୟ ଓ ବ୍ୟାକୁଳ ଦିଶିଲା ତା' ମୁହଁ । ଏହିପରି ମୁହୂର୍ତ୍ତରେ ସେ ବୋଧେ ଆଶାକରିନଥିଲା ଆଗନ୍ତୁକଙ୍କର ଉପସ୍ଥିତି ।

ସମ୍ଭବତଃ ନିଜକୁ ଆତ୍ମରକ୍ଷା କରିବା ଭଳି କହିଲା, 'କଲ୍ ଆନା, ସାବ୍ କଲ୍ ଆଏଙ୍ଗେ ।'

କିଛି ଶୁଣିବା ପାଇଁ ପ୍ରସ୍ତୁତ ନଥିଲେ ଆଗନ୍ତୁକ ଯେମିତି । ସୁନନ୍ଦାକୁ ଚାହିଁଲେ ତିକ୍ତ ଦୃଷ୍ଟିରେ ଏବଂ କହିଲେ, 'ମୈ ଇତ୍‌ନିବାର୍ ନେହିଁ ଆ ସକତା । ଆପନେ ଛେ ମହିନେ ସେ ରେଣ୍ଟ୍ ନହି ଦିୟା ହୈ। ଅଗର ଆପ୍ ରେଣ୍ଟ୍ ନହିଁ ଦେ ସକତେ ତୋ ଫ୍ଲାଟ୍ ଛୋଡ୍ ଦିଜିଏ ଔର୍ ସାବ୍‌କୋ ବୋଲ ଦିଜିଏ।'

ଆଉ କିଛି କହିବା ପାଇଁ ଆଗନ୍ତୁକଙ୍କ ପାଖରେ ସମୟ ନଥିଲା। ତରତର ହୋଇ ସେ ଚାଲିଗଲେ ।

ଏତେ ସ୍ତବ୍ଧ, ମୃତ ମୁହୂର୍ତ୍ତକୁ କେବେ ଭେଟିନଥିଲି ଆଗରୁ । ମୋତେ ଲାଗିଲା, କୋଠରି ଭିତରେ ସବୁକିଛି ଅଟକିଗଲା । ପବନ । ଜୀବନ ।

କିଛି ସମୟ ଥମ୍ ହୋଇ ବସିରହିଲା ସୁନନ୍ଦା । ମୋତେ ଚାହିଁଲା । ମଲାମାଛ ପରି ଆଖିରେ। ଅତି ଧୀରେ କହିଲା, 'ଯାହା କହିଛି, ସବୁ ମିଛ । ସଞ୍ଜୟ ମୋତେ ଛାଡ଼ି ଛଅମାସ ହେଲାଣି ବାହାରେ ରହୁଛନ୍ତି । ମୋର ଏନ୍.ଜି.ଓ.ରେ କାମ କରିବା ବି ମିଛ । ଆଉ କବିତାବହି କଥା ବି ସେମିତି । କିଛି ଲେଖିନାହିଁ ଭୁବନେଶ୍ୱର ଛାଡ଼ିବା ପରେ ।'

ସୁଖ କୋଉଠି ମିଳେ? ତାହାର ଠିକଣା କାହା ପାଖରେ ଅଛି? ମନେପଡ଼ିଲା ମାଆର କଥା, କ'ଣ ଅଛି ଏହି ଘରେ? କେଉଁ ସୁଖ ଦେଉଛନ୍ତି ତୋ' ବାପା?

ମାଆ ଆଦୌ ମିଛ କହି ନଥିଲା ।

ପାଇଥିବା ସୁଖର ଠିକଣା ସତରେ ହଜାଇଦେଇଛି ସୁନନ୍ଦା ?

ଭିତରକନିକାରୁ ଫେରିବା ବାଟରେ ତା' ପାଦ ଖସିଯାଇଥିବା ଘଟଣାଟି ଏବେ ବି ମୋର ମନେଅଛି । ହାତ ବଢ଼ାଇଥିଲି ତା' ଆଡ଼କୁ । ହେଲେ, ସେ ମୋ' ହାତକୁ ଧରି ନଥିଲା, ବରଂ ମାଟିରେ ଭରାଦେଇ ତଳୁ ଉଠିଥିଲା । ଏମିତି ଚାହିଁଥିଲା, ସତେ ଯେମିତି ମୋତେ ସେ ଚିହ୍ନିନାହିଁ ।

ଏହାର ରହସ୍ୟ ଆପଣ ଭେଦ କରିପାରିବେନି । ଆପଣଙ୍କୁ, ଏକଥା ପଛରେ ଯେଉଁ ଘଟଣାଟି ଅଛି, ତାହା କହିନାହିଁ । ମନେପଡ଼ିଲେ, ସଙ୍କୁଚିତ ହୋଇପଡ଼େ ନିଜ ଭିତରେ । ଗୋଟେ ବହିର ପ୍ରଚ୍ଛଦରେ ସୁନନ୍ଦାର ଫଟୋ ଦେଇଥିଲି । ଫୁର୍‌ଫୁର୍ କେଶ । ଲାଲ୍ ରଂଗର ଶାଢ଼ି । କଥାକୁହା ଆଖି ।

ଜାଣିଲା ସୁନନ୍ଦା । କିଛି ପ୍ରତିବାଦ କଲା ନାହିଁ, ପୂରା ନୀରବ ହୋଇଗଲା ସେ ତା' ନିଜ ଭିତରେ । ଭଲପାଇବାର ସବୁ ଭାଷା ସେହି ନୀରବତା ଭିତରେ ହଜିଗଲା ।

ମୁଁ ଚାହିଁଲି ସୁନନ୍ଦାଆଡ଼କୁ ସ୍ତମ୍ଭୀଭୂତ ବିସ୍ମୟରେ । ତା' ଆଖିରୁ ଝରିପଡୁଚି ଲୁହଟୋପା । ନିଜକୁ ନିୟନ୍ତ୍ରଣ କରିପାରୁନାହିଁ ସେ। ସବୁକିଛି ବିଧ୍ୱସ୍ତ ହୋଇଯାଇଚି ଯେମିତି । ସେହି ଲୁହଟୋପାଗୁଡିକ ମୋତେ ଦିଶିଲେ ଅନ୍ଧାର ଆକାଶର ନକ୍ଷତ୍ରପୁଞ୍ଜପରି । ମୁଁ ଜାଣେ, ଆପଣ ମୋ' କଥାକୁ ଆଦୌ ବିଶ୍ୱାସ କରିବେ ନାହିଁ ।

■

ପକ୍ଷାନ୍ତର

ବଦଳିଯାଇଚି ଘର ଭିତରର ଦୃଶ୍ୟ । ଗୋଟେ ମୁହୂର୍ତ୍ତରେ । ଦର୍ପଣର ଭଂଗାକାଚ ଚଟାଣସାରା । ଆତଙ୍କିତ ଓ ଅସହାୟ ଦିଶୁଚି ସୁଚିତ୍ରା । କିଛି ବୁଝିପାରୁନାହିଁ । ସବୁଠାରୁ ନିରାପଦ ବୋଧହେଉଥିବା ଘରଟି ଭିତରେ ସେ ଆଦୌ ସୁରକ୍ଷିତ ନୁହେଁ । ନିଶ୍ଚୟ । ଯେକୌଣସି ମୁହୂର୍ତ୍ତରେ ଆତତାୟୀର ହାତମୁଠା ଭିତରେ ସେ ରୁଦ୍ଧଶ୍ୱାସ ହୋଇଯିବ ।

ଏହିପରି ଅପ୍ରୀତିକର ଘଟଣାର ସାମ୍ନାସାମ୍ନି ହେଲେ ସେ ଭୟଭୀତ ହୋଇପଡ଼େ । ଅନିଶ୍ଚିତତାର ଘର ଭିତରେ ବ୍ୟସ୍ତ ହେବା ବି ସ୍ୱାଭାବିକ । ଏଥିରୁ ମୁକୁଳିବାର ଉପାୟ କ'ଣ କାହା ପାଖରେ ଅଛି ? ମାଆ ସାଙ୍ଗରେ କଥାହେଲେ କ'ଣ ସମାଧାନର ସୂତ୍ର ମିଳିବ ? ତାକୁ ପଚାରିଲେ, ସେ ନୀରବରେ ସବୁକଥା ଶୁଣିବ। ତା'ପରେ କହିବ, 'ସାମାଧାନର ବାଟ ତୋ' ପାଖରେ ଅଛି ।'

କିଏ ନ ଚାହେ, ସୁନ୍ଦର ପରିପୂର୍ଣ୍ଣ ଗୋଟେ ପୃଥିବୀ ! ଝରକା ଖୋଲିଦେଲେ, ଦେଖିହେବ ମେଘମେଦୁର ଆକାଶ । ପ୍ରତ୍ୟାଶାର ବହୁବିଧ ରଙ୍ଗର ବର୍ଷାରେ ଭିଜିଥିବା ଇନ୍ଦ୍ରଧନୁ । ପ୍ରୀତିକର ସମ୍ପର୍କର ଶବ୍ଦଗୁଡ଼ିକୁ ସାଙ୍ଗରେ ନେଇ ଉଡ଼ିଯାଉଥିବା ପକ୍ଷୀଯୂଥ ।

ଉଲ୍ଲସିତ ଓ ବିଭୋର ହେବା କଥା ପରି ।

ବିବାହ ପ୍ରସ୍ତାବ କଥା ଶୁଣିବା ପରେ ଶିହରିଉଠିଥିଲା ସୁଚିତ୍ରା।

ମହକିଥିଲା ମନ । ଦେହ। ଆଖି ଅଟକିଯାଇଥିଲା ନକ୍ଷତ୍ର ଉପରେ । ଅନ୍ଧାର ରାତିରେ ନକ୍ଷତ୍ରଟି ଭରିଦେଇଥିଲା ତା' ଭିତରେ ଅହେତୁକ ବିସ୍ମୟ । କପାଳରେ ଉଙ୍କିମାରିଥିଲା କେତୋଟି ଝାଳବୁନ୍ଦା। କାକର ଟୋପାପରି । ଥରିଥିଲା ଭରପୂର ଓଠ ।

– 'ପ୍ରସ୍ତାବଟି ସବୁଦିଗରୁ ଗ୍ରହଣୀୟ। ପିଲାଟି ଭୁବନେଶ୍ୱରରେ ରହୁଛି । ନିଜର ଘର ନଥିଲେ କ'ଣ ହେବ, ସେଠି ବ୍ୟବସାୟ କରୁଚି । ଆଜି ନହେଲେ, କାଲି ଘର କରିବ । ଘର କରିବା ଆଜିକାଲି ସହଜ ହେଲାଣି । ଆମ ସମୟରେ ଦରମା ବହୁତ କମ୍ ଥିଲା । ସେଥିରେ ଚଳିବା ବି ସେତେ ସହଜ ନଥିଲା ।'

ବାପାଙ୍କର ଏହି ମନ୍ତବ୍ୟକୁ ମାଆ ଗ୍ରହଣ କରିନଥିଲା । ସହଜରେ । ସୁଚିତ୍ରାର କ'ଣ ଇଚ୍ଛା, ତାହା ସେ ଜାଣିବାକୁ ଚାହିଥିଲା । କିଛି କହିପାରିଲା ନାହିଁ ସେ । ନିରବରେ ହଁ ଭରିଥିଲା କେବଳ । କାରଣ ସେ ଜାଣିଥିଲା, ତା' ବିଭାଘର ସକାଶେ ବାପା ଅନେକଦିନୁ ଚିନ୍ତିତ । ଅବସର ସମୟ ପାଖେଇଆସୁଚି । ଚାକିରି ଭିତରେ ଏହି ଗୁରୁତ୍ୱପୂର୍ଣ୍ଣ କାର୍ଯ୍ୟଟି ସରିଯିବା ଉଚିତ । ତା' ପରେ ସେ ସାନଭଉଣୀର ଅସୁସ୍ଥତାର କଥା ଭାବିବେ । ପିଲାଟିଦିନରୁ ସେ କଥା କହିପାରୁ ନାହିଁ, ଅନେକ ପ୍ରକାର ଟ୍ରିଟ୍‌ମେଣ୍ଟ୍ ହୋଇଥିବା ସତ୍ତ୍ୱେ। କେରଳରେ ଭଲହେବାର ସମ୍ଭାବନା ଅଛି । ସେଠାକୁ ଯିବାପାଇଁ ପ୍ରସ୍ତୁତ ହେବେ । ନିମ୍ନମଧ୍ୟବିତ୍ତ ପରିବାର ଭିତରେ ବୋଧେ ଦୁଃଖ ହିଁ ଥାଏ । ଜୀବନସାରା ଖାଲି ଦୁଃଖ ସାଉଁଟିବାକୁ ପଡ଼େ ।

ସୁଖ କେଉଁଠି ଥାଏ ? ଉଦ୍‌ବେଗ, ଉଚ୍ଛ୍ୱାସ ଭିତରେ, ସବୁଜିମାଭରା ଲତାରେ ଓହଳିପଡ଼ିଥିବା ଜହ୍ନିକୁ ତୋଳିଲାବେଳେ ଫୁଟିଉଠିଥିବା ହସର ରେଖା, ଆପଣାର କରି ମାଟିକୁ ଭେଦି, ଉଠିଥିବା ଶାଗଗଛକୁ ଉପାଡ଼ିବାବେଳେ ମୁଗ୍ଧ ଓ ସନ୍ତୁଷ୍ଟ ଭାବ, କିମ୍ବା ମାସ ଶେଷରେ ବାପାଙ୍କ ଦରମାର କିଛି ଅଂଶ ହାତରେ ଧରିବାବେଳେ ଯେଉଁ ବିଶ୍ୱାସର ଚିହ୍ନ ମାଆ ମୁହଁରେ ଦିଶେ, ତାହା ବୋଧେ ଘର ପାଇଁ ଟିକେ ସୁଖ । ସେହି ସୁଖକୁ ସେ ନିଜ ଭିତରେ ଅତି ଅନ୍ତରଂଗ କରି ଲୁଚାଇଛି ସବୁବେଳେ ।

ମାଆ ସବୁବେଳେ ଏହିପରି । ପଣତକାନିରେ ପରିବାରକୁ ଘୋଡେଇରଖିଛି । କୌଣସି ଦୁଃଖ, ଦୁଆରବନ୍ଧ ଡେଇଁ, ଘର ଭିତରକୁ ପଶିଆଶିବ ନାହିଁ ଯେମିତି । ହେଲେ, ସଙ୍କଟର ମୁକାବିଲା ପାଇଁ ସହସା ଉପାୟ ମିଳେ ନାହିଁ ତା' ପାଖରୁ । ଦ୍ୱନ୍ଦ୍ୱ ଓ ଉପାୟହୀନତାର ମିଶ୍ରିତ ସଂଶୟ ଭିତରେ ଗୁଣୁଗୁଣୁ ହେଉଛି ସବୁବେଳେ । ତା' ସ୍ୱର ସର୍ବଦା ଅସ୍ପଷ୍ଟ, ଅର୍ଥଶୂନ୍ୟ। ହେଲେ, ସାନଭଉଣୀର ଅସ୍ପଷ୍ଟ ଉଚ୍ଚାରଣକୁ ସେ ବୁଝିପାରେ । ସ୍ୱପ୍ନ ଦେଖେ, ଦିନେ ନା ଦିନେ ସେ 'ମାଆ' ଡାକ ଶୁଣିବ ତା' ମୁହଁରୁ । ସ୍ପଷ୍ଟ ଭାବରେ।

ବିବାହ ଦିନ ପର୍ଯ୍ୟନ୍ତ ବାପାଙ୍କ ତାଲିକା ସରି ନଥିଲା । ଗୋଟେ ଗାରଟଣା ଖାତାରେ ତଳକୁ ତଳ ଲେଖୁଥିଲେ: ପଲଙ୍କ, ପାଟଶାଢ଼ି, ହାତଘଣ୍ଟା, ସିଲେଇ ମେସିନ୍, ନିମନ୍ତ୍ରଣପତ୍ର, ପଇଡ, ମୁକୁଟ, ଗଇଣ୍ଠାଳ, ପାନ, ଗୁଆ...

ଅସରନ୍ତି ଜିନିଷର ଗୋଟେ ତାଲିକା । ହେଲେ, ବରବିଦା ପର୍ଯ୍ୟନ୍ତ ମାଛ ପହଞ୍ଚି ନଥିଲା, ସେହି ଗାରଟଣା ଖାତାରେ କୁଆଡ଼େ ବାପା ଲେଖି ନଥିଲେ ବୋଲି । ଅପ୍ରସ୍ତୁତ ହେବା ପରି ସେହି ମୁହୂର୍ତ୍ତ । କେହି ଜଣେ ବି ସୁଚିତ୍ରାର ମନର କଥା ବୁଝିବା ପାଇଁ ସେତେବେଳେ ଚେଷ୍ଟାକରିନଥିଲେ। କ'ଣ ଭାବୁଥିଲା ସେ ? ଲୁହ ଓ କାନ୍ଦ ଭିତରେ । କେତେ ଟଙ୍କା ଖର୍ଚ୍ଚ କଲେ ମଣିଷକୁ ଖୁସି ମିଳେ, ତାହା ସେ ଜାଣିପାରିନଥିଲା । ବାପା ଖୁସିଥିଲେ କି ନାହିଁ, ତାହା ଜାଣିବା ବି ସହଜ ନୁହେଁ। ମାତ୍ର ସେ ଦେଖିଲା, ବାପାଙ୍କ ଆଖିରେ ନିରୀହତା, ସ୍ତବ୍‌ଧତା । ସେ ଭିତରେ ଭିତରେ ଅନେକ ଦିନ ଧରି କାନ୍ଦୁଛନ୍ତି ଯେମିତି ।

ଆକାଶରେ ଅସଂଖ୍ୟ ନକ୍ଷତ୍ର । ମଲ୍ଲୀଫୁଲ ବିଞ୍ଚିହେବା ପରି । କୁଆଡ଼େ ଗଲା ସୁଚିତ୍ରାର ଚିରପରିଚିତ ନକ୍ଷତ୍ର ? ଗାଡ଼ିରେ ଆସିବାବେଳେ ଅଧାଖୋଲା କାଚଦେଇ ଆକାଶକୁ ଚାହିଁ, ଯେତେ ଖୋଜିଲେ ବି, ତାକୁ ଦେଖିପାରିନଥିଲା ସେ । କାହା ସଂଗେ ସେ ଏବେ କଥା ହେବ ? ଏକା ଥିଲାବେଳେ ।

ଭଡାଘରଟି ସେତେ ପ୍ରଶସ୍ତ ନୁହେଁ । ତେଣୁ କେତୋଟି କାଗଜପେଟି ଖୋଲାହୋଇପାରିଲା ନାହିଁ - କାନ୍ଥକଡରେ ରଖାଗଲା ଆବଶ୍ୟକହୀନ ଭାବି । ପଲଙ୍କ, ଡ୍ରେସିଂଟେବୁଲ, ଗୋଟେ ଆଲମିରା ପାଇଁ ଯଥେଷ୍ଟ ସ୍ଥାନ ନଥିବା ପରି ତେବେ ବି ମନେହେଲା ନାହିଁ। ସୋଫାସେଟ୍ ପଡ଼ିଲା ବାଟମୁହଁରେ । ପୂର୍ବରୁ ଅଧିକାଂଶ ସ୍ଥାନ ନେଇସାରିଛି ବହି, ଛପାକାଗଜ, ପାଣ୍ଡୁଲିପି ଓ କମ୍ପ୍ୟୁଟର୍ ।

ଏହିପରି ଜଗତକୁ କେବେ ଆବିଷ୍କାର କରିନଥିଲା ସୁଚିତ୍ରା । ବାସ୍ତବଜଗତଠାରୁ କଳ୍ପନାଜଗତ କେତେ ଭିନ୍ନ, ତାହା ସେଠି ଜାଣିପାରିଲା । ଫୁଲଗଛ ଭାବିବା ମିଛ, କୋଉଠି ବି ନାହିଁ ଫୁଲକୁଣ୍ଡର ଉପସ୍ଥିତି । ଫୁଲ ତୋଳି ଠାକୁରଙ୍କ ମଥାରେ ସେ ଦେବ କିପରି ? ଚାରିପଟେ ଲୁହାଜାଲି । ଚଢ଼େଇଟିଏ ଅନୁପ୍ରବେଶ କରିବା ପାଇଁ ସାହସ କରିପାରିବ ନାହିଁ ଯେମିତି।

ଠାକୁର ରହିବେ କେମିତି ? ସେଲ୍‌ଫ୍‌ରେ ନା ଆଲମିରା ଉପରେ ? ଏମିତି ଭାବି ଅନ୍ୟମନସ୍କ ଭାବରେ ଠାକୁରଙ୍କୁ ରଖିଦେଲା ଟେବୁଲ ଉପରେ । ଭାବିଲା, ପୂଜା କ'ଣ କରିବ ? ସକାଳେ ଗାଧୋଇସାରି କେତୋଟି ଫୁଲ ଦେଲେ ଭଲ ହେବ । ଠାକୁର କୌଣସି ପ୍ରତିବାଦ କରିଛନ୍ତି ନା କରିପାରିବେ ?

ବେଳେବେଳେ ଅନ୍ୟମନସ୍କ ହେବା ହିଁ ଭଲ । ମାତ୍ର ସଞ୍ଜୟ ସେହି ଘର ଭିତରେ ଅନ୍ୟମନସ୍କ ହେଲା ନାହିଁ । ଛୋଟ ଛୋଟ କଳି । ଏହି କଳି ସୂଚେଇଦେଲା, ସେହି ଘର ଭିତରେ ସୁଚିତ୍ରାର ଅଧିକାରକୁ ସ୍ୱୀକାର କରୁନାହିଁ ସଞ୍ଜୟ । ଛପାସରିଥିବା ବହିସବୁ ଗଦାହେଲା କାନ୍ଥକଡରେ, କବାଟକୋଣରେ ଓ ପଲଙ୍କ ତଳେ ।

ଲେଖିକାମାନଙ୍କର ଅବାଧ ପ୍ରବେଶକୁ ସ୍ୱାଗତକଲା ସଞ୍ଜୟ।

ସଙ୍କୁଚିତ ହେଲା, ନିଜ ଭିତରେ ସୁଚିତ୍ରା। ଏବଂ ସେହି ଘର ଭିତରେ ।

ପରମୁହୂର୍ତ୍ତରେ ସେ ଭାବିଲା, ଟଙ୍କା ଖର୍ଚ୍ଚ କଲେ ବି ସୁଖ ମିଳିବା କଥାଟି ସତ ନୁହେଁ । ତେଣୁ ଭାଗ୍ୟ କଥା କହି ନିଜକୁ ବୁଝାଇବା ଅତି ସହଜ ।

କ'ଣ ଘଟୁଛି ସେହି ଘର ଭିତରେ, ତାହା ଆଉ ଗୁରୁତ୍ୱପୂର୍ଣ୍ଣ ହୋଇ ରହିଲା ନାହିଁ । ବରଂ ଯାହା ନ ଘଟୁଛି, ସେଥିପ୍ରତି ସୁଚିତ୍ରା ହୋଇପଡ଼ିଲା ସତର୍କ, ଆତଙ୍କିତ । ଟେବୁଲ ଉପରେ ଥିବା ଅଧାଖୋଲା ବହି ଭିତରୁ ଗୋଟେ ଗପ ତାକୁ ବିଚଳିତ କରିଦେଲା । ଦେହର କ୍ଷୁଧାକୁ ନେଇ ଶବ୍ଦର ଖେଳ ଖେଳାଯାଇଚି ଗପଟି ଭିତରେ, ଫିଟିଯାଉଥିବା ଶାଢ଼ିପରି ।

ରାତିଅଧରେ ଫେରିଲା ସଞ୍ଜୟ । ସାହସ ସଞ୍ଚୟ କରି ସୁଚିତ୍ରା ପଚାରିଲା, 'ଏତେ ଡେରିହେଲାଣି, କୋଉଠି ଥିଲ ?'

ଫୋପାଡ଼ିଦେଲା ପାଣିଗ୍ଲାସ୍ ସଞ୍ଜୟ। ଅତ୍ୟଧିକ କ୍ରୋଧରେ । କୌଣସି ଉତ୍ତର ନଦେଇ । ଦର୍ପଣର ଭଂଗାକାଚ ବିଛେଇହୋଇଗଲା ଚଟାଣସାରା । ସମ୍ପୂର୍ଣ୍ଣ ନିରବତାକୁ ଅସ୍ୱୀକାର କରି । ଏଇକଥା ସେ କ'ଣ ମାଆକୁ କହିବ ? ଅଧରାତିରେ ଫେରିବାର କାରଣ ଜାଣିବାର କ'ଣ କୌଣସି ସ୍ତ୍ରୀର ଅଧିକାର ନାହିଁ ?

ବାସ୍ତବିକ ଏହା ଏକ ଅସ୍ୱାଭାବିକ ଘଟଣା । ଯେଉଁଠି ନିଜର ମଣିଷଟି ବିଶ୍ୱାସହୀନ ହୋଇଯାଉଛି, ସେଠି କିଏ କାହାକୁ ସୁଖ ଦେଇପାରେ ? ମାଆ କହିଥିବା ହେତୁ ଅଶୋକଗଛକୁ କିଛିଦିନ ହେଲା ସେ ପୂଜାକରୁଛି । କଲୋନି ଶେଷମୁଣ୍ଡରେ ଥିବା ମନ୍ଦିରକୁ ଯାଇ । କିଛି ପରିବର୍ତ୍ତନ ହେଉନାହିଁ । ଦିନକୁଦିନ ତା' ଜୀବନ ଦିଶୁଚି ଅଧିକ ମଳିନ । ଘରଟି ଭିତରେ ସେ ଅଣନିଃଶ୍ୱାସୀ ହୋଇପଡୁଛି ।

ଭଂଗାକାଚ ଉଠାଇଲାବେଳେ କଟିଗଲା ଅଂଗୁଳି । ତିନିଚାରି ଟୋପା ରକ୍ତ ଝରିପଡ଼ିଲା ଚଟାଣରେ। ନା ଶୁଭିଲା ଯନ୍ତ୍ରଣାଭରା ଚିତ୍କାର, ନା କାନ୍ଦର ସ୍ୱର । ସବୁ ହଜିଗଲା ରାତିର ଅନ୍ଧାର ଭିତରେ ।

ନିଦ ଆସିଲା ନାହିଁ ସୁଚିତ୍ରା ଆଖିରେ ।

ଏକଲାନକ୍ଷତ୍ର ଆଖିରେ ବି ନିଦ ଆସିଲା ନାହିଁ ।

ପରଦିନ ସକାଳେ ମୋବାଇଲ୍ ରିଂ ହେଲା । କିଏ ଆରପଟରେ? ସେ ପର୍ଯ୍ୟନ୍ତ ଉଠିନଥିଲା ସଞ୍ଜୟ । ଠାକୁରଙ୍କ ପାଖରେ ଫୁଲ ଥୋଇ ତରତର ହୋଇ ମୋବାଇଲ୍ ଧରିଲା ସୁଚିତ୍ରା।

– 'କ'ଣ ହେଲା ମାଆ? କ'ଣ କହୁଚୁ? ମୋତେ ଶୁଭୁନାହିଁ ତୋ' କଥା। କାନ୍ଦୁଚୁ କାହିଁକି?'

ମାଆର ସ୍ୱର ଭିଜୁଚି ଲୁହରେ । କାନ୍ଦରେ । ଅଧା ଶୁଣିଥିବା କଥାରେ ଥରିଉଠିଲା ସୁଚିତ୍ରା।

– 'କ'ଣ କହିଲୁ, ବାପାଙ୍କ ଦେହ ଖରାପ! ଡାକ୍ତର ଦେଖିସାରିଲେଣି, ନର୍ସିଂହୋମ୍‌ରେ ଅଛନ୍ତି? ହଉ, ତୁ ବ୍ୟସ୍ତ ହଅନା। ମୁଁ ଯାଉଛି ।'

ଆରପଟରୁ ଆଉ ମାଆର ସ୍ୱର ଆଦୌ ଶୁଣାଗଲା ନାହିଁ । କ'ଣ କରିବ ସେ? ଆଠଟାରେ ବସ୍ । ତାକୁ ଯିବାକୁ ହେବ । କିଏ ଅଛି ଯେ ମାଆ ପାଖରେ?

କଥା କହିପାରୁନଥିବା ନିର୍ବୋଧ ସାନଭଉଣୀ । ନର୍ସିଂହୋମ୍‌ରେ ବାପା। ଏହିପରି ସମୟ କାହିଁକି ଯେ ଆସେ, ସୁଚିତ୍ରା ତାହା ବୁଝିବାପାଇଁ ଆଦୌ ସମର୍ଥ ହେଲା ନାହିଁ ।

ସଞ୍ଜୟ କେତେବେଳେ ସାହାଯ୍ୟ କରିଛି ନା କରିବ? ତାକୁ ଯିବାପାଇଁ କହିଲେ, 'ସାହିତ୍ୟସଭା ଅଛି' କହି ଦାୟିତ୍ୱ ଏଡ଼େଇଦେବ । ଆଉ ସମୟ ନାହିଁ ତା' ହାତରେ । ବିବଶ ହେବାପରି ମୁହୂର୍ତ୍ତ । ତେବେ ବି ସଞ୍ଜୟକୁ ଉଠାଇବାକୁ ସେ ଚେଷ୍ଟାକଲା । ମାତ୍ର ତା'ର ସମସ୍ତ ଚେଷ୍ଟା ଅସଫଳ ହେଲା । ବାଧ୍ୟହୋଇ କବାଟ ଆଉଜାଇ ବାହାରକୁ ଚାଲିଗଲା । ଫାଟକ ଆରପଟରେ ମିଳିଲା ଗୋଟେ ଅଟୋରିକ୍ସା । ଅଟୋରିକ୍ସା ତାକୁ ପହଞ୍ଚାଇଦେଲା ବସ୍‌ଷ୍ଟାଣ୍ଡ୍‌ରେ ।

ଉଠିଲା ବସ୍‌ରେ । ଝରକା ପାଖ ସିଟ୍‌ରେ ସେ ବସିଲା । ଟିକେ ପବନ । କେହି ଜଣେ ଆଉଁଶିଦେବା ଭଳି କୋମଳ ଅନୁଭବ। କୃତଜ୍ଞ ହୋଇପଡ଼ିବା ପରି ମୁହୂର୍ତ୍ତ, ପବନ ପ୍ରତି । ପାପୁଲିରେ ଲୁହ ପୋଛିଲାବେଳେ ସେ ପ୍ରାର୍ଥନା କଲା।

କିଛି ଅଘଟଣ ନଘଟୁ । ନହେଲେ, ସାରା ପୃଥିବୀ ଅନ୍ଧାର ହୋଇଯିବ।

ପ୍ରାର୍ଥନା ଅତି ସଂକ୍ଷିପ୍ତ ଥିଲା। ମାତ୍ର ଏହି ସଂକ୍ଷିପ୍ତ ପ୍ରାର୍ଥନା ଭିତରେ ଥିଲା ପୁଞ୍ଜିଭୂତ ଦୁଃଖ ଓ ଯନ୍ତ୍ରଣା। ସେହି ଦୁଃଖରେ ଆଚ୍ଛନ୍ନ ହୋଇ ସୁଚିତ୍ରା ପହଞ୍ଚିଲା ନର୍ସିଂହୋମ୍‌ରେ । ବାପା ଶୋଇଥିଲେ ବେଡ୍‌ରେ । ପରିଷ୍କାର ବିଛଣା । ସାଲାଇନ୍ ପାଇପ୍ ଲମ୍ବିଆସିଚି ବୋତଲ ଭିତରୁ । ସବୁ ସମ୍ଭାବନାକୁ ସ୍ୱୀକାର କରି ଟୋପାଟୋପା ହୋଇ ଝରିପଡୁଚି

ସାଲାଇନ୍ । ପାଇପ୍‌ବାଟେ ଆସି ଶିରାପ୍ରଶିରା ଭିତରେ ସଞ୍ଚରିଯାଉଚି ସାଲାଇନ୍ ସହିତ ଔଷଧ। ଜୀବନରକ୍ଷା କରିବାପାଇଁ ଏତିକି ବୋଧେ ଯଥେଷ୍ଟ।

ଖୁସିହେଲା ମାଆ। ସାହସ ଭରିଗଲା ମନ ଭିତରେ। କହିଲା, 'ତିନିଚାରିଦିନ ଧରି ଜ୍ୱର ହେଉଥିଲା । ଔଷଧ ବି ଖାଉଥିଲେ । କ'ଣ ହେଲା କେଜାଣି, ହଠାତ୍ ବେହୋସ୍ ହୋଇଗଲେ । କାହାକୁ ଡାକିବି ବୋଲି ମୋତେ ବୁଦ୍ଧିବାଟ ଦିଶିଲା ନାହିଁ । ତାଙ୍କର ଜଣେ ସାଙ୍ଗ ଖବର ପାଇ ଆସିଲେ । ସେ ହିଁ ଆଣି ଆଡ୍‌ମିସନ୍ କରେଛନ୍ତି ଏଠି । ଯାହାହେଉ, ତୁ ଆସିଗଲୁ। ତୋତେ ଦେଖି ମନରେ ଟିକେ ଦମ୍ଭ ଆସିଲା।'

– 'ଭୟ କରିବାର କିଛି ନାହିଁ । ଅତ୍ୟଧିକ ଦୁର୍ବଳତା ହେତୁ ସେ ଚେତାହରାଇଥିଲେ । ରକ୍ତଚାପ ନର୍ମାଲ ଅଛି । କିନ୍ତୁ ଆଉ ଦିନେଦୁଇଦିନ ଏଠି ରହିବାକୁ ହେବ । ସବୁ ରିପୋର୍ଟ୍ ଆସିବା ପର୍ଯ୍ୟନ୍ତ ।'

ଏତିକି କହି ଆର ବେଡ୍ ପାଖକୁ ଚାଲିଗଲେ ଡାକ୍ତର।

ସମ୍ଭାଳିନେବା ଭଳି ମୁହୂର୍ତ୍ତ। ବାପାଙ୍କ ମୁହଁ ଶେତା ଦିଶୁଚି। ଅନେକ ଦୁଃଖ ଭିତରେ ସନ୍ତୁଳିହେବାର ଚିହ୍ନ ସେଥିରେ । ମାଆ ବୋଧେ କହିଥିବ ତା' କଥା । ଦୁଃଖରେ ନଇଁପଡ଼ିବା ପରି କଥା । କେତେ ଅବା ସହିପାରିବ ଗୋଟେ ମଣିଷ ? ସୁଖଦୁଃଖରେ ଗଢ଼ା ମଣିଷର ଜୀବନ। ହେଲେ, ବାପାଙ୍କ ଜୀବନରେ ସୁଖ ନାହିଁ!

ଆଖିପତା ମେଲିଲେ ବାପା।

ସାରା ପୃଥିବୀ ଅନ୍ଧକାର ହେବାର ସମ୍ଭାବନା ଆଉ ନାହିଁ । କ୍ଷଣିକେ ଅଲଗା ଦିଶିଲେ ବାପା। ବୋଧେ ଆଖିପତାରେ ଭରିରହିଛି ଅହେତୁକ ଦୁଃଖ। ଆଖିତଳେ ଅଳ୍ପ କଳା ଦାଗ । ତାହା ବେଶ୍ ସ୍ପଷ୍ଟ।

ସୁଚିତ୍ରା ଉପରେ ନଜର ପଡ଼ିବାରୁ ତାଙ୍କ ଓଠରେ ଦିଶିଲା ଧାରେ ହସ । ତା'ପରେ ଆଖି ଦୁଇଟି ଘୂରିବୁଲିଲା ଚାରିଆଡ଼, କାହାକୁ ଖୋଜିଲା ପରି। କାନ୍ଥକଡ଼ରେ ଠିଆହୋଇଥିବା ସାନଭଉଣୀକୁ ମାଆ ତାଙ୍କ ଆଗକୁ ଆଣିଲା । ମାତ୍ର ସେ ସେମିତି ଚାହିଁଲେ ଚାରିଆଡ଼େ।

ବେଡ୍ ପାଖରୁ ଚାଲିଆସିଲା ପଦାକୁ ସୁଚିତ୍ରା। ଯେତେ ଚେଷ୍ଟା କଲେ ବି ସଞ୍ଜୟ ସହିତ ସେ କଥା ହୋଇପାରିଲା ନାହିଁ । ତିନି ଚାରିଥର ରିଂ ହୋଇ ବନ୍ଦ୍ ହୋଇଗଲା ମୋବାଇଲ୍ । କେଉଁଠି ଅଛି ସଞ୍ଜୟ ? ବାଥ୍‌ରୁମ୍‌ରେ ନା ରୋଷେଇଘରେ ? ନା, ଏପର୍ଯ୍ୟନ୍ତ ସେ ଶୋଇରହିଚି ନିଘୋଡ ନିଦରେ । କ'ଣ କହିଥାନ୍ତା ସଞ୍ଜୟକୁ ସେ ? ଭାବିବା, ସେତେ ସହଜ ନୁହେଁ । ତାକୁ ହିଁ ବାପା ଖୋଜୁଛନ୍ତି।

କବାଟ ଦରଆଉଜା ଅଛି । ଥାଉ । ସେ କାହିଁକି ଆଉ ଚିନ୍ତା କରିବ ? ଅସ୍ଥିର

ହୋଇଉଠିଲା ସୁଚିତ୍ରା ନିଜ ଭିତରେ । ତା' ପାଇଁ ଗୋଟେ ସୁନ୍ଦର ଦୃଶ୍ୟ ଅପେକ୍ଷାରେ ଅଛି, ତାହା ଆଉ ଆଶା କରିପାରିଲା ନାହିଁ । ଚାରିଆଡ଼ ରୁଗ୍‌ଣ, ବିଧ୍ୱସ୍ତ ଓ ସମ୍ଭାବନାହୀନ।

ଫେରିପାରିଲା ନାହିଁ ସେ। ଦିନଟାସାରା ବାପାଙ୍କ ପାଖରେ ବସିଲା। ମାଆକୁ ସାହାଯ୍ୟ କଲା । ରିପୋର୍ଟ ଦେଖିଲାପରେ, ସେ ଜାଣିପାରିଲା ଆଉ ଭୟ କରିବାର ନାହିଁ । ଯେଉଁ ଭୟ ସେ ଆସିବାବେଳେ ଦେଖିଥିଲା, ତାହାର ଛାଇ ଲୁଚିଯାଇଚି ନର୍ସିଂହୋମ୍‌ର ଦରଜା ଆରପଟରେ। ଅପେକ୍ଷାକରି ରହିଚି ଆଉ କୌଣସି ରୋଗୀ ସାଥିରେ ପଶିଆସିବ ପୁଣି ସେହି କୋଠରି ଭିତରକୁ, ତତଲା ପବନ ପରି ।

ଯଥେଷ୍ଟ ସମୟ ବିତିଗଲାଣି ନର୍ସିଂହୋମ୍‌ରେ।

ଏହା ଭିତରେ ଆଉ ଦି'ଥର ସୁଚିତ୍ରା ଚେଷ୍ଟାକରିଚି, କଥାହେବାପାଇଁ ସଞ୍ଜୟ ସହିତ । ମାତ୍ର ସେହିପରି ରିଂ ହୋଇ ଆରପଟର ମୋବାଇଲ୍ ବନ୍ଦ୍ ହୋଇଯିବାର ସୂଚନା ମିଳିଚି। ମନେପଡ଼ିଲା ଆସିବାବେଳେ ତରତର ହୋଇ ଖଣ୍ଡେ କାଗଜରେ ଲେଖିଦେଇଆସିଚି, 'ବାପାଙ୍କ ଦେହ ଖରାପ। ଘରକୁ ଯାଉଚି।'

ସେହି କାଗଜକୁ ତ ସଞ୍ଜୟ ଦେଖିଥିବ । ତେବେ କ'ଣ ପାଇଁ ଏତେ ଅହଙ୍କାର ? ଥରୁଟେ ସେ ପଚାରି ବୁଝିପାରିଥାନ୍ତା, ବାପା କେମିତି ଅଛନ୍ତି।

ଖାଲିଖାଲି ଲାଗିଲା ଚାରିଆଡ଼। ଗୋଟେ ଶୂନ୍ୟତା ଓ ସମ୍ପର୍କହୀନ ପରିବେଶ ମଝିରେ ରହିଯିବା ପରି ବିଚ୍ଛିନ୍ନ ଅନୁଭବ।

ତା' ପରଦିନ ଅପରାହ୍ଣରେ ସୁଚିତ୍ରା କହିଲା, 'ମାଆ, ଏବେ ମୁଁ ଯାଉଚି। ତୁ ବାପାଙ୍କୁ ଔଷଧ ଠିକ୍ ସମୟରେ ଦେବୁ । ନର୍ସ୍‌କୁ କହିଚି, ସେ ନଜର ରଖିବ । ତୁ ଆଦୌ ଚିନ୍ତା କରିବୁ ନାହିଁ । ମୁଁ ଘରେ ପହଞ୍ଚିଲେ କଥାହେବି ତୋ' ସହିତ ।'

ବିସ୍ମିତ ଦୃଷ୍ଟିରେ ଚାହିଁରହିଲା ମାଆ । ଆଉ ଦିନଟେ ସୁଚିତ୍ରା ରହିଲେ ଭଲ ହେବ ବୋଲି କହିପାରିଲା ନାହିଁ ।

– 'ତୁ ଜାଣିଚୁ ତାଙ୍କ କଥା । ତୋତେ ଆଉ କ'ଣ କହିବି ?'

ଆସିଲାବେଳେ ଦରଆଉଜା କବାଟ ମେଲା ରହିଥିବା କଥା କହିବାକୁ ଭୁଲିଗଲା ସୁଚିତ୍ରା । ସାନଭଉଣୀ ମୁଣ୍ଡକୁ ଟିକେ ଆଉଁଶିଦେଲା ଶ୍ରଦ୍ଧାରେ । ପଛକୁ ନଚାହିଁ କୋଠାରିରୁ ବାହାରିଗଲା ।

ରାତିଅନିଦ୍ରା ହେତୁ ବସ୍‌ରେ ଶୋଇପଡ଼ିଥିଲା ସେ । କଣ୍ଡକ୍‌ଟରଙ୍କ ଡାକରେ ତା' ନିଦ ଭାଂଗିଗଲା। ବସ୍‌ରୁ ଓହ୍ଲାଇଲାବେଳେ ରାତି ହେଇଯାଇଚି। ଅଳ୍ପ ଅନ୍ଧାର ଉଠାକେବିନ୍ କଡ଼ରେ । ପତ୍ରସନ୍ଧିରେ । ହୋର୍ଡ଼ିଂ ପଛପଟରେ ।

ନିଷ୍ପଲକ ଦୃଷ୍ଟିରେ ଚାହିଁଲା ସୁଚିତ୍ରା । ଖୋଲା ଥିଲା କବାଟ।

ଘର ଭିତର ସମ୍ପୂର୍ଣ୍ଣ ଅସଜଡା । ଟି-ପୟ ଉପରେ ମଦବୋତଲ । ଚାରିପାଞ୍ଚଟି ଖାଲିଗ୍ଲାସ୍ । ଛିନ୍ନଛତ୍ର ହେବା ଭଳି ପରିବେଶ । ଏଠିସେଠି ହାଡ, ଅଧାଟଣା ସିଗାରେଟ୍ । ହାମୁଡ଼େଇପଡ଼ିଚି ସଞ୍ଜୟ ଚଟାଣରେ, ଅତ୍ୟଧିକ ମଦ୍ୟପାନ କାରଣରୁ । ହୋସ୍ ନାହିଁ । ପାଇପ୍‌ରୁ ଝରିଆସୁଚି ପାଣି । ରୋଷେଇଘରେ ପାଣିର ସୁଅ।

ସେ ବିଶ୍ୱାସ କରିପାରିଲା ନାହିଁ ନିଜ ଆଖିକୁ, ଏତେ ବୀଭତ୍ସ ଓ ଭୟଙ୍କର ଥିଲା ଘର ଭିତରର ପରିବେଶ। ସେ ଜାଣିଲା, ଏ ଘରେ ପାର୍ଟିହୋଇଚି ତା'ର ଅନୁପସ୍ଥିତିରେ । ବେଡ୍‌ରୁମ୍‌ର ଅବସ୍ଥା ବି ସେହିଭଳି । ବିଛଣାଚଦର ଖସିପଡ଼ିଚି ତଳେ । ଏ କ'ଣ! ଗୋଟେ ଲିପ୍‌ଷ୍ଟିକ୍, ଏଇଟା କାହାର? କ'ଣ ଚାଲିଥିଲା ଏଇ ଘରେ!

ଚିହିଁକିଉଠିଲା ସେ କ୍ରୋଧରେ, କ୍ଷୋଭରେ ।

ଏଇ କ'ଣ ସୁଖ! ଏଇ କ'ଣ ସୁଖର ସ୍ୱରୂପ?

ଟେବୁଲ୍ ଉପରେ ବି ମଦଗିଲାସ, ଯେଉଁଠି ସେ ରଖିଚି ଠାକୁରଙ୍କୁ ଅତି ଭକ୍ତିରେ । ପ୍ରତ୍ୟହ ଫୁଲ ତାଙ୍କ ମଥାରେ, ପାଦରେ । ସମସ୍ତଙ୍କର ମଙ୍ଗଳ ମନାସି ।

ସୁଚିତ୍ରା ମନ ଭିତରେ ନିଆଁ ଲାଗିଗଲା ଯେମିତି । କ'ଣ କରିବ ସେ? ସବୁ ଜାଳିପୋଡ଼ି ଛାରଖାର କରିଦେବ? ଆଉ କି ଘର! ଜଳିଯାଉ ଘର। ସେଥିରେ ପୋଡ଼ିଯାଉ ସଞ୍ଜୟ। ତା'ର କିଛି କ୍ଷତି ହେବ ନାହିଁ । ବରଂ ସୁଖରେ ରହିବ ସେ। କାହିଁ ଦିଆସିଲି? ଏଇଠି ତ ସେ ରଖିଥିଲା, ଗ୍ୟାସ୍‌ଚୁଲି ପାଖରେ ।

ରିଂ ହେଲା ମୋବାଇଲ୍ । ହଠାତ୍ । ବାହାରକୁ ଚାଲିଗଲା ସୁଚିତ୍ରା । ବାହାରେ ତୋଫା ଜହ୍ନରାତି ।

– 'ତୁ ଯିବା ପରେ ବାପା ଖୋଜୁଥିଲେ । ପହଞ୍ଚିଲୁଣି ଘରେ?'

ଶୁଖିଲାପତ୍ରଟିଏ ଖସିପଡ଼ିଲା ଅନ୍ଧାରରେ । ଟିକେ ଚମକିପଡ଼ି ଆକାଶକୁ ଚାହିଁଲା ସେ। ଅହେତୁକ ବିସ୍ମୟର ବର୍ଷା । ଦେଖିପାରିଲା, ଚିରପରିଚିତ ନକ୍ଷତ୍ରକୁ, ତାରାଭର୍ତ୍ତି ଆକାଶରେ । କୋଉଠି ଥିଲା ଏତେଦିନଧରି ବ୍ରହ୍ମାଣ୍ଡ ଭିତରେ? କେତେ ନ ଖୋଜିଚି ସେ କଥାହେବା ପାଇଁ! ଚହଲିଗଲା ମନ । ତା' ଚଉପାଶରେ ଭଲପାଇବାର ମହକ । ବିହ୍ୱଳହେବାର କୋମଳ ପରିବେଶ । ଏଇ ବୋଧେ ଟିକେ ସୁଖ । ଏଇ ବୋଧେ ସୁଖର ସ୍ୱରୂପ ।

କି ଦୁର୍ଯୋଗ ଥିଲା ଆଜି! ତାକୁ ବିତାଇବାକୁ ହେବ ଦୀର୍ଘ ଜୀବନ । କେହି କିଛି କ୍ଷତିକରିପାରିବେ ନାହିଁ । ସେ ଜିଇରହିବ ବର୍ଷ ପରେ ବର୍ଷ ।

ପରଦିନ ସାହିତ୍ୟସଭାକୁ ସଞ୍ଜୟ ବାହାରିଲାବେଳେ, କବାଟ ବନ୍ଦ୍ କରି ସୁଚିତ୍ରା ସ୍ୱାଭାବିକ ଭାବରେ ପଚାରିଲା, 'ତୁମ ସହିତ ଯିବି?' ■

ଭାବସମୁଦ୍ର

ସମୁଦ୍ରକୁ ପ୍ରଥମେ କେବେ ଭେଟିଥିଲି, ତାହା ମନେନାହିଁ। ଅତଳ ଜଳରାଶି । ଅସୁମାରି ଲହରି । ଘୋ ଘୋ ଗର୍ଜନ । ଭୟାତୁର ବାଲିକଙ୍କଡା । ପ୍ରତ୍ୟାଶାହୀନ ଦିଗ୍‌ବଳୟ । ଚଳଚଂଚଳ ବୁଲାବିକାଳି । ଶଙ୍ଖଶାମୁକାରେ ଭରିହୋଇଥିବା ଉଠାଦୋକାନ । ଆକାଶରେ ଲାଲ୍ ହଳଦିଆ ରଙ୍ଗର ବେଲୁନ୍ । ବେଳାଭୂମିରେ ଖାଲି ବାଲି ଆଉ ବାଲି।

ଆଶ୍ଚର୍ଯ୍ୟ ହୋଇ ଚାହିଁରହିଲି । ସତରେ, ସମୁଦ୍ର କେତେ ବିରାଟ ଓ ରହସ୍ୟମୟ !

ସୁନନ୍ଦାକୁ ଦେଖିଲାପରେ ଅନୁଭବକଲି ଯେ ସମୁଦ୍ରକୁ ଭେଟୁଛି ଆଉଥରେ, ଦାର୍ଜିଲିଂରେ।

କାଞ୍ଚନଜଙ୍ଘାର ପାଦଦେଶ ମୋତେ ଦିଶିଲା ସମୁଦ୍ରର ଅତଳ ଜଳରାଶି ପରି । ଗାଢ଼ ନୀଳ । ତୁଷାରପାତରେ ଆଚ୍ଛାଦିତ ହୋଇ ଲମ୍ବିଥିବା ପର୍ବତମାଳା ସୀମାହୀନ ଆକାଶ ପରି ବୋଧହେଉଚି । ଭାବିଲି, ସମୁଦ୍ର କେବେ ବି ଅଶାନ୍ତ ନୁହେଁ, ବରଂ ଶାନ୍ତ ଓ ପ୍ରତିଶ୍ରୁତିପୂର୍ଣ୍ଣ କାଞ୍ଚନଜଙ୍ଘା ପର୍ବତ ପରି ।

ଆପାତତ ଏହିଭଳି ମୁହୂର୍ତ୍ତକୁ ଭେଟିବାପାଇଁ ମୋତେ ଭଲ ଲାଗେ। ସେଇଥିପାଇଁ ଗପ ଉପରେ ଆଲୋଚନାସଭାକୁ ନିମନ୍ତ୍ରିତ ହୋଇଯିବା ପାଇଁ ପ୍ରସ୍ତାବକୁ ସହସା ଗ୍ରହଣ କରିଥିଲି ।

ଭୁବନେଶ୍ୱରରୁ କଲିକତା । କଲିକତାରୁ ପୁଣି ଦାର୍ଜିଲିଂ !

ଦାର୍ଜିଲିଂରେ ରହିବାପାଇଁ ସୁବନ୍ଦୋବସ୍ତ ହୋଇଥିଲା । କ୍ଲକ୍ ଟାୱାର ପାଖରେ, ସୁଉଚ୍ଚ ହୋଟେଲ୍ । ପ୍ରବେଶପଥରେ କେତୋଟି ଫୁଲଗଛ । ତାହାକୁ ଅତିକ୍ରମ କରିଗଲେ ରିସେପ୍ସନ୍ କାଉଣ୍ଟର୍ । ହୋଟେଲ ବୟ୍ ଖୋଲିଦେଲା କୋଠରିର ଦ୍ୱାର । ପରିଷ୍କାର ପରିଚ୍ଛନ୍ନ । ଝର୍କା ଖୋଲିଦେଲା ପରେ ଦେଖାଗଲା କାଞ୍ଚନଜଙ୍ଘା ପର୍ବତ । ତାହାର ପାଦଦେଶରେ ପାଇନ୍ ଜଙ୍ଗଲ । ତୁଷାରାବୃତ୍ତ ଗଛଗୁଡ଼ିକ ଉଦ୍ଦେଶ୍ୟହୀନ ଭାବରେ ଧ୍ୟାନମଗ୍ନ । ତେଣୁ ଶୁଣିପାରୁନାହାନ୍ତି, ଦିଗହଜା ଚଢ଼େଇଙ୍କ କରୁଣ ସ୍ୱର, ମେଘର ରିମ୍‌ଝିମ୍ ଗୀତ ଓ ଟୁରିଷ୍ଟ୍‌ମାନଙ୍କର ଅସହନୀୟ କୋଳାହଳ ।

ଏହିପରି ପରିବେଶରେ, ସୁନନ୍ଦାର ଉପସ୍ଥିତି ବେଶ୍ ଅଦ୍ଭୁତ, ଅବିଶ୍ୱସନୀୟ । ଶିହରଣମୟ ଅନୁଭବ । ସଂପ୍ରସାରିତ ହେବାପରି ମୁହୂର୍ତ୍ତ । ନର୍ଭସ୍ ହେବାର ଚିହ୍ନ ନାହିଁ ତା' ମୁହଁରେ । କ'ଣ କହିବ ସେ ? ପାଂଚ ଛଅ ବର୍ଷ ତଳର କଥାକୁ ସତେଜ କରିବାର ଅଭିପ୍ରାୟ ନେଇ ସେ ଏଠାରେ ଉପସ୍ଥିତ ହୋଇନାହିଁ ତ ! ଗୋଟେ ବ୍ୟାକୁଳତା ମୋତେ ଜଡସଡ଼ କରିପକାଇଲା । ଆଦୌ ଆଶା କରିନଥିଲି ଏହିପରି ମୁହୂର୍ତ୍ତର ମୁହାଁମୁହିଁ ହେବି ବୋଲି । ସନ୍ଦେହହୀନ ଥିଲି, ସେ ସେହି କଥାଟିକୁ ନେଇ ମୋତେ ଲଜ୍ଜିତ କରିବ। ଏହାଠାରୁ ଅଧିକ ସେ କ'ଣ କରିପାରିବ, ତାହା ଜାଣେ ନାହିଁ । ଭାବିଲି, ସେହି ପାଇନ୍ ଜଙ୍ଗଲ ଭିତରେ ମିଶିଯାଇ ଗୋଟେ ଗଛ ହୋଇଯିବି । ଖାଲି ଗୋଟିଏ ଗଛ । କୋଠରି ଭିତରେ ସେମିତି କିଛି ଉଲ୍ଲେଖନୀୟ ସ୍ଥାନ ନଥିଲା, ଯେଉଁଠି ମୋ ମୁହଁକୁ ମୁଁ ନିଜେ ଲୁଚାଇପାରିବି । ଖୋଲା ଝର୍କା। ଇଣ୍ଟରକମ୍ । ପାଣିଗ୍ଲାସ୍। ବିଛଣାପତ୍ର । କାନ୍ଥରେ କାଗଜ ଫର୍ଦ୍ଦ ପରି ପତଳା ଟିଭି । କେଉଁଠି ବି ନାହିଁ ଅଳ୍ପ ଅନ୍ଧାର ଯାହା ଭିତରେ ମୁହଁ ଲୁଚିଯାଇପାରିବ ଯେମିତି ।

ଅଧାପଢ଼ା ବହିର ପୃଷ୍ଠା ଭିତରୁ ଦିଶୁଚି ଶବ୍ଦଗୁଡ଼ିକ ବେଶ୍ ସ୍ପଷ୍ଟ । ବୋଧେ ସେହି ଶବ୍ଦଗୁଡ଼ିକୁ ନେଇ ମୋ' ପରିଚୟ। ଏବଂ ମୋ' ଜୀବନ ଜିଜ୍ଞାସା । ଜୀବନକୁ କିପରି ବୁଝିହେବ, ତାହାକୁ ନେଇ ଅନେକ ପରୀକ୍ଷାନିରୀକ୍ଷା କରିସାରିଛି । ସବୁ ଦିଶୁଚି ସୁନ୍ଦର, ଏଇ ଯେମିତି କାଞ୍ଚନଜଙ୍ଘା ପର୍ବତ ଶୋଭାପାଉଛି ଝର୍କାର ଆରପଟରେ । ଅପ୍ରାପ୍ତିର ଭୂମି କେଉଠି ନାହିଁ । ପରିପୂର୍ଣ୍ଣତାର ତୁଷାରପାତ ହେଉଛି । ଚାରିଆଡ଼ ଶୀତଳ, ମଧୁମୟ ।

ସୁନନ୍ଦା ଓଠରେ ଚହଟିଲା ଧାରେ ହସ । ଆମୋଦିତ ହୋଇ ସେ କହିଲା, 'ଅନେକ ଦିନ ପରେ ତୁମକୁ ଦେଖୁଚି । ଟିକେ ବି ବଦଳି ନାହଁ । ସେମିତି ଚୁପ୍‌ଚାପ୍ । ବୋଧେ ସେଇଥିପାଇଁ ଗପ ଲେଖିପାରୁଛ।'

ବିସ୍ମୟଭରପୂର ଇଲାକା ଭିତରେ ଏବେ ମୁଁ । ଆବେଗର ହାତଗୋଡ ଭିତରେ ଛନ୍ଦିହେବାପରି ଅଣନିଶ୍ୱାସୀ ମୁହୂର୍ତ୍ତ । ଆଉ କିଛି ଘଟିବନାହିଁ । ସୁରକ୍ଷିତ ହେବାପାଇଁ ଆଉ ପ୍ରଚେଷ୍ଟାର ଆବଶ୍ୟକତା ନାହିଁ । ମୋ' ଆଖି ସାମ୍ନାରେ, କାହିଁକିକେଜାଣି, ସୁନନ୍ଦା ପାଲଟିଗଲା ଆଂଜୁଳାଏ ହାଲୁକା ପବନ । ସେ ମୋତେ ଛୁଇଁପାରୁଛି । ହେଲେ, ମୁଁ ତାକୁ ଛୁଇଁବା ସମ୍ଭାବନାହୀନ ।

ସୁନନ୍ଦା ଦେଖିବାକୁ ଖୁବ୍ ସୁନ୍ଦର । ଅଧିକ ଆକର୍ଷଣୀୟ ଲାଗେ ତା'ର କଥାକୁହା ଆଖି । ସେ ହସିଲେ, ତାହା ବିଛେଇହୋଇଯାଏ ସଂଜ ଆକାଶରେ ।

ଅଳ୍ପ ହସି ସେ କହିଲା, 'ମୋତେ ଦେଖି ଆଦୌ ବିଚଳିତ ହେବାର ନାହିଁ । ଏଇ ହୋଟେଲ୍‌ରେ, ମୁଁ ଚାକିରି କରିଛି । ତେଣୁ ତୁମ ସହ ଭେଟ ହେଲା । ଏହା ମୋ' ପାଇଁ ଖୁସିର କଥା । ଯଦି ତୁମେ ଚାହିବ, ଦାର୍ଜିଲିଂର ଟୁରିଷ୍ଟ ସ୍ପଟ୍ ସବୁ ବୁଲାଇ ଦେଖାଇବି ।'

କଥାଟି ଏମିତି ଢଙ୍ଗରେ କହିଲା, ଯେମିତି ମୋତେ ସେ ବିଶେଷ ଭାବରେ ଜାଣିନାହିଁ । ଯଦିବା ଜାଣିଚି, ତେବେ ଅନେକ ଦିନ ହେଲା ସେ ମୋତେ ଭୁଲିଯାଇଚି । ଜଣେ ଅନ୍ୟଜଣକୁ ଭୁଲିଯିବା ସ୍ୱାଭାବିକ ପ୍ରକ୍ରିୟା । ଭୁଲିପାରୁନଥିଲେ ମଣିଷ କ'ଣ ସହଜରେ ଜିଇପାରିବ ? ଶୋକ, ଦୁଃଖ ଓ ଅପମାନକୁ ଯେତେ ଶୀଘ୍ର ଭୁଲିଯିବ, ସେତେ ଭଲ । କିନ୍ତୁ ମାଆବାପାଙ୍କୁ ମୋଟେ ଭୁଲିପାରିନଥିଲି । ନିଜ ଭିତରେ ଖାଲି ତାଙ୍କର ଅନୁପସ୍ଥିତିକୁ ନେଇ ଦିନସାରା ଘାରିହେଉଥିଲା । ବାପାଙ୍କ ଫେରିବା ସମୟ ହେଲେ ସେ ଦରଜା ଖୋଲୁଥିଲା ଆୟଉହୀନ ମନରେ । ଲୁହ ଛଳଛଳ ଆଖିରେ ଦୁଆରବନ୍ଧକୁ ଆଉଜି ଭାବୁଥିଲା, ଫେରିଆସିବେ ବାପା ।

ଫେରିଆସି ନଥିଲେ ବାପା । ଫେରିନଆସିବା ପାଇଁ ସେ ବୋଧେ ପ୍ରତିଜ୍ଞା କରି ଘରୁ ପଳାଇଥିଲେ । କାହିଁକି ଗଲେ ସେ ? ମାଆ କେବେ ବି ବୁଝିପାରିନଥିଲା । ଅଦ୍ଭୁତ ଅନିଶ୍ଚିତତାକୁ ସେ ସମ୍ଭାଳିପାରିବା ପାଇଁ ସମର୍ଥ ନଥିଲା । ବୋଧେ ସେଇଥିପାଇଁ ଜିଇରହିଥିବା ପର୍ଯ୍ୟନ୍ତ, ସେ ସଜାଉଥିଲା ଗୋଟେ ଟିଣ ବାକ୍ସ ।

ଏତେ ସହଜରେ ସେଇପରି ଗୋଟେ ଘଟଣାକୁ କିପରି ଭୁଲିଗଲା ସୁନନ୍ଦା ? ଦୁଃଖ ନାହିଁ । ମୁହଁରେ ଭରିରହିଛି ହସ । ଯେଉଁ ହସ ପ୍ରଲୁବ୍ଧ କରିବ ଯେକୌଣସି ଆଶ୍ୱାସନାହୀନ ମଣିଷକୁ ନିରୋଳା ମୁହୂର୍ତ୍ତରେ । ଆଶ୍ଚର୍ଯ୍ୟ ହେଲି । ପରେ ଆମୋଦିତ ହେଲି ।

ମୋ' ସହିତ ପଢୁଥିଲା ସୁନନ୍ଦା । କଲେଜରେ । ମାନୁଚି, ତା' କଥାକୁହା ଆଖି ଦେଖି ବିହ୍ୱଳ ହୋଇଥିଲି । ତା' ପ୍ରେମରେ ପଡ଼ିଯାଇଥିଲି । ହେଲେ, ମୋ'

ପ୍ରତି ସେତେଟା ଭଲପାଇବା ନଥିଲା ତା' ଭିତରେ । ସଞ୍ଜୟ ଭଲ ଖେଳେ । ଫୁଟ୍‌ବଲ୍ ଧରି ପଡ଼ିଆରେ ଦୌଡ଼ିଲାବେଳେ, ମନେହୁଏ, ସେ ମିଶିଯାଇଛି ପବନରେ । ତା' ସହିତ ସୁନନ୍ଦାର ନାଁ ଯୋଡ଼ିହୋଇ ଚର୍ଚ୍ଚା ହୁଏ କଲେଜ କ୍ୟାମ୍ପସରେ । ହେବା ବି ସ୍ୱାଭାବିକ । ମୋ'ର ଗୋଟେ ଗୋଡ଼ ଦୁର୍ବଳ । ସହଜରେ ମୁଁ ଚାଲିପାରେ ନାହିଁ । ହେଲେ, ଭଲ ପଢ଼େ । ମୋ' ନୋଟ୍‌ବୁକ୍‌ସବୁ ନେଇ ପରୀକ୍ଷା ପାଇଁ ପ୍ରସ୍ତୁତ ହେଉଥିଲା ସୁନନ୍ଦା।

ସାମାନ୍ୟ ଇତସ୍ତତଃ ହେବା ପରି ମୁହୂର୍ତ୍ତ ।

କିଛି ସମୟ ପରେ ପର୍ଦ୍ଦା ଆଡ଼େଇ ଚାଲିଗଲା ସୁନନ୍ଦା।

ଝରକା ଆରପଟରେ କାଞ୍ଚନଜଙ୍ଘା ପର୍ବତ । ଚିକ୍‌ଚିକ୍ କରୁଛି ତାହାର ଶୀର୍ଷ । ଦମକାଏ ଶୀତଳ ପବନ ପଶିଆସିଲା, କୋଠରି ଭିତରକୁ ଦରଜା ବନ୍ଦ୍ କଲାବେଳେ । ବୋଧେ ସେଇ ପବନ ବି ଖୋଜୁଚି ମୋ' ପରି ଅଳ୍ପ ଅନ୍ଧାର ।

ସୁସଜ୍ଜିତ ହଲ୍ । ବିଭିନ୍ନ ରାଜ୍ୟରୁ ଆସିଥାନ୍ତି ଲେଖକମାନେ। ବେକରେ ଝୁଲୁଚି ପ୍ଲାଷ୍ଟିକ୍ କାର୍ଡ । ସେଇଥିରେ ରହିଛି ସେମାନଙ୍କର ପରିଚୟ। କଥାହେଲି ପାଖରେ ବସିଥିବା ଜଣେ ଲେଖକ-ବନ୍ଧୁଙ୍କ ସହିତ । ଟିକେ ଗମ୍ଭୀର ଦିଶିଲା ତାଙ୍କ ମୁହଁ । କଥାବାର୍ତ୍ତା ହେଲାବେଳେ।

ଅଳ୍ପ ଅଳ୍ପ ଆଲୋକ । ମଞ୍ଚ ଉପରେ । ଫୁଲ ସଜାହୋଇଛି। କେଉଁ ଫୁଲର ମହକରେ ମହକୁଛି ଚଉପାଶ, ତାହା ଜାଣିପାରିଲି ନାହିଁ ।

ଆରମ୍ଭ ହେଲା ସଭା । କାହିଁକିକେଜାଣି ମଞ୍ଚାସୀନ ବ୍ୟକ୍ତିମାନେ ବୟସ୍କ ଜଣାପଡ଼ିଲେ । କିଛି ସମୟ ପାଇଁ ଭାଷଣ । ହଲ୍ ଭିତରେ ଉପସ୍ଥିତ ଲେଖକମାନେ ଟିକେ ଅନ୍ୟମନସ୍କ ହେଲାପରି ଜଣାପଡ଼ିଲେ । କେହି ଜଣେ ପାଣିବୋତଲର ଠିପି ଖୋଲିଲେ । ଅନିଚ୍ଛାସତ୍ତ୍ୱେ ଢୋକେ ପାଣି ପିଇବାକୁ ବାଧ୍ୟହେଲେ ଯେମିତି ।

ନିଜ ଗଳ୍ପ ସମ୍ପର୍କରେ କ'ଣ କହିବି ନା ନିଜର ଗୋଟେ ଗଳ୍ପ ପଢ଼ିବି ? ଏମିତି କ'ଣ ମୁଁ ଲେଖିଚି ଯେ ସମସ୍ତେ ମୋ' ଗଳ୍ପକୁ ମନଦେଇ ଶୁଣିବେ ! ଶୁଣିସାରିଲାପରେ ତାଳିମାରି ପ୍ରଶଂସା କରିବେ ! ଜୀବନର ଅନୁଭୂତି କଥା କହିବାକୁ ହୋଇଥିଲେ ଅତି ଚମତ୍କାର ଭାବରେ ମୁଁ ସୁନନ୍ଦାର ଜୀବନକାହାଣୀ କହିଥାନ୍ତି । ତା' ଶୁଣି ସମସ୍ତେ ବିସ୍ମିତ ହେଇଥାନ୍ତେ ନିଶ୍ଚୟ। ହେଲେ, ସ୍ୱପ୍ନ ଓ କଳ୍ପନାଜଗତଠାରୁ ବାସ୍ତବ ଦୁନିଆ କେତେ ଭିନ୍ନ, ତା' କିଏ କ'ଣ କାହାକୁ କହେ ?

ଦିନଟି କେମିତି କଟିଲା, ଜାଣିହେଲା ନାହିଁ । ହଲ୍ ଭିତରୁ ବାହାରିବାବେଳେ ଜଣେ ବନ୍ଧୁ ମୋ' ସହିତ ହାତ ମିଳାଇଲେ । କହିଲେ, 'ଜୀବନକୁ ଭଲ ଭାବରେ

ଆପଣ ବୁଝିଛନ୍ତି ଆଉ ଗପରେ ତାହାର ଆବେଗକୁ ପ୍ରକାଶ କରିଛନ୍ତି, ସେଥିପାଇଁ ପ୍ରଶଂସ୍ୟ।'

ହାଲୁକା ଲାଗିଲା ମନ, ଏଇ ମନ୍ତବ୍ୟଟି ଶୁଣିବା ପରେ । ସତରେ, ମୁଁ କ'ଣ ଜୀବନକୁ ବୁଝିପାରିଛି ? ଜୀବନ କେତେ ରହସ୍ୟମୟ, ତାହା କହିବା ଏତେ ସହଜ ନୁହେଁ । ଜୀବନ ବୋଧେ ଗୋଟେ ସମୁଦ୍ର! ସେଥିପାଇଁ ଅନେକ ଦୂରରୁ ମୋତେ ଶୁଭେ ଘୋ ଘୋ ଗର୍ଜନ। ଭୟଙ୍କର ଦିଶେ ତାହାର ଅଥଳ ଜଳରାଶି ।

ଆଉଥରେ ସେଦିନ ଭେଟହେଲା ନାହିଁ ସୁନନ୍ଦା ସହିତ । ଏହା ବୋଧେ ପୂର୍ବନିର୍ଦ୍ଧାରିତ ।

ପରଦିନ ସକାଳେ କେହି ଜଣେ ଦରଜା ଠକ୍‌ଠକ୍ କରିବାରୁ ମୁଁ ନିଦରୁ ଉଠିପଡ଼ିଲି । ଆଖିରେ ଭରା ନିଦ । ଦରଜା ଖୋଲିଲାପରେ ଦେଖିଲି, ଠିଆହୋଇଛି ସୁନନ୍ଦା। ମୁହଁରେ ସେହିପରି ସ୍ମିତ ହସ । ହଳଦୀରଙ୍ଗର ଓଢ଼ଣିକୁ ସଜାଡ଼ିବାବେଳେ ସେ ମୋତେ ଭଲକରି ଚାହିଁଲା । ସତେଯେମିତି ତା'ର ସମ୍ପୂର୍ଣ୍ଣ ଅକ୍ତିଆର ଭିତରେ ମୁଁ ରହିଯାଇଛି । ତା'ର ସନ୍ତୋଷ ଓ ଅସନ୍ତୋଷର ପରିସୀମା ମୋ' ଚାରିପଟରେ ହିଁ ଶେଷ ହୋଇଯାଇଛି । ଅତି ଆନ୍ତରିକତା ସହକାରେ ସେ କହିଲା, 'ମୁଁ ବୁଝିସାରିଛି, ଆଜି ତୁମର କିଛି କାମ ନାହିଁ । ହୋଟେଲରେ ଖାଲି ଶୋଇରହିବା ଅପେକ୍ଷା ମୋ' ସହିତ ଚାଲ, ବୁଲିଆସିବ।'

ହସହସ ମୁହଁରେ ମୋ' ସାମ୍ନାରେ ଠିଆହୋଇଛି ସୁନନ୍ଦା। ସଜାଡୁଚି ହଳଦୀରଙ୍ଗର ଓଢ଼ଣି । କ'ଣ କହିବି ? ଖଟ୍‌କରି ଦରଜା ବନ୍ଦ୍ ହୋଇଯିବାର କିମ୍ବା ଖୋଲିଯିବାର ଶବ୍ଦ ଆରପଟ କୋଠରିରେ ।

– 'ବାଥ୍‌ରୁମ୍‌କୁ ଯାଅ । ମାତ୍ର ଦଶମିନିଟ୍ ତୁମକୁ ଦେଉଚି । ସେତିକି ସମୟ ଭିତରେ ତୁମେ ବାହାରିପଡ଼ିବ।'

ଅଧିକ ଚଳଚଂଚଳ ଜଣାପଡ଼ିଲା ସୁନନ୍ଦା। ବୋଧେ ପ୍ରସ୍ତୁତ କରିଆସିଚି ଗୋଟେ କାର୍ଯ୍ୟସୂଚୀ । ସେହି ଅନୁସାରେ ତାକୁ ସବୁ ସାରିହେବ ଯେମିତି ।

ଆଦୌ ବ୍ୟସ୍ତ ହେଉନଥିଲା ମାଆ । ଚାରିକାନ୍ଥ ଭିତରେ ବିତିଯାଉଥିବା ଦିନ ଯେମିତି ଆସୁଥିଲା ଅଧିକ ବିଳମ୍ବରେ । ଅତି ଯତ୍ନରେ ତୋଳୁଥିଲା ଫୁଲ । ପାଖୁଡା ଝଡ଼ିପଡ଼ିବା କଥା ଭାବିବା ସହଜ ନୁହେଁ । ଗୁଣୁଗୁଣୁ ହୋଇ ପଢୁଥିଲା ମନ୍ତ୍ର, ସତେଯେମିତି ଗୀତ ଗାଇ ସେମାନଙ୍କୁ ଉଠାଉଥିଲା ଗଭୀର ନିଦରୁ । ଗ୍ୟାସ୍ ଚୁଲିରେ ପାଣି ଡେକ୍‌ଚି ଥୁଆହେବା ବେଳକୁ ଖରା ଛୁଇଁଥାଏ ଦୁଆର । ଉଦାରପଣର ମହକ ଚହଟୁଥାଏ ଘର

ଭିତରେ । ସେ ବୋଧେ ଭାବୁଥିଲା, ଏତେ ତରତର ହେବି କ'ଣ ପାଇଁ, ଜଣେ ଲୋକର ଅଭିଯୋଗ କିମ୍ବା ପ୍ରତିବାଦ ସହ୍ୟ କରିବା ପାଇଁ ସାରା ଜୀବନ ତ ପଡ଼ିଛି !

କେମିତି ହେଲା ଏହା ସମ୍ଭବ ! ଗୋଟିଏ ମୁହୂର୍ତ୍ତରେ ହଜିଗଲେ ବାପା। ଯିବାବେଳେ ଦରଜା ବନ୍ଦ୍ କରିବାକୁ ଭୁଲିଯାଇଥିଲେ ସେ।

କାନ୍ଥରେ ବାପାଙ୍କ ଫଟୋ ଝୁଲୁଥିଲା । ଦିନେ ସକାଳୁ ମାଆ ତାକୁ କାଢ଼ିଆଣି ଟ୍ରଙ୍କ୍ ଭିତରେ ରଖିଦେଲା, ଯେଉଁଥିରେ ସାଇତାହୋଇ ରହିଛି ଅନେକ ଦିନ ଧରି ପ୍ରାସଙ୍ଗିକତା ହରାଇଥିବା ବାପାଙ୍କ ପୋଷାକପତ୍ର। ଭାଗବତ ସେଟ୍ ଓ ଗୋଟେ ତମ୍ବା ଢାଳ।

ଅବିଶ୍ୱସନୀୟ ଭାବରେ ମୋର ମନେହେଲା, ସେହି ବାଥ୍‌ରୁମ୍ ଭିତରେ ସୁନନ୍ଦା। କାନ୍ଥ ଭେଦକରି ସେ ପ୍ରବେଶ କରିଛି ତା' ଭିତରେ, କୌଣସି ଭୂମିକା ନଥାଇ। ନହେଲେ ତା' ନିଶ୍ୱାସ ମୋ ମୁହଁକୁ ଛୁଇଁଲା କିପରି ? ଅହେତୁକ ଆଶଙ୍କା ଭିତରେ ହଠାତ୍ ଖୋଲିଦେଲି କବାଟ।

ପାଣିଟୋପା ଛିଟିକିପଡ଼ିଲା କାର୍ପେଟ୍ ଉପରେ।

ଫୁର୍‌ଫୁର୍ କେଶରେ ଅଂଗୁଳିଚାଳନା କରି ସୁନନ୍ଦା କହିଲା, 'ତେବେ ବି ଡେରି ହୋଇଗଲା । ଆମେ ଆଉ ଟାଇଗର ହିଲ୍‌ସ୍‌ରେ ସୂର୍ଯ୍ୟୋଦୟ ଦେଖିବା ସମ୍ଭବ ନୁହେଁ । ସତରେ, ସେଠି ସୂର୍ଯ୍ୟୋଦୟ ଦେଖିବା ଗୋଟେ ରୋମାଂଚକର ଅନୁଭବ। ଅଦ୍ଭୁତ ପରିବେଶ । ସେହି ପରିବେଶରେ ତୁମକୁ ନିଶ୍ଚେ ଗୋଟେ ନୂଆ ଗପର ପ୍ଲଟ୍ ମିଳିଥାନ୍ତା । ସୁଯୋଗ ତୁମେ ହରାଇଲ, ଜୟନ୍ତ ।

କ'ଣ ମୁଁ ହରାଇଲି, ତାହା ସେତେ ଗୁରୁତ୍ୱପୂର୍ଣ୍ଣ ନୁହେଁ, ବରଂ ସାରାଜୀବନ ମାଆ ଯାହା ହରାଇଛି, ମୋ' ପାଇଁ ଅଦ୍ଭୁତ ବିସ୍ମୟ। କାରଣ ଗୋଟେ ଅପହଂଚ ଛାଇ ପଛରେ ଧାଇଁବା ପରି ସେ ଧାଉଁଥିଲା ସକାଳରୁ ସଂଜ ପର୍ଯ୍ୟନ୍ତ । ଖାଲିପାଦରେ । ଘର ଭିତରେ ।

ଗାଡ଼ିରେ ବସିଲାପରେ ସୁନନ୍ଦା ପଚାରିଲା, 'ଚା'ବଗିଚା ଭିତରେ ବୁଲିବା ? ଥାକ ଥାକ ହୋଇ ଦିଶେ ଚା'ବଗିଚା, ବହୁ ଦୂରରୁ । ପାଖକୁ ଗଲେ ଜାଣିବ, କେତେ ସମତଳ ଭାବରେ ସବୁଜ ରଂଗ ପରି ଗଡ଼ିଯାଉଛି ଏପଟସେପଟ ହୋଇ ଅସୁମାରି ସବୁଜପତ୍ର । ଅହେତୁକ ଉଚ୍ଛ୍ୱାସରେ । ସେଠି ବି ଭଲପାଇବା ଅଛି। ନହେଲେ, ମାଟି କ'ଣ ଧରିରଖିପାରିଥାନ୍ତା ଚେର ଓ ସମୁଦାୟ ଗଛକୁ ଏତେ ନିବିଡ ଭାବରେ !'

ରାସ୍ତାର ଦୁଇପଟରେ ଟୁରିଷ୍ଟଙ୍କର ଗହଳି । ଏତେ ଗହଳି ଭିତରେ ହଠାତ୍ ମୁଁ

ଅନୁଭବ କଲି ନିର୍ଜନତା । ମୋତେ କ୍ଳାନ୍ତ ବି ଲାଗିଲା । ଗତରାତିରେ ଶୋଇପାରିନଥିଲି ଭଲଭାବରେ ।

ଅସମତଳ ରାସ୍ତା । ଟୟ-ଟ୍ରେନ୍‌ଟି ସେହି ରାସ୍ତାକୁ ଛୁଇଁଦେଲାପରି ଗଲା । ପାଇନ୍‌ଜଙ୍ଗଲ କଡ଼ରେ । ସେଥିରେ ବସିଥାନ୍ତି କେତେଜଣ ଟୁରିଷ୍ଟ୍ । ମୁଗ୍ଧ ଓ ସନ୍ତୁଷ୍ଟଭାବ ସେମାନଙ୍କ ମୁହଁରେ । ଶୀତଶୀତ ପରିବେଶ । ରାସ୍ତାକଡ଼ରେ ଠିଆହୋଇ କେହି ଜଣେ କ୍ୟାମେରାରେ ଉଠାଉଛନ୍ତି ଫଟୋ ।

– 'ଫଟୋ ଉଠାଇବା । ସେଇ ପାଇନ୍‌ଗଛ ପାଖରେ ଠିଆହୋଇ ।'

ସୁନନ୍ଦାର ଅଭିପ୍ରାୟ ବୁଝିବା ଆଦୌ ସହଜ ନୁହେଁ । ରାସ୍ତା ଚାରିପଟରେ ଅଧିକ ଜଙ୍ଗଲ ଓ ଅଧିକ ନିର୍ଜନତା । ପର୍ବତର ପାଦଦେଶରେ ବି ।

ସେତିକିବେଳେ ଜଣେ ବୌଦ୍ଧ ସନ୍ନ୍ୟାସୀ ରାସ୍ତା ଅତିକ୍ରମ କଲେ । ମୁଣ୍ଡରେ ହଳଦିଆ ରଙ୍ଗର ଟୋପି । ଦେହରେ ଲାଲ୍ ରଙ୍ଗର ଶାଲ୍ ।

– 'ଏଇ ପାଖରେ କୌଣସି ମୋନାଷ୍ଟ୍ରି ଅଛି ବୋଧେ ?'

ଅନିଚ୍ଛାଭାବରେ ଉତ୍ତରଦେଲା ସୁନନ୍ଦା –'ଘୁମ୍ ମୋନାଷ୍ଟ୍ରି ।'

– 'ସେଠିକୁ ଯିବା । ମୁଁ କୌଣସି ମୋନାଷ୍ଟ୍ରି ଦେଖିନାହିଁ । ତେଣୁ ଟିକିଏ କୌତୂହଳ ଅଛି ମନରେ ।'

ଆପାତତ ଗୋଟେ ସମ୍ବେଦନାହୀନ ମୁହୂର୍ତ୍ତ । ଟାଇଗର୍ ହିଲ୍‌ସ୍‌ରେ ସୂର୍ଯ୍ୟୋଦୟ, ଟୟ ଟ୍ରେନ୍‌ରେ ଭ୍ରମଣ କିମ୍ବା ଚା' ବଗିଚା ଭିତରେ ରୋମାଂଚକ ଅନୁଭବର ପ୍ରତ୍ୟାଶା ନରଖି ମୋନାଷ୍ଟ୍ରି ଯିବା କଥାଟିକୁ ସହଜରେ ଗ୍ରହଣ କରିପାରିଲା ନାହିଁ ସୁନନ୍ଦା । ବାଟସାରା ନିରବତାର ଛାଇ ଗାଡ଼ି ଭିତରେ ।

ଶାନ୍ତ ପରିବେଶ ଭିତରେ ଘୁମ୍ ମୋନାଷ୍ଟ୍ରି । ଛୁଇଁଯାଉଛି ମେଘଖଣ୍ଡ । ଆକାଶ ଦିଶୁଚି ନୀଳ । ଶେଷହୀନ ନିରବତା । ଲାଲ୍, ନୀଳ ଓ ହଳଦୀରଂଗର କାନ୍ଥରେ ଚିତ୍ରିତ ଅନେକ ଚିତ୍ର । ଭଗବାନ୍ ବୁଦ୍ଧ ହେଉଛନ୍ତି ବୌଦ୍ଧ ସନ୍ନ୍ୟାସୀଙ୍କର ଆରାଧ୍ୟଦେବତା । ଜୀବନସାରା ପ୍ରାପ୍ତିଅପ୍ରାପ୍ତିର କଥାଭୂମି ଏଠାରେ ନାହିଁ । ହଳଦିଆ ଟୋପିପରିହିତ ପ୍ରତ୍ୟେକ ସନ୍ନ୍ୟାସୀ ବୋଧେ ଏହି ମାନସିକତାର ଢେର୍ ଉର୍ଦ୍ଧ୍ୱରେ । ସେଥିପାଇଁ ସେମାନେ ଶାନ୍ତ ଓ ମୁକ୍ତ । ଦୁଃଖ, ଅସଫଳତାର ଚିହ୍ନ ନାହିଁ ସେମାନଙ୍କ ମନ ଭିତରେ ।

ଘଣ୍ଟିଧ୍ୱନିରେ ବୋଧହେଲା, ସେହି ପରିବେଶ ଅଧିକ ପବିତ୍ର, ରହସ୍ୟମୟ । ମୋ' ସହିତ ସୁନନ୍ଦା ବୁଲୁଥିଲେ ବି ସେ ଏହି ରହସ୍ୟକୁ ଭେଦକରିପାରିଲା ନାହିଁ । ଭଗବାନ୍ ବୁଦ୍ଧଙ୍କୁ ନ ଚାହିଁ ମୋତେ ବାରମ୍ବାର ଚାହିଁଲା । ବୁଝିବାକୁ ଚେଷ୍ଟାକଲା । ଅପ୍ରକାଶିତ କ୍ରୋଧ ଓ ପ୍ରତିବାଦରେ ନିଜ ଭିତର ଅସ୍ଥିର ହୋଇପଡ଼ିଲା ।

ଗାଡ଼ିରେ ଫେରିଲାବେଳେ ମୋ' ହାତ ଧରିଲା ସୁନନ୍ଦା। ଅଣନିଶ୍ୱାସୀ ଭାବ ଓ ମୋ' ଭିତରେ ରୁନ୍ଧି ହୋଇଯିବାର ଅନୁଭବ। ପୃଥିବୀ ଓ ଆକାଶ ସଂକୁଚିତହେବାର ଗୋଟେ ଦୃଶ୍ୟ ମୋତେ ହଲାଇଦେଲା ।

କଲିକତା ଯିବା ପରେ ସୁନନ୍ଦା ମୋ' ସହିତ କୌଣସି ଯୋଗାଯୋଗ ରଖି ନଥିଲା ।

ଭାବିଥିଲି, ଭଲରେ ଥିବ । ଘରସଂସାର କରି ସବୁ ଝିଅ ଭଲରେ ରହୁଛନ୍ତି, ସେ କାହିଁକି ରହିବ ନାହିଁ ଖୁସିରେ, ଶାନ୍ତିରେ !

ଏହା ଭାବିବା ଥିଲା ଅର୍ଥହୀନ । ସୁନନ୍ଦାର ମାଆ ଦେଖାହୋଇଥିଲେ କୌଣସି ଏକ ଫଙ୍କ୍‌ସନ୍‌ରେ । ତାଙ୍କ ଆଖିରୁ ଝରୁଥିବା ଲୁହ ସୂଚେଇ ଦେଇଥିଲା, ସୁନନ୍ଦା ଭଲରେ ନାହିଁ । ସଞ୍ଜୟ ତା' ପାଖରେ ରହୁନାହିଁ ।

ସୁନନ୍ଦା ହାତମୁଠା ଭିତରେ ମୋ' ହାତ ନୁହେଁ, ବରଂ ମୋର ସମଗ୍ର ଚେତନା ତା' ଭିତରେ ରହିଯାଇଛି ବୋଲି ମନେହେଲା । ବିଚଳିତ ହେବା ସ୍ୱାଭାବିକ । ଦିଗଭ୍ରଷ୍ଟ ହେବା କଥା ନିଜକୁ ପଚାରିବା ଆଉ ସମ୍ଭବ ନୁହେଁ । ସେହି ସମୟରେ।

– 'ସଞ୍ଜୟ ଏବେ କୋଉଠି ?'

ସମ୍ଭବତଃ ଏହିଭଳି ଆକସ୍ମିକ ପ୍ରଶ୍ନର ଆପେକ୍ଷାରେ ନଥିଲା ସୁନନ୍ଦା। ସେ ନିରବ ରହି ଭାବୁଥିଲା, କେବେ ହୁଏତ ଦେଖିଥିଲା ସଞ୍ଜୟକୁ, ଏବେ ଆଉ ମନେପଡୁନାହିଁ । ନହେଲେ କୋଉଠି ତାକୁ ହଜାଇଦେଇଛି, ଅଲୋଡ଼ା ଚିଠିଟି ପରି, ତାହାର ଠିକଣା ଆଉ ମିଳୁନାହିଁ ।

ହେଲେ, ସେହି ଠିକଣାକୁ ଖୋଜୁଛି ମୁଁ । ସାରା ରାସ୍ତା ଆଚ୍ଛନ୍ନ କରି ରଖିଲା ନିରବତା । କାରଣ ପାଂଚଛଅ ବର୍ଷ ତଳେ ସୁନନ୍ଦାକୁ ନେଇ ମୁଁ ବସ୍‌ରେ ବସାଇଆସିଥିଲି । ତାଙ୍କ ଘରର ବିରୋଧ ସତ୍ତ୍ୱେ ସେ ବିବାହ କରିଥିଲା ସଞ୍ଜୟକୁ। ତା'ପରେ ସେ ଦୁହେଁ ପଳାଇଯାଇଥିଲେ କଲିକତା । ମୋହନ୍‌ବାଗାନ୍ କ୍ଲବ୍‌ରେ ଯୋଗଦେଇଥିଲା ସଞ୍ଜୟ। ଭଲ ଖେଳୁଥିବା ହେତୁ । ସୁନନ୍ଦା ଚାକିରିକଲା ଗୋଟେ ହୋଟେଲରେ ।

ଗାଡ଼ିରୁ ଓହ୍ଲାଇଲାବେଳେ ସୁନନ୍ଦା ମୋ'କାନ ପାଖରେ ଫିସ୍‌ଫିସ୍ କରି କହିଲା, 'ଜାଣିନାହିଁ । ଫୁଟ୍‌ବଲ୍ ଧରି ସାରାଦିନ ପଡ଼ିଆରେ ଦୌଡୁଥିବା ମଣିଷଟିକୁ କିଏ ସବୁଦିନ ଭଲପାଇପାରିବ ? ତା' ହାତ ଛାଡ଼ିଦେଲି ଅଧରାସ୍ତାରେ। ଏବେ ଦୌଡୁ, କେତେ ଫୁଟ୍‌ବଲ୍ ପଛରେ ଦୌଡ଼ିବ, ସାରା ଜୀବନ ତ ପଡ଼ିଛି।'

ଆଉ କ'ଣ କହିବ ସୁନନ୍ଦା । ଭାବିପାରିଲା ନାହିଁ । ଚୁପଚାପ୍ ଠିଆ ହେଲା

ଅଳ୍ପ ଅନ୍ଧାରରେ । ମୋ' ହାତକୁ ଧରି । ବସ୍‌ରେ ସେ ଉଠିଲାବେଳେ ସେଦିନ ଯେମିତି ମୋ' ହାତମୁଠାକୁ ଧରିଥିଲା ସଜୋରେ । ଆବେଗ ଓ ଅତ୍ମୀୟତାରେ । ନିଜ ଭିତରେ ଗୋଟେ ବିଶ୍ୱାସ ଭରି । ହେଲେ ମୁଁ ଧୀରେ ହାତ ଖସାଇଆଣିଥିଲି । ନିର୍ବୋଧ ପିଲାଟି ପରି ।

ମାଆ ବୋଧେ ଏହି ଉପାୟ ଜାଣିନଥିଲା । ଜାଣିଥିଲେ ତା' ମୁହଁ ଦିଶିଥାନ୍ତା ସୂର୍ଯ୍ୟ ଉଇଁଲାପରି। ତା' ମନର ଶୂନ୍ୟତା ପ୍ରତି ସେ କେବେ ବି ହୋଇ ନଥାନ୍ତା ସହାନୁଭୂତିଶୀଳ ।

ସ୍ୱୀକାରୋକ୍ତି

ଏପରି ସମୟ ଆସିପହଞ୍ଚିବ, ବିଶ୍ୱାସ କରିନଥିଲି ।

ବର୍ଷ ବର୍ଷ ଧରି ଜୀବିକା ପ୍ରତି ଯେଉଁ ଆତୁରତା ରହିଆସିଚି, ସେଥିରୁ ମୋହଭଂଗ ପାଇଁ ଏତିକି ଯଥେଷ୍ଟ । ଆଉ ଚାରିଦିନ ପରେ ମୋର ଅବସର । ସେଥିପାଇଁ ମନ ଭିତରେ ବିବ୍ରତଭାବ । ତ୍ରୁଟି ନହେଉ ବୋଲି ମୁଁ ବେଶ୍ ସଚେତନ ଥିଲି । ତେଣୁ କୌଣସି ଗୁରୁତ୍ୱପୂର୍ଣ୍ଣ କାର୍ଯ୍ୟ କରିବାରେ ମୋର ଅବହେଳାକୁ ସ୍ୱୀକାର କରୁଚି । ଏତିକିବେଳେ ମୋ' ସହକର୍ମୀ କହିଲେ, 'ଯେଉଁ କାମଟିକୁ ଆପଣ ଆଡ଼େଇ ଦେଉଥିଲେ, ସେହି ବିଷୟରେ ହେଡ୍ ଅଫିସ୍‌ରୁ ନିର୍ଦ୍ଦେଶ ଆସିଚି । ତାଲା ଭାଂଗି ଲକର୍ ଖୋଲିବାପାଇଁ ।'

ଠିକ୍ ଭାବରେ କଥାର ଗୁରୁତ୍ୱ ବୁଝିଲେ ବି ତାହାକୁ ସହଜରେ ଗ୍ରହଣ କରିପାରିଲି ନାହିଁ । କ'ଣ କରିବି ? ତିନିଚାରି ମାସ ହେଲା ସେହି ଲକର୍ ପାଇଁ ମୁଁ ବିଚଳିତ । ପ୍ରତିବର୍ଷ ଲକର୍ ଭଡା ଆସୁନାହିଁ । ରେଜେଷ୍ଟ୍ରି ଚିଠି ମଧ୍ୟ ଡେଲିଭରି ନହେଇ ବ୍ୟାଙ୍କ୍‌କୁ ଫେରିଆସିଚି, ସେହି ଠିକଣାରେ ରମେଶ ସେନାପତି ରହୁନାହାନ୍ତି ବୋଲି । ନୈରାଶ୍ୟ ଓ ଯନ୍ତ୍ରଣାର ଅନୁଭବ ମୋ' ଭିତରେ । ଏକଥା କାହାକୁ କହିବା ସମ୍ଭବ ନୁହେଁ ।

ଟେବୁଲ୍ ଉପରେ ଗୋଟେ ଫାଇଲ୍ ଥୋଇ ଚାଲିଗଲେ ସହକର୍ମୀ । ତାଙ୍କ ମୁହଁ ଦିଶିଲା ସାମାନ୍ୟ ଗମ୍ଭୀର । ଆଉ ବୋଧେ ସେ କିଛି କହିବାପାଇଁ ଚାହୁଁଥିଲେ, ମାତ୍ର କହିପାରିଲେ ନାହିଁ । ସମ୍ଭବତଃ ମୋ' ଦାୟିତ୍ୱହୀନ ପ୍ରକୃତି ତାଙ୍କୁ ଭଲଲାଗିଲା ନାହିଁ ।

ଅତି ସଂକୁଚିତ ହେବାପରି ମୁହୂର୍ତ୍ତ । ଫଟୋ ଅଛି । ଅଫିସ୍‌ର ଠିକଣା ବି

ଅଛି । ବିଶ୍ୱସନୀୟ ଭାବରେ ଏଗ୍ରିମେଣ୍ଟ୍ ଫର୍ମରେ ଦସ୍ତଖତ କରିଛନ୍ତି ରମେଶ ସେନାପତି । ହେଲେ, ସେ ମିଳୁନାହାନ୍ତି । ଡାକପିଅନ ତାଙ୍କୁ ଚିଠିଦେବାରେ ବିଫଳ ହେଉଚି । ବଡ଼ ରହସ୍ୟମୟ ବୋଧହେଲା । ଦେଖିଲି, ଏହା ପ୍ରଥମ ବି ନୁହେଁ, ପୂର୍ବରୁ ଆଉ ଦୁଇଟି ଚିଠି ତାଙ୍କ ଠିକଣାରେ ଯାଇଚି । ସେ ଦୁଇଟିଯାକ ଫେରିଆସିଚି ।

ନିର୍ବାକ୍ ନିସ୍ପନ୍ଦ ହୋଇ ବସିରହିଲି । କିନ୍ତୁ ବେଶି ସମୟ ପାଇଁ ନୁହେଁ । ହେଡ୍ ଅଫିସ୍‌ରୁ ଆସିଥିବା ଚିଠିଟି ଉପରେ ନଜର ପକାଇଲି । ଅତି ସ୍ପଷ୍ଟ ଭାବରେ ଉଲ୍ଲେଖ ଅଛି - ତାଲା ଭାଂଗି ଲକର୍ ଖୋଲିବା ପାଇଁ ।

ବିଶ୍ୱାସ ହେଉନାହିଁ । କୁଆଡ଼େ ଗଲେ ରମେଶ ସେନାପତି ? ଏମିତି କ'ଣ କିଏ ହଜିଯାଇପାରନ୍ତି ? ଅତି ଅସ୍ୱାଭାବିକ ଲାଗିଲା ସବୁକିଛି । କୋଡ଼ିଏ ବର୍ଷ ଧରି ଲକର୍ ଖୋଲା ହୋଇନାହିଁ । ସେହି ଲକର୍‌ରେ କ'ଣ ଅଛି ? ଭରିରହିଚି ବୋଧେ ପ୍ରଚୁର ଧନରତ୍ନ ନା ଗୁରୁତ୍ୱପୂର୍ଣ୍ଣ କାଗଜପତ୍ର !

ଫଟୋଟିରେ ଅଦ୍ଭୁତ ଦିଶିଲେ ରମେଶ ସେନାପତି । ରାସ୍ତାରେ ଯିବାବେଳେ କୌଣସି ଅଚିହ୍ନା ଲୋକ ହଠାତ୍ ଚିହ୍ନାଚିହ୍ନା ଲାଗିବା ଭଳି । ଅଳ୍ପ ହସ । ଆଖିରେ କାହାକୁ ଖୋଜିଲା ଭଳି ଭାବ । ବୟସ ଚାଳିଶ ହେବ । ଭୁଲିଯାଇଛନ୍ତି ସବୁକିଛି । ନିଜର ଦାୟିତ୍ୱବୋଧ ଓ ନିଜର ପରିଚୟ । ଘରଛାଡ଼ି ଚାଲିଯାଇଛନ୍ତି, କାହାକୁ କିଛି ନଜଣାଇ । ସେଠାରୁ ଆଉ ଫେରିବା ସମ୍ଭବ ହେଉ ନାହିଁ ।

ଅଧିକ ରହସ୍ୟମୟ ହେଲେ ସେ । ତଥାପି ମୁଁ ବିଶ୍ୱାସ କରିବାକୁ ପ୍ରସ୍ତୁତ ନଥିଲି ଯେ ଏଭଳି ଜଣେ ଲୋକ ବେଧଡକ ହୋଇ ଘରୁ ଚାଲିଯିବେ ଓ ଫେରିବେ ନାହିଁ । ଏ ପୃଥିବୀରେ କ'ଣ ଏମିତି ଘଟେ ? ଜୀବନ ବିତେନାହିଁ ଘରର ଚାରିକାନ୍ଥ ଭିତରେ, ସମ୍ପର୍କର ପରିଭାଷା ଅର୍ଥହୀନ ହୋଇପଡ଼େ, ବର୍ଷ ବର୍ଷ ଧରି ଘରସଂସାର କରିଥିବା ସତ୍ତ୍ୱେ ! କ'ଣ ପାଇଁ ଏହା ଘଟିଚି ?

ବିସ୍ମୟଭରା କଥା । ଭାବିଲି, ନିୟମିତ ବ୍ୟାଙ୍କ୍‌କୁ ଆସୁଥିବା ଲୋକଙ୍କ ଭିତରେ ଥାଇପାରନ୍ତି ରମେଶ ସେନାପତି । ମୋ' ଆଖିରେ ସେ କେବେ ପଡ଼ିନାହାନ୍ତି । ନହେଲେ, ଏମିତି କିଛି ଘଟଣା ଘଟିଚି, ଯେଉଁଥିପାଇଁ ସେ ମୋ' ପାଖକୁ ଆସିବା ପାଇଁ ନିଜ ଭିତରେ ସାହସ ହରାଇଛନ୍ତି । କିମ୍ବା ଆଗ୍ରହ ନାହିଁ ଟିକେ ବି ।

ପରଦିନ ତାଙ୍କ ଅଫିସ୍‌ରେ ପହଂଚିଲି । ପରିଷ୍କାରପରିଚ୍ଛନ୍ନ ପରିବେଶ । କାନ୍ଥକଡ଼ରେ ଫୁଲକୁଣ୍ଡ । ଫୁଲ ଫୁଟିଚି ଭଳିକିଭଳି । କାନ୍ଥରେ ଲଗାଯାଇଚି କାଠବୋର୍ଡ । ସେଥିରେ ଅଛି ସୂଚନା । ବ୍ୟସ୍ତତା ଭିତରେ ବନ୍ଦୀ ହୋଇଚି ସମୟ । ସମୟ ଯେତିକି ବିତିଲା, ସେତିକି ଅପହଂଚ ହୋଇପଡ଼ିଲେ ରମେଶ ସେନାପତି ।

କୋଡ଼ିଏ ବର୍ଷ ତଳର ମଣିଷଟିକୁ କେହି ଚିହ୍ନିଛନ୍ତି ବୋଲି ସ୍ୱୀକାର କରିବା ପାଇଁ ସହଜ ମନେକଲେ ନାହିଁ ।

ଫେରିଆସିବାବେଳେ ଜଣେ ଅଫିସର୍ କହିଲେ, 'ଏତେଦିନ ତଳର କଥା, କେହି କ'ଣ କହିପାରିବ ? ପୁରୁଣାଲୋକ ହୋଇଥିଲେ ଅବା ତାହା ସମ୍ଭବ ହୋଇଥା'ନ୍ତା । ସବୁ ତ ରିଟାୟାର୍ କରିସାରିଲେଣି ।'

କଥାଟିକୁ ଏମିତି ପ୍ରକାଶ କଲେ, ଯେମିତି ରମେଶ ସେନାପତି ଜଣେ ଅଚିହ୍ନା ମଣିଷ । ତାଙ୍କ ଅଫିସ୍‌ରେ କେବେ ବି କର୍ମଚାରୀଭାବେ ଚାକିରି କରୁନଥିଲେ । ସ୍ମୃତି ଛାଡ଼ିଯାଇନାହାନ୍ତି କେଉଁଠାରେ । କିଛି ସ୍ମୃତି ଯଦି ବା ଥିଲା, ତେବେ ତାଙ୍କ କଥାରେ ସବୁ ପରିଷ୍କାର ହୋଇଗଲା ଅଳନ୍ଧୁ, ଝାଡ଼ିଦେଲା ପରି । ଏବେ ଚକ୍‌ଚକ୍ ଦିଶୁଚି ଚାରିଆଡ଼ । ସତରେ, ରମେଶ ସେନାପତିଙ୍କର ଛାଇ ବି ଦିଶିଲା ନାହିଁ କାହାରି ଆଖିରେ ।

ଅଳ୍ପ ଅଳ୍ପ ପବନରେ ଚହଟିଉଠୁଚି ହସ, ଫୁଲର ଓଠରେ । ହେଲେ, ଅଫିସ୍ ଭିତରଟି ମନେହେଲା ଖାଲି ଅନ୍ଧାର । ସେହି ଅନ୍ଧାରରେ କାହାରି ମୁହଁ ଦିଶୁନାହିଁ । ରମେଶ ସେନାପତିଙ୍କର ମୁହଁ ଦିଶିବ କିପରି ?

ଅନିଶ୍ଚିତତା ଓ ଅସହାୟତା ଭିତରେ ମୋ' ବିଶ୍ୱାସ ଟିକକ ହଜିଗଲା । ଯା ପରେ ଆଉ କ'ଣ କରିହେବ, ତାହାର ଉତ୍ତର ମୋତେ କେହି ଦେଲେ ନାହିଁ ।

ବାହାରକୁ ଆସିଲାବେଳେ ଆରମ୍ଭ ହେଲାଣି ବର୍ଷା ।

ବର୍ଷାଦିନ । ରେନ୍‌କୋଟ୍ ନେବାକୁ ଭୁଲିଯାଇଥିଲି । ନିଜ ଉପରେ ବିରକ୍ତ ହେବା ବ୍ୟତୀତ ଅନ୍ୟ କିଛି ଉପାୟ ନଥିଲା । ପାଖରେ ଚା'ଦୋକାନ, ଅଫିସ୍‌ର ପାଚେରିକୁ ଲାଗିକରି । ସେଇଠି କିଛି ସମୟ ଠିଆହେବା ପାଇଁ ଭାବିଲି, ବର୍ଷାଦାଉରୁ ନିଜକୁ ସୁରକ୍ଷିତ ରଖିବାପାଇଁ ।

ବୟସ୍କ ଲୋକ । ଫୁରୁଫୁରୁ କେଶ । ଦୃଷ୍ଟିଶକ୍ତି ଟିକେ କ୍ଷୀଣ ।

ସସ୍‌ପେନ୍‌ରେ ଗରମ ଚା' । ଗ୍ୟାସଚୁଲିରେ ନୀଳ ଅଗ୍ନିଶିଖା । ବେଞ୍ଚ୍‌ରେ ବସିଲି । ବର୍ଷାଛିଟା ପଡୁଚି କେବିନ୍ ଉପରେ । ଟପ୍‌ଟପ୍ ଶବ୍ଦ ହେଉଚି ଭୌତିକ ପରିବେଶ ସୃଷ୍ଟିକରି ।

ଗାମୁଛାରେ ହାତ ପୋଛି ସେ ପଚାରିଲା, 'ଚା' ଦେବି ?'

ମୋ'ଠାରୁ ଉତ୍ତର ଶୁଣିବା ପାଇଁ ତା'ର ଧୈର୍ଯ୍ୟ ନଥିଲା ବୋଧେ । ସେ ତରତର ହୋଇ ଗରମ ଚା'ର ଗିଲାସ ମୋ' ହାତକୁ ବଢ଼ାଇଦେଲା । ବର୍ଷାଟୋପାର ଶବ୍ଦ ଅଧିକ ଜୋର୍‌ରେ ଶୁଭିଲା । ଚା' ଫୁଟିବାର ଶବ୍ଦ ସେହି ଶବ୍ଦ ଭିତରେ ମିଳେଇଗଲା, ଭିଡ ଭିତରେ ପାଦଶବ୍ଦ ହଜିଯିବା ଭଳି ।

ଅତି କ୍ଷୀଣ ସ୍ୱରରେ ପଚାରିଲି, 'ଏଠି କେବେଠାରୁ ଦୋକାନ କଲଣି ?'

ପ୍ରଶ୍ନଟି ଥିଲା ଅପ୍ରତ୍ୟାଶିତ । ଏହିପରି ପ୍ରଶ୍ନ ସେ ବୋଧେ କୌଣସି ଅଚିହ୍ନା ଲୋକଠାରୁ ଆଶାକରିନଥିଲା । ଟିକେ ନଇଁଗଲା ଗ୍ୟାସ୍‌ଚୁଲାରୁ ସସପେନ୍ ଉଠାଇବାବେଳେ । ଚା' କେଇବୁନ୍ଦା ଛିଟିକିପଡ଼ିଲା ତଳେ ।

– 'ତିରିଶ ବର୍ଷ ହେଲାଣି । ଆଜ୍ଞା, ଏଠି କିଛି ନଥିଲା । ସରୁ ରାସ୍ତାଟି ଯାହା ଥିଲା । ଏବେ ତ ଦୁଇଟିକିଆ ରାସ୍ତା ହେଲାଣି । ଗୋଟେ ପଟେ ଗାଡ଼ି ଆସୁଚି, ଆରପଟେ ଗାଡି ଯାଉଚି । ମୋ' ଆଖି ଆଗରେ ସେଇ ସିନେମା ହଲ୍ ହୋଇଚି । ଏଠି ଗୋଟେ ପକ୍କା ଘର କରିଥିଲି । ରାସ୍ତା ଚଉଡା ହେବବୋଲି ସରକାର ତାକୁ ଭାଂଗିଦେଲେ । କେବିନ୍ ପକାଇ ଚଳୁଚି ।'

ବିଷଣ୍ଣ ହେବା ପରି ଦିଶିଲା ତା' ମୁହଁ । ଅଭାବଅନଟନ ଭିତରେ ବୁଡିଯାଇଚି ସେ ଯେମିତି । ଯାହା ରୋଜଗାର ହେଉଚି, ତାହା ଯଥେଷ୍ଟ ନୁହେଁ, ପରିବାର ଚଳାଇବା ପାଇଁ ।

ଟିଣଛପର କେବିନ୍ ଉପରେ ପଡୁଚି ବର୍ଷାଟୋପା ।

ଗିଲାସ ଥୋଇବାବେଳେ ଧୀରେ ପଚାରିଲି, 'ରମେଶ ସେନାପତିଙ୍କୁ ଜାଣିଚ ? ସେ ଏଇ ଅଫିସ୍‌ରେ କାମ କରୁଥିଲେ । ପାଖାପାଖି କୋଡିଏ ବର୍ଷ ତଳେ । କେହି କହିପାରିଲେ ନାହିଁ ତାଙ୍କ ଠିକଣା ।'

ବିସ୍ଫାରିତ ଆଖିରେ ମୋତେ ସେ କହିଲା, 'ଆପଣ କ'ଣ ଥାନାରୁ ଆସିଛନ୍ତି ? ପୁଲିସ୍‌ବାବୁ ?

ଭୟର ସ୍ପଷ୍ଟ ଚିହ୍ନ । ତେଣୁ କିଛି ପ୍ରକାଶ କରିବାକୁ ସେ ସମ୍ପୂର୍ଣ୍ଣ ଅକ୍ଷମ ।

– 'ନା, ମୁଁ ବ୍ୟାଙ୍କ୍‌ରୁ ଆସିଚି । ଏଇ ଦେଖୁନ, ବ୍ୟାଙ୍କ୍‌ର କାଗଜପତ୍ର । ତାଙ୍କୁ ଖାଲି ଭେଟିବା ଦରକାର । ପଦେ କଥାହେଲେ ଚଳିବ ।'

ଭୟଶୂନ୍ୟ କରାଇବା ପାଇଁ ମୋର ପ୍ରଚେଷ୍ଟା । ତେବେ ବି ସେ କିଛି ସମୟ ମୋତେ ଚାହିଁରହିଲା – 'ଭାରି ଭଲ ମଣିଷ ଆଜ୍ଞା । ଦୋକାନ କରିବାବେଳେ ସେ ହିଁ ମୋତେ ସାହାଯ୍ୟ କରିଥିଲେ । ଆପଣ ଯେଉଁଠି ବସିଛନ୍ତି, ସେଇଠି ଆସି ବସନ୍ତି । କମ୍ କଥା ହୁଅନ୍ତି । କିନ୍ତୁ ଭଲ କବିତା ଲେଖନ୍ତି ।'

ଲୋକଟି ଏମିତି ବାଗରେ କହିଲା, ଯେମିତି ସେ ହିଁ କେବଳ ତାଙ୍କୁ ଚିହ୍ନିଚି – ତାଙ୍କ କାନ୍ଧରେ ହାତ ରଖି କଥା ହୋଇଚି, ତାଙ୍କର କ୍ଷମତା ଓ ଅକ୍ଷମତା ବିଷୟରେ ଭଲ ଭାବରେ ବି ଜାଣିଚି ।

ଆମୋଦିତ ହେଲି ଅପ୍ରତ୍ୟାଶିତ ଭାବରେ ରମେଶ ସେନାପତିଙ୍କର କିଛି ଖବର

ମିଳିଯିବା ହେତୁ । ମାତ୍ର ଏହି ଉଦ୍ଦୀପନା ଏତେ କ୍ଷଣସ୍ଥାୟୀ ହେବବୋଲି ଆଶା କରିନଥିଲି ।

ଟିକିଏ ନିରବତା ପରେ ସେ କହିଲା, 'ତାଙ୍କୁ ଭେଟିବା ପାଇଁ ତିନି ଚାରିଜଣ ବନ୍ଧୁ ଏଠିକୁ ଆସନ୍ତି । ସାଂଗହୋଇ ଚା' ପିଅନ୍ତି । ଏଠି କବିତା ଆସର ଜମେ । ମୋ' ଦୋକାନ ବନ୍ଦ୍ ହେବାଯାଏ । ସେହିମାନଙ୍କ ଭିତରୁ କାହାରି ସାଙ୍ଗରେ ତାଙ୍କ ସ୍ତ୍ରୀ ପଳାଇଲା, ଘରଛାଡ଼ି । କିଏ ବିଶ୍ୱାସ କରିବ ଏ କଥା ?

ପତଳା ନିଃଶ୍ୱାସଟିଏ ଛାଡ଼ିଲା ସିଏ । ଚା'ଗିଲାସ ବଢ଼ାଇଲାବେଳେ, ଅନ୍ୟଜଣଙ୍କ ହାତକୁ ସେ । ତା' ପରେ ମୋତେ ଚାହିଁଲା । ନିର୍ନିମେଷ ଆଖିରେ । ପୁଣି କହିଲା, 'ସେହି ଘଟଣା ଘଟିବାର ମାସେ ପରେ ଆସିଥିଲେ ସେ। ମଳିନ ଦିଶୁଥିଲା ତାଙ୍କ ମୁହଁ । ଏକୁଟିଆ ଚୁପ୍‌ଚାପ୍ ବସିରହିଲେ । ପଦଟିଏ କଥାହେଲେ ନାହିଁ ମୋ' ସହିତ । ଗୋଟେ କାଗଜରେ କ'ଣ ଗୁଡାଏ ଲେଖିଲେ । ଉଠିଗଲାବେଳେ ସେହି କାଗଜଫର୍ଦ୍ଦକୁ ମୋତେ ଦେଇଥିଲେ ।'

ସବୁକିଛି ଶୂନ୍ୟ ହେଲା ଭଳି । ତା' କଥାରେ ବାଧାଦେଲା ଘଡ଼ଘଡ଼ି । ନିଜ କଥାର ଯଥାର୍ଥତା ପ୍ରତିପାଦନ କରିବାକୁ ଚେଷ୍ଟା କରି କହିଲା, 'ଅନେକଦିନଯାଏ ସେହି କାଗଜକୁ ରଖିଥିଲି । ଏଇ ବାକ୍ସ ଭିତରେ । ହେଲେ, ଦିନେ ଦେଖିଲାବେଳକୁ ସେହି କାଗଜ ନାହିଁ । ହଁ, ମୋର ବି ସେ କାଗଜ କୋଉ କାମରେ ଲାଗିଥାନ୍ତା ? କେତେଗୁଡିଏ ଶବ୍ଦ ଯାହା ଲେଖିଥିଲେ ସେହି କାଗଜରେ। ଲାଗୁଥିଲା କବିତା ଭଳି ।

ଲୋକଟି ଆଦୌ ମିଛ କହିନଥିଲା । କବିତା ଲେଖାହୋଇଥିବା କାଗଜଫର୍ଦ୍ଦଟି ତା' ପାଖରେ ପ୍ରାସଙ୍ଗିକତା ହରାଇବା ସ୍ୱାଭାବିକ । ମାତ୍ର ସେଇ କବିତାର ଶେଷଭାଗରେ ରମେଶ ସେନାପତିଙ୍କର ଠିକଣା ଥିବ, ତାହା ଜାଣିବା ମୋ' ପାଇଁ ଜରୁରୀ ।

ହାଲୁକା ଓ ଶୀତଳ ପବନ ଛୁଇଁଲା ଚଉପାଶ। ପରିଷ୍କାର ଦିଶିଲା ଆକାଶ । ବର୍ଷା ଛାଡ଼ିଗଲା । ପାଣି ଛିଟିକା ଲାଗି ଅଧାଅଧି ଓଦା ହୋଇଗଲା ଲୋକଟି । ଟିକିଏ ଇତସ୍ତତଃ ହୋଇ କହିଲା, 'ଆଉଥରେ ଦେଖାହୋଇଥିଲେ ସେ । ହାଇକୋର୍ଟ୍ ନିକଟରେ । ଅତି ବ୍ୟସ୍ତ ଥିବା ପରି ମନେହେଉଥିଲେ । ଏଣୁତେଣୁ ଗୁଡାଏ କହିଲେ, 'ନିଶ୍ଚୟ ପ୍ରତିଶୋଧ ନେବି । ଏ ଜନ୍ମରେ ସମ୍ଭବପର ନହେଲେ, ଭୂତ ହୋଇ ।'

ବିସ୍ମିତ ନହେବା ସ୍ୱାଭାବିକ । ପତ୍ନୀ ଆଉ କାହା ସହିତ ପଳାଇଲେ, କେଉଁ ସ୍ୱାମୀର ମାନସିକତା ସ୍ଥିର ହୋଇ ରହିବ ! କ୍ରୋଧ ଓ ପ୍ରତିଶୋଧର ନିଆଁରେ ରମେଶ ସେନାପତି ଏକଥା କହିବା ଠିକ୍। କାରଣ ସେ ପୂର୍ବରୁ ସୂଚନା ପାଇନଥିବେ, ପରିପୂର୍ଣ୍ଣ ଓ ସୁନ୍ଦର ଦିଶୁଥିବା ପତ୍ନୀ ଭିତରେ ଭରିରହିଚି ଚାରିତ୍ରିକ ଦୋଷ ।

କବିତା ଭିତରେ ଜୀବନ ଜିଇବାର ରହସ୍ୟ ଖୋଜୁଥିବାବେଳେ ନିଜର ଜୀବନ ଯେ ଦିଗହରା ହୋଇଯାଇଚି, ସେ ଜାଣିପାରିନଥିବେ । ଚଡକରେ ଜଳିପୋଡ଼ି ହେବାଭଳି । ହୃଦୟ ହିଁ ଜଳିଯାଏ ଏମିତି । ଜଙ୍ଗଲ ଭିତରେ ଗଛ ଜଳିଗଲା ପରି । ବିନା ଦିଆସିଲିକାଠିରେ ।

ଦୂରରୁ, ଅନେକ ଦୂରରୁ, ସେହି ଦୃଶ୍ୟ ଚମତ୍କାର ଦିଶେ । ମାତ୍ର ତା' ଭିତରୁ ପ୍ରଚଣ୍ଡ ଆକୁଳତାରେ ଚିତ୍କାର କରୁଥିବା ମଣିଷର ସ୍ୱର କେହି ଶୁଣିପାରନ୍ତି ନାହିଁ, ବରଂ ମତାମତ ଦିଅନ୍ତି ଯେ ଲୋକଟି ପାଗଳ ହୋଇଯାଇଛି ।

ଶେଷରେ ଏହିପରି ମନ୍ତବ୍ୟ ଦେଲେ ସେ । କହିଲେ, 'ଚାକିରି ଛାଡ଼ିଦେଲେ । ଘର ବଦଳାଇଦେଲେ । ଯେତେ ଚେଷ୍ଟାକଲେ ବି ତାଙ୍କର ଆଉ ଦେଖାମିଳିବ ନାହିଁ । କୋଉଠି ଏବେ ଥିବେ ? ଡାକ୍ତରଖାନାରେ, ମେଣ୍ଟାଲ୍ ହସ୍‌ପିଟାଲ୍‌ରେ !'

କୌଣସି ପ୍ରକାର ନିଜକୁ ମୁକ୍ତ କଲି ରୁନ୍ଧିହେଉଥିବା ସେହି ପରିବେଶ ଭିତରୁ । ଜୀବନକୁ ବୁଝିଥିବା ଓ ଭଲପାଇଥିବା ମଣିଷ କ'ଣ କେବେ ପାଗଳ ହୋଇପାରିବ ? ଏହି ଦ୍ୱନ୍ଦ୍ୱ ଓ ଅସମାହିତ ପ୍ରଶ୍ନ ଭିତରେ ନିଜେ ମୁଁ ହଜିଗଲି ।

ଉଦ୍‌ବେଗ ଓ ଆତଙ୍କର ସମୟ ।

ଦୁଇଘଣ୍ଟା ବିଳମ୍ବରେ ପହଂଚିଲି ବ୍ୟାଙ୍କ୍‌ରେ ।

ମୋତେ ଦେଖି ସହକର୍ମୀ କହିଲେ, 'ଅନେକ ସମୟ ଧରି ଆଡ୍‌ଭୋକେଟ୍ ଅପେକ୍ଷା କରିଛନ୍ତି । କମ୍ପାନିର ଲୋକ ତାଲା ଭାଂଗିବା ପାଇଁ ଆସିଛନ୍ତି । କୁଆଡ଼େ ଯାଇଥିଲେ ଆପଣ ?'

ଅଳ୍ପ ହସି ଉତ୍ତରଦେଲି, 'ବର୍ଷାରେ ଅଟକିଯାଇଥିଲି । କ'ଣ କରିବି ?'

ଲକର୍ ରୁମ୍ ଭିତରକୁ ଗଲି । ମୋ' ସହ ଆଡ୍‌ଭୋକେଟ୍ ଏବଂ ସହକର୍ମୀ । ତାଲା ଭାଂଗିବା ପାଇଁ ପ୍ରବେଶ କଲେ କମ୍ପାନିର କର୍ମଚାରୀ ।

କୌତୂହଳ ହେବା ସ୍ୱାଭାବିକ । ତାଲା ଭାଂଗିବା ଦିଗରେ କମ୍ପାନିର କର୍ମଚାରୀ ଥିଲେ ବେଶ୍ ସତର୍କ । ଅଭିଜ୍ଞତାରୁ ଶିଖିଥିଲେ ଅଦ୍ଭୁତ କୌଶଳ। ମୋର ସେଥିରେ କୌଣସି ଭୂମିକା ନଥିଲା । ମୁଁ ଆବଶ୍ୟକ କାଗଜପତ୍ର ଧରି ବସିଥିଲି, ଲକର୍ ଖୋଲାହେବା ପରେ ତାହାର ବିନିଯୋଗ ହେବ । ସମସ୍ତଙ୍କୁ ବିସ୍ମୟାଭିଭୂତ କରି ଖୋଲିଲା, ଲକର୍ । ଦୀର୍ଘ କୋଡ଼ିଏ ବର୍ଷ ଧରି ଦ୍ୱନ୍ଦ୍ୱ ସୃଷ୍ଟିକରିଥିବା ରହସ୍ୟମୟ କୋଠରି ପରି ।

ଆକସ୍ମିକ ଭାବରେ ସହକର୍ମୀ ତା' ଭିତରକୁ ହାତ ପୂରାଇଲେ । ଗୋଟିଗୋଟିକରି ଜିନିଷ ବାହାରକଲେ । ଟେବୁଲ ଉପରେ ଥୁଆହେଲା ସେସବୁ ।

ବାସ୍ତବିକ ରୋମାଂଚକର ଅନୁଭୂତି । ତା' ମୋ' ପାଇଁ ଆନନ୍ଦଦାୟକ ନୁହେଁ, ବରଂ ଦୁଃଖଦାୟକ ମନେହେଲା । କାହିଁ ଧନରତ୍ନ !

ଦୁର୍ଭାଗ୍ୟର କଥା, ଲକର୍ ଭିତରୁ ବାହାରିଲା, ଫାମିଲି କୋର୍ଟ୍‌ରେ ହୋଇଥିବା କେଶ୍‌ର ଦଲିଲ, ପାଞ୍ଚଟଙ୍କିଆ ଦୁଇଟି ପ୍ୟାକେଟ୍, ଦୁଇଟଙ୍କିଆ ଗୋଟେ ପ୍ୟାକେଟ୍, ତିନିଟି ଚିଠି ଏବଂ ଗୋଟେ କଳାଧଳା ଫଟୋ ।

ଏତିକିମାତ୍ର ଗୁରୁତ୍ୱପୂର୍ଣ୍ଣ ଜିନିଷ ଥିଲା, ତା' ଭିତରେ, ରମେଶ ସେନାପତିଙ୍କର । କୌଣସି ଦୁର୍ବୃତ୍ତ ଏସବୁ ତାଙ୍କ ପାଖରୁ ହରଣଚାଲ କରିନେବାରେ ସମର୍ଥ ହେବେନି ବୋଲି ସେ ରଖିଥିଲେ ଲକର୍ ଭିତରେ, ଗୋପନୀୟ ଭାବରେ। ହେଲେ, ଯେଉଁ ଜୀବନ ସେ ବିତାଇଲେ, ତାହା ତ ଗୋପନୀୟ ହୋଇ ରହିଲା ନାହିଁ । ଠିକଣା ନମିଳିଲେ ମଣିଷ କ'ଣ ହଜିଯିବ ?

ପରିଚୟହୀନ ହୋଇଯିବ ସାରା ଜୀବନ ?

ବାହାଘରବେଳର ଫଟୋ । କେତେ ସ୍ୱପ୍ନ ଓ ବିଶ୍ୱାସ ଭରିରହିଚି ସେଥିରେ !

ଏ କ'ଣ ! ଚିଠିଟିଏ ଆସିଥିଲା ତାଙ୍କ ପତ୍ନୀଙ୍କଠାରୁ । ପଢ଼ିଲି ।

ସବୁ ଭୁଲିଯାଇ ତାଙ୍କୁ ଆଉଥରେ ଗ୍ରହଣ କରିବାପାଇଁ ଆକୁଳ ଅନୁରୋଧ ରହିଥିଲା ସେଥିରେ । ମନେହେଲା, ସେ ଚିଠି ନୁହେଁ, ବରଂ ତାଙ୍କ ପତ୍ନୀ କବିତାଟିଏ ଲେଖିଛନ୍ତି। ସେଥିରେ ଭରିରହିଚି ଭଲପାଇବାର ଗୋଟେ କୋମଳ ଉଚ୍ଛ୍ୱାସର ଚିତ୍ରଲିପି । ଏହାକୁ କେମିତି ବୁଝିପାରିଲେ ନାହିଁ ରମେଶ ସେନାପତି ?

କୋର୍ଟ୍‌କଚେରିର ମାୟାଜାଲ ଭିତରକୁ ପ୍ରବେଶ କରିଗଲେ, ଗୋଟେ ଅବିଶ୍ୱାସ ଓ କ୍ରୋଧ ହିଁ ପାଗଳ କରିଦିଏ ମଣିଷକୁ ବେଳେବେଳେ। ଜୀବନକୁ ଯେତେ ବୁଝିଥିଲେ ବି ବହୁବିଧ ସମସ୍ୟାର ମୁହାଁମୁହିଁ ହେବାପାଇଁ ସାହସ ଅନେକେ କରିପାରନ୍ତି ନାହିଁ । ଗୋଟେ ଜିଦ୍‌ରେ ବାଟବଣା ହେବା ସ୍ୱାଭାବିକ ।

ବାଟବଣା ହୋଇଥିଲେ ରମେଶ ସେନାପତି, ନିଜର ପରିଚୟ ଓ ପରିବାରକୁ ହରାଇସାରିବା ପରେ । ଆଉଥରେ ଫେରିଆସିବା ସହଜ ନୁହେଁ ବୋଲି ସେ ଭଲଭାବରେ ଜାଣିପାରିଥିଲେ ।

କବିତା ବଦଳରେ ସେ ଏଣୁତେଣୁ ଶବ୍ଦଗୁଡ଼ାଏ ଲେଖି ନିଜର ଅସନ୍ତୋଷ ବ୍ୟକ୍ତ କରୁଥିଲେ ବେଳେବେଳେ। ଏତେ ସୁନ୍ଦର ଜୀବନକୁ ସେ ବୋଧେ ବୁଝିପାରିନଥିଲେ । ମନପାଇଲା ଭଳି ତୋଳିବ ଘର । ଲଗେଇବ ଗଛ । ମୁକୁଳିଆସୁଥିବା କଢ଼ ଓ ଫୁଲକୁ ଦେଖି ବିହ୍ୱଳ ହେବ।

ଦୁଃଖ ଅଛି । ସୁଖ ବି ଅଛି । ଖାଲି ଦୁଃଖରେ ଘାରିହେଲେ କ'ଣ ବୁଝିହୁଏ

ଜୀବନକୁ ? ଅଧିକ ରହସ୍ୟମୟ ବୋଧହେବା ନିଶ୍ଚିତ । ଆଉ ନିର୍ଜନତା । ଏହି ନିର୍ଜନତା ଭିତରେ ହଜିଗଲେ ରମେଶ ସେନାପତି ।

ଏହି କଥାଟି ଚା'ଦୋକାନୀ ଜାଣେ ନାହିଁ । ଜାଣିବ ବା କିପରି ? ମୁଁ ତାକୁ କହିନାହିଁ । ଆପଣଙ୍କୁ କେବଳ କହୁଚି । ତିନିଦିନ ପରେ ଅବସର ନେବି । ରମେଶ ସେନାପତିଙ୍କ ସହ କେବେ ବି ଭେଟ'ହେବାର ସମ୍ଭାବନା ନାହିଁ । କାରଣ ମୁଁ ହାଇଦ୍ରାବାଦରେ ରହିବି, ଝିଅ ପାଖରେ । ଆପଣଙ୍କ ସହ ସେ କେବେ ଭେଟ'ହେଲେ କହିବେ, ତାଙ୍କର ସବୁ ଜିନିଷ ସୁରକ୍ଷିତ ରହିଚି ବ୍ୟାଙ୍କ୍‌ରେ - ଦୁଃଖ । ଅବସୋସ । କ୍ରୋଧ ଓ ପ୍ରତିଶୋଧ ।

ନୀଳ ଆକାଶ

ସମ୍ପର୍କ ନଥିବ, ଘର ନଥିବ ଆଉ ଚାରିଆଡ଼ ଛାଇଯାଇଥିବ ନିର୍ଜନତା । ଏମିତି ସମ୍ଭାବନାହୀନ ଗାଆଁକୁ ଆପଣ କେଉଁଠି ଦେଖି ନଥିବେ ଆଉ ମୁଁ ବି ଦେଖି ନଥିଲି । ମଣିଷ ଚାଲବୁଲ କରିବାର ଦୃଶ୍ୟ ସେଠି ନଥିବ । ଅସନ୍ତୋଷ ଓ ଅତୃପ୍ତିର ଉତ୍ତପ୍ତ ପବନରେ ସିଝିଯାଉଥିବ ମନ ଓ ହୃଦୟ ।

ଜିଲାପାଳ ନ ଆସିବାର ଖବର ଯେତେବେଳେ ଅଫିସ୍‌ରେ ପହଂଚିଲା, ଅପେକ୍ଷମାଣ ଅଭିଯୋଗକାରୀଙ୍କ ମୁହଁ ଦିଶିଲା ବିଷଣ୍ଣ । କାହିଁ କେତେ ଦୂରରୁ ଆସି ନିଜନିଜର ଦୁଃଖ ଗୁହାରି ଶୁଣେଇବାର ଅଭିପ୍ରାୟଟି ଗୁରୁତ୍ୱହୀନ ହୋଇପଡ଼ିଲା ।

ସଞ୍ଜୟ ମୋ' ସହକର୍ମୀ । ସହଜ ସ୍ୱରରେ ସେ ସମସ୍ତଙ୍କୁ ବୁଝାଇଦେଲେ, 'ମନ୍ତ୍ରୀଙ୍କ ପାଖରୁ ଖବର ଆସିଲା । କୌଣସି ଜରୁରୀ କାର୍ଯ୍ୟରେ ସାହେବ ଭୁବନେଶ୍ୱର ଗଲେ । ହେଲେ, ଆର ସପ୍ତାହରେ ପୁଣି ଜନଶୁଣାଣି ହେବ । ନିର୍ଦ୍ଧାରିତ ତାରିଖରେ । ସେଦିନ ତାଙ୍କୁ ସବୁ କଥା କହିବେ ।'

ମଉଳିଗଲା ଧୀରେ ଧୀରେ କୋଳାହଳ । ଜଣ ଜଣ ହୋଇ ପାହାଚରେ ଓହ୍ଲାଇ ଅଫିସ୍ ପରିସରର ବାହାରକୁ ଚାଲିଗଲେ । ମୋ'ସାମ୍‌ନାରେ ଥିବା ଫାଇଲ୍‌ପତ୍ରକୁ ସଜାଡ଼ିବାକୁ ଲାଗିଲି । ଏତିକିବେଳେ ଜଣେ ଲୋକ ଆସି ଦରଜା ପାଖରେ

ଠିଆହେଲେ । କିଛି ଖୋଜିଲାପରି, ତାଙ୍କ ଆଖିଦୁଇଟି ଅନ୍ୟମନସ୍କ ଭାବରେ ଘୂରିବୁଲିଲା ଚାରିଆଡ଼େ ।

ସଞ୍ଜୟ ତାଙ୍କୁ ପୂର୍ବରୁ ଜାଣିଥିଲେ । ତେଣୁ ମୋତେ ସତର୍କ କରିଦେବା ପାଇଁ କହିଲେ, 'ସେଇ ଲୋକଟି ହତ୍ୟାକାରୀ । ସ୍ତ୍ରୀ ଆଉ ଝିଅକୁ ନିର୍ମମ ଭାବରେ ହତ୍ୟାକରିଛି । ସେଥିପାଇଁ ଜେଲ୍‌ଦଣ୍ଡ ବି ଭୋଗିଛି ।'

ଆତଙ୍କିତ ହେବାର ବିରଳ ମହୂର୍ତ୍ତ । ଗଲା ସପ୍ତାହରେ ମୁଁ ବଦଳି ହୋଇ ଆସି ଏଇ ଅଫିସ୍‌ରେ ଯୋଗଦେଇଛି । ମୋ' ପାଇଁ ପରିବେଶ ଓ ପରିସ୍ଥିତି ସମ୍ପୂର୍ଣ୍ଣ ନୂଆ । ଲୋକମାନେ ବି ଅଜଣା, ଅଚିହ୍ନା । ଶୁଣିଥିଲି, ଏଠି ଲୋକଗୁଡାକ ବେଶ୍ ଦୁର୍ଦ୍ଦାନ୍ତ । ଏ ଅଫିସ୍‌କୁ ବଦଳିହୋଇ ଆସିବା ପାଇଁ ଇଛା କରିନଥିଲି । ଚେଷ୍ଟା ବି କରିଥିଲି, ବଦଳି ଯେପରି କାର୍ଯ୍ୟକାରୀ ନ ହେଉ । ମାତ୍ର ମୋ' କଥା ଉପରିସ୍ଥ ଅଫିସର୍ ଶୁଣିନଥିଲେ । ପନ୍ଦରଦିନ ଛୁଟିରେ ରହିବାପରେ ବାଧ୍ୟହେଇ କାର୍ଯ୍ୟରେ ଯୋଗଦେଇଛି । ଘର ଭଡ଼ା ନେଇନାହିଁ । ମୋ' ପରିବାର ପୂର୍ବସ୍ଥାନରେ ଏବେ ବି ରହୁଛନ୍ତି ।

ଅନେକ କାର୍ଯ୍ୟବ୍ୟସ୍ତତା ଭିତରେ ମୁଁ ବୁଡିଯାଇଛି, ଏମିତି ଅଭିନୟ କଲି । ସଞ୍ଜୟ ତାଙ୍କ ଚେୟାର ଛାଡ଼ି ବାହାରକୁ ଚାଲିଗଲେ । ପଙ୍ଖାର ଆଗ୍ରହହୀନ ଘୂରିବାର ଶବ୍ଦଟି ମୋତେ କେବଳ ଶୁଭୁଛି । କ'ଣ ଅଘଟଣ ଘଟିବ ? ଲୋକଟାର ପକେଟ୍‌ରେ ବୋମା ନା ରିଭଲ୍‌ଭର୍ ଅଛି ! ଯେକୌଣସି ମୁହୂର୍ତ୍ତରେ ବୋମାଟିକୁ ଫିଙ୍ଗିଦେବ, ନହେଲେ ଟ୍ରିଗର ସେ ଦାବିଦେବ । ଆଉ ପରବର୍ତ୍ତୀ ଦୃଶ୍ୟଟି କିପରି ଦିଶିବ, ତାହା ଆପଣ କହିବେ । କାରଣ ସେତେବେଳେ ମୁଁ ନଥିବି । ରକ୍ତରେ ଚଟାଣ ଦିଶୁଥିବ ଲାଲ୍ । କାନ୍ଥରୁ ଝଡ଼ିପଡ଼ିଥିବ ସିମେଣ୍ଟ୍ ପଲସ୍ତରା ।

ସଜାଡିଚାଲିଚି ଫାଇଲ୍ କାଗଜପତ୍ର । ମୁଣ୍ଡ ଉଠାଇ କାହା ସଂଗେ ମୁହୂର୍ତ୍ତଟିଏ କଥା ହେବା ବି ସମ୍ଭବ ନୁହେଁ ଯେମିତି । ଦରଜାପାଖରୁ ଆସି ଲୋକଟି ମୋ' ଆଗରେ ଠିଆହେଲେ । ସେ କିଛି କହିବାପୂର୍ବରୁ ମୁଁ ଥରଥର ସ୍ୱରରେ କହିଲି, 'ବ୍ୟସ୍ତ ଅଛି, ଆପଣ ଯାହା କହିବେ, ଆର ସପ୍ତାହରେ । ଜିଲାପାଳ ଆରସପ୍ତାହରେ ଜନଶୁଣାଣି କରିବେ । ତାଙ୍କୁ ହିଁ ଆପଣଙ୍କର ଅସୁବିଧା ଜଣାଇବେ ।'

ଏମିତି ଢଙ୍ଗରେ କହିଲି, ଯେମିତି ମୁଁ ତାଙ୍କର ଉପସ୍ଥିତିକୁ ଆଦୌ ସହଜରେ ଗ୍ରହଣ କରିପାରୁନାହିଁ । ଯେତେଶୀଘ୍ର ସେ ମୋ' ଆଗରୁ ଚାଲିଯିବେ, ସେତେ ଭଲ ।

ମୋତେ ଚାହିଁଲେ ସେ । ନିଷ୍ପ୍ରଭ ଦୃଷ୍ଟିରେ । ଆଖିତଳେ ଥିଲା କଳା ଦାଗ । ପରବର୍ତ୍ତୀ ମୁହୂର୍ତ୍ତରେ ଗୋଟେ ଦୀର୍ଘଶ୍ୱାସ ସୂଚେଇଦେଲା ଯେ ସେ କ୍ଲାନ୍ତ ଓ ଶକ୍ତିହୀନ ।

ତାଙ୍କ ଭିତରେ ଭରିରହିଛି ଶେଷହୀନ ଦୁଃଖ, ଅବସୋସ । ମୁଣ୍ଡଟେକି ଚାହିଁଲି, ସେ ସେମିତି ଠିଆହୋଇରହିଛନ୍ତି । କିଛି କହିବା ପାଇଁ ନିଜ ଭିତରେ ସାହସ ଗୋଟଉଛନ୍ତି ।

କାହିଁକି କେଜାଣି ସେହି ଲୋକଜଣକ ମୋତେ ଲାଗିଲେ ନିଃସଙ୍ଗ ଓ ନିରାଶ୍ରୟ । ଦୁଃଖ ଓ ଅସୁବିଧାର ଅଶ୍ରୁଧାରରେ ସେ ସମ୍ପୂର୍ଣ୍ଣ ଭିଜିଯାଇଛନ୍ତି ।

ଖୋଲା ଝରକାଦେଇ ପଶିଆସୁଚି ଅଳ୍ପ ଅଳ୍ପ ପବନ ।

ଅଯତ୍ନ କେଶ, ମୁହଁସାରା ଦାଢ଼ି ଓ ମଇଳା ପୋଷାକପତ୍ର ସୂଚେଇ ଦେଉଚି, ସେ ନିଜ ପ୍ରତି ଟିକିଏ ହେଲେ ସଚେତନ ନୁହନ୍ତି । ଜୀବନସାରା ସଂଘର୍ଷ କରି ହାରିଯାଇଥିବା ମଣିଷ ପରି ସେ ମୋତେ ଦିଶିଲେ ହଠାତ୍ । ପାଦସାରା ଧୂଳି।

ଅନେକଦୂରରୁ ବୋଧେ ସେ ଆସିଛନ୍ତି । ସୁଖର ସନ୍ଧାନରେ ! କ'ଣ ତାଙ୍କର ଦୁଃଖ ? ରେସନ୍ କାର୍ଡ ନାହିଁ ? ନା ଘର ଖଣ୍ଡିଏ ନାହିଁ, ଯେଉଁଠି ସେ ସାରାଜୀବନ ମୁଣ୍ଡ ଗୁଂଜିବେ ! ଜିଲାପାଳଙ୍କୁ ଭେଟିବାର ପ୍ରଚ୍ଛନ୍ନ ଉଦ୍ଦେଶ୍ୟ କ'ଣ ହୋଇପାରେ, ତାହା ଜାଣିବା ପାଇଁ ମୋ' ମନ ଭିତରେ କୌତୂହଳ ହେଲା ।

ଖାଲିଥିବା ଚେୟାର୍‌ରେ ବସିବା ପାଇଁ କହିଲି। ସମ୍ଭବତଃ ମୋ' ପ୍ରତି ସେ କୃତଜ୍ଞ ହୋଇପଡ଼ିଲେ । ପୂର୍ବରୁ ତାଙ୍କୁ ଏପରି କେହି କହିଥିବାର ଅନୁଭବ ନଥିଲା ବୋଧେ । ଉଜ୍ଜ୍ୱଳ ଦିଶିଲା ତାଙ୍କ ଆଖି ଦୁଇଟି । ଗୋଟେ ପ୍ରସନ୍ନଭାବ ଖେଳିଗଲା ତାଙ୍କ ମୁହଁରେ । ଅତି କାକୁସ୍ଥ ହୋଇ ଚେୟାରରେ ସେ ବସିଲେ । ମୋ' ସାମ୍ନାରେ।

ମୁଣ୍ଡରେ ବାନ୍ଧିଥିବା ଗାମୁଛାକୁ ଫିଟାଇଲେ । ସେହି ଗାମୁଛାରେ ମୁହଁକୁ ପୋଛିଲେ । ପରିଷ୍କାର ଦିଶିଲା ମୁହଁ, ଦୁଃଖ । କହିଲେ, 'ଆପଣ ବହୁତ ବ୍ୟସ୍ତ ଅଛନ୍ତି । ମୋ' କଥା ଟିକେ ଶୁଣିବେ ?'

ବାସ୍ତବିକ ବେଶ୍ ସମ୍ବେଦନଶୀଳ ମୁହୂର୍ତ୍ତ । ଚାହିଁଲି, ତାଙ୍କ ମୁହଁକୁ ।

ପଚାରିଲି, 'କ'ଣ ଅଭିଯୋଗ ଅଛି, ଜଣାନ୍ତୁ । ମୁଁ ଏଠି ନୂଆ । ପାଞ୍ଚ ଛଅଦିନ ତଳେ ଜଏନ୍ କରିଛି ଏହି ଅଫିସ୍‌ରେ ।'

ସେ ନିଜକୁ ପ୍ରସ୍ତୁତ କରିନଥିଲେ ବୋଧେ। ମୋ'ଠାରୁ ଏମିତି ଆତ୍ମୀୟ ଢଙ୍ଗରେ କଥା ପଦେ ଶୁଣିବାପାଇଁ । ଅଥବା କଥାଟିକୁ କେଉଁଠାରୁ ଆରମ୍ଭ କରିବେ, ତାହା ଜାଣିନପାରି ବାଟବଣା ହୋଇଗଲେ । ଓଠ ଶୁଖିଯିବା ପରି ତାଙ୍କ ଭିତରେ ଆକସ୍ମିକ ଅନୁଭବ ।

– 'ଦରଖାସ୍ତ ଆଣିଛନ୍ତି ? ସେଥିରେ କ'ଣସବୁ ଦର୍ଶାଇଛନ୍ତି ?'

ସହଜ ହୋଇଗଲେ ଏଇ ପଦକରେ ଲୋକଜଣକ । ତରତର ହୋଇ ସାର୍ଟ୍ ପକେଟ୍‌ରେ ରଖିଥିବା କାଗଜକୁ ବାହାରକରି ମୋ' ଆଡ଼କୁ ବଢ଼ାଇଦେଲେ । ଅପସରିଗଲା ବିମର୍ଷ ଭାବ।

ସେପର୍ଯ୍ୟନ୍ତ ଫେରିନଥିଲେ ସଞ୍ଜୟ। ବୋଧେ ଏହିପରି ଦୃଶ୍ୟକୁ ସେ ନଭେଟିବା ପାଇଁ ବାହାରେ ଅଟକିଯାଇଥିଲେ କୌଣସି କାମ ଆଳରେ । କାରଣ ଜେଲ୍‌ଦଣ୍ଡ ଭୋଗିଥିବା ଲୋକଟି କୌଣସି ଜଘନ୍ୟ ଆତତାୟୀଠାରୁ କମ୍ ନୁହେଁ ବୋଲି ଧାରଣାଟି ତାଙ୍କୁ ଭୟଭୀତ କରିଛି । ସତରେ କ'ଣ ଲୋକଟିର ପକେଟ୍‌ରେ ଅଛି ଆଗ୍ନେୟାସ୍ତ୍ର! କୌଣସି ସୂଚନା ନ ଦେଇ ଭୟାବହ କାଣ୍ଡଟି ଘଟିବ ପ୍ରକୋଷ୍ଠ ଭିତରେ ହଠାତ୍! ସବୁ ଭାଂଗିରୁଜିଯିବ । ଚେୟାର୍, ଟେବୁଲ, ଆଲମାରି ଓ ଇଟା ସିମେଣ୍ଟ୍ କାନ୍ଥ ।

ପୁଣି ମୁଣ୍ଡରେ ବାନ୍ଧିଲେ ଗାମୁଛା । ଅତି ଧୀରେ ରହିରହି କହିଲେ, 'ମୋ' ନାଆଁ ସଚିତ୍ର ଦାସ । ସ୍ତ୍ରୀ ଆଉ ଝିଅକୁ ମାରିଦେବା ଅପରାଧରେ କୋଡ଼ିଏ ବର୍ଷ ଧରି ଜେଲ୍ ଦଣ୍ଡ ଭୋଗିଛି । ଆସିଥିଲି ଜିଲାପାଳଙ୍କୁ....'

ଅଟକିଗଲେ ସେ କଥା ମଝିରେ । ଆଉ କ'ଣ କହିବେ, ସେ ବୋଧେ ମନେପକେଇ ପାରୁନଥିଲେ । ତେବେ, କ'ଣ ପାଇଁ ସେ ଆସିଛନ୍ତି ଜିଲାପାଳଙ୍କ ଅଫିସ୍‌କୁ? ଛଳଛଳ ହୋଇଆସିଲା ଆଖି । ମୁହଁର ରଙ୍ଗ ବଦଳିଗଲା । ଥରିଉଠିଲା ଓଠ । କେଉଁ ଶବ୍ଦ ଲୁହରେ ଭିଜିବ, ତାହା ବୁଝିହେଲା ନାହିଁ । ନିଜ ଭିତରେ ସେ ଭାଂଗିରୁଜି ଯାଉଥିଲେ । ବାସ୍ତବିକ ନିଜକୁ ସେ ସମ୍ଭାଳିବା ସହଜ ନଥିଲା।

ଏହି ଦୃଶ୍ୟଟି ଦେଖିସାରିଲାପରେ ମୋର ମନେହେଲା, ଏଠି କୌଣସି ଅଘଟଣ ଘଟିବ ନାହିଁ । ହୃଦୟ ଭିତରେ କେଉଁଠି କ୍ଷତଟିଏ ହୋଇଛି । କ୍ଷତର ଯନ୍ତ୍ରଣାରେ କଥା କହିବାର ସାମର୍ଥ୍ୟ ହରାଇଛନ୍ତି ସେ କିଛି ସମୟ ପାଇଁ ।

ଭରସା ଦେବା ଭଳି କହିଲି, 'ଆପଣଙ୍କ ସମସ୍ୟାର ସମାଧାନ ହେବ । ମାତ୍ର ଧୈର୍ଯ୍ୟ ନ ଧରିଲେ କିଛି କରିହେବ ନାହିଁ ।'

– 'ତାହା ହିଁ ମୁଁ ଚାହିଚି । ତିନିଚାରିଥର ଏଠିକୁ ଆସିଲିଣି । ଯେତେ ଅନୁରୋଧ କଲେ ବି କେହି ମୋ' କଥା ଶୁଣୁନାହାନ୍ତି । ଆଉ ସେଠି ରହିବାକୁ ଚାହୁନାହିଁ । ସେ ଗାଆଁରେ କେହି ନାହିଁ । ମଶାଣି ପରି ମୋତେ ଲାଗୁଛି । କାହା ସାଙ୍ଗରେ ତ' କଥା ହେବି! ମୋତେ ଜେଲ୍‌କୁ ଫେରାଇ ନିଆଯାଉ, ଯେଉଁଠି ଜୀବନର ଦୀର୍ଘ କୋଡ଼ିଏ ବର୍ଷ ବିତାଇଛି । ଆପଣ ଜିଲାପାଳଙ୍କ ପାଖରେ ମୋ' ଦୁଃଖ କଥା କହିବେ । ସେ ଚାହିଲେ ସମ୍ଭବ ହେବ ।'

ବିସ୍ମିତ ହେଲି । ଏମିତି ଗୋଟେ ଅନୁରୋଧ ସେ କରିବେ, ତାହା ବିଶ୍ୱାସ ହେଲା ନାହିଁ । ପୁଣି ସେ ଜେଲ୍‌କୁ ଫେରିଯିବାକୁ ଚାହୁଛନ୍ତି । ଗୋଟେ ତଡିତ୍ ଖେଳିଗଲା, କୋଠରି ଭିତରେ । କିଛି ସମୟ ସମ୍ପୂର୍ଣ୍ଣ ଆଲୋକମୟ ହୋଇଉଠିଲା ସାରା

କୋଠରି । ପରବର୍ତ୍ତୀ ମୁହୂର୍ତ୍ତରେ ଅନ୍ଧକାର ଛାଇହୋଇଗଲା, ଝରକା ଖୋଲାଥିବା ସତ୍ତ୍ୱେ ।

ସଞ୍ଜୟ ଫେରିଆସିଲାବେଳକୁ ଲୋକଟି କୋଠରି ଭିତରେ ନଥିଲେ । ସେହି ଅନ୍ଧାର ଭିତରେ ସେ ଅପସରିଯାଇଥିଲେ ପତଳା ପବନ ପରି । ମାତ୍ର କୋଠରି ଭିତରେ ରହିଯାଇଛି ତାଙ୍କର କେଇପଦ କଥା । ଭାବିଲି, ଏପରି ଗୋଟେ ଗାଆଁ ଅଛି, ସେଠି କେହି ନାହାନ୍ତି ! ଚାରିଆଡ଼େ ଭରିରହିଛି ନିର୍ଜନତା ।

ମୋତେ ଆଶ୍ଚର୍ଯ୍ୟ କରି ସଞ୍ଜୟ କହିଲେ, 'ପାଗଳ ହୋଇଯାଇଛି । କେହି କ'ଣ ଜେଲ୍‌କୁ ଫେରିଯିବାକୁ ଚାହେ ? ତା' ମୁଣ୍ଡ ଠିକ୍ ନାହିଁ । ତିନିଚାରିଥର ସେ ଏଠିକୁ ଆସିଲାଣି । ତାକୁ କିଏ କହିଛି, ଜିଲାପାଳ ଚାହିଁଲେ ସେ ପୁଣି ଜେଲ୍‌କୁ ଫେରିଯାଇପାରିବ । ନିର୍ବୋଧ କୋଉଠିକାର ।'

ଗୋଟେ ଅନ୍ଧାରିଆ ଗାଁ । ଯେଉଁଠି କେହି ନାହାନ୍ତି । ନାହିଁ ସମ୍ପର୍କ, ନାହିଁ ଘର, ନାହିଁ ବି ନୀଳ ଆକାଶର ଛାଇ । ଖାଲି ଶୁଭୁଛି ସମୁଦ୍ରର ଘୋ ଘୋ ଗର୍ଜନ ।

ମନେହେଲା, ଟିକିଏ ବି ଅସୁବିଧା ହୋଇନାହିଁ ଫାଇଲ୍ ଭିତରେ, ସେହି ଲୋକର ତିନିଚାରୋଟି ଦର୍ଖାସ୍ତ ଚାପିହୋଇ ରହିଯିବା ଫଳରେ । ପାଗଳ ଲୋକର ଦର୍ଖାସ୍ତ ଚାପିହୋଇଯିବା ତ ଅତି ସ୍ୱାଭାବିକ କଥା । ସଞ୍ଜୟ ତାହା ଭିନ୍ନ ବାଗରେ ସୂଚେଇଦେଲେ ।

ଅଟକାଇ ପାରିଲି ନାହିଁ ଅବିଶ୍ୱାସ ଓ ବିସ୍ମୟ । ସେହି ଲୋକ ପାଖରେ ନଥିଲା କୌଣସି ଆଗ୍ନେୟାସ୍ତ୍ର, ବରଂ ସଞ୍ଜୟଙ୍କ ପକେଟ୍‌ରେ ଅଛି ବୋମା, ନହେଲେ ରିଭଲ୍‌ଭର୍ । ଯେକୌଣସି ମୁହୂର୍ତ୍ତରେ ସେ ତାହାର ଉପଯୋଗ କରିବାପାଇଁ ଆଦୌ କୁଣ୍ଠିତ ହେବେ ନାହିଁ ।

ବଢ଼ିଲା ସଞ୍ଜୟଙ୍କ ପ୍ରତି କ୍ରୋଧ ଓ ଅଭିଯୋଗ । ଅତି ଧୀର ସ୍ୱରରେ ପଚାରିଲି, 'ପୂର୍ବରୁ ସେ ଦେଇଥିବା ଦର୍ଖାସ୍ତଗୁଡିକ ଅଛି କି ? ମୋତେ ଦେଇପାରିବେ ?'

ଉଦାସୀନ ଦିଶିଲେ ସଞ୍ଜୟ । ଫାଇଲ୍ ଭିତରୁ ସେଇ ଲୋକର ଦର୍ଖାସ୍ତଗୁଡିକ ମୋତେ ଦେଲାବେଳେ କହିଲେ, 'ଆପଣ ଅଧିକ ଆଗ୍ରହ ଦେଖାଉଛନ୍ତି । ଅତି ଭୟଙ୍କର ଏ ଲୋକ । ନିଜ ପରିବାରକୁ ଯିଏ ନିପାତ କରିପାରେ, ତା'ର ଦର୍ଖାସ୍ତ କେତେ ଭ୍ରମାତ୍ମକ ଆଉ ବିଭ୍ରାନ୍ତିକର ହୋଇପାରେ, ତାହା ଅନୁମାନ କରିହେବ । ଏମିତି ବିପଜ୍ଜନକ ଲୋକ ମୋ' ଚାକିରିକାଳ ମଧ୍ୟରେ କେଉଁଠି ବି ଦେଖିନାହିଁ ।'

ଆଦୌ ସନ୍ତୁଷ୍ଟ ନଥିଲେ ସଞ୍ଜୟ ତାଙ୍କ ବକ୍ତବ୍ୟରେ । ଅସ୍ୱାଭାବିକ ଲାଗିଲା, କଥାର ଶେଷପଦକ । ମନେହେଲା, ଇନ୍ଦିରା ଆବାସ ଯୋଜନା ପାଇଁ ଆସିଥିବା

କାହାର ଦର୍ଖାସ୍ତ ପ୍ରତି ବେଶ୍ ଆଗ୍ରହ ଦେଖାଇଥାନ୍ତେ ବୋଧେ ସେ । ତାଙ୍କ ମୁହଁରେ ଫୁଟିଥାନ୍ତା ହସ । ଏଇ ଦୁର୍ବଳତା ପ୍ରତି ସେ ବେଶି ତତ୍ପର ଯେମିତି । ଏମିତି କ'ଣ ହୋଇପାରେ ! ଦର୍ଖାସ୍ତଗୁଡିକୁ ମୋତେ ଦେବାପରେ ସେ ସେହି କୋଠରି ଭିତରୁ ପୁଣି ବାହାରି ଚାଲିଗଲେ । ଜଣାପଡ଼ିଲେ, ସେ ଅସୁଖୀ ବୋଲି ।

ନୀରବତା ସମ୍ପୂର୍ଣ୍ଣ କୋଠରି ଭିତରେ । ଆଉ କିଛି ଘଟିବ ନାହିଁ ।

ପବନ ବି ଥମ୍‌କରି ଅଟକିଯାଇଛି ଦରଜା ଆରପାଖରେ । ଟେବୁଲ୍ ଉପରେ ସେହି ଲୋକର ଦର୍ଖାସ୍ତ, ବଂଚିରହିବା ପାଇଁ ଆକୁଳ ନିବେଦନ । ମୋ' ଭିତରେ ସଞ୍ଚରିଯାଉଛି ଗୋଟେ ପ୍ରତ୍ୟାଶାହୀନ ବ୍ୟାକୁଳତା ।

ପରଦିନ ନିର୍ଦ୍ଧାରିତ ସମୟ ପୂର୍ବରୁ ଆସିଲି ଅଫିସ୍ । ଜିଲାପାଳ ତାଙ୍କ ପ୍ରକୋଷ୍ଠରେ ବସିଥିଲେ । ପର୍ଦ୍ଦାଆଢ଼େଇ ଭିତରକୁ ଗଲି । ଅତି ବିନମ୍ର ହୋଇ ତାଙ୍କ ସାମ୍‌ନାରେ ଠିଆହେଲି ।

ନିର୍ଦ୍ଦେଶ ଦେବା ସ୍ୱରରେ ସେ କହିଲେ, 'ଜାଣିଛନ୍ତି, ବାଇ-ଇଲେକ୍‌ସନ୍ ହେବ, ଦୁଇମାସ ଭିତରେ ? ମନ୍ତ୍ରୀ ଡାକିଥିଲେ, ସେହି ବିଷୟରେ ଆଲୋଚନା କରିବା ପାଇଁ । ଆପଣ ଜଣେ ଦକ୍ଷ ଅଫିସର୍ । ସେଥିପାଇଁ ଏଠିକୁ ବଦଳି କରାହୋଇଛି । ଲୋକଙ୍କର ସମସ୍ୟା ଏଠି ଅଧିକ । କାହାର ଘର ନାହିଁ ତ କାହାର ରେସନ୍ କାର୍ଡ୍ ନାହିଁ । ବିପିଏଲ୍‌ରେ ଅନେକ ଲୋକ ଅନ୍ତର୍ଭୁକ୍ତ ହୋଇନାହାନ୍ତି । ବିରୋଧୀଦଳ ଏଠି ଖୁବ୍ ସକ୍ରିୟ। ସାବଧାନ ରହିବେ ।'

କଥା କହିବାବେଳେ ସେ ଅଧୈର୍ଯ୍ୟ ହୋଇପଡ଼ିଲେ ଯେମିତି । ଏଠିକା ପରିସ୍ଥିତି ଖରାପ ଥିବାରୁ ସେ ଆଦୌ ସନ୍ତୁଷ୍ଟ ନୁହନ୍ତି । ସେକ୍ରେଟେରିଏଟ୍‌ରେ ରହିବାପାଇଁ ତାଙ୍କର ଇଚ୍ଛା କାର୍ଯ୍ୟକାରୀ ହେଉନାହିଁ, ମୁଁ ଶୁଣିଛି। ଏବଂ ଏଠି ରାଜନୀତି କରୁଥିବା ଲୋକଙ୍କ ସହିତ ତାଙ୍କର ସମ୍ପର୍କ ସେତେ ଭଲ ନାହିଁ ।

କ'ଣ କରିବି ? ପ୍ରକୋଷ୍ଠ ଭିତରୁ ପଦାକୁ ଚାଲିଆସିବି କି ? ସବୁକଥା ଅସମ୍ଭବ ଜଣାପଡୁଚି । ସଚିତ୍ର ଦାସଙ୍କ ମୁହଁ ମୋତେ ଅଟକାଇଦେଲା । ଲୁହ ଛଳଛଳ ଆଖିଦୁଇଟି ମୋ' ଚେତନାକୁ ଏମିତି ଗ୍ରାସ କରିଛି ଯେ ଜିଲାପାଳ ଆଉକିଛି ନ କହିବା ସତ୍ତ୍ୱେ ସବୁ ଦର୍ଖାସ୍ତ ତାଙ୍କ ଟେବୁଲ ଉପରେ ଅତି ସଂଭ୍ରମ ସହକାରେ ରଖିଲି ।

ଅନ୍ୟମନସ୍କ ହେଲେ ସେ କିଛି ସମୟ ପାଇଁ । ଦର୍ଖାସ୍ତରେ ଏମିତି କ'ଣ ଲେଖାହୋଇଥିଲା ଯେ ଉତ୍ତ୍ୟକ୍ତ ହୋଇପଡ଼ିଲେ ନିଜ ଭିତରେ ! 'କ'ଣ ଚାଲିଚି ଏଠି; ଆଉ ଗୋଟେ ନଗଡ଼ା ନା ଦାନମାଝି ପରି ଖବର ବାହାରିବ ସମ୍ବାଦପତ୍ରରେ ? ମିଡିଆବାଲା ଚାହିଁରହିଛନ୍ତି ଗୋଟେ ଇସୁ ତିଆରି କରି ସରକାରଙ୍କୁ ଅସୁବିଧାରେ

ପକାଇବା ପାଇଁ । ଆପଣ ସେ ଗାଆଁକୁ ଯାଆନ୍ତୁ । ସନ୍ଧ୍ୟା ସୁଦ୍ଧା ମୋତେ ରିପୋର୍ଟ ଦିଅନ୍ତୁ । କ'ଣ କରାଯାଇପାରିବ, ତାହା ଦେଖିବେ । ସାଥିରେ ସଞ୍ଜୟଙ୍କୁ ନେଇଯିବେ । ସେ ଏଭଳି ପରିସ୍ଥିତିକୁ ଭଲଭାବରେ ହ୍ୟାଣ୍ଡେଲ୍ କରିପାରିବେ ।'

ପ୍ରକୋଷ୍ଠ ଭିତରୁ ବାହାରିଆସିବାବେଳେ ଦେଖିଲି, ସଞ୍ଜୟ ଠିଆହୋଇଛନ୍ତି ବାରଣ୍ଡାରେ । ମୋତେ ଚାହିଁଲେ ଆପାତତ ଆଗ୍ରହହୀନ, ଆବେଗହୀନ ଦୃଷ୍ଟିରେ । ଠିକ୍ ଏଗାରଟାରେ ଆରମ୍ଭ ହେଲା ଯାତ୍ରା । ଖରାର ତାତି ଅଧିକ ନାହିଁ । ଜାନୁଆରି ମାସର କୋମଳ ପବନ । ଗାଡ଼ି ଭିତରକୁ ପଶିଆସୁଛି ଆତ୍ମୀୟ ପରି । ନିରବରେ ମୋ' ପାଖରେ ବସିଥାନ୍ତି ସଞ୍ଜୟ। ତାଙ୍କ ବ୍ୟାଗ୍‌ରେ ପାଣିବୋତଲ, ଟିଫିନ୍ ।

ସଚିତ୍ର ଦାସଙ୍କ ଗାଆଁ ଏଠୁ କେତେ ଦୂର ?

ଠିକଣାରୁ ଜଣାପଡୁଚି, ପାଖାପାଖି ଚାଳିଶ କିଲୋମିଟର । ଡ୍ରାଇଭର୍ କହିଲା, 'ଥରେଅଧେ ସେହି ଅଞ୍ଚଳକୁ ଯାଇଚି । ରାସ୍ତା ଭାରି ଖରାପ । ସମୁଦ୍ର ଜୁଆରରେ ଧୋଇହୋଇଯାଇଛି ମଝିରେ ମଝିରେ ।'

କିଛି କହିଲେ ନାହିଁ ସଞ୍ଜୟ । ସେ ଫାଙ୍କା ଦୃଷ୍ଟିରେ ବାହାରକୁ ଚାହିଁଥାନ୍ତି । ରାସ୍ତାକଡ଼ରେ ଦୋକାନଗୁଡିକ ଦିଶୁଛି ସ୍ପଷ୍ଟ । ବୋଧେ ସେ ଖୁସି ନଥିଲେ, ମୋ' ସହିତ ଆସିଥିବା ହେତୁ । କାରଣ ଦର୍ଖାସ୍ତର ଶବ୍ଦଗୁଡିକ ତାଙ୍କପାଇଁ ଆଦୌ ଗୁରୁତ୍ୱପୂର୍ଣ୍ଣ ନୁହେଁ । ଏହା ସେ ଭଲ ଭାବରେ ବୁଝିଥିଲେ ଆଉ ସେଥିପାଇଁ ଜିଲାପାଳଙ୍କ ନଜରକୁ ଆଦୌ ନେଇନଥିଲେ ।

ବିପରୀତ ଦିଗରୁ ଅଳ୍ପ ସମୟ ବ୍ୟବଧାନରେ ଦୁଇଟି ଟ୍ରକ୍ ଆମ ଗାଡ଼ିକୁ ଅତିକ୍ରମ କଲା । ଜନଗହଳି ରାସ୍ତା । ଡ୍ରାଇଭର୍ ହାତରେ ଗାଡ଼ିର ଷ୍ଟିଅରିଂ। ରାସ୍ତକଡ଼କୁ ଚଳାଇନେଲା । ସାବଧାନତା ସହକାରେ ।

ବଣିଚଢ଼େଇ କେତୋଟି ଉଡ଼ିଗଲେ ଭୟଭୀତ ହୋଇ । ବିଲ, ଅରମା ଭିତରକୁ । ପାଚିଲା ଧାନର ସୁନେଲି ରଙ୍ଗରେ ଛାଇହୋଇଯାଇଛି ଚାରିଆଡ଼ । ସବୁଆଡ଼ ଭରିଯାଇଚି ବିଶ୍ୱାସରେ । ଅସରନ୍ତି ଐଶ୍ୱର୍ଯ୍ୟ ଦିଗ୍‌ବଳୟ ପର୍ଯ୍ୟନ୍ତ ।

ଉଦାସ ସ୍ୱରରେ ସଞ୍ଜୟ କହିଲେ, 'ସାବଧାନରେ ଗାଡ଼ି ଚଳା । ଅଣଓସାରିଆ ରାସ୍ତା । ଅଘଟଣ ଘଟିଯାଇପାରେ ।'

ଆଉ କ'ଣ ବା ଅଧିକ ଅଘଟଣ ଘଟିବ, ବିଧ୍ୱସ୍ତ ହେବାର ସମ୍ଭାବନା ଦେଖାଯିବ ! ସଞ୍ଜୟଙ୍କ କଥା ରହସ୍ୟମୟ ମନେହେଲା ।

ଡ୍ରାଇଭର୍ ଯାହା ଆଶଙ୍କା କରୁଥିଲା, ତାହା ସତ ହେଲା। ଜୁଆର ମାଡ଼ରେ ରାସ୍ତା ଧୋଇହୋଇଯାଇଛି । ଗାଡ଼ି ଯିବା ସମ୍ଭବ ନୁହେଁ । ଅଟକିଲା ଗାଡ଼ି । ସେଠୁ

ଚାଲିବାକୁ ହେବ, ଚାରିପାଂଚ କିଲୋମିଟର । ସମୁଦ୍ରକୂଳ ଜଙ୍ଗଲିଆ ରାସ୍ତାରେ । ଚାରିଆଡ଼େ ଝାଉଁବଣ । ସନ୍ତସନ୍ତିଆ ପରିବେଶ । ଅରମା ।

ଗାଡ଼ି ଭିତରେ ବସିରହିଲେ ସଞ୍ଜୟ । କହିଲେ, 'ମୋର ଅଣ୍ଠା ରୋଗ । ଏତେ ବାଟ ଚାଲିପାରିବା ସମ୍ଭବ ନୁହେଁ ।'

ଏହାପରେ ଦୀର୍ଘ ନୀରବତା । ଡ୍ରାଇଭର୍ ଅକୁଣ୍ଠିତ ଭାବରେ କହିଲା, 'ସାର୍, ଚାଲନ୍ତୁ । ମୁଁ ଆପଣଙ୍କ ସାଙ୍ଗରେ ଯିବି ।'

ଅଭିଭୂତ ହୋଇଯିବା ପରି ଗୋଟେ ମୁହୂର୍ତ୍ତ, ଅନେକ ସମୟ ପରେ । ଯେଉଁ ଗୋଟିଏ ଘର ଆମ ଆଗରେ ମାଟି ଉପରେ ହାମୁଡେଇପଡ଼ିବା ପରି ଦିଶୁଛି, ତାହା ସଚିତ୍ର ଦାସଙ୍କ ଘର । ଘର ନୁହେଁ ତ, ଗୋଟେ ଭଂଗା ଚାଳିଆ । କାଠଖୁଣ୍ଟରେ ଭରାଦେଇ ଠିଆହେବା ପରି । ଚାଳ ଛପର । ଝାଉଁଗଛର ଉହାଡ଼ରେ ଦିଶୁଚି ମଳିନ, ଅପରିଷ୍କାର । ଦୁଇଘଣ୍ଟା ଚାଲିବା ପରେ ଗୋଟେ ଘରର ମାନଚିତ୍ର ଏତେ ସୁନ୍ଦର ମନେହେବ, ତାହା ବିଶ୍ୱାସ ହେଲା ନାହିଁ । କାନ୍ଥରେ ବିଭିନ୍ନ ଫୁଲର ଚିତ୍ର। ଘର ଚାରିପଟରେ ପନିପରିବାଭରା ବଗିଚାର ଦୃଢ଼ ପ୍ରତିଶ୍ରୁତି । ମାଟି ଭେଦ କରି ଉଛୁଳିପଡୁଛି ସବୁଜ ରଙ୍ଗର ବିଭବ ।

ପାରୁପର୍ଯ୍ୟନ୍ତ ସଚିତ୍ର ଦାସ ଚେଷ୍ଟାକଲେ ନିଜର ଖୁସିକୁ ପ୍ରକାଶ କରିବା ପାଇଁ । ହଲଚଲ ହୋଇଗଲେ ଯେମିତିକି ଭିତରେ ସେ । କେଉଁଠି ବସାଇବେ ମୋତେ ସେ ? କାଠଗଣ୍ଡି ଉପରେ ନା ମସିଣାରେ ! ଛଳଛଳ ହୋଇଗଲା ତାଙ୍କ ଆଖି ।

ଅତି ସହଜରେ ପଚାରିଲି, 'କ'ଣ ପାଇଁ ଜେଲ୍‌କୁ ଫେରିଯିବାକୁ ଚାହୁଁଛନ୍ତି, ଏଠି ଏତେ ଭଲ ଭାବରେ ରହିଥିବା ସତ୍ତ୍ୱେ ?'

ସଳଖ ଠିଆହେଲେ ସେ । ମୋତେ ତୀକ୍ଷ୍ଣ ଦୃଷ୍ଟିରେ ଚାହିଁ କହିଲେ, 'ବଂଚିରହିବା ପାଇଁ ସବୁ ଚେଷ୍ଟାକରୁଛି । ମାତ୍ର ପାରୁନାହିଁ । ପ୍ରତିମୁହୂର୍ତ୍ତରେ ମୁଁ ହାରିଯାଉଚି । ଜେଲ୍‌ରୁ ଫେରିଲାପରେ ଭାବିଥିଲି, ଗାଆଁରେ ରହିବି । ଅବଶିଷ୍ଟ ଜୀବନ ବିତାଇବି। ହେଲେ, ଏଠି କେହି ଆତ୍ମୀୟ ନାହାନ୍ତି । ମହାବାତ୍ୟା ସମସ୍ତଙ୍କୁ ନେଇଯାଇଛି । କାହା ସାଙ୍ଗରେ ପଦେ କଥାହେବା ପାଇଁ ଚାହିଲେ ବି ଏଠି ତାହା ସମ୍ଭବ ହେଉନାହିଁ । କେତେଦିନ ଏହି ଗଛଲତାଙ୍କ ସହ କଥା ହେବି ?'

ମାଟି କାନ୍ଥ । ତା' ଆରପଟରେ ଥା'ନ୍ତା ଚୁଲି । ମାଟି ହାଣ୍ଡିଟିଏ ବସିଥାନ୍ତା ସେହି ଚୁଲିରେ । ଜାଳ ଜାଳିବାବେଳେ ତାଙ୍କ ସ୍ତ୍ରୀ ପରିବାର ପାଇଁ ରାନ୍ଧୁଥାନ୍ତା ଭାତ । ସେହି ହାଣ୍ଡିରୁ ଉଠୁଥାନ୍ତା ବାମ୍ଫ । ଏହିପରି ଦୃଶ୍ୟର ଅପେକ୍ଷାରେ ଥିଲେ ବୋଧେ ସେ ।

- 'ପାଖ ଗାଁରେ ଯାଇ ରହିବାର ତ କୌଣସି ଅସୁବିଧା ନାହିଁ ।'

ଅସୁସ୍ଥ ଦିଶିଲା ତାଙ୍କ ମୁହଁ । କହିଲେ, 'କିଏ ରଖିବ ଏଇ ହତ୍ୟାକାରୀକୁ ନିଜ ଗାଆଁରେ ? ଯେଉଁଠିକୁ ଗଲି, ସେଠୁ ତଡ଼ିଦେଲେ । ଯେତେ କହିଲେ ବି କେହି ମୋ' ଗୁହାରି ଶୁଣିଲେ ନାହିଁ । ମୁଁ ମାରିନାହିଁ ମୋ' ସ୍ତ୍ରୀ ଓ ଝିଅକୁ । କେହି କ'ଣ ଏଭଳି ବୀଭତ୍ସ କାଣ୍ଡ ଘଟାଇପାରେ ?'

କଣ୍ଠସ୍ୱର ହେଲା ଆର୍ଦ୍ର, ଓଜନିଆ ।

ସେହି ସମୟରେ ସେ ଚେଷ୍ଟାକଲେ, ଏମିତି ଗୋପନୀୟ ଜାଗାଟିଏ ଏଇ ପୃଥିବୀରେ କେଉଁଠି ଅଛି, ଯେଉଁଠି ସେ ମନଭରି କାନ୍ଦିପାରିବେ । ଖୋଜିପାଇବା ସମ୍ଭବ ନୁହେଁ । ମୋ' ସାମ୍ନାରେ ଅତି ସହଜରେ ଝରଝର ଲୁହ ଗଡାଇଚାଲିଲେ । କେଇବୁନ୍ଦା ଲୁହ ମାଟି ଧରିପାରିବା ସହଜ ମନେହେଲା ନାହିଁ ।

- 'ବିଚାରପତିଙ୍କୁ ହାତଯୋଡ଼ି ଅନୁରୋଧ କଲି, ମୁଁ ମାରି ନାହିଁ ବୋଲି । ମାତ୍ର ସେ ମୋ' କଥାକୁ ବିଶ୍ୱାସ କଲେ ନାହିଁ । ଆଦେଶଦେଲେ, କୋଡିଏ ବର୍ଷ ଜେଲ୍‌ଦଣ୍ଡ ଭୋଗିବା ପାଇଁ । ଭୋଗିଲି । ମୋ' ଭାଗ୍ୟରେ ତାହା ହିଁ ଥିଲା । ସ୍ତ୍ରୀ ଝିଅକୁ ନେଇ ସମୁଦ୍ରରେ ବୁଡ଼ି ଆତ୍ମହତ୍ୟା କଲାବେଳେ, ମୁଁ ବହୁତ ଚେଷ୍ଟାକରିଥିଲି ସେମାନଙ୍କୁ ବଂଚାଇବା ପାଇଁ, ତାହା କେହି ବି ବୁଝିଲେ ନାହିଁ ।'

ସମ୍ପର୍କର ପରିଭାଷା ତାଙ୍କ ପାଇଁ ବଦଳିଯାଇଛି ବୋଧେ । ତେଣୁ ଆଗ୍ରହହୀନ ଛଳଛଳ ଆଖିରେ ଚାହିଁଲେ, ନିଘଞ୍ଚ ଝାଉଁ ଜଙ୍ଗଲକୁ, ଘୋ ଘୋ ଗର୍ଜନ କରୁଥିବା ସମୁଦ୍ରକୁ । ଘର ପଛପଟରେ ଲୁଚିରହିଥିବା ନୀଳ ଆକାଶକୁ ଅସରନ୍ତି ଦୁଃଖର ଚାହାଣିରେ ।

ହଳଦୀବସନ୍ତ, କଜଳପାତି, ଘରଚଟିଆ ଦିଶିଲେ ନାହିଁ ସେହି ଘରର ଚାରିପଟରେ । ଆତ୍ମୀୟତାର ରଙ୍ଗରେ ଚିତ୍ରିତ ହୋଇଥିବା ଦୃଶ୍ୟ ଅପସରିଗଲା ଧୀରେ ଧୀରେ । ମାଟି ଭେଦକରି ଉଚ୍ଛୁଳିଆସୁଥିବା ସବୁଜ ବିଭବ ମନେହେଲା ଅର୍ଥହୀନ, ଅନାବଶ୍ୟକ ।

- 'କେମିତି ବଞ୍ଚିହେବ ଏଠି ? ମାଣ-ଖଟୁଲିଟି ସେମିତି ପଡ଼ିରହିଛି । କାନ୍ଥକଡ଼ରେ । ଉଇ ଲାଗିଯାଇଛି ସେଥିରେ । ସମୁଦ୍ର ଜୁଆରରେ ଭାସିଯାଇଛି ଗୁଆ, ଛିଟକନା ଓ ଓଷା ବହି । ହେଲେ, ମାର୍ଗଶୀର ମାସର ଶେଷ ଗୁରୁବାର ଆସିଲେ, ଶୁଭୁଛି ତା' ହୁଳହୁଳି, ସମୁଦ୍ରଗର୍ଜନକୁ, ଭେଦକରି । ଘର ଭିତରକୁ ପଶିଗଲେ ଦିଶୁଚି ତା' ମୁହଁ । ଝୋଟିଚିତାର ଲକ୍ଷ୍ମୀପାଦ ।'

ଝାଉଁଗଛ ପବନରେ ଟିକେ ଦୋହଲିଗଲା । ଖସ୍‌ଖସ୍ ଶବ୍ଦ । ନଇଁପଡ଼ିଲା

ଡାଳ । ଭାସିଆସିଲା ହାଲୁକା ବାସ୍ନା । ମାତ୍ର ପତ୍ରଫାଙ୍କରେ ସଫେଦ ସୂର୍ଯ୍ୟକିରଣ ଚକ୍‌ଚକ୍ ଦିଶିଲା । ମନେହେଲା, ସେହି ଘର ବ୍ୟତୀତ ଆଉ କିଛି ନାହିଁ ଗାଆଁ ଭିତରେ ।'

ପାଦତଳେ ହଲଚଲ ହେଲା ବାଲି । ଚମକିପଡ଼ି ପାଦ ଉଠାଇନେଲି ପଛକୁ । ବିଛା ନା ଆଉକିଛି ? ତାହା ଜାଣିବା ସମ୍ଭବ ହେଲା ନାହିଁ ।

ସେ ଜାଣିପାରିଲେ ମୋ' ମନ ଭିତରର ଭୟ । କହିଲେ, 'ଏମିତି ଭୟରେ ମୁଁ ବଂଚିରହିଲିଣି ଦି'ବର୍ଷ । ସାପ, ଗୋଧି, କୁମ୍ଭୀର ଆଉ ଭୂତ ସହ ।'

ଆଉଗୋଟେ ଚମକିଲାଭାବ – 'ଭୂତ !'

ଝାଉଁବଣ ଆଡ଼କୁ ଚାହିଁ ସେ କହିଲେ, 'ରାତି ହେଲେ ତାହାରି ଭିତରୁ ବାହାରିଆସୁଛି ଭୂତ । ଅନ୍ଧାରରେ ଛାଇ ଭଳି । ମୋ' ଘର....'

ଡ୍ରାଇଭର୍ ହଠାତ୍ କହିଲା, 'ସାର୍, ଡେରି ହେଲାଣି । ଆମକୁ ଫେରିବାକୁ ହେବ ।'

ଭୁଲିଯାଇଥିଲି, ଫେରିବାକୁ ହେବ ଚାଲିଚାଲି । ପାଂଚ କିଲୋମିଟର ରାସ୍ତା। ଝାଉଁବଣ ଭିତରେ । ସେଠୁ ପୁଣି ଗାଡ଼ିରେ ଚାଳିଶ କିଲୋମିଟର । ଅଫିସ୍‌ରେ ପହଂଚି ରିପୋର୍ଟ ତିଆରି କରିବାକୁ ହେବ ।

– 'ଦର୍ଖାସ୍ତ ଉପରେ ଜିଲାପାଳ ଯାହା ବିଚାର କରିବେ । ଯାହା ଦେଖିଲି, ତାହା ସବୁ କହିବି। ଅସୁବିଧା ଓ ଦୁଃଖ କଥା ବି ।'

ହାତଯୋଡିଲେ ସେ । ଅସହଜ ମନେହେଲେ ନିଜ ଭିତରେ । ଆଉ କିଛି କହିପାରିଲି ନାହିଁ । ତାଙ୍କର ନୀରବତା ଭିତରେ ଗୋଟେ ଯନ୍ତ୍ରଣା ଓ ନୈରାଶ୍ୟରେ ଦହଗଞ୍ଜ ହେଉଥିବାର ଦୁଃଖକୁ ମୁଁ ଯାହା ଅନୁଭବ କଲି ।

ଅଜଣା ଚଢ଼େଇଟି ଝାଉଁବଣ ଭିତରୁ ଉଡ଼ିଆସିଲା । ଚାଳ ଉପରେ ବସିଲା । ପୁଣି ଉଡ଼ିଗଲା । ଡେଣା ଝାଡ଼ି । ଥଣ୍ଟରେ ଧରିଥିଲା ପୋକ । ଏମିତି ଦୃଶ୍ୟ ମୋତେ ଆଦୌ ଭଲ ଲାଗିଲା ନାହିଁ । ଦୂରରୁ, ଅନେକ ଦୂରରୁ, ଭାସିଆସିଲା ଚଢ଼େଇମାନଙ୍କର ଚିଁ ଚିଁ ସ୍ୱର ।

ଛାୟାଛନ୍ନ ରାସ୍ତା ଅତିକ୍ରମ କରି ଫେରିଆସିଲି ଗାଡ଼ି ପାଖକୁ। ଖରା ଟାଣ ଲାଗୁଛି । ଟୋପା ଟୋପା ଝାଳ କପାଳରେ । ଏତେବାଟ ଚାଲିବା ଥିଲା, ମୋ' ପାଇଁ ପ୍ରଥମ । ଗୋଟେ ହୋସ୍‌ରେ ଚାଲିଥିଲି ଯେମିତି ସମୁଦାୟ ପଥ। ସମ୍ଭାବନାହୀନ ସମୟରେ ।

■

ଭାବମୟ

ଅଲ୍ପଅଲ୍ପ ଅନ୍ଧାର ଭିତରେ ଠିଆହୋଇଥିଲା ଜଣେ ଲୋକ। ଦେଖିବାକୁ କଳା, ବାଙ୍ଗରା। ଅଣ୍ଟାରେ ମସିଆ ଗାମୁଛା । ମୋତେ ଦେଖି ଟିକେ ହସିଲା । ଅନ୍ଧାରରେ ତା' ହସ ଅତି ରହସ୍ୟମୟ ବୋଧହେଲା । ପରମୁହୂର୍ତ୍ତରେ ପ୍ରସାରିତ ହୋଇଆସିଲା ତା' ହାତପାପୁଲି । ଶାଳପତ୍ରର ଠୋଲା ଭିତରେ ଧଳାରଙ୍ଗର ଫୁଲ କେତୋଟି । ବିଂଚିହୋଇଗଲା ସୁରଭିତ ମହକ ପବନରେ । ଆମ ଦୁହିଁଙ୍କ ଚାରିପଟରେ ।

ମୋତେ କେମିତି ଲାଗିଲା, ସେ କିଛି କହିବ । ମାତ୍ର ହଠାତ୍ ସେସବୁ ଭୁଲିଯାଇଚି କିମ୍ୱା କହିବାପାଇଁ ଶବ୍ଦ ଖୋଜି ପାଉନାହିଁ ।

ଏହା ଏକ ସ୍ୱାଭାବିକ ଦୃଶ୍ୟ। ଆଦିବାସୀ ଲୋକଙ୍କର ଏହିପରି ମୁହୂର୍ତ୍ତକୁ ମୁଁ ଅନେକଥର ଭେଟିଚି । ସହଜଭାବରେ ନିଜର କଥା କହିବାପାଇଁ ସେମାନେ ଆଦୌ ସମର୍ଥ ନୁହଁନ୍ତି। ସେଥିପାଇଁ ପ୍ରତିବାଦ କରନ୍ତି ନାହିଁ କିମ୍ୱା ପ୍ରତିରୋଧ କରିବାର ସାହସ କୁଳାଇପାରନ୍ତି ନାହିଁ।

– 'ସୁନୀତା ପଠାଇଚି । ମହାପୁରୁକୁ ନେଇ ପୂଜା କରିବ ଘରେ ।'

କଥାଟିକୁ କହିଲା ଏମିତି ବାଗରେ, ମନେହେଲା ଅନିଶ୍ଚିତ ସମ୍ଭାବନା ପରି ।

ପରମୁହୂର୍ତ୍ତରେ ମୋ' ହାତରେ ଥିଲା, ଶାଳପତ୍ରର ଠୋଲା ।

କେତୋଟି ବଣୁଆ ଧଳା ରଂଗର ଫୁଲ । ଏବଂ ଫୁଲ ଭିତରେ ଖଣ୍ଡେ ଚିକ୍କଣ କାଠ। ଯାହାଙ୍କର ପରିଚୟ ସେ ଦେଇସାରିଛି।

ବିହ୍ୱଳ ମୁହୂର୍ତ୍ତ। ମୋ' ଦେହ ଭିତରେ ଗୋଟେ କମ୍ପନ । ତଡିତ୍‌ବେଗରେ ଖେଳିଗଲା । ଶୁଖିଲା ଚନ୍ଦନ ଭିତରେ ହସହସ ମୁହଁ। ଆଖିଯୋଡ଼ିକ ଅସ୍ୱାଭାବିକ ଭାବରେ ବଡ଼। ମୋତେ ଅପେକ୍ଷା କରି ରହିଥିଲେ ଅନେକ ଦିନରୁ ଯେମିତି। ସେହି ଶାଳଜଂଗଲଘେରା ଗାଆଁ ଭିତରେ ।

ଆଉ କିଛି ସମୟ ପରେ ଗାଡ଼ିରେ ବସିବି। ମୋତେ ବିଦାୟ ଦେଇସାରିଲେଣି ସହକର୍ମୀମାନେ । ସାଢ଼େ ତିନିବର୍ଷର ରହଣି ପ୍ରାୟ ଶେଷ ହୋଇଯାଇଚି । ଏହି ସମୟରେ ଅପ୍ରତ୍ୟାଶିତ ଭାବରେ ଜଣେ ଆଦିବାସୀ ହାତରୁ ଶାଳପତ୍ର ଠୋଲା ଭିତରେ କାଠର ମହାପ୍ରଭୁ ଆସିଯିବା କଥାଟିକୁ ଅଲୌକିକ ଘଟଣାପରି ବୋଧହେଲା ।

– 'ତୁମେ ତ କିଛି ନନେଇ ଆମ ପାଇଁ ଘର ଖଣ୍ଡେ ତୋଳିଦେଲ, ଯେଉଁଠି ଆମେ ଦି' ପ୍ରାଣୀ ରହିପାରିବୁ। କିଛି ନନେଲେ ଆମକୁ ପାପ ଲାଗିବ। କ'ଣ କରିବୁ? କ'ଣ ତମର ଅଭାବ? ସୁନୀତା କହିଲା, ଆମେ ମହାପ୍ରଭୁଙ୍କୁ ଦେଲେ ବ୍ୟାଙ୍କବାବୁ ମନା କରିବ ନାହିଁ ।'

କଥା କହୁନଥିଲା, ବରଂ ଅନୁରୋଧ କରୁଥିଲା ଆଦିବାସୀ ଲୋକଟି । ସୁନୀତାର ସ୍ୱାମୀ।

ସେମିତି କିଛି ଅନୁଗୃହୀତ ହେବା ପରି କଥା ନୁହେଁ । ସରକାରୀ ଯୋଜନାକୁ କାର୍ଯ୍ୟକାରୀ କରିବାରେ ସହଯୋଗ କରିଚି ଯାହା। ଗ୍ରୁପ୍ ହାଉସିଂ ଯୋଜନାରେ ଆଦିବାସୀଙ୍କୁ ଘର ତୋଳିବା ପାଇଁ ଋଣ ଦେଇଚି, ଯା'ଫଳରେ ମାଟିଘର ବଦଳରେ ଆଦିବାସୀ ଗାଆଁରେ ଦିଶୁଚି ଧଳା ରଂଗର ଦି'ବଖରା କୋଠାଘର । ଇଟା କାନ୍ଥ । ପକ୍କା ଚଟାଣ। ଆଉ ଢଳେଇ ଛାତ । ତା' ସହିତ ଏକ ସୁରକ୍ଷିତ ଭବିଷ୍ୟତ ।

ଅପରିଚ୍ଛନ୍ନ, ଧୂଳିଧୂସର ଘରର ମୁହଁ ବଦଳିଯାଇଚି। ମନେହେଉଚି, ସବୁକିଛି ପରିଚ୍ଛନ୍ନ ଓ ଆଶଙ୍କାହୀନ । ଡୁ ଡୁ ବର୍ଷାରେ ବି ଭେଦିବ ନାହିଁ ଘରର ଚଟାଣ । ଖଟ ଓ ବିଛଣା । କେତେ ନିରାପଦ ମୁକ୍ତ ହେବ ବର୍ଷାରତୁର ରାତି! ଓ ନିଦ!

ରାତି ପାହାନ୍ତାରେ ଡେଣାଝାଡୁଥିବେ ବଣକୁକୁଡା। ବର୍ଷାରେ ଭେଦିଯାଇଥିବା ଡେଣାକୁ ଟିକେ ଖରାରେ ଦେଖାଇବାପାଇଁ ଆରମ୍ଭ ହେଉଥିବ ତୀବ୍ର ପ୍ରତିଯୋଗିତା। ଶାଳ ଜଂଗଲ ଭିତରେ । ଆମ୍ପୁଡା ଦାଗ ପଡୁଥିବ ମାଟିରେ। ଶାଳଫୁଲରୁ ଖସିପଡ଼ିବ ବର୍ଷାଟୋପା । ଅଧିକରୁ ଅଧିକ ଓଦା ଦିଶିବ ବଣକୁକୁଡାଙ୍କର ଥଣ୍ଟ ଓ ଆଖି।

ଅଥଚ ଆଦିବାସୀ ଗାଆଁର ନିଦ ଭାଂଗିବ ନାହିଁ ।

କୋଠାଘର ଭିତରେ ଥିବ ଭଲପାଇବାର ଅଧିକ ଉଚ୍ଛ୍ୱାସ ଓ ମୁକ୍ତ ପବନ ।

ଏଇନେ ସୁନୀତା ସେହି ଘରେ ବସି କ'ଣ ଭାବୁଥିବ, ତାହା ଜାଣେ ନାହିଁ । ମାତ୍ର ମୁଠାଏ ଅଜଣା ବଣୁଆଫୁଲ ଧରାଇଦେଇ ମୋତେ ଆନମନା କରିଦେଇଚି, ତାହା ମାନୁଚି ।

କ'ଣ କହିବି ?

ପାଦତଳର ମାଟି ଟିକେ ଦବିଯିବାପରି ଅନୁଭବ । ମନେହେଲା, ମୋ' ହାତପାପୁଲି ଭିତରେ ସାରା ସୃଷ୍ଟିର ଓଜନ ଅଛି ଯେମିତି । ଏତେ ଭାରକୁ ଧରିରଖିବା ମୋ' ପକ୍ଷରେ ଆଦୌ ସହଜ ନୁହେଁ । ତେବେ କେମିତି ନେବି ?

ଉପାୟ ଅଛି କି ସୁନନ୍ଦା ପାଖରେ ?

– 'କ'ଣ କରିବି, କହିଲ ? ଆଦିବାସୀ ଲୋକଟିଏ କାଠ ଖଣ୍ଡେ ଦେଉଚି। ବଡ଼ ଆଖି। ଅମୃତମୟ ହସ । ସେ କହୁଚି, ମହାପ୍ରୁ ବୋଲି । କାଠଟି ଅବିକଳ ଜଗନ୍ନାଥଙ୍କ ପରି ନୁହେଁ । କିନ୍ତୁ ନିରେଖି ଦେଖିଲେ ଜଗନ୍ନାଥଙ୍କ ପରି ଦିଶୁଚି ।'

ଆରପଟରେ ସୁନନ୍ଦା। ସେ ବୋଧେ ବୁଝିପାରିଲା ନାହିଁ ମୋ' କଥା । ପଚାରିଲା, 'କ'ଣ କହୁଚ ? ଠିକ୍ କରି କୁହ।'

ଚାହିଁଲି ଆଉଥରେ ଫୁଲ ଭିତରେ ଶୋଭାପାଉଥିବା ମୂର୍ତ୍ତିଆଡ଼େ।

ଅତି ଗମ୍ଭୀର ସ୍ୱରରେ କହିଲି, 'କାଳିଆ ସାଆନ୍ତ ପରି ଠିକ୍ ଦିଶୁଚି । ମାତ୍ର ଅଧା ହାତ ଦୁଇଟି ନାହିଁ । ସେ ତା' ଘରେ ପୂଜା କରୁଥିଲା, ମୋତେ ଆଣିଦେଉଚି ବାହାରିବାବେଳେ ।'

ଗାଡ଼ି ପଛରେ ଥୁଆହେଲା ଆଟାଚି । ଡ୍ରାଇଭର୍ ବସିଲା ତା' ସିଟ୍‌ରେ । ସହକର୍ମୀ ଫୁଲତୋଡା ସିଟ୍ ଉପରେ ରଖିଲେ । ଯେମିତି ପୂର୍ବ ନିର୍ଦ୍ଧାରିତ।

– ଶୁଣ, ତୁମେ ନେଇଆସ। ଆମେ ପୂଜା କରିବା। ଆଦିବାସୀଙ୍କ ଠାକୁର ସେମିତି। ଯିଏ ତିଆରି କରିଚି, ସିଏ ଜଗନ୍ନାଥଙ୍କୁ ଦେଖିନଥିବ। ତା' ମାନସଚକ୍ଷୁରେ ଯେତିକି ଦିଶିଥିବ, ସେତିକିରେ ହିଁ ତିଆରି ହୋଇଥିବେ ଆପେଆପେ ଠାକୁର । ମନାକର ନାହିଁ । ଭାବମୟ ଠାକୁର କେଉଁ ରୂପରେ କାହା ଘରକୁ ଆସିବେ, ତାହା କିଏ କହିବ ?

କଥାଟିକୁ ଏମିତି ବାଗରେ ସୁନନ୍ଦା ମୋତେ କହିଲା, ତାହା ବୁଝିବା ପାଇଁ ଅସହଜ ହେଲା ନାହିଁ ।

ଅତି ସାବଧାନତା ସହକାରେ ଶାଳପତ୍ରଠୋଲାକୁ ଧରି ବସିଲି ଗାଡ଼ିରେ। ଠୋଲା ଭିତରେ ଫୁଲ। ଫୁଲଶେଯରେ ମହାପ୍ରଭୁ।

ଆଉ ଦିଶିଲା ନାହିଁ ସୁନୀତା ସ୍ୱାମୀର ମୁହଁ ।

ଅଧିକରୁ ଅଧିକ ଦିଶିଲା ସୁନୀତାର ମୁହଁ । ଯେମିତି ସେ ବି ମୋ' ସହିତ ଯାଉଚି କଟକ। ମୋତେ ଲାଗିକରି ବସିରହିଚି ଗାଡ଼ି ଭିତରେ। ମୋତେ ଚାହୁଁଚି । ହସୁଚି। ପୁଣି ଚୁପ୍ ରହୁଚି। ଏମିତି ବାଟସାରା ଘଟୁଚି ବିଚିତ୍ର ଘଟଣା ।

ମୁଁ ସ୍ଥିର। ସମ୍ପୂର୍ଣ୍ଣ ଧ୍ୟାନସ୍ଥ ।

ମୋ' ହାତରେ ମହାପ୍ରଭୁ ।

କଥାଟିଏ କହିନାହିଁ ଆପଣଙ୍କୁ ଏଯାଏ । ପ୍ରକୃତ ସତକଥା । ଋଣ ସାଙ୍କ୍‌ସନ୍‌ଡ଼୍ ହେବାପରେ ସୁନୀତା ତାଙ୍କ ଗାଆଁକୁ ମୋତେ ଡାକିଥିଲା । ଶାଳଜଂଗଲ ଭିତରେ ତା' ଗାଆଁ। ପିଚୁ ରାସ୍ତାରୁ ଗଡ଼ିଯିବାକୁ ହେବ, ମୋରମ୍ ରାସ୍ତାରେ। ସେଠୁ ତିନି କିଲୋମିଟର ଯିବା ପରେ ତାଙ୍କ ଗାଆଁ । ଆମ୍ବଗଛ ଛାଇଭିତରେ ତିରିଶଟି ଘର । ଛୋଟ ପୋଖରୀ। ପାଣିରେ କଇଁଫୁଲ । ରାସ୍ତାଉପରେ ଛେଳିପଲଙ୍କ ରାଜୁତି। ପିଣ୍ଡା ଉପର ପରିଷ୍କାର। ଝାଟିମାଟିର କାନ୍ଥ । ଘର ଆଗରେ ମନ୍ଦାର ଗଛ । ଲାଲ୍ ରଂଗ ଫୁଲର ଅପୂର୍ବ ଶୋଭା । କେହି ଯେମିତି ଉଡାଇଦେଇଚି ପବନରେ, ଲାଲ୍ ରୁମାଲ୍ ପରି।

ଠିକ୍ ସେହି ରଂଗର ଶାଢ଼ି ପିନ୍ଧିଥିଲା ସୁନୀତା। ତା' ଓଠର ରଂଗ ବି ଲାଲ୍ । ଅଳ୍ପ ହଲ୍‌ଚଲ୍ ହେଲା ମୋ' ଭିତର ।

ଦ୍ୱାରବନ୍ଧ ଡେଇଁ ଘର ଭିତରକୁ ଗଲି । ପ୍ଲାଷ୍ଟିକ୍ ଚେୟାର୍ । ସେଇଠି ବସିଲି । ଡ୍ରାଇଭର୍ ରହିଲା ବାହାରେ । ଗାଡ଼ି ପାଖରେ । ସୁନୀତା ଘର ଭିତରକୁ ପଶିଆସି ଛଟିକିଣି ଦେଇଦେଲା ।

କିଛି ବୁଝିବା ପୂର୍ବରୁ ବ୍ଲାଉଜ୍‌ର ଉପର ବୋତାମ ସେ ଖୋଲିଦେଲା । ଅଳ୍ପ ମିଠା ମିଠା ହସ । ସମ୍ମୋହିତ ହେବାପାଇଁ ସେତିକି ଯଥେଷ୍ଟ।

ଏମିତି ଗୋଟିଏ ମୁହୂର୍ତ୍ତକୁ ଭେଟିବି, ତାହା ଆଶା କରିବା ସମୀଚୀନ ନୁହେଁ । କ'ଣ କରିବି ? ହୋଇପାରେ, ଅନେକ ସମୟରେ ସୁନୀତା ଦେହର ଗଢ଼ଣ ମୋତେ ହତଚକିତ କରିଚି । ତା' ଅଜାଣତରେ ଗୋଟେ ଚିତ୍ର ମୋ' ଭିତରେ ଆଙ୍କିହୋଇଯାଇଚି। ଯେଉଁ ଚିତ୍ରଟି ଆଉ କାହାକୁ ଦେଖାଇବାକୁ ସାହସ କରିନାହିଁ । ମାତ୍ର ଏକଥା କ'ଣ ଜାଣିପାରିଚି ସୁନୀତା ?

ପରବର୍ତ୍ତୀ ଦୃଶ୍ୟଟି ଏହିପରି - ସୁନୀତାର ଅଧାଖୋଲା ବ୍ଲାଉଜ୍ ଭିତରୁ ବାହାରି ଆସିଥିଲା ଶହେଟଙ୍କିଆ ନୋଟ୍ ବିଡାଟିଏ । ଅତିଧୀରେ ମୋ' ହାତରେ ଧରାଇ ଦେବାବେଳେ ସେ କହିଲା, 'କେହି ଜାଣିବେ ବୋଲି ଲୁଚାଇକରି ଆଣିଚି । କିଛି

ମନରେ ଧରିବେ ନାହିଁ । ଆପଣ ଚାହିନଥିଲେ କୋଠାଘରେ ରହିବା ଆମପାଇଁ ସାତସପନ ।'

ପ୍ରାୟ ହିତାହିତ ଜ୍ଞାନ ହରାଇଦେବା ଭଳି ମୋ' ଅବସ୍ଥା । ଉଠିଯାଇ ବନ୍ଦ୍ କବାଟ ଖୋଲିଦେଲି। ସୁନୀତା ନିଜ ବ୍ଲାଉଜ୍‌ର ବୋତାମ ଦେବାକୁ ସମୟ ପାଇଲା ନାହିଁ। ଶାଢ଼ିକାନିକୁ ଛାତି ଉପରେ ଗୁଡାଇ ଧରିଲା ।

ଦୁର୍ନୀତିଗ୍ରସ୍ତ ଅଫିସର୍ ନୁହେଁ ବୋଲି ପରିଚୟ ଦେବାପାଇଁ ସେତିକି କାର୍ଯ୍ୟ ସହଜ କରିଦେଲା । ଗାଡ଼ିରେ ବସିଲାବେଳେ ଦେଖିଲି, ସୁନୀତା ହାତଯୋଡ଼ି ଠିଆହୋଇଚି ଦୁଆରବନ୍ଧ ପାଖରେ। ଓଠରେ ପଦେ କଥା ନାହିଁ । ଆଖିରେ ଭରିଯାଇଚି ଲୁହ ।

ଆଦୌ ସୁନ୍ଦର ଦିଶୁନଥିଲା ତା' ଅଭିପ୍ରାୟ। ମାତ୍ର ସୁନ୍ଦର ଦିଶୁଚି ତା' ଲୁହବତୁରା ମୁହଁ।

ବସିରହିଚି ସେମିତି । ହାତରେ ଶାଳପତ୍ରର ଠୋଲା ।

ଡ୍ରାଇଭର୍ ବାଟରେ ଗାଡ଼ି ଅଟକାଇ ଚା' ପିଇଲାଣି । ଅଥଚ ମୁଁ ଓହ୍ଲାଇନାହିଁ । ମୋ' ହାତରେ ମହାପ୍ରଭୁ । ତାଙ୍କୁ କେଉଁଠି ରଖିବି ? ସିଟ୍ ଉପରେ ? ତାହା ହେବ ନାହିଁ । କେତେ ପବିତ୍ରମନରେ ଧରାଇ ଦେଇନାହିଁ ମୋ' ହାତରେ ଶାଳପତ୍ରର ଠୋଲାଟିକୁ ସୁନୀତାର ସ୍ୱାମୀ ! ଏବଂ ସାଂଗରେ ଆସିବା ଭଳି ମନେହେଉଚି ସୁନୀତା।

ଏମିତି ପରିବେଶରେ ମହାପ୍ରଭୁଙ୍କୁ ଛାଡ଼ିଦେବି କେମିତି !

କେତେ ଦୂର ? କାମାକ୍ଷାନଗରରୁ କଟକ ?

ଖୁଣ୍ଟୁଣି ତ' ଟପିଗଲାଣି । ଆଗରେ ଚୌଦୁଆର। ତା' ପରେ ଜୋବ୍ରା। ରିଂ ରୋଡ୍ କଡ଼େକଡ଼େ ଗଲେ, ପହଂଚିଯିବି ଘରେ । ଅପେକ୍ଷା କରିଥିବ ସୁନନ୍ଦା।

ସତକୁସତ ଅପେକ୍ଷା କରିଥିଲା ସୁନନ୍ଦା ।

ହାତରେ ଥାଳି ଧରି । ଦୀପ। ଧୂପକାଠି । ଚନ୍ଦନ । ଦୂବ । ତୁଳସୀପତ୍ରର ବାସନାରେ ମହକିଉଠିଲା ମୋ' ଘର ।

– 'ଆରେ, ଏ ପରା ଜଗନ୍ନାଥ । ନଟିଆ ଜଗନ୍ନାଥ। ତୁମେ କିପରି ଛାଡ଼ିଆସିବାକୁ ଚାହୁଥିଲ ! ତାଙ୍କର ଇଚ୍ଛାହେଲା, ସେ ଆସିଲେ ମୋ' ଘରକୁ । ଏମିତି ଘଟଣା ଭାଗ୍ୟରେ ଥିଲେ, ଘଟେ ।'

ପଛକୁ ଫେରିଚାହିଁଲି। ଦେଖିପାରିଲି ନାହିଁ ସୁନୀତାକୁ ଗାଡ଼ି ଭିତରେ । ଅଥଚ ସେ ସାଂଗରେ ଆସିବା ପରି ଅନୁଭବଟିଏ ସଂଚରିଯାଇଥିଲା ବାଟସାରା ।

ସୁନନ୍ଦା ଈଶ୍ୱରବିଶ୍ୱାସୀ । ଯେଉଁ ତୀର୍ଥସ୍ଥାନକୁ ଯାଏ, ସେଠୁ ବିଭିନ୍ନ ଦେବଦେବୀଙ୍କ ମୂର୍ତ୍ତି ନେଇଆସେ । ତିନୋଟି ଥାକରେ ଦେବଦେବୀ ନିଜନିଜର ଆସ୍ଥାନ ଜମାଇ ନେଇଛନ୍ତି । ସମସ୍ତଙ୍କ ପାଇଁ ଭିନ୍ନ ଭିନ୍ନ ଭୋଗ । ମନ୍ତ୍ରପାଠ ।

ସେହି ବିଶ୍ୱାସକୁ ଭରସା କରି ଆଦିବାସୀ ଗାଆଁରୁ ଚାଲିଆସିଲେ ଆସିବାସୀ ଦେବତା । ଆମ ଆଖିରେ ସେହି ହିଁ ମହାପ୍ରଭୁ । ଅଧାହାତ ନଥିଲେ କ'ଣ ହେଲା, ଚକାଆଖି ଅଛି । ଆମ ବିଶ୍ୱାସର ରୂପ ନେଇ ଉଭାହେଲେ ଛୋଟିଆ କୋଠରି ଭିତରେ । ତାଙ୍କପାଇଁ ସ୍ଥାନ ନିରୂପଣ କରିଦେଲା ସୁନନ୍ଦା । ମହାଲକ୍ଷ୍ମୀଙ୍କ ପାଖରେ ଛୋଟକପଡ଼ା ବିଛାହେଲା । ସେଇଠି ସେ ରହିଲେ ଅଭୟ ମୁଦ୍ରାରେ ।

ପରଦିନ ଜଏନ୍ କଲି କଟକର ଏକ ବ୍ରାଂଚ୍‌ରେ ।

ନୂଆ ପରିବେଶ । ନୂଆ କାମ । ନୂଆ ସହକର୍ମୀ । ସମୟ କିପରି କଟିଲା, ତାହା ଜାଣିବା ସହଜ ନହେବା ସ୍ୱାଭାବିକ । ମାତ୍ର ଅପରାହ୍ନରେ ତରତରରେ ଉପରମହଲାରୁ ତଳକୁ ଓହ୍ଲାଇଲାବେଳେ ପାହାଚ ଉପରେ ଗୋଡ଼ ଖସିଗଲା । ଦୁଇଟି ପାହାଚ ତଳେ ପାଦ । ରଟ୍ କରି ଶବ୍ଦ । ହାଡ଼ ଭାଂଗିଗଲା ବୋଧେ । ତଳୁ ଉଠିବା ସହଜ ନୁହେଁ । ଯନ୍ତ୍ରଣାରେ ଆଖି ବୁଜିହୋଇଗଲା । ଦାନ୍ତ ଚିପିହେବାପରି ଅନୁଭବ । ସାରା ଶରୀର ଭିତରେ କଷ୍ଟ । କେହି ଜଣେ ବନ୍ଧୁଙ୍କ ସହାୟତାରେ ଉଠିଲି । ମାତ୍ର ତଳେ ଲାଗିଲା ନାହିଁ ପାଦ ।

କ'ଣ ହେଇଚି, ଜାଣିବା ପାଇଁ ଏକ୍ସରେ ହେଲା । ସେଥିରୁ ବେଶ୍ ସ୍ପଷ୍ଟ ଦିଶିଲା, ପାଦରେ ତିନୋଟି ହାଡ଼ ଭାଂଗିଯାଇଚି । ଅପରେସନ୍ ହେବ ।

ବିପର୍ଯ୍ୟସ୍ତ ମୁହୂର୍ତ୍ତ । ସବୁକିଛି ଭାଂଗିରୁଜି ଯିବାପରି ଅନୁଭବ ।

ପାଖରେ ସୁନନ୍ଦା । ସାହସ ଦେଲା । କହିଲା, 'ଏଇ ସାମାନ୍ୟ ଅପରେସନ୍ ପାଇଁ ତୁମେ ବ୍ୟସ୍ତ ହେଲେ ଚଳିବ ? ଦେଖିବ, ସବୁ ଠିକ୍ ହୋଇଯିବ ।'

ଅପରେସନ୍ ହେଲା । ମାସେଯାଏ ବ୍ୟସ୍ତତା, ଯନ୍ତ୍ରଣା ।

ନର୍ସିଂହୋମ୍‌ରୁ ବାହାରିଆସିବାପରେ ଭାବିଥିଲି, ସବୁକିଛି ଠିକ୍ ହୋଇଗଲା । ମାତ୍ର ତାହା ସତ ନୁହେଁ । ମୋ' ହାତରେ ଥିଲା ଏଲବୋ କ୍ରଚ୍ । ତାହାରି ସାହାଯ୍ୟରେ ଚାଲିବାକୁ ହେବ କିଛି ମାସ । ପାଦଆଙ୍ଗୁଠିରୁ ନେଲ୍ ବାହାରିବା ପରେ ଠିକ୍ ରୂପେ ଚାଲିପାରିବାର ସମ୍ଭାବନାକୁ ଗ୍ରହଣ କରିବାକୁ ବାଧ୍ୟହେଲି ।

ଗୋଟାଏ ମାସ ଛୁଟି ପରେ ଯୋଗଦେଲି ବ୍ୟାଙ୍କ୍‌ରେ । ଅସୁସ୍ଥତା ହେତୁ ଉପରମହଲାକୁ ଯିବା ସମ୍ଭବ ହେଲା ନାହିଁ । ତଳ ମହଲାରେ ବସିଲି । ଚଳପ୍ରଚଳ ହେବାରେ ଅଧିକ ଅସୁବିଧା ହେଲା ।

ପରବର୍ତ୍ତୀ ଘଟଣାଟି ଯାହା ଘଟିଲା, ସେଥିରେ ମୋ' ନିଦ ହଜିଗଲା ।

କାହାକୁ କହିବାପାଇଁ ସାହସ କୁଳେଇପାରିଲି ନାହିଁ । ନିଜ ଭିତରେ ନିଜେ ଗୋଟେ ଦୁର୍ଦ୍ଦିନକୁ ଅପେକ୍ଷା କରିରହିଲି । ଆଉ କ'ଣ କରିପାରିଥାନ୍ତି ?

ପ୍ରି-ସାଙ୍କ୍‌ସନ୍‌ଡ଼୍ ଇନ୍ସପେକ୍‌ସନ୍‌ରେ ଯାଇଥିଲି । ଗୃହରଣର ଫର୍ମଟିଏ ନେଇ । ଭଦ୍ରବ୍ୟକ୍ତି ଏହା ଭିତରେ ଦୁଇତିନିଥର ବ୍ରାଂଚ୍‌କୁ ଆସିଛନ୍ତି । ମୋ' ଯୋଗୁ ବିଳମ୍ବ ହେଉଚି ବୋଲି ଅଭିଯୋଗ କରିଛନ୍ତି । ବାସ୍ତବିକ ଏହା ସତକଥା ନୁହେଁ । ମୋ'ର ଚଳପ୍ରଚଳ, ଏଲ୍‌ବୋ କ୍ରଚ୍ ଯୋଗୁ, ସୀମିତ ହୋଇଯାଇଚି, ସ୍ୱୀକାର କରୁଚି ।

ଖାଲି ପ୍ଲଟ୍ । ଗୋଟେ କୋଣରେ ଅଧାଭଂଗା ଘର । ଅଧାଟଣା ପାଲ । ସିଲଭର ଥାଳି, ହାଣ୍ଡି ଓ ଚୁଲି ସୂଚେଇଦେଉଚି, ସେହି ପ୍ଲଟ୍‌ରେ ଗୋଟେ ପରିବାର ରହୁଛନ୍ତି। କଥାଟି କାହିଁକି ଠିକ୍ ମନେହେଲା ନାହିଁ। ସନ୍ଦେହ ଘନୀଭୂତ ହେବା ସ୍ୱାଭାବିକ । କାହାକୁ ପଚାରିହେବ ? ଜଣେ ଦି'ଜଣଙ୍କୁ ପଚାରିଲି । ମାତ୍ର ସେମାନେ କିଛି କହିବାପାଇଁ ଇଚ୍ଛାକଲେ ନାହିଁ । ଏମିତିବେଳେ ଭଦ୍ରବ୍ୟକ୍ତି ମଟର ସାଇକେଲ୍‌ରେ ପହଂଚିଲେ । ହାତରେ କଡା । ବେକରେ ଚମକୁଚି ପାଂଚଛଅ ଭରିର ସୁନାଚେନ୍ । ଅସମ୍ଭବ ଉଦ୍ଧତ ଭାବ, କଥାରେ ଓ ଚାଲିଚଳଣରେ । ସାରା ପୃଥିବୀଟି ତାଙ୍କ ହାତମୁଠାରେ ଯେମିତି ! ସେ ଯାହା ଚାହିବେ, ତାହା କରିପାରିବେ ବୋଲି ସୂଚେଇଦେଲେ ହାତର କଡ଼ା ମାଧ୍ୟମରେ ।

ଅତି ଧୀରେ ପଚାରିଲି, 'ପ୍ଲଟ୍ ତ ଖାଲି ନାହିଁ । ଆପଣ ଘର ତୋଳିବେ କେମିତି ? ପାଲତଳେ ଗୋଟେ ପରିବାର ରହୁଚନ୍ତି ।'

ମୋତେ ସେ ଚାହିଁଲେ ନଚାହିଁବା ପରି । ଏବଂ ପରମୁହୂର୍ତ୍ତରେ କହିଲେ, 'ସେମାନେ ଉଠିଯିବେ। ସେଥିରେ ଆପଣ ମୁଣ୍ଡ ପୂରାନ୍ତୁ ନାହିଁ । ଲୋନ୍ ମୋତେ କିପରି ମିଳିବ, ସେମିତି ରିପୋର୍ଟ ଲେଖନ୍ତୁ । ତା' ପର କଥା ମୁଁ ଦେଖିବି।'

ଅତି ବେଖାତିର ଢଂଗରେ ବ୍ୟକ୍ତକଲେ ତାଂକ ମନର କଥା। କ୍ରୋଧ।

ଆଉ ଆବଶ୍ୟକ ନଥିଲା ତାଙ୍କର ଉପସ୍ଥିତି। ପରମୁହୂର୍ତ୍ତରେ ଗୋଟେ କିକ୍‌ରେ ଗର୍ଜିଉଠିଥିଲା ମୋଟରସାଇକେଲ୍। ସେଥିରେ ସେ ବସି ଚାଲିଯାଇଥିଲେ। ପବନ ବେଗରେ।

ପରମୁହୂର୍ତ୍ତଟି ଥିଲା ବେଶ୍ ନୈରାଶ୍ୟଜନକ ।ଆତଙ୍କପୂର୍ଣ୍ଣ ।ମୋ' ଚାରିକଡ଼ରେ ଘେରିଯାଇଥିଲେ କିଛି ଲୋକ। ସେମାନଙ୍କଠାରୁ ଯେତିକି ବୁଝିଲି, ତାହା ମୋ' ପାଇଁ ଆଦୌ ଉତ୍ସାହଜନକ ନୁହେଁ । ସେହି ବ୍ୟକ୍ତିଜଣକ କୁଆଡେ ଅପରାଧୀ । ତାଙ୍କ ପ୍ୟାଣ୍ଟ୍

ପକେଟ୍‌ରେ ଅଛି ଲୋଡେଡ୍ ରିଭଲ୍‌ଭର୍ । ଯେକୌଣସି ମୁହୂର୍ତ୍ତରେ ସେହି ରିଭଲ୍‌ଭର୍ କଥା କହିପାରେ ।

ଏହାପରେ ଆପଣ କ'ଣ ମୋତେ ପଚାରିବେ, ପୃଥିବୀରେ ସୁନ୍ଦର ଦୃଶ୍ୟ ଅଛି ? ସୁନୀତାର ହସ ମୋତେ ବିମୋହିତ କରିଛି କି ନାହିଁ ? ତା' ପ୍ରେମରେ ମୁଁ ପଡ଼ିଯାଇନାହିଁ ତ ! ଶାଳଜଙ୍ଗଲ ଭିତରେ ଏବେ ବି ତା' ଡାକ ମୋତେ ବାଟବଣା କରୁଚି ।

ନିଦ ହେଲା ନାହଁ । ସୁନନ୍ଦା ଭାବିଲା, ଗୋଡ଼ର ଯନ୍ତ୍ରଣା ଏଯାଏ ବି କମିନାହିଁ – ସେଥିପାଇଁ ମୋତେ ନିଦ ହେଉନାହିଁ। ମାତ୍ର ମୋ' ସାମ୍‌ନାରେ ଜଣେ ଠିଆହୋଇଯାଇଚି ଅନୁଚିତ କାର୍ଯ୍ୟ ହାସଲ କରିବା ପାଇଁ, ଔଦ୍ଧତ୍ୟ ସହକାରେ, ତାହା ସେ ଜାଣିପାରିଲା ନାହିଁ ।

ତାକୁ ଏକଥା କହିବା ଉଚିତ ହେବ କି ନାହିଁ, ଚିନ୍ତାକଲି । ମାତ୍ର କହିଲି, 'ମୋତେ କିଛି ଠିକ୍ ଲାଗୁନାହିଁ । ଏଇ ଯେମିତି ଗୋଡ ଭାଂଗିଯିବା କଥାଟି ଘଟିଲା । ତା' ପରେ ଅଫିସ୍‌ରେ ବି ମୁଁ କାମ କରିପାରୁନାହିଁ । ବହୁତ ରିସ୍କ ଅଛି ଲୋନ୍ କାର୍ଯ୍ୟରେ। ଇନ୍‌ସ୍‌ପେକ୍‌ସନ୍ କାର୍ଯ୍ୟ ଅଧିକ ବିପଜ୍ଜନକ ମନେହେଉଚି।'

ସୁନନ୍ଦା ମୋ' ମୁହଁକୁ ଚାହିଁଲା । କିଛି ବୁଝିବାପାଇଁ ଚେଷ୍ଟାକଲା । ପରେ କହିଲା, 'ନୂଆ ନୂଆ ତୁମକୁ ଏପରି ଲାଗୁଛି । ଦେଖିବ, କିଛିଦିନପରେ ସବୁ ସହଜ ମନେହେବ ।'

କଥାଟି ଏମିତି ଢଂଗରେ କହିଲା, ଯେମିତି କୋଉଠି କିଛି ବି ଘଟିନାହିଁ । ସବୁ ଠିକ୍‌ଠାକ୍ ଚାଲିଚି । ସମସ୍ତେ ଖୁସିରେ ଅଛନ୍ତି । ଆତଙ୍କିତ ମୁହୂର୍ତ୍ତର ମୁହଁଟିକୁ କେହି ଅନେକଦିନରୁ ଦେଖିନାହାନ୍ତି । ଯଦିବା କେହି ଦେଖିଛନ୍ତି, ତେବେ...ଆଗରୁ ତା'ସହ ଚିହ୍ନାପରିଚୟ ନାହିଁ ।

ପାଞ୍ଚଦିନ ପରେ ଆଉ ଗୋଟେ ଘଟଣା ।

ଚିଠିଟିଏ ପାଇଲି ଉଚ୍ଚକର୍ତ୍ତୃପକ୍ଷଙ୍କଠାରୁ । କାମାକ୍ଷାନଗରରେ ଥିବାବେଳେ ଗୋଟିଏ ଲୋନ୍ ଏକାଉଣ୍ଟ୍ ଏନ୍.ପି.ଏ. ହୋଇଯାଇଚି, ଏହା କେବଳ ହୋଇଚି, ମୋ' ଦାୟିତ୍ୱହୀନତାରୁ । ବାସ୍ତବିକ ଏହା ସତ କଥା ନୁହେଁ। ଆଖୁଚାଷୀ ଜଣେ ଲୋନ୍ ନେଇଥିଲା । ଅମଳ ଠିକ୍ ନହେବା କାରଣରୁ ନୁହେଁ, ବରଂ କମ୍ପାନି ସହ ଭିତିରି ବୁଝାମଣା ହେତୁ ସେ ବ୍ୟାଙ୍କ୍‌କୁ ଠକିଦେଇଚି । ଏହା ମୋ' ଯିବା ପୂର୍ବର ଘଟଣା । ଏହି ସଂକ୍ରାନ୍ତରେ ଚିଠି ଦିଆହୋଇଚି । ଏବଂ ମୁଁ ପହଂଚିବା ପରେ ଉଚ୍ଚକର୍ତ୍ତୃପକ୍ଷଙ୍କୁ ବାରମ୍ବାର ଜଣାଇଚି ।

ସବୁକିଛି ଦିଶିଲା ଅନିଶ୍ଚିତ। ଦୂରଦୂର ।

କ'ଣ ପାଇଁ ଏସବୁ ଘଟୁଚି ? ଆଗରୁ କେବେ ଏପରି ଦୁଃସହ ମୁହୂର୍ତ୍ତକୁ ଭେଟିଥିବା କଥା ମନେପକାଇପାରିଲି ନାହିଁ । ମନ ଭିତରେ ଭରିହୋଇଗଲା ଆଶଙ୍କା । ମହାପ୍ରଭୁଙ୍କ ଉପସ୍ଥିତି ଏସବୁ ଦୁର୍ଗତିର କାରଣ ନୁହେଁ ତ !

ସୁନନ୍ଦାର ମନ ଭିତରେ ଈଶ୍ୱରଙ୍କ ପ୍ରତି ଅଗାଧ ବିଶ୍ୱାସ। ଏହି ବିଶ୍ୱାସକୁ ଭାଂଗିବା ସହଜ ନୁହେଁ । ତେବେ କ'ଣ କରିବି ?

ଖାଲି ଦୁଃସ୍ୱପ୍ନରେ ଦିନ କଟିଲା । ଠିକ୍ ଭାବରେ ଚାଲି ନପାରିବା ଦୁର୍ଭାଗ୍ୟର କାରଣ ହୋଇପାରେ, ମାତ୍ର ଅନ୍ୟଲୋକଙ୍କ ପାଇଁ ମୁଁ ଚାକିରିରେ ଅସୁବିଧାରେ ପଡ଼ିବି, ଏଇ କଥାଟି ଅଧିକ ଚିନ୍ତିତ କଲା ।

ବୁଝାଇବା ଭଳି ସୁନନ୍ଦାକୁ କହିଲି, 'ଦେଖ, ବହୁତ ଅସୁବିଧା ଭୋଗୁଚି । ଅଫିସ୍ କାର୍ଯ୍ୟରେ ଅନେକ ବାଧା ପହଂଚିଲାଣି । କେତେବେଳେ କ'ଣ ହେବ, ମୁଁ ଜାଣିନାହିଁ । ଗୋଡ ବି ଏଯାଏ ଠିକ୍ ହେଲାନାହିଁ । ଆଗରୁ ଏମିତି କାହିଁକି କେବେ କଷ୍ଟ ଭୋଗିନଥିଲି । ଭାବୁଚି, ଆଦିବାସୀଠୁ ଏଇ ଠାକୁରଙ୍କୁ ଆଣିବାରୁ ସବୁ ଅସୁବିଧା ଆମ ଘରମୁହାଁ ହୋଇଚି ।'

ସୁନନ୍ଦା ବୁଝିପାରିଲା ନାହିଁ ମୋ' କଥା । ମୋତେ ନିର୍ବାକ୍ ଦୃଷ୍ଟିରେ ଚାହିଁଲା । ପଚାରିଲା, 'କ'ଣ କହୁଚ ? ଅସୁବିଧା ତ ସବୁରି ଘରେ ଅଛି । କିଏ ତମ ପରି ବ୍ୟସ୍ତହେଉଚି !'

'କଥାଟି ତାହା ନୁହେଁ । ଆଗକୁ ଆଉ କ'ଣ ବିପତ୍ତି ଆସିବ, ସେଥିପାଇଁ ମୁଁ ଅଧିକ ଚିନ୍ତିତ ହୋଇପଡୁଚି । ନା, ନୁହେଁ, ଆଉ ତାଙ୍କୁ ଘରେ ରଖିବା ଉଚିତ ହେବ ନାହିଁ ।'

ସମସ୍ତ ସମସ୍ୟାର ସମାଧାନ ପାଇଁ ଏହା ଏକମାତ୍ର ଉପାୟ ବୋଲି ସୁନନ୍ଦା ବୁଝିଲା– ପ୍ରତିବାଦ କଲା ନାହିଁ । ପର ମୁହୂର୍ତ୍ତରେ ଗୋଟେ କୁଲାରେ ଛିଟକନାଟିଏ ବିଛେଇଦେଲା। ମହାଲକ୍ଷ୍ମୀଙ୍କ ପାଖରୁ ଉଠିଆସିଲେ ମହାପ୍ରଭୁ । କଦଳୀପତ୍ର । କିଛି ଫୁଲ । ଚନ୍ଦନ । ଦୀପ।

ମୋ' ହାତକୁ କୁଲାଟିକୁ ବଢ଼ାଇଦେଇ କହିଲା, 'ନିଅ, ପାଣିରେ ଭସାଇଦେବ। ଆସିବାଦିନରୁ ତୁମ ମନଭିତରେ ସନ୍ଦେହ। ମହାପ୍ରଭୁ ସନ୍ଦେହ ଭିତରେ ରହନ୍ତି ନାହିଁ। ରହନ୍ତି କେବଳ ବିଶ୍ୱାସରେ ।'

କୁଲାକୁ ଧରିଲାବେଳେ ମୋ' ହାତ ଥରିଉଠିଲା । କ'ଣ କରିବାକୁ ମୁଁ ଯାଉଚି ? ଚକାଆଖିରେ ମୋତେ ଚାହିଁରହିଛନ୍ତି ମହାପ୍ରଭୁ ।

ବିସ୍ମୟ ମୁହୂର୍ତ୍ତ ।

ନଈ ପାଖରେ କେମିତି ପହଂଚିଚି, ତାହା ଜାଣିପାରିଲି ନାହିଁ । ଭରା ନଈ। କୂଳରେ ଚବଚବ ପାଣି। ବଢ଼ିପାଣି ଆସିଚି ନଈରେ ।

କୁଲାକୁ ଆସ୍ତେକରି ଥୋଇଲି ପାଣିରେ । ଏ କ'ଣ ? କାହାର ସ୍ପର୍ଶ ମୋ' ଦେହରେ! ସୁନୀତା! ହଁ, ସତେଯେମିତି ସେ ବଢ଼ାଇଚି ହାତ । କୁଲାକୁ ପାଣିରେ ଭସାଇବାରେ ମୋ' ସହିତ ସହଯୋଗ କରୁଚି ସେ। ଅଳ୍ପ ହସୁଚି । ମିଠା ମିଠା ହସ ।

– 'ମୁଁ କ'ଣ କମ୍ ହଇରାଣ ହୋଇଚି ଏହାରି ପାଇଁ । କାହାକୁ କହିବି ସେକଥା । ପାଣିରେ ଭସାଇଦେଇ, ଭଲ କରିଚ । ଯାଉ ଆଉ କାହା ପାଖକୁ।'

ଏହିପରି ପଦଟିଏ କଥା ମୋତେ ଶୁଭିଲା। ପବନରେ।

ପାଣିରେ ଭାସିଯାଉଚି କୁଲା। ଓ ମହାପ୍ରଭୁ ।

ଆଉ କ'ଣ କହିବ ସୁନୀତା! ତା' ମୁହଁକୁ ଚାହିଁରହିଥିଲି । ମାତ୍ର କିଛି ସେ କହିପାରିଲା ନାହିଁ । ଲୁହ ଛଳଛଳ ଆଖିରେ ମୋତେ ଚାହିଁରହିଲା ଅନେକ ସମୟ ପର୍ଯ୍ୟନ୍ତ। ଆଉ ଯେମିତି ଛାଇପରି ଆସିଥିଲା, ସେମିତି ସେ ଚାଲିଗଲା ।

ନଈପାଣିରେ ଭାସିଯାଉଛନ୍ତି ମହାପ୍ରଭୁ।

ପରବର୍ତ୍ତୀ ଘଟଣାଟି ଘଟିଲା, ମୁଁ ଘରେ ପହଂଚିବା ପରେ । ଗୋଟେ ଦୁଃଶ୍ଚିନ୍ତାର ବୋଝ ନଈପାଣିରେ ଭସାଇଦେବାପରେ । ଏହା ହେଉଚି ଗପ । ଆପଣଙ୍କୁ କେବଳ କହିବି । ଆଉ କେହି ଶୁଣିଲେ କହିବ, ଏତେ ସମୟ ଧରି ଗୁଡାଏ ମିଛକଥା କହିଚି, ପୁଣି ମିଛ କଥାଟିଏ କହିବ ।

ସୁନନ୍ଦା କହିଲା, 'ତୁମେ ଯିବା ପରେ ମହାପାତ୍ରବାବୁ ଫୋନ୍ କରିଥିଲେ । ସେମାନଙ୍କ ତରଫରୁ ରାଜି ଅଛନ୍ତି। ଆସନ୍ତା ତିଥିରେ ଝିଅର ବିଭାଘର ସାରିଦେଲେ, ଭଲହେବ।'

ଏତିକି ଶୁଣିବା ଭିତରେ ଘର ଭିତରଟା ଆଲୋକିତ ହୋଇଗଲା । ଆଗଠାରୁ ଅଧିକ ଆଲୋକ। ମୋତେ ଲାଗିଲା, ସେହି କୋଠରି ଭିତରକୁ କେହି ଜଣେ ପଶିଆସିଚି । ପବନରେ ଭାସିଆସୁଚି ଅଜଣା ବଣୁଆଫୁଲର ମହକ ।

■

ପ୍ରତିଦ୍ୱନ୍ଦ୍ୱୀ

ଏୟାରପୋର୍ଟ୍‌ରେ ପହଂଚିବା ପରେ ଜାଣିପାରିଲା, ଧର୍ମଶାଳା ଯିବାପାଇଁ ପ୍ଲେନ୍‌ଟି ଆସିନାହିଁ । ଅଧଘଣ୍ଟା ବିଳମ୍ବ ହେବ ବୋଲି ସୂଚନା ମିଳିଲା। ମୋ' ସାଥିରେ ସୁନନ୍ଦା । ବେଶି କିଛି ଲଗେଜ୍ ନାହିଁ । ଏୟାରବ୍ୟାଗ୍ ଭିତରେ ଆମ ଦୁହିଁଙ୍କର ପୋଷାକପତ୍ର, ନିତ୍ୟବ୍ୟବହାର୍ଯ୍ୟ ଜିନିଷ ଓ ଭଗବତ୍ ଗୀତା।

ଲାଉଞ୍ଜ୍‌ରେ ପ୍ଲେନ୍‌କୁ ଅପେକ୍ଷାକରିବା ସହଜ କଥା ନୁହେଁ । ସମସ୍ତଙ୍କ ବ୍ୟସ୍ତବିବ୍ରତ ହାବଭାବ ଦେଖି ମୋତେ ଭୟ ଲାଗେ । ଖେଳଣାକଣ୍ଢେଇ ପରି ଚାଲିଚଳନ ଗୋଟେ ଅସ୍ୱାଭାବିକ ମୁହୂର୍ତ୍ତକୁ ଆମନ୍ତ୍ରଣ କରେ। କିଛି ଘଟିନାହିଁ ବୋଲି ମନକୁ ଯେତେ ବୁଝାଇଲେ ମଧ୍ୟ କୋଉଠି ଦୁର୍ଘଟଣା ଘଟିଯାଇଥିବାର ଦୃଶ୍ୟ ଆଖିସାମ୍‌ନାକୁ ଚାଲିଆସେ । ମନେହେବ, ଏଇ ପାଖରେ ଅଛି ସମୁଦ୍ର । ଘୋ'ଘୋ' ଶୁଭୁଚି ଚାରିଆଡ଼େ । ଲହଡ଼ି ଭିତରେ ହଜିଯାଉଚି ଦୁଇବର୍ଷର ପିଲା, ଯିଏ ସ୍ୱପ୍ନକୁ ଆଖିପୂରେଇ ସାରାରାତି ଦେଖିନାହିଁ ।

ପାଣିଭିତରେ ବୁଡିଯାଉଚି ସ୍ୱପ୍ନ, ଭବିଷ୍ୟତ, ସମ୍ପର୍କ ।

ଜୀବନକୁ ଯେତେ ବାଗରେ ମୁଠାଇବାକୁ ଚେଷ୍ଟାକଲେ ବି ଝରିପଡୁଚି ଅଙ୍ଗୁଳିସନ୍ଧିରୁ ବାଲିରେଣୁ ପରି ।

ଆଉ କେତେ ସମୟ ଅପେକ୍ଷା କରିବାକୁ ହେବ, ତାହା ଜାଣିପାରିଲି ନାହିଁ । ପ୍ରଥମରୁ ମନାକରୁଥିଲି ସୁନନ୍ଦାକୁ, ଧର୍ମଶାଳା

ଯିବାପାଇଁ । ଅଥଚ ଡାକ୍ତରଙ୍କର ପରାମର୍ଶକୁ ମାନିନେଇ ସୁନନ୍ଦା ଜିଦ୍ ଧରିବସିଲା । କହିଲା - ଯିବା ଧର୍ମଶାଳା ।

କଟକରୁ ଭୁବନେଶ୍ୱର। ଭୁବନେଶ୍ୱରରୁ ଦିଲ୍ଲୀ । ଏବେ ଦିଲ୍ଲୀରୁ ଯିବୁ ଧର୍ମଶାଳା।

ସବୁ ସମସ୍ୟାର ସମାଧାନର କ୍ଷେତ୍ର ଧର୍ମଶାଳା ଯେମିତି। ପ୍ଲେନ୍‌ରେ ଦେଢ଼ଘଣ୍ଟାର ଯାତ୍ରା। ଆଉ ସେଠି ପହଞ୍ଚିଲେ ମନ ସ୍ଥିର ହୋଇଯିବ । ଭୟ ଆସିବ ନାହିଁ। ଯାବତୀୟ ଆଶଙ୍କାରୁ ବି ସୁନନ୍ଦା ମୁକୁଳିଯିବ।

ହେଲେ, ଏୟାରପୋର୍ଟ୍‌ରେ ବସି କାହାକୁ କହିବି ମୋର ଦୁଃଖ ?

ସମସ୍ତେ ଧାଉଁଛନ୍ତି । କିଏ ଯିବ ଆବୁଧାବି ତ ଆଉ କିଏ ଲଣ୍ଡନ୍ । ସାରା ପୃଥିବୀକୁ ପ୍ରଦକ୍ଷିଣ କରିବାପାଇଁ ସମସ୍ତେ ଆଗ୍ରହପ୍ରକାଶ କରୁଛନ୍ତି ଯେମିତି ।

ସୁନନ୍ଦା ମୋ' ହାତ ଧରିଲା । ଅନୁଚିତ କଥା କହିବା ପରି କହିଲା, 'ଉଠ। ଆମେ ଯିବା।'

ବହୁପ୍ରତୀକ୍ଷିତ ପ୍ଲେନ୍‌ଟି ପଂହଚିଯାଇଚି । ସେଥିରେ ଆମେ ଦୁହେଁ ଯିବୁ । ହାତଘଡ଼ିରେ ସମୟ ଦେଖିଲି । ବାରଟା ଦଶ ।

କେତେଟା ବାଜିଥିଲା ସେଦିନ ? ବାରଟା ନା ଗୋଟେ ?

ପିପିଲି-ଛତା ତଳେ ସୁନନ୍ଦା ଓ ମୁଁ । ସନତ୍ ଖେଳୁଥିଲା ବାଲିରେ । ଆଖି ସାମ୍‌ନାରେ ସମୁଦ୍ର । ମାଳମାଳ ଲହଡ଼ି । ଘୋ ଘୋ ଗର୍ଜନ। ପବନରେ ଖେଳୁଥିଲା ଶୁଖିଲା ପତ୍ର, ଚିନାବାଦାମ ଚୋପା, ଆଇସ୍‌କ୍ରିମ୍ କାଠି, ଖବରକାଗଜର ଚିରାପୃଷ୍ଠା ।

ଖବରକାଗଜ ପୃଷ୍ଠାରେ ପ୍ରକାଶିତ ହୋଇଥିବା ଚିଠିପରି ଆସିଥିଲା ଚିଠିଟି । ସେଥିରେ ସୂଚିତ ହୋଇଥିଲା, ଯାହା ଆଗକୁ ଘଟିବାର ସମ୍ଭାବନା ଅଛି। ବୋମା ପରି ଭୟଙ୍କର ବିସ୍ଫୋରଣ ହେବ । ସେହି ବିସ୍ଫୋରଣରେ ଯେଉଁ ଦୁର୍ଘଟଣା ଘଟିବ, ସେଥିରେ ମୋର ମାନସିକ ଅବସ୍ଥା ଚହଲିଯିବ ।

ଆପଣ ଭାବୁଥିବେ, ଏହା ଗୋଟେ ମିଛ କଥା । ପୃଥିବୀରେ କୋଉଠି ନା କୋଉଠି ଆତଙ୍କିତ ହେଉଛନ୍ତି ଲୋକମାନେ ଗୁଳିମାଡ଼ରେ, ନହେଲେ ବୋମା ବିସ୍ଫୋରଣରେ । ତା'ପରେ ସବୁ ସ୍ୱାଭାବିକ ଢଙ୍ଗରେ ଚାଲୁଚି । କାଶ୍ମୀର କଥା ଛାଡ଼ନ୍ତୁ । ବମ୍ବେ ତ ଏତେବଡ଼ ଉଗ୍ରପନ୍ଥୀ ଆକ୍ରମଣ ପରେ ଚଳଚଂଚଳ ହୋଇଗଲା । ଭୁଲିଗଲେ ଏକେ ଫର୍ଟିସେଭେନ୍‌ର ଶବ୍ଦ । ଶବ୍ଦ ନୁହେଁ, ମୃତ୍ୟୁର ପରୱାନା ନେଇ ଆସିଥିଲେ ଉଗ୍ରପନ୍ଥୀ । ସମୟର ରୁମାଲରେ ସବୁକିଛି ପୋଛିହୋଇଗଲା । ଲୁହ, ରକ୍ତ ଓ ମୃତ୍ୟୁର ଦାଗ । ହେଲେ, ମୁଁ କାହିଁକି ଭୁଲିପାରୁନାହିଁ ?

ଖୋଜିଚାଲିଚି । କ'ଣ ଖୋଜୁଚି, ବେଳେବେଳେ ତାହା ବି ଜାଣିପାରୁନାହିଁ । ଗୋଟେ ଅପାସୋରା ସ୍ମୃତିରେ ଡହଳବିକଳ ହେଉଚି । ସମୁଦ୍ର ଭିତରେ ବୁଡିଯାଉଥିବା ଦୁଇବର୍ଷର ପିଲାର ଡାକରେ ଅଥୟ ହେଇଯାଉଚି । ଚିତ୍କାର କରୁଚି, 'ତାକୁ ରକ୍ଷାକର, ରକ୍ଷାକର... ।'

ରାତିଅଧରେ ମୋ' ଚିତ୍କାରରେ ନିଦ ଭାଂଗିଯାଉଚି ସୁନନ୍ଦାର । ସେ କାନ୍ଦିପାରୁ ନାହିଁ । ଯଦିବା କାନ୍ଦୁଥିବ, ତେବେ ମୋତେ ଲୁଚାଇକରି ରୋଷେଇଘରେ, ନହେଲେ ବାଥ୍ରୁମ୍‌ରେ । ସାୱାରର ଧାରଧାର ପାଣିରେ ମିଶିଯାଉଥିବ ତା' ଲୁହ । ଶୋକ ।

ଆଉଥରେ ସୁନନ୍ଦା ମୋତେ ଅନୁରୋଧ କଲାପରି କହିଲା, 'ଯିବା ।'

ସେ ମୋ' ହାତ ଧରିଲା, ନା ମୁଁ ତା' ହାତ ଧରିଲି ! ଏକଥା ମୁଁ ଜାଣିପାରିଲି ନାହିଁ । ମାତ୍ର ଏତିକି ଜାଣିପାରିଲି, ସେ ମୋତେ ଚାହିଁରହିଚି ଅଚିହ୍ନା ମଣିଷପରି । କେହି କାହାକୁ ଚିହ୍ନିନାହୁଁ । କାହା ସହିତ କାହାର ସମ୍ପର୍କ ବି ନାହିଁ ।

ସନତ୍ ହିଁ ଥିଲା ଆମ ସମ୍ପର୍କର ବୋଧେ ଏକ ମୁଗ୍‌ଧ ପରିଚୟ ।

ସେ ଯିବାପରେ ସେହି ଘରେ ଅଛୁ । ଚାରିକାନ୍ଥ ଭିତରେ ନିଶ୍ୱାସପ୍ରଶ୍ୱାସ ଚଳପ୍ରଚଳ ହେଉଚି । ଅଥଚ କେହି କାହାକୁ ଆଉ ଚିହ୍ନିପାରୁ ନାହୁଁ । ଦର୍ପଣରେ ନିଜ ମୁହଁ ବି ଅଲଗା ଦିଶୁଚି । ଲୁହର ଧାରରେ ଫାଳଫାଳ ହୋଇଯାଉଚି ସୁନନ୍ଦାର ଗାଲ, ଓଠ ଓ ଆଖିତଳ ।

ପ୍ଲେନ୍‌ରେ ବସିଲାବେଳେ ସେହିକଥା ବି ହେଲା । କାଚରେ ପ୍ରତିଫଳିତ ହେଉଥିବା ମୋ' ମୁହଁ ମୋର ବୋଲି ଜାଣିପାରିଲି ନାହିଁ । ଏମିତି କାହିଁକି ଘଟୁଚି, ସୁନନ୍ଦାକୁ ପଚାରିବା ସମ୍ଭବ ନୁହେଁ । ସେ ମୋ ପାଖରେ ବସିଲା । ସିଟ୍ ବେଲ୍‌ଟ ଟାଇଟ୍ କରିଦେଲା । ଧୀରେ କହିଲା, 'ପ୍ଲେନ୍ ଉପରକୁ ଉଠିଗଲାପରେ ୱିଣ୍ଡୋ ଆରପଟେ ଦିଶିବ ଆକାଶ । ମେଘ ବି ତୁମକୁ ଛୁଇଁବାକୁ ଚେଷ୍ଟାକରିବ ।'

ରନ୍‌ୱେ ଉପରେ କିଛି ସମୟ ଗଡ଼ିଲା ପ୍ଲେନ୍ । ତା' ପରେ ଉଠିଗଲା ଉପରକୁ । ଏବେ ଦିଶିବ ଆକାଶ, ମେଘ, ପର୍ବତ ଶୀର୍ଷ, ଇନ୍ଦ୍ରଧନୁର ରଙ୍ଗ ।

କିଛି ଦିଶିଲା ନାହିଁ । ସମୁଦ୍ରପାଣିରେ ବୁଡିଯାଉଥିବା ଦୁଇବର୍ଷର ପିଲାର ହାତ ବ୍ୟତୀତ । ଅସରନ୍ତି ଲହଡ଼ି ଭିତରେ ସେ ହଜିଯିବାର ଗୋଟେ ଆତଙ୍କିତ ଦୃଶ୍ୟ ।

ବୋଧେ ଏହାହିଁ ହେଉଚି ମୋ' ଭାଗ୍ୟ ।

ମନର କାଚରେ ପ୍ରତିଫଳିତ ହୋଇ ଏଇ ଦୃଶ୍ୟଟି ମୋତେ ହନ୍ତସନ୍ତ କରୁଚି, ବୋଧେ ବୁଝିପାରିଲା ସୁନନ୍ଦା । ମୋତେ ପଚାରିଲା, 'କ'ଣ ଖାଇବ ?'

ଟ୍ରଲି ଧରି ଠିଆହେଇଥିଲେ ଜଣେ ସୁନ୍ଦରୀ ମହିଳା । ଏୟାର ହୋଷ୍ଟେସ୍ । ଓଠରେ ଲାଲ୍ ରଂଗର ଲିପ୍‌ଷ୍ଟିକ୍‌ର ଦାଗରେ ଭିଜିଯାଇଚି ଚାପା ହସ ।

କିଛି ଉତ୍ତରଦେବା ଆଦୌ ସହଜ ହେଲା ନାହିଁ । ସୁନନ୍ଦା ଖାଇବାପାଇଁ କ'ଣ ଆଣିଲା, ତାହା ମୁଁ ଜାଣିପାରିଲି ନାହିଁ ।

ସରିଗଲା ଦେଢ଼ଘଣ୍ଟାର ଯାତ୍ରା ।

ପ୍ଲେନ୍ ଲାଣ୍ଡିଂ କଲାବେଳେ ଟିକେ ଦୋହଲିଗଲା । ରନ୍‌ୱେ ଉପରେ । କିଛି କ୍ଷତି ହେଲା ନାହିଁ କାହାର। ଦରଜା ଦେଇ ପଦାକୁ ଆସିବାବେଳେ ସୁନନ୍ଦା ଚେତେଇଦେଲା, 'ସାବଧାନରେ ଆସ ।'

ଅନ୍ୟମନସ୍କ ଭାବରେ ଏପଟସେପଟ ହେବାର ସମ୍ଭାବନା ମୋ' ଭିତରେ ଦେଖାଦେଇଛି। ସାତଆଠଦିନ ତଳେ ପାହାଚରେ ଓହ୍ଲାଇବାବେଳେ ଖସିପଡ଼ିଥିଲି । ଅବଶ୍ୟ ମୁଣ୍ଡରେ ସାମାନ୍ୟ ଆଘାତ ଛଡ଼ା ଆଉ କିଛି ହୋଇନାହିଁ । ଅଫିସ୍‌ରେ କାମ ବି ଠିକ୍‌ଭାବରେ କରିପାରିଲି ନାହିଁ । ମୋ' କାର୍ଯ୍ୟରୁ ଜଣାପଡ଼ିଲା, ଯାହା ମୁଁ କରୁଚି, ତାହା ତ୍ରୁଟିଶୂନ୍ୟ ନୁହେଁ । ତେଣୁ ବିଶ୍ରାମ ଦରକାର । ମନର ପରିବର୍ତ୍ତନ ପାଇଁ ବାହାରକୁ ଯାଇ ବୁଲିଆସିବା ନିହାତି ପ୍ରୟୋଜନ। ଡାକ୍ତର ପ୍ରସ୍ତାବଦେଲେ, ମନର ଶାନ୍ତି ପାଇଁ ଧର୍ମଶାଳା ହିଁ ଉଚିତ ସ୍ଥାନ।

ଏରୋଡ୍ରମ୍‌ରୁ ବାହାରକୁ ଆସିବାପରେ ଚଳଚଂଚଳ ପୃଥିବୀଟି ସ୍ଥିର ହେବା ପରି ଅନୁଭବ। ଚାରିଆଡ଼େ ପର୍ବତମାଳା । ପାଇନ୍ ଓ ଦେବଦାରୁ ଗଛର ସବୁଜିମା । ଲମ୍ବା ସରୁସରୁ ପାଇନ୍‌ପତ୍ରର ଫାଙ୍କରେ ଅଦ୍ଭୁତ ହାଲୁକା ବାସ୍‌ନା। ଶାନ୍ତ ଓ ମୁଗ୍ଧ ପରିବେଶ।

କ୍ଲବ୍ ହାଉସ୍‌ରେ ରହିବାପାଇଁ ପୂର୍ବରୁ ବୁକିଂ ହୋଇଗଲା ରୁମ୍ । ଗାଡ଼ି ସେଠି ଆମ ଦୁହିଁଙ୍କୁ ଛାଡ଼ିଦେଲା । ଅଳ୍ପଅଳ୍ପ ପବନ । ଥଣ୍ଡା ଲାଗିଲା । ହିମାଳୟ ଏଠାରୁ କେତେ ଦୂର ? ନା, ସମୁଦ୍ର ଏଠାରୁ କେତେ ଦୂର ? ଘୋ ଘୋ ଗର୍ଜନ ଏବେ ବି ଶୁଭୁଚି ଧର୍ମଶାଳାର ନୀରବତା ଭେଦକରି ।

ସୁନନ୍ଦା ଏୟାର ବ୍ୟାଗ୍‌ଟିକୁ ନେଇ କ୍ଲବ୍ ହାଉସ୍ ଭିତରକୁ ଗଲା, ତା' ପଛେ ପଛେ ମୁଁ ଅନୁସରଣ କଲାପରି ଗଲି । ଏବଂ ମୋର ଦୁଃସ୍ୱପ୍ନ ମୋ' ପଛରେ।

ରୁମ୍‌ର ଭିତରଟି ବେଶ୍ ପରିଷ୍କାର । ହୋଟେଲ ବୟ ତାଲା ଖୋଲିବା ପରେ ତାହା ଜଣାପଡ଼ିଲା । ଏବଂ ବେଶ୍ ପ୍ରଶସ୍ତ ମଧ୍ୟ। ଝରକା ବାହାରେ କାଙ୍ଗ୍ରା ଭ୍ୟାଲି । କାନ୍‌ଭାସ୍‌ରେ ଚିତ୍ର ଆଙ୍କିହେଲାପରି ମୋତେ ଦିଶିଲା । ଆକାଶରେ ଧଳାବାଦଲ । କେହି ଯେମିତି ଲୋଚାକୋଚା କାଗଜରେ ଗୁଡ଼ି ଉଡାଉଚି । ବରଫାଚ୍ଛନ୍ନ ପର୍ବତ ଦିଶୁଚି ଧଳା କମ୍ବଳ ଘୋଡେଇହୋଇ ପ୍ରାର୍ଥନାରେ ମଗ୍ନ ଥିବା ପରି ।

ରୁମ୍‌ବୟ ଅତି ନମ୍ର ଭାବରେ କହିଲା, ' ଏଇ ପାଖରେ ଥେକ୍‌ଚେନ୍ ଚୋଲିଂ ଟେମ୍ପଲ୍ । ତିବ୍‌ବତୀୟଙ୍କ ଏକ ପୁଣ୍ୟପୀଠ ।'

କିଛି ସମୟ ବିଶ୍ରାମ କରିବାପାଇଁ ଚାହୁଁଥିଲି ମୁଁ । ସୁନନ୍ଦା ବାଥ୍‌ରୁମ୍‌କୁ ଗଲା । ରୁମ୍‌ବୟ ପୁଣି କହିଲା, 'ରୁମ୍ ସର୍ଭିସ୍ ଅଛି । ଯାହା ଆପଣଙ୍କର ଦରକାର, କହିଲେ, ମୁଁ ପହଂଚାଇଦେବି ।'

ଅତି ମାର୍ଜିତ ବ୍ୟବହାର । କଥାରେ, ଭାବଭଂଗିରେ। ତା'ପରେ ସେ ଚାଲିଗଲା । କାର୍ପେଟ୍ ଉପରେ ଧୂଳି ଟିକେ ନାହିଁ ।

ବାଥ୍‌ରୁମ୍‌ରେ ସୁନନ୍ଦା । ଭାବିଲି, ଟିକେ ବୁଲିଆସିଲେ ଅସୁବିଧା ହେବନାହିଁ । କାହିଁକିକେଜାଣି ହାଲୁକା, ହେମାଳିଆ ପବନ ମୋତେ ହୋଟେଲ୍ ଭିତରକୁ ପଶିବା ପୂର୍ବରୁ ଆମନ୍ତ୍ରଣ କରିସାରିଥିଲା । ପଦାକୁ ଚାଲିଆସିଲି । ବିଭିନ୍ନ ରଙ୍ଗର ପତାକା । ପୋଷାକ । ଓ ମଣିଷ ।

ବ୍ୟସ୍ତହେବାର କିଛି ନାହିଁ । ବିବ୍ରତବୋଧ ନାହିଁ । ଚଳଚଂଚଳ ଅସ୍ୱାଭାବିକ ପବନ ବି ଏଠାରେ ନାହିଁ। ନିଃଶ୍ୱାସପ୍ରଶ୍ୱାସ ପରି ସବୁ ଏଠାରେ ଧୀର ଓ କୋମଳ । ବରଫାଚ୍ଛନ୍ନ ପର୍ବତମାଳା, ପାଇନ୍‌ଜଂଗଲ ଏବଂ ତୁଳାପରି ମେଘ ବି । କିନ୍ତୁ ସବୁ ମୋର ଅପରିଚିତ ।

କେହି ଜଣେ ପରିଚିତ ଥିବା ପରି ଦିଶିଲେ ହଠାତ୍ । ଏବଂ ଲାମାଙ୍କ ଦଳ ଭିତରେ ଅଦୃଶ୍ୟହୋଇଗଲେ ସେ । କିଏ ସେ? ନିଶ ଦାଢ଼ି ନଥିବା ଲଣ୍ଡା ମଣିଷଟି କ'ଣ ଆଶୁତୋଷ?

ଧକ୍କା ଖାଇ ନିଜକୁ ସମ୍ଭାଳିନେଲି । ଅଚିହ୍ନା ପର୍ଯ୍ୟଟକ ମୋତେ ବିସ୍ମୟ ଦୃଷ୍ଟିରେ ଚାହିଁଲେ । ପରମୁହୂର୍ତ୍ତରେ ଅଳ୍ପ ହସି ଆଗକୁ ସେ ଚାଲିଗଲେ । ହେଲେ, ଆଶୁତୋଷ ଗଲା କୁଆଡ଼େ?

ଆପଣ ଆଶୁତୋଷକୁ କେବେ ଭେଟିନଥିବେ। ଆଉ ଚିହ୍ନିବେ କେମିତି? ସେ ପଢୁଥିଲା ମୋ' ଉପର କ୍ଲାସ୍‌ରେ। ଭଲ ଭାଷଣ ବି ଦେଉଥିଲା । ଫଳରେ କଲେଜ୍ ନିର୍ବାଚନରେ ଜିତି ଶେଷବର୍ଷ ସଭାପତି ହୋଇଥିଲା । ମୁହଁସାରା ଅଯତ୍ନ ଭାବରେ ଦାଢ଼ି ଓ ନିଶ । ବେପରୁଆ ହାବଭାବ। ନିଜର ଏକ ସ୍ୱତନ୍ତ୍ର ପରିଚୟ ଦେବାପାଇଁ ଚେଷ୍ଟାକରୁଥିଲା ସବୁବେଳେ ।

ସେ ରହୁଥିଲା ହଷ୍ଟେଲ୍‌ରେ । ଆମ ରୁମ୍ ପାଖରେ । ଶିବାନନ୍ଦ ମୋ' ରୁମ୍‌ମେଟ୍ । ସେ ଆଶୁତୋଷର ବଡ଼ ପ୍ରଶଂସକ । କଲେଜ୍‌ରେ ଘଟୁଥିବା ଅନେକ ଅଦ୍ଭୁତ କଥା ମୋତେ ସେ କହୁଥିଲା । ପ୍ରିନ୍ସପାଲ୍ ଅଫିସ୍ ଭିତରେ ଆଶୁତୋଷ କରୁଥିବା ପ୍ରତିବାଦର ସାକ୍ଷୀ ଥିଲା ସେ ଯେମିତି ।

କାହାକୁ ଭୟ କରୁନଥିଲା ଆଶୁତୋଷ। ଗୋଟେ ଜିଦ୍‌ରେ ରହୁଥିଲା ସେ ।

ସେଇ ଜିଦ୍ ହିଁ ସୂଚେଇ ଦେଉଥିଲା, ସେ ଅନ୍ୟାୟକୁ କେବେ ବି ବରଦାସ୍ତ କରିବ ନାହିଁ । ବାସ୍ତବିକ୍, ଏହା ମାମୁଲି କଥା ନୁହେଁ । ଆମର ଚାଷଜମି ସେତେ ଅଧିକ ନୁହେଁ । ଗାଆଁରୁ ଯାଇ ସହରରେ ରହି କଲେଜ୍‌ରେ ପଢ଼ିବା କେତେ ଅସହଜ, ତାହା ମୁଁ ଜାଣେ । ହଷ୍ଟେଲ୍ ଖର୍ଚ୍ଚ, କଲେଜ ଫି । ତା' ପରେ ବହିପତ୍ର । ଚାଷଜମିରୁ ଯାହା ଅମଳ ହୁଏ, ସେତିକି ପରିବାରର ଖର୍ଚ୍ଚ ପାଇଁ ଯଥେଷ୍ଟ ନୁହେଁ । ବାପା ସେଥିରୁ ବିକି ମୋ' ପାଖକୁ ଟଙ୍କା ପଠାନ୍ତି । ତେଣୁ ଭଲ ପଢ଼ିବା ମୋର ନିହାତି ଜରୁରୀ । ଚାକିରି କଲେ ଆମର ଦାରିଦ୍ର୍ୟ ଚାଲିଯିବ ବୋଲି ଭାବିବା ସ୍ୱାଭାବିକ ।

କଲେଜ ନିର୍ବାଚନରେ ଭାଗନେବା କଥା ଚିନ୍ତାକରିବା ଦୂରର କଥା, ପ୍ରଚାରରେ ବି ଭାଗନେଇ ନଥିଲି । ଭାବୁଥିଲି, ଭୋଟ୍ ଦେବା ହେଉଚି ମୋର ଦାୟିତ୍ୱ। କିଏ ଜିତିଲା ବା ହାରିଲା, ତାହା ଚିନ୍ତାକରିବା ଅନାବଶ୍ୟକ।

ନିର୍ବାଚନରେ ଜିତିବା ପରେ ଦିନେ ଆଶୁତୋଷ ଆମ ରୁମ୍ ଭିତରକୁ ପଶିଆସିଲା । ଶିବାନନ୍ଦ ନଥିଲା । ସେ ତାକୁ ନଖୋଜି ମୋ' ଚେୟାରରେ ବସିପଡ଼ି କହିଲା, 'ଜୟନ୍ତ, ମୋ' ପାଇଁ ଗୋଟେ କାମ କରିଦେବୁ ?'

କଥାଟିକୁ ଏମିତି ଢଙ୍ଗରେ କହିଲା, ଆଉ କେହି ନଶୁଣିପାରୁ ଯେମିତି । ମୋ' ପାଖରେ ଆଶୁତୋଷର କି କାମ ?

ହସିଲା ସେ। ଅଦ୍ଭୁତ ଦିଶିଲା ତା' ମୁହଁ । ଏତେଦିନ ଧରି ଦେଖିଥିବା ମୁହଁଟିର ରଂଗ କେମିତି ଭିନ୍ନ ଦିଶିଲା ।

ପରୀକ୍ଷା ଫି ବୃଦ୍ଧିହେବା ପ୍ରସଙ୍ଗକୁ ନେଇ ପ୍ରତିବାଦର ସଭା କଲେଜରେ ଚାଲୁଚି । ସେହି ସଭାରେ ମୋତେ ସାମିଲ୍ କରିବାପାଇଁ କହିବାକୁ ଆସିନାହିଁ ତ ? ସଂଶୟ ଭିତରେ ହଜିଯାଉଥିବାବେଳେ ତା' କଥା ଶୁଣି ବିସ୍ମିତ ହେଲି ।

– 'ଗୋଟେ କବିତା ଲେଖିବୁ । ପ୍ରେମକବିତା...'

ମୋତେ ଜଣାଗଲା, ସେହି ରୁମ୍ ଭିତରଟି ବେଶ୍ ନିଛାଟିଆ । କେହି ଅନ୍ୟ ନାହାନ୍ତି । ଶିବାନନ୍ଦ ନାହିଁ । ମୁଁ ବି ନାହିଁ । କେବଳ ଅଛି ଆଶୁତୋଷ । କବାଟ ପାଖରେ ଠିଆହୋଇଚି ଗୋଟେ ଝିଅ । ମୁଁ ତାକୁ ମୋଟେ ଚିହ୍ନିନାହିଁ । ପ୍ରେମକବିତାଟିକୁ ପଢୁଚି ଆଶୁତୋଷ। ଆଉ ସେ ଲାଜଲାଜ ହୋଇ ତାକୁ ଚାହିଁରହିଚି ।

ଚମକିଲା ଭାବ ମୋ' ଦେହସାରା । ଆକାଶରେ ବିଜୁଳି ଖେଳିଗଲାପରି । ବିଛଣା ସଜାଡ଼ିଦେଇଥିଲେ ଭଲହୋଇଥାନ୍ତା ବୋଧେ । ବହିପତ୍ର ବି । ଫୁଲ କେତୋଟି ଫୁଟିଲା ସେଇ ଅପରିଷ୍କାର ଚଟାଣରେ । ଏ କେମିତି ହେଲା ? କାନ୍ଥରେ ବି ଦିଶିଲା ମାର୍ଗଶୀର ମାସର ଝୋଟିଚିତା ।

– 'ମୋ ପାଇଁ ନୁହେଁ । ମୋର ଜଣେ ସାଂଗ ପାଇଁ। ତୁ ତ ଭଲ ଗପ ଲେଖୁଚୁ । କବିତା ବି ଲେଖିପାରିବୁ । ମେଘ, ପାହାଡ, ଜହ୍ନରାତିକୁ ନେଇ କବିତାଟିଏ। ସଚ୍ଚି ରାଉତରାୟ ଯେମିତି ଲେଖନ୍ତି କବିତା, ତାଙ୍କରି ଶୈଳୀରେ ।'

ଆଶୁତୋଷ କଥାରୁ ବୁଝିଲି, ସବୁ ଜିନିଷପତ୍ର ସେ ଆଣିଚି । ସାଥିରେ। ଖାଲି ରୋଷେଇ କରିଦେଲେ ହେଲା । ବାସନକୁସନ ଧୋଇବା ଆବଶ୍ୟକ ନାହିଁ । ଟେବୁଲ ଉପରଟି ପରିଷ୍କାର ଦିଶିବା କଥା ଚିନ୍ତାକରିବା ବି ନୁହେଁ । ଏମିତି କ'ଣ ଲେଖାହୋଇପାରିବ କବିତା !

ମୋର ଅନୁମାନ ଭୁଲ୍ ନଥିଲା । ପକେଟ୍‌ରୁ ବାହାର କଲା ଫର୍ଦ୍ଦେ କାଗଜ ଓ ଡଟ୍‌ପେନ୍ । ମୋତେ ଜହ୍ନ ଦେଖାଇବା ପରି କହିଲା, 'ଏଥିରେ ଲେଖିବୁ କବିତା । କାଲି ସକାଳେ ଆସି ମୁଁ ତୋ'ଠାରୁ ନେବି ।'

ଏତିକି କହି ଆଶୁତୋଷ ଝଡ଼ବେଗରେ ଚାଲିଗଲା। ପାରିବିନି ବୋଲି କହିବା ପାଇଁ ମୋତେ ମୁହୂର୍ତ୍ତଟିଏ ମିଳିଲା ନାହିଁ । ପତଳା ନିଃଶ୍ୱାସ ଛାଡ଼ିଲି। ଝରକା ପାଖକୁ ଗଲି। ଦେଖିଲି, ଆକାଶରେ ଜହ୍ନ ନାହିଁ ।

ଆପଣ ମୋ' କଥାକୁ ବିଶ୍ୱାସ କରିବେ କି ନାହିଁ, ତାହା ମୁଁ ଜାଣେ ନାହିଁ । ସତ କହୁଚି, ସେଦିନ ରାତିରେ ଜହ୍ନ ଉଠିଲା ନାହିଁ । ସାରା ଆକାଶରେ ଅନ୍ଧକାରର ଛାଇ । ତେଣୁ ଅନ୍ଧାରରେ ମୋ' ମୁହଁକୁ ବି ମୁଁ ନିଜେ ଦେଖିବା ସମ୍ଭବ ହେଲା ନାହିଁ ।

ପରଦିନ ସକାଳେ ଆସିଲା ଆଶୁତୋଷ। ଟେବୁଲ୍ ଉପରେ ଚଉତାହୋଇ ରହିଥିବା କାଗଜଟିକୁ ନେଇ ପକେଟ୍‌ରେ ପୂରାଇଲା । ଅଳ୍ପ ହସିଲା । ଶିବାନନ୍ଦର ନିଦ ଭାଂଗିନଥିଲା। ତାକୁ ନିଦରୁ ଉଠାଇବା ଉଚିତ ମଣିଲା ନାହିଁ । ମୋତେ ଚାହିଁ ଦରଜା ବାଟେ ସେ ଅତି ଧୀରେ ବାହାରିଗଲା ।

ଦେବଦାରୁ ଗଛରେ ଚଢ଼େଇର କ୍ଷୀଣ ସ୍ୱର ମୋତେ ଆଚମ୍ଭିତ କଲା ।

– 'କ'ଣ କରୁଛ, ଏଠି ?'

ସୁନନ୍ଦାର ସ୍ୱର ଶୁଣି ପ୍ରକୃତିସ୍ଥ ହେଲି । ମୋତେ ରୁମ୍ ଭିତରେ ନ ଦେଖି ସେ ଚାଲିଆସିଚି ବୋଧେ । ଅପରିଚିତ ଜାଗା। ମୋର ବି ମାନସିକ ସ୍ଥିତି ଆଦୌ ଭଲ ନାହିଁ । ମୁଁ ହଜିଯିବି କୋଉଠି, ଏହି ଭୟ ତା' ଭିତରେ ବସାବାନ୍ଧିଚି ।

ଫେରିଆସିଲୁ କ୍ଲବ୍‌ହାଉସ୍‌ର ପୂର୍ବନିର୍ଦ୍ଧାରିତ ରୁମ୍‌କୁ । ଯେଉଁଠି ବରଫାଚ୍ଛନ୍ନ ପର୍ବତର ପେଣ୍ଟିଙ୍ଗ୍‌ଟି ଝୁଲୁଚି । ଟେବୁଲ୍ ଉପରେ ଥୁଆହୋଇଚି ଗ୍ଲାସ୍ ଓ ଫୁଲ କେତୋଟି ।

ରାତିରେ ଭୋକହେଲା ନାହିଁ । ନିଦ ବି । ଅନେକ ସମୟ ପର୍ଯ୍ୟନ୍ତ ଭାବୁଥିଲି,

ଯାହା ଦେଖିଲି, ତାହା କ'ଣ ସତ ? ଆଶୁତୋଷ ଏଠି କ'ଣ କରୁଚି ? ଆମ ପଛେପଛେ ସେ କାହିଁକି ଆସିଚି ? ତେବେ ସେ ଆସିବାର ଉଦ୍ଦେଶ୍ୟ କ'ଣ ?

ସୁନନ୍ଦା ଆଖିରେ ପ୍ରଚୁର ନିଦ । ସେ ଶୋଇପଡ଼ିଚି ବିଛଣାରେ। ବିସ୍ମୟର ଜହ୍ନରାତି ପରି । ସବୁକିଛି ନୀରବ । ନୀରବରେ ବି ପ୍ରେମର ଭାଷା କହିହେବ। ଲାଲ୍ ଓଠରେ ଅଛି ବୋଧେ ସେହି ଭାଷା ।

ଅନ୍ଧାର ଭିତରେ ମୁଠାଏ ପବନ କୋଉଠି ଅଟକିଯିବା ପରି ଅନୁଭବ । ଛାତି ଭିତରେ ବୋଧେ । ଏବେ କ'ଣ କରିବି ? ରାତି ପାହିବାକୁ ଆଉ କେତେ ଘଣ୍ଟା ବାକି ଅଛି ?

ମୋତେ ଭରସା ଦେଲାପରି କହିଲା ରାତି । ଚକ୍‌ଚକ୍ ଆଲୁଅରେ ସବୁ ଦିଶୁଚି ସଫେଦ୍: ପର୍ବତର ଶୀର୍ଷ, ପାଇନ୍ ଜଙ୍ଗଲ, ନୀଳ ଆକାଶ ।

ଝରକାରେ ସେହି ଦୃଶ୍ୟକୁ ଦେଖି ସୁନନ୍ଦା କହିଲା, 'ଶୀଘ୍ର ବାହାର । ଆମେ ତପୋବନକୁ ଯିବା । ଡ୍ରାଇଭର୍ ଅପେକ୍ଷା କରିଚି ତଳେ ।'

ଦଶକିଲୋମିଟର ଦୂରରେ ଚିନ୍ମୟ ତପୋବନ ।

ଝରଣାର କୁଳୁକୁଳୁ ସଂଗୀତ। ପାଇନ୍‌ପତ୍ରର ଖସ୍‌ଖସ୍ ଶବ୍ଦ । ହେମାଳ ପବନର ସ୍ନିଗ୍ଧ ସ୍ପର୍ଶ। ସେଠି ପହଂଚିବା ପରେ ଅନୁଭବ କଲି, ସବୁ ଦୁଶ୍ଚିନ୍ତାରୁ ମୁଁ ମୁକ୍ତ ହୋଇଯିବି। ଶାନ୍ତି ଫେରିପାଇବି।

ରାମମନ୍ଦିର ପାଖରେ ମେଡିଟେସନ୍ ହଲ୍ । ସୁନନ୍ଦା ସାଥିରେ ଅଛି । ପାଇନ୍‌ପତ୍ରର ଖସ୍‌ଖସ୍ ଶବ୍ଦ ଭେଦକରିପାରୁନାହିଁ ନୀରବତା । ଅନେକ ଲୋକ ହଲ୍ ଭିତରେ ଧ୍ୟାନସ୍ଥ। ଆଖିବୁଜି ଖୋଜୁଛନ୍ତି ଶାନ୍ତି । ବସିଲି । ମୋ' କଡ଼ରେ ବସିଲା ସୁନନ୍ଦା। ଗୋଟେ ଶୂନ୍ୟତା ମୋତେ ଘେରିଗଲା। ମୁଁ ନାହିଁ । ସୁନନ୍ଦା ବି ନାହିଁ । କେହି କୁଆଡ଼େ ନାହାନ୍ତି । ଚାରିଆଡ଼ ଭିଜିଯାଉଚି ନୀରବତାର ବର୍ଷାରେ ।

ଏ କ'ଣ ? ତିନି ଚାରିଟି ଧାଡ଼ିର ଆଗରେ ବସିଚି ଆଶୁତୋଷ। ଗେରୁଆ ପୋଷାକ ପିନ୍ଧିଚି। ଦିଶୁଚି ତା' ଉଜ୍ଜ୍ୱଳ ଆଖି। ବେପରୁଆ ଭାବ ତା' ମୁହଁରେ ପୂର୍ବଭଳି । ହାତରେ ରୁଦ୍ରାକ୍ଷର ମାଳା । ହଁ, ଆଶୁତୋଷ ବ୍ୟତୀତ ସେ ଆଉ କେହି ନୁହେଁ।

ସ୍ତମ୍ଭୀଭୂତ ବିସ୍ମୟରେ ତାକୁ କେବଳ ମୁଁ ଚାହିଁରହିଲ ।

ଏତିକିବେଳେ ସେ ବସିବା ସ୍ଥାନରୁ ଉଠିଲା । କେଉଁଆଡ଼େ ନଚାହିଁ ପଦାକୁ ଚାଲିଗଲା । ତା' ପଛେପଛେ ମୁଁ ଚାଲିଆସିଲି । କୁଆଡ଼େ ଗଲା ଆଶୁତୋଷ ? ଦେବଦାରୁଗଛ ଉହାଡ଼ରେ ସେ ଅଦୃଶ୍ୟ ହୋଇଗଲା ବୋଧେ ।

ଚୁପ୍‌ଚାପ୍ କେହି ଜଣେ ମୋ' କାନ୍ଧ ଉପରେ ହାତ ଥୋଇଲା । ପଛକୁ ଫେରି ଚାହିଁଲି । ମୋ' ସାମ୍‌ନାରେ ସୁନନ୍ଦା । ତା' ଆଖିରେ ସଂଶୟର ଚିହ୍ନ ।

ଖୁବ୍ ଆସ୍ତେ କହିଲି, 'ଆଶୁତୋଷକୁ ଦେଖିଲି । ସେ ଏଇଠିକୋଉଠି ଲୁଚିଗଲା।' ସୁନନ୍ଦା ଚିତ୍କାର କରିଉଠିଲା, 'କାହିଁ ସେ କାଓ୍ଵାର୍ଡ୍?'

ହାତବଢ଼ାଇ ଦେଖାଇଲି, କିଛି ସମୟ ପୂର୍ବରୁ ଯେଉଁଠି ଆଶୁତୋଷ ଅଦୃଶ୍ୟ ହେବାର ଦେଖିଥିଲି । ଗଛ ଆଢୁଆଳରେ ।

ମୋ' ମୁହଁକୁ ଚାହିଁଲା ସୁନନ୍ଦା । ଉଚ୍ଚସ୍ୱରରେ କହିଲା, 'କେହି ନାହିଁ ସେଠାରେ । କାହାକୁ ମୁଁ ଦେଖିପାରୁନାହିଁ। ଏଇଟା ତୁମ ମନର ଭ୍ରମ । ଇଲ୍ୟୁଜନ୍ ବୋଲି ଭାବିପାର। ବର୍ଷ ପରେ ବର୍ଷ ତାହା ତୁମ ପିଛା କରୁଚି । ଯେତେ ତୁମକୁ ବୁଝାଇଲେ ବି ତୁମେ ସେହି ଭ୍ରମ ପଛରେ ପଡ଼ିରହିଛ । ମୁଁ କେବେ ବି ଆଶୁତୋଷକୁ ଭଲପାଉନଥିଲି । ତୁମେ ଲେଖିଥିବା କବିତାକୁ ଶିବାନନ୍ଦର ପ୍ରେମିକାକୁ ଦେବାପାଇଁ ମୋ' ହାତରେ ଧରାଇଲାବେଳେ ମୋ' ଓଠକୁ ଜବରଦସ୍ତ ଛୁଇଁଦେଇଥିଲା । ତାହା ଦେଖି ତୁମେ ଭାବିଥିଲ, ସେ ମୋତେ ଭଲପାଉଚି । କଲେଜରେ ଏହାକୁ ନେଇ ଅନେକ ଚର୍ଚ୍ଚା ବି ତୁମର ଏଇ ଧାରଣାକୁ ଅଧିକ ସୁଦୃଢ଼ କରିଥିଲା ।'

ପାଇନ୍‌ଗଛ ତଳେ କେହି ଜଣେ ଠିଆହୋଇଚି ।

ସୁନନ୍ଦା ପୁଣି କହିଲା, 'ଆମ ଦୁହିଁଙ୍କୁ ସମୟ କେତେ ଆଗକୁ ନେଇସାରିଛି । ହେଲେ, ତୁମେ ସେଇ ଭ୍ରମରେ ଘାରିହେଉଚ । ମାନସିକ ଯନ୍ତ୍ରଣା ଭୋଗୁଚ। ଗୋଟେ କାଓ୍ଵାର୍ଡ୍‌କୁ ତୁମର ପ୍ରତିଦ୍ୱନ୍ଦ୍ୱୀ ବୋଲି ଭାବୁଚ। ଏବେ ବି ରାତିଅଧରେ ଆଶୁତୋଷ ଓଠର ଚିହ୍ନ ତୁମେ ଖୋଜୁଚ, ମୋ ଦେହରେ । ଜାଣେ, ଯେଉଁଠିକୁ ତୁମକୁ ନେଲେ ବି ତୁମେ ଏଥିରୁ ମୁକୁଳିପାରିବନି।'

ଅଛ ଅଛ ଅନ୍ଧାର ସେହି ପାଇନ୍‌ଗଛ ମୂଳରେ । ଅଜଣା ଚଢ଼େଇଟି ଉଡ଼ିଆସି ବସିଲା ଡାଳରେ । ସୂର୍ଯ୍ୟକିରଣରେ ତା'ର ରଙ୍ଗିନ୍ ଡେଣା ଝଲସିଉଠିଲା । ମୁଁ କାନ୍ଦିବି ନା ହସିବି, ଜାଣିପାରିଲି ନାହିଁ ।

ଘୋଘୋ ସମୁଦ୍ର। ଅସରନ୍ତି ଢେଉ । ତା' ଭିତରେ ବୁଡିଯାଉଥିବା ଦୁଇ ବର୍ଷର ପିଲା । ସେ ପିଲାଟି ମୋ' ପୁଅ । ଏତେଦିନ ଧରି ଗୋଟେ ଭ୍ରମ ମୋ' ଭିତରେ ଭାଂଗିରୁଜିଯାଉଥିବାର ଅନୁଭବରେ ପ୍ରକୃତିସ୍ଥ ହେଲି ।

ଭାବିଲି, ତାକୁ କହିବି, କ୍ଷମା କରିଦିଅ ମୋତେ। ସେଦିନ ଚିତ୍କାର କରିଥିଲି । କେବଳ ଚିତ୍କାର କରିଥିଲି ସମୁଦ୍ରକୂଳରେ। ଭାବିଥିଲି, ବୁଡ଼ିଯାଉଥିବା ପିଲାଟି ଆଶୁତୋଷର ପୁଅ । ମୋର ନୁହେଁ।

ଧର୍ମଶାଳା ଛାଡ଼ିଲା ପରେ ବି ଏକଥା ମୁଁ ସୁନନ୍ଦାକୁ କହିପାରିନାହିଁ।

■

କେତେଦିନର

ଏମିତି କ'ଣ ସରିଯାଏ ସବୁକିଛି ? ସମୟ, ଜୀବନ ଓ ପ୍ରେମ ?

ନିଦ ଭାଂଗିଲାବେଳକୁ ଗୋଟେ ଅଭାବନୀୟ ଦୃଶ୍ୟ। ପରିତ୍ୟକ୍ତ ପରିବେଶ । କିଛି ନାହିଁ । କେହି ବି ହାତବଢ଼ାଇ ନାହିଁ ଲୁହପୋଛିଦେବା ପାଇଁ । କ'ଣ ହେଲା, ବୁଝିଲାପରେ ଦେଖିଲି, ଚଉରାମୂଳରେ ପଡ଼ିଚି ଡାଳ । କିଛି ପାଣି ଢାଳିହୋଇଯିବା ହେତୁ ଓଦା ହୋଇଚି ଚଟାଣ । ଏମିତି ହେବାର ନୁହେଁ ।

ସୁଚିତ୍ରା ବିଛଣାରୁ ଉଠିଯିବାବେଳେ, ମୋତେ ଛାଇନିଦ ।

ଅଳ୍ପ ଅଳ୍ପ ପବନ । ଆଖିପତାରେ ନିଦ ଭରିଦେବାପାଇଁ ସେତିକି ଯଥେଷ୍ଟ । ସ୍ୱପ୍ନ ଦେଖିବାପାଇଁ ମୋତେ ଭଲଲାଗେ। ମନେପଡ଼େ ହଜିଯାଇଥିବା କଥାସବୁ । କ'ଣ ଅଛି ସେହି କଥାରେ ? ବୋଧେ ସୁଖ ଆଉ ପ୍ରେମର ମଧୁର ଅନୁଭବ।

ନିସଂଗତା ଘୁଞ୍ଚିଯାଏ ଝରକା ଆରପଟକୁ, ଛାଇପରି।

ଅବସର ନେବାର ଦୁଇବର୍ଷ ବିତିଗଲାଣି। ମାତ୍ର କେବେ ବି ନିସଂଗଭାବ ମୋତେ ଛୁଇଁ ନାହିଁ । ସବୁବେଳେ କିଛି ସ୍ମୃତି ଭରିଦେଉଚି ଅପୂର୍ବ ବିହ୍ୱଳ ଭାବ। ଅସମ୍ଭବ ଇଚ୍ଛାର କୁରେଇଫୁଲର ମହକରେ ବିଭୋର ହୋଇପଡୁଚି। ମହୁଲଫୁଲ ନିଶାରେ ଟଳମଳ ଜହ୍ନରାତି ମୋତେ କରୁଚି ଆନମନା ।

ଶାଳଜଙ୍ଗଲ ଭିତରୁ ଏବେ ବି ଶୁଭୁଚି କାହାର ଡାକ ?

ବୋଧେ ସେଇ ସ୍ୱରକୁ କାନଡେରି ଶୁଣୁଥିଲି।

ଓଦାଓଦା ମୁହୂର୍ତ୍ତ। ବର୍ଷାରେ ଭିଜିଯିବା ପରି । ଅତି ରହସ୍ୟମୟ ଓ ଅବୋଧ୍ୟ ସେହି ଅନୁଭବ ।

କ'ଣ ଘଟିଥିଲା ଏହିପରି ମୁହୂର୍ତ୍ତରେ, ମୁଁ ଜାଣିପାରିନଥିଲି । ମାତ୍ର ବାସ୍ତବିକ ଯାହା ଘଟିଥିଲା, ମୋ' ପାଇଁ ତାହା ବେଶ୍ ଉଦ୍‌ବେଗଜନକ। କ'ଣ କରିବି ? କାହାକୁ ଡାକିବି ? କେଉଁଠି ଅଛି ମୋବାଇଲ୍ ? ଟେବୁଲ ଉପରେ ନା ତକିଆ ପାଖରେ ? ଡାକ୍ତରବନ୍ଧୁଙ୍କୁ ଖବରଦେବି ନା ଝିଅପାଇଁ ଏହି ଅଭାବନୀୟ ଅଘଟଣ ଦୃଶ୍ୟର ପ୍ରତ୍ୟକ୍ଷଦର୍ଶୀ ହେବି ?

ଝିଅ ଅଛି ସୁଦୂର ନିୟୁୟର୍କରେ। ଏଠୁ କେତେ ବାଟ ?

ଏଇ ଦୃଶ୍ୟକୁ ସେ ଦେଖିପାରିବ ତ !

ଲାଲ୍‌ରକ୍ତରେ ଭିଜିଚି ଚଟାଣ । ମାଆ ପଡ଼ିରହିଚି ମଲାମାଛ ପରି । ଆଖି ଅଧାମେଲା। ଅସହାୟ ହୋଇପଡ଼ିଚି ବାପା। ପୂଜାଥାଳି, ଫୁଲ, ଦୀପ ନିଜନିଜର ସ୍ୱାଭାବିକ ଅବସ୍ଥାରେ ନଥିବା ପରି ମନେହଉଚି ।

ଏଇ ହେଉଚି ଦୃଶ୍ୟ, ଯାହାକୁ କେହି ବର୍ଣ୍ଣନା କରିପାରିବେ ନାହିଁ।

ସ୍ମୃତିର ଅନୁଭବ ମନେହେଲା ମୂଲ୍ୟହୀନ । ଥୁଣ୍ଟା ଗଛଡାଳରେ ଚଢ଼େଇଙ୍କ କାକଳି ଆଉ ଶୁଭିଲା ନାହିଁ । ଅଟକିଗଲା ପବନ । ଦୁର୍ବଳ ହୋଇପଡୁଚି ପାଦ । ଠିଆହେବା ଆଉ ସମ୍ଭବ ନୁହେଁ । ବସିପଡ଼ିଲି ସୋଫାରେ । ଘର ଭିତରେ ମୋ' ବ୍ୟତୀତ ଆଉ କେହି ନାହିଁ, ତାହା ବୁଝିବାକୁ ଅସହଜ ହେଲା ନାହିଁ । କାହାକୁ ଡାକିବାକୁ ହେବ ! ନହେଲେ, ଘରଟି ଭିତରେ ଥିବା ସନ୍ଦିଗ୍ଧ ଅନ୍ଧାରରେ ମୁଁ ହଜିଯିବି ।

ନିଜର ସମସ୍ତ ଶକ୍ତି ହରାଇସାରିଥିଲି । ଟେବୁଲ ଉପରେ ମୋବାଇଲ୍। ଦେଖିଲି ମୁଁ । ଆଗନ୍ତୁକଟି ପରି । ଯେମିତି ଘରଟି ମୋର ନୁହେଁ । ସୋଫା, ଆସବାବପତ୍ର ବି ମୋର ନୁହେଁ । ଅସଜଡ଼ା ବିଛଣା ଅନ୍ତରଙ୍ଗ ଅନୁଭବ ଦେବାପାଇଁ ମଧ୍ୟ ଅନିଚ୍ଛୁକ।

ରିଂଟୋନ୍ ଶବ୍ଦରେ ଥରିଉଠିଲା ଘର । କିଏ ଡାକୁଚି, ଏତେ ସକାଳୁ ! ଉଠାଇଆଣିଲି ମୋବାଇଲ୍ ତରତରହୋଇ । ସେପଟରୁ କିଏ କ'ଣ କହୁଥିଲେ, ତାହା ସ୍ପଷ୍ଟଭାବେ ଶୁଣିପାରିଲି ନାହିଁ । ମାତ୍ର ମୋ' ସ୍ୱର ଅସ୍ୱାଭାବିକ ଓ କାନ୍ଦକାନ୍ଦ ମନେହେଲା ।

– 'ଚଉରାମୂଳରେ ସୁଚିତ୍ରା ପଡ଼ିଯାଇଚି । ଟିକେ ଆସିବେ। ମୁଁ ଏକା, ଘରେ ଏକା... ।'

ଅଟକିଗଲା କଥା, ପବନ ଅଟକିଯିବା ପରି ।

ଝରକା ଆରପଟରେ ଚଳଚଂଚଳ ମୁହୂର୍ତ୍ତ । ପତ୍ରର ମର୍ମର ଶବ୍ଦ । ଚଢ଼େଇଙ୍କ କଳରବ । ସ୍କୁଲପିଲାଙ୍କ ହସ । ଟେମ୍ପୋଚାଳକର ବ୍ୟସ୍ତତା । ଚମ୍ପାଫୁଲର ମହକ । ଉଦ୍‌ବେଗହୀନ ସମୟ ସୂଚେଇଦେଉଚି, କିଛି ଘଟିନାହିଁ ବାହାରେ ।

ଏହି ମୁହୂର୍ତ୍ତରେ କ'ଣ ଅଘଟଣ ଘଟିପାରେ ?

ସମୟ ସ୍ଥିର। ମୁଁ ଅଚଳ ।

ଯାହା କିଛି ଘଟିଯାଇଚି ଏଇ ଘର ଭିତରେ, ମୋ' ବ୍ୟତୀତ ଆଉ କେହି ଜାଣିନଥିଲେ । କିଛି ସମୟ ପୂର୍ବରୁ ମୋବାଇଲ୍‌ରେ ଯାହାଙ୍କୁ କହିଲି, ସେ ହିଁ କେବଳ ଜାଣିଛନ୍ତି।

ମୋ' ଚାରିପଟେ ଅଧିକ ନୀରବତା, ଅଧିକ ନିର୍ଜନତା।

ଝିଅ ବାହାହୋଇ ଚାଲିଯିବାପରେ ଏହି ନୀରବତାକୁ କେବେ ମୁଁ ଅନୁଭବ କରିନଥିଲି । ସୁଚିତ୍ରା ଘର ଭିତରେ ନୁହେଁ, ବରଂ ମୋ' ଭିତରେ ରୁଣୁଝୁଣୁ ହେଉଥିଲା ସବୁବେଳେ । ଆବୋରିବସିଥିଲା ନିର୍ଜନତାକୁ ଭଲପାଇବାର ପ୍ରାର୍ଥନାରେ, ମନ୍ତ୍ରପାଠରେ ।

ଘର ଭିତରେ ସବୁକିଛି ଅସଜଡ଼ା । ବହିପତ୍ର ହେତୁ। ଟେବୁଲ ଉପରେ ବହି । ଥାକରେ ବହି। ବେଳେବେଳେ ଅଧାଲେଖା ଗପର କାଗଜଫର୍ଦ୍ଦ ଖେଳାଇହୋଇଯାଏ ସାରା ଚଟାଣରେ । ଅବଶ୍ୟ ଏଥିପାଇଁ ମୁଁ ଦାୟୀକରେ ମୋ' ନିଜକୁ । ମୋର ନିପାରିଲାପଣକୁ ।

ସାରା ଜୀବନ ତ' ନିଜ ଭିତରେ ଅସଜଡ଼ା । ଗପର ଚରିତ୍ରମାନଙ୍କ ସହ କଥାହେବା ହେତୁ, ସଜାଡ଼ିବା ପାଇଁ ସମର୍ଥ ହୋଇନାହିଁ ନିଜର ବୃତ୍ତି, ପ୍ରେମ।

ସହକର୍ମୀମାନେ ପ୍ରମୋସନ୍‌ର ପାହାଚ ଉଠିବାବେଳେ ମୁଁ ଅଧିକରୁ ଅଧିକ ନିଜ ଭିତରେ ଖୋଜୁଥିଲି ଅସହାୟ ଦିଶୁଥିବା ମୁହଁର ପରିଚୟ। କାହାକୁ ନେଇ ଗପ ଲେଖିହେବ, ତାହାହିଁ ଥିଲା ମୋର ଉଦ୍ଦେଶ୍ୟ। କାଗଜ ଫର୍ଦ୍ଦରେ ଶବ୍ଦ ସହ ଖେଳୁଥିଲାବେଳେ ଛୁଇଁଦିଏ କାହାର ମୁହଁ, କାହାର ଓଠ ।

କେହି ଜଣେ ଘର ଭିତରକୁ ଆସିଲେ । ବ୍ୟସ୍ତ-ବିବ୍ରତ ଭାବ ତାଙ୍କ ମୁହଁରେ ଅତି ସ୍ପଷ୍ଟ । ଚିହ୍ନିଲି। ତିନି ଚାରୋଟି ଘର ଛାଡ଼ି ସେ ରୁହନ୍ତି । ହାକିମମିଜାଜୀ ମଣିଷ । ବର୍ଷଟିଏ ତଳେ ସେ ଅବସର ନେଇଛନ୍ତି । ବୟସରେ ଛୋଟ ହେବେ ସେ। ପ୍ରାତଭ୍ରମଣରେ ଅନେକଥର ଭେଟହୋଇଛି ତାଙ୍କ ସହ ।

– 'ଚାହିଁରହିଛନ୍ତି କ'ଣ ? ଆପଣଙ୍କ ସହ କାଠଯୋଡ଼ି କୂଳରେ ଭେଟ ନହେବାରୁ ଫୋନ୍ କରିଥିଲି । ଭାବିଲି, କ'ଣ ଅସୁବିଧା ହୋଇଥିବ। ସତକୁସତ ଅଘଟଣ ଖବରଟି ଶୁଣିଲି ।'

ସ୍ୱାଭାବିକ ଅବସ୍ଥାକୁ ଫେରିପାରିଲି ନାହିଁ ।

– 'କୋଉଠି ପଡ଼ିଯାଇଛନ୍ତି ଭାଉଜ ! ଡାକ୍ତର ଡାକିଛନ୍ତି ? ଯଦି ନ ଡାକିଛନ୍ତି,

ତେବେ ଭାଉଜଙ୍କୁ ସିଧାସଳଖ ନର୍ସିଂହୋମ୍ ନେଇଯିବା । ଆଘାତ ଗୁରୁତର ନ ହେଇଥାଉ ପଛକେ ।'

ସରୋଜଙ୍କ କଥା ଶୁଣି ସାମାନ୍ୟ ପ୍ରକୃତିସ୍ଥ ହେଲି । ଏଇ କଥାଟିକୁ କେମିତି ମୁଁ ଭୁଲିଯାଇଥିଲି ? କଇଁକଇଁ ହୋଇ କାନ୍ଦିପକାଇଲି ପିଲାଙ୍କ ପରି । ଏମିତି ଭୁଲ୍ ମୁଁ କେବେ କରିନାହିଁ । ଆଉ ଆଜି ଏମିତି କାହିଁକି ହେଲା ? କେତେ ସମୟ ଧରି ସୁଚିତ୍ରା ଚଟାଣରେ ପଡ଼ିରହିଚି ଅସହାୟ ସ୍ତ୍ରୀଲୋକଟେ ପରି, ତାହା ଜାଣିପାରିନାହିଁ । ତା'ର ଯେମିତି କେହି ନାହାନ୍ତି – ନା ସ୍ୱାମୀ, ନା ଝିଅ ।

ବଦଳିଗଲା ଘର ଭିତରର ଦୃଶ୍ୟ । ଦଶପନ୍ଦର ମିନିଟ୍ ଭିତରେ।

ଆମ୍ବୁଲାନ୍ସ ହର୍ଣ୍ଣର ଆତଙ୍କିତ ଶବ୍ଦରେ ପ୍ରିୟଜନଙ୍କର ମୁହଁ ଦିଶିଲା ବିଷଣ୍ଣ ।

ଅଳ୍ପ ପବନରେ ସାମାନ୍ୟ ହଲଚଲ ହେଲା ପଣତ । ମାତ୍ର ଶୁଭୁନଥିଲା ଶ୍ୱାସକ୍ରିୟାର ଅହରହ ଶବ୍ଦ । ସନ୍ଦେହ ଓ ଆତଙ୍କର ଚିହ୍ନ ଆଙ୍କିହୋଇଗଲା... ଦୁଆରମୁହଁରେ, ପାହାଚରେ, ରାସ୍ତାରେ।

ଯାହା ଘଟିଚି, ତାହା ଦୁଃଖଦାୟକ ସମ୍ବାଦଟିଏ ନହେଉ ସବୁଦିନ ପାଇଁ ।

'କିଛିଦିନ ନର୍ସିଂହୋମ୍‌ରେ ରୁହନ୍ତୁ । ତା' ପରେ ସୁସ୍ଥ ହୋଇ ଫେରିଆସନ୍ତୁ, କିଛି ନଘଟିବା ପରି । ନହେଲେ, ଏତେବଡ଼ ଘର ଭିତରେ ଏକା ହୋଇଯିବେ। ଦୁଇବର୍ଷ ତଳେ ଚାକିରିରୁ ଅବସର ନେଇଥିବା ମଣିଷଟି ନିଃସଂଗ ହୋଇ ସମୟ ବିତାଇବା ଏତେ ସହଜ ନୁହେଁ ।'

ନର୍ସିଂହୋମ୍‌ରେ ପହଞ୍ଚିବା ପାଇଁ ଲାଗିଲା ଅଠର ମିନିଟ୍ । ପ୍ରତିଟି ମିନିଟ୍ ଗୋଟେ ଯୁଗ ପରି ଜଣାଗଲା ମୋତେ । ମୋ' ପାଖରେ ଥିଲେ ସରୋଜ।

ଅନେକ ପରୀକ୍ଷାନିରୀକ୍ଷା ପରେ ଡାକ୍ତର ଯାହା କହିଲେ, ତାହା ତାଙ୍କର ସର୍ବନିମ୍ନ କର୍ତ୍ତବ୍ୟ।

– 'ବ୍ରେନ୍ ଭିତରେ ରକ୍ତ ଜମାଟ ବାନ୍ଧିଚି, ଶକ୍ତ ଆଘାତ ଯୋଗୁ । କିଛି କହିହେବ ନାହିଁ । ଅନ୍ତତଃ ଅଠଚାଳିଶ ଘଣ୍ଟା ଅପେକ୍ଷା କରିବାକୁ ହେବ। ତା'ପରେ କିଛି ପଦକ୍ଷେପ ନେବା ସହଜ ହେବ । ଅପରେସନ୍ ହେବ କି ନାହିଁ, ସ୍ଥିର କରାଯିବ ।'

ଶ୍ୱାସକ୍ରିୟା ବେଶ୍ ଧୀର । ଅକ୍ସିଜେନ୍‌ର ସାହାଯ୍ୟ ନେବାକୁ ହେଲା, ସ୍ୱାଭାବିକ କରିବା ପାଇଁ । ସାଲାଇନ୍ ମାଧ୍ୟମରେ ଔଷଧ ଦିଆଗଲା, ଜମାଟ ରକ୍ତ ଯେପରି ମିଳାଇଯିବ ।

ଅସମ୍ଭବ ଅସ୍ଥିରତା ଓ ବିଶ୍ୱାସହୀନ ମୁହୂର୍ତ୍ତ । ଅଠଚାଳିଶ ଘଣ୍ଟା ଅତିକ୍ରମ କରିବା ଏତେ ସହଜ ନୁହେଁ । ଆଇ.ସି.ଇଉ. ଭିତରେ ସୁଚିତ୍ରା। ଡାକ୍ତର। ଡାକ୍ତରଙ୍କ ମୁହଁରେ

ଅସ୍ୱାଭାବିକ ଗମ୍ଭୀର ଭାବ । ନର୍ସର ଦୁଃଖର ସଫେଦ ପୋଷାକ । ଏସବୁ ସୂଚେଇଦେଲା ଯେ ସେଠି କୋଉଠି ହେଲେ ନାହିଁ ଜୀବନ । ଏବଂ କାହାରି ପାଖରେ ନାହିଁ ବି ତାହାର ଠିକଣା ।

ଧୀରେ ଧୀରେ ପରିବେଶଟି ଦିଶିଲା ଉଦାସୀନ ।

ହୋସ୍ ଫେରିଲା ନାହିଁ ସୁଚିତ୍ରାର।

ଧୈର୍ଯ୍ୟଚ୍ୟୁତି ଘଟିଲା ମୋ'ର। ଅଠଚାଳିଶ ଘଣ୍ଟା ପରେ ନୁହେଁ, ବରଂ ବାସ୍ତରି ଘଣ୍ଟା ପରେ । ବ୍ୟାକୁଳ ହୋଇପଡ଼ିଲି । ପଦଟିଏ କଥା କ'ଣ କହିପାରିବ ନାହିଁ ସୁଚିତ୍ରା ? ଅଚେତ ଅବସ୍ଥାରେ ସେ କ'ଣ ଚାଲିଯିବ ? ସଂସାରକୁ ଏତେ ଭଲପାଉଥିବା ମଣିଷର ଏପରି ଚାଲିଯିବାକୁ ଗ୍ରହଣ କରିବା ଅତି ଦୁଃଖଦାୟକ। ସବୁଠି ତା' ହାତର ସ୍ପର୍ଶ । ଚଟାଣରେ । କାନ୍ଥରେ । ଟେବୁଲରେ । ବହିଥାକରେ । ମୋ' ଦେହରେ । ହୋଇପାରେ ବି, ମୋ' ହୃଦୟରେ, ଆଚ୍ଛନ୍ନ କରିରଖିଚି ମୋତେ।

ସବୁ ଅନୁଭବକୁ ଭୁଲିଯାଇ ଚାଲିଗଲା ସୁଚିତ୍ରା। ନୀରବରେ । ପତ୍ରଟିଏ ଖସିପଡ଼ିଲା ପରି। ଖୁଟ୍‌କରି ଶବ୍ଦ କୋଉଠି ଶୁଣାଗଲା ନାହିଁ ।

ଘଡିରେ କେତେଟା ବାଜିଥିଲା ? ଦଶଟା ପନ୍ଦର, ନା ଦଶଟା ଷୋହଳ ? ତା' ପାଖରେ ମୁଁ ନଥିଲି । ତଳମହଲାକୁ ଆସିଥିଲି ସରୋଜଙ୍କୁ ଛାଡ଼ିବାପାଇଁ। ଫେରିଲାବେଳକୁ ବନ୍ଦ୍ ହୋଇଯାଇଥିଲା ଶ୍ୱାସକ୍ରିୟା ।

ଏହିପରି ଭାବରେ ଅଘଟଣଟି ଘଟିବ, ଆଗରୁ ସୂଚେଇଦେଇଥିଲେ ଡାକ୍ତର ।

– 'ମଲ୍ଟିପଲ୍ ଡ୍ୟାମେଜ୍ ବ୍ରେନ୍ ଭିତରେ । ଅପରେସନ୍ କରିବା ସହଜ ନୁହେଁ । ଅଧିକ ରକ୍ତ ଜମାଟ ବାନ୍ଧୁଚି । ମେଡିସିନ୍ ଆଦୌ କାମ କରୁନାହିଁ ।'

ଗୋଟେ ରାତି ପାହିଗଲା ଯେମିତି ।

ନର୍ସିଂହୋମ୍ ଯିବାବେଳେ ଯେମିତି ଦିଶୁଥିଲା, ଠିକ୍ ସେମିତି ଦିଶୁଚି ସୁଚିତ୍ରା । ପବନ କୋଉଠି ଅଟକିଯାଇଚି, ତାହା ଜାଣିହେଲା ନାହିଁ । ଘର ଭିତରେ ନା ହୃଦୟରେ ? ଲାଲ୍ ଓଠରେ ଅଳ୍ପ ଯନ୍ତ୍ରଣାର ଚିହ୍ନ । ଆଖିପତା ବୁଜିହୋଇରହିଚି । ଏତେ ସୁନ୍ଦର ପୃଥିବୀକୁ ଅଭିମାନ କରି ସେ ଚାଲିଯାଇଚି ।

ସୁଚିତ୍ରା ଭାରି ଶାଢ଼ିପ୍ରିୟ । ଆଲମିରାରେ, ଅତି ଯତ୍ନରେ ଅଛି ସବୁ ଶାଢ଼ି । ଅବସର ପୂର୍ବରୁ ମୁଁ ଅନେକ ଶାଢ଼ି କିଣିଥିଲି। ଏବେ କିନ୍ତୁ ଝିଅ ଶାଢ଼ି ପଠାଉଚି । କ'ଣ ହେବ ସେସବୁ ଶାଢ଼ି ? କିଏ ପିନ୍ଧିବ ? ଡ୍ରଇଂରୁମ୍‌ରେ ବରଫଖଣ୍ଡ ଉପରେ ମରଶରୀର ରଖିବାବେଳେ ଏଇକଥା ଭାବିଲି ।

ଆଲମିରା ଖୋଲି ଭଲ ଶାଢ଼ିଟିଏ କାଢ଼ିଲି । ରଙ୍ଗ ଲାଲ୍ । ଚଉଡା ଧଡ଼ି । ଝିଲିମିଲି ସୁନେଲି ରଙ୍ଗର। ପିନ୍ଧାଇବା ଭଳି ଧୀରେ ଗୁଡାଇଦେଲି ତା' ଦେହରେ । ଅଳ୍ପ ଲାଜଲାଜ ହସ ଦେଖାଦେଲା ସୁଚିତ୍ରା ମୁହଁରେ । ଏ ମୋର ଭ୍ରମ ହୋଇପାରେ। ଭ୍ରମ ନୁହେଁ ତ ଆଉ କ'ଣ ? ଆଉଁଶିଦେଲି ମୁହଁ । କହିଲି, 'ଝିଅ ଆସିଲେ ଯିବା ସ୍ୱର୍ଗଦ୍ୱାର ।'

ବେଳେବେଳେ ହାଲୁକା ପବନ ବିଂଚିଦେଉଚି କେହି ଜଣେ ଘରଟି ଭିତରେ । ଅଥଚ ସେହି ପବନରେ ନାହିଁ ଚମ୍ପାଫୁଲର ମହକ । ଝରକା ଆରପଟରେ ଫୁଲରେ ଭର୍ତ୍ତି ଚମ୍ପାଗଛ । ସୁଚିତ୍ରା ଆଂଜୁଳିରେ ଭରିଆଣି ଟେବୁଲ୍ ଉପରେ ରଖୁଥିଲା ଫୁଲ ଏବଂ କହୁଥିଲା – ଚମ୍ପାଫୁଲର ମହକ ତୁମ ଗଳ୍ପର ଚରିତ୍ରମାନଙ୍କ ପାଇଁ - ତୁମପାଇଁ କେବେ ବି ନୁହେଁ । ଜାଣେ, ଗପରେ ଥିବା ଚରିତ୍ରମାନଙ୍କର ଅନୁଭବ ତୁମର ନୁହେଁ। ନହେଲେ, କ'ଣ କେବେ ବି ଜାଣିପାରି ନଥାନ୍ତି ସେହି ବିସ୍ମୟ ଅନୁଭବ!

ସୁଚିତ୍ରା ନୀରବ ।

ବିଶେଷତ୍ୱହୀନ ମୁହୂର୍ତ୍ତ ।

ଚଟାଣସାରା ଲୁହପରି ବରଫପାଣି । ସେହି ପାଣିରେ ପୋଛିହୋଇଯାଉଚି ସବୁ ସ୍ମୃତି। ପଇଁତିରିଶ ବର୍ଷ ଧରି ରାଗରୁଷା ଆଉ ଭଲପାଇବାର ଝୋଟିଚିତା। ମନେହେଉଚି, କିଛି ନଥିଲା, ଏବେ ବି କିଛି ନାହିଁ ।

ଟେବୁଲ ଉପରେ ଗ୍ଲାସ୍ । ପାଣିବୋତଲ ବି। ପ୍ରତିଦିନ ପାଣି ଭର୍ତ୍ତିକରି ରଖୁଥିଲା ସୁଚିତ୍ରା। ଗ୍ଲାସ୍ ସେମିତି ଅଛି । ବୋତଲ ବି । ପାଣି ନାହିଁ । ଏମିତି ବି ଅନୁଭବ। ଥିବ, ପୁଣି ଚାଲିଯିବ ।

ମୋତେ ଶୋଷ ଲାଗୁଥିଲା । ପ୍ରବଳ ଶୋଷ ।

କାହାକୁ କହିବି ? ସୁଚିତ୍ରା ଶୋଇଚି ଗଭୀର ନିଦରେ । ଶୋଇଥାଉ । ଉଠିଲେ ପାଣି ଦେବ । ପଇଁତିରିଶ ବର୍ଷଧରି ସେ ମୋ' କଥା ବୁଝିଚି । ମୋ' ସୁଖଦୁଃଖର ସାଥୀ ହୋଇଚି । ବେଳେବେଳେ ଅସମ୍ଭବ ଭାବରେ ଝଗଡା କରିଚି । ଆଉ କଥାହେବ ନାହିଁ ବୋଲି ପ୍ରତିଜ୍ଞା କରିଛି । ଦିନେ ଦି'ଦିନ କାନ୍ଥଆଡ଼କୁ ମୁହଁ କରି ଶୋଇଚି ।

କୋଉଠୁ ଆସିଲା ମାଛି ? ନାକ ଉପରେ ଉଡୁଚି । ଆଉ କ'ଣ ଶୋଇପାରିବ ଗହନ ନିଦରେ ସୁଚିତ୍ରା ? ଲାଇନ୍ କଟିଯାଇଚି । ଟ୍ରାନ୍ସଫରମର୍‌ରେ ସମସ୍ୟା ଥିବ । ବିଂଚଣା କୋଉଠି ଅଛି ? ଥାକରେ, ଝରକା ପାଖରେ ନା ଟେବୁଲ ଉପରେ ? କିଏ କହିବ ସେକଥା ? ସବୁ ଖୋଜିପାଉଥିଲା ସେ । ତା' ହାତର ସ୍ପର୍ଶରେ ଅଧିକ ନିବିଡ଼ ଭାବ ସୃଷ୍ଟିହେଉଥିଲା ଘରଟି ଭିତରେ ।

ନାହିଁ ସେ । ପୁଣି ଅଛି । ପର୍ଦ୍ଦା ଆରପଟରେ ଠିଆହୋଇରହିଚି ଅଭିମାନରେ ଯେମିତି । ଡାକିଦେଲେ ପାଖକୁ ଚାଲିଆସିବ। ବସିପଡ଼ିବ ସୋଫାରେ । ମୋ' ଝାଳଭିଜା ପାପୁଲିକୁ ମୁଠାଇଧରି ଫିସ୍‌ଫିସ୍ କରି କହିବ, ଏଇ ଟିକକ କାମ କରିପାରୁନ ?

ଲାଇନ୍ ଆସିବା ହେତୁ ଖୋଲାଝରକାବାଟେ ମାଛିଟି ଉଡ଼ିଗଲା ।

ନିୟୁୟର୍କରୁ ଆସି ପହଞ୍ଚିଲା ଝିଅ । ଘର ଭିତରେ ଶୁଣାଗଲା କିଛି ହରାଇଦେବାର ସ୍ୱର । କୋଉଠୁ ଭାସିଆସିଲା, ତାହା ବୁଝିବା ଏତେ ସହଜ ନୁହେଁ । କିଏ ଧରିରଖିପାରିବ ଏତେ ଦୁଃଖ ?

ନଥିଲା ସମୟ, କାହା ପାଖରେ ବୋଧେ।

ସ୍ୱର୍ଗଦ୍ୱାରରେ ଜୁଇ ନିଆଁରେ ଜଳିପୋଡ଼ି ପୋଛିହୋଇଗଲା କିଛି ଦୁଃଖ, କିଛି ସ୍ମୃତି ଓ କିଛି ସମ୍ପର୍କ । ସମୁଦ୍ରପାଣିରେ ଚିତାର ପାଉଁଶ ଭସାଇଦେବାବେଳେ ବୁଝିପାରିଲି, ମୋ' ହାତ ଛାଡ଼ିଦେଇଚି ସୁଚିତ୍ରା । ପାଲଟିଯାଇଚି ସେ ମୁଠାଏ ପାଉଁଶ, ଆଂଜୁଳାଏ ଫୁଲ, ନହେଲେ ବୁନ୍ଦାବୁନ୍ଦା ପାଣି । ସେଠି ଠିଆହୋଇ ସ୍ୱପ୍ନ କ'ଣ, ଚେତନା କ'ଣ, ଆଉ ବୁଝିବା ସମ୍ଭବ ହେଲାନାହିଁ।

ସମୁଦ୍ରର ଘୋ ଘୋ ଗର୍ଜନରେ ଜାଣିପାରିଲି ସବୁ ନିର୍ଜନ । ନୀରବ ।

ଏତେ ନୀରବ ଯେ କୋଉଠି ପତ୍ରଟିଏ ଖସିପଡିଲେ ବି ଭାଂଗିଯିବ ମହାକାଳଙ୍କର ଯୋଗନିଦ୍ରା । ଭୁଶୁଡିପଡ଼ିବ, ଅନେକ ସ୍ମୃତିରେ ତୋଳାହେଇଥିବା ମୋ' ଘର ।

ଚାରିଦିନ ପରେ ଝିଅ ଫେରିଗଲା ନିୟୁୟର୍କ । ଚଉଦଦିନ ପରେ ବନ୍ଧୁବାନ୍ଧବ, ପ୍ରିୟଜନ।

କୋଳାହଳ କୋଉଠି ଉପସ୍ଥିତ ଥିଲା, ତାହା ଜାଣିବା ପାଇଁ ଚେଷ୍ଟାକଲେ ବି ଖୋଜି ପାଇଲି ନାହିଁ।

ସହସା ବଦଳିଗଲା ମୋ' ଘରର ପରିପାଟି । ଧରାବନ୍ଧା ରୁଟିନ୍। ସଜାଡିବା ସମ୍ଭବ ହେଲାନାହିଁ : ବହିପତ୍ର, ଅଧାଲେଖା ଗପର କାଗଜଫର୍ଦ୍ଦ, ଡାକରେ ଆସି ପହଂଚୁଥିବା ଚିଠି ।

ଯାହା ଘଟୁଥିଲା, ତାହାସବୁ ଅପ୍ରତ୍ୟାଶିତ ଭାବରେ, ଏଇ ଯେମିତି ଗତକାଲି ସରୋଜ ମୋତେ ଚମକାଇ କହିଥିଲେ – 'ଭାଉଜଙ୍କ କଥା ବେଶୀ ମନେପଡୁଥିବ । ଏକାଏକା ଘରଟି ଭିତରେ ବସିରହିଲେ, ତାହାହିଁ ହେବ । ବାହାରେ ବୁଲାବୁଲି କରନ୍ତୁ । ନହେଲେ ଆମ କ୍ଲବ୍‌କୁ ଆସନ୍ତୁ । ଦେଖିବେ, ସବୁ କିଛି ଭଲ ଲାଗିବ।'

ମୋ' ପାଇଁ ଏହି ପଦକ ଥିଲା କରୁଣ ଓ ଯନ୍ତ୍ରଣାଦାୟକ। ଜୀବନକାଳ ଭିତରେ

ସୁଚିତ୍ରାକୁ କେବେ ଅନାବଶ୍ୟକ ମନେକରିନାହିଁ । ତେବେ ଭୁଲିଯିବାପାଇଁ ଚେଷ୍ଟାକରିବି କାହିଁକି ?

କଥାଟି ତାହା ନୁହେଁ । ସବୁଠୁ ବିସ୍ମୟର କଥାଟି ହେଉଚି, ସୁଚିତ୍ରାର ଉପସ୍ଥିତିକୁ ମୁଁ ଆଦୌ ଅନୁଭବ କରିପାରୁନଥିଲି । ଛାଇପରି ମୋ' ସହିତ ସାରାଜୀବନ ରହିଥିବାବେଳେ ସେ ମୋତେ କେମିତି ଭୁଲିଯାଇଚି ! ସ୍ୱପ୍ନରେ ହେଉ ପଛେ, ମୋତେ ଥରେ ଦେଖାଦିଅନ୍ତା । ନା, ତାହା ଘଟୁନାହିଁ । ଯିବାବେଳେ ଯାହା କହିପାରିନାହିଁ, ତାହା କହିବାପାଇଁ ଅସୁବିଧା କୋଉଠି ଅଛି ?

– ମୋତେ ଏଠି ମୋଟେ ଭଲ ଲାଗୁନାହିଁ ।

ସରୋଜଙ୍କ ମୁହଁରେ ପ୍ରସନ୍ନଭାବ, ନିର୍ମଳ ହସ । ଦୁଇବର୍ଷ ହେଲାଣି ପତ୍ନୀଙ୍କ ଦେହାନ୍ତ । ଗୋଟିଏ ଝିଅ । ବୋହୂ ଆଣିଛନ୍ତି ତିନିମାସ ତଳେ । ଘର ଭିତରେ ପାଉଁଜିର ସମ୍ମୋହନ ଶବ୍ଦ । ଚଟାଣରେ ସମ୍ପର୍କର ଇନ୍ଦ୍ରଧନୁ । ମଧୁର କୋଳାହଳ ।

ବୁଝାଇବା ଢଂଗରେ ସେ କହିଥିଲେ – 'ଭାଉଜଙ୍କ ମୃତ୍ୟୁରେ ଆପଣ ବେଶି ଭାଂଗିପଡ଼ିଛନ୍ତି । ଆମେ ସମସ୍ତେ ଯିବା । ଆଗପଛ ହୋଇ । ଏଇ କଥାଟିକୁ ସହଜରେ ଗ୍ରହଣ କରିନେଲେ ଦୁଃଖ ଆମକୁ ହନ୍ତସନ୍ତ କରିବ ନାହିଁ । ଏଇ ଦେଖୁନ, ମୁଁ କେମିତି ବଂଚିଚି । ଏଠୁ ଗଲେ କ୍ଲବ୍‌କୁ ଯିବି । ଅବସର ନେଇଥିବା ବନ୍ଧୁମାନଙ୍କ ସହ ଭେଟ ହେବ ସେଠି । ତା' ପରେ ଆରମ୍ଭ ହେବ ତାସ୍‌ଖେଳ । ହସଖୁସିର ପରିବେଶ ଭିତରେ ହଜିଯିବି ।'

ଏହା କହିସାରି ସେ ଚାରିଆଡ଼କୁ ଚାହିଁଲେ । ମୁଁ ତାଙ୍କୁ ଲକ୍ଷ୍ୟକରୁଥିଲି । କେତେ ସହଜରେ ସେ ବଂଚିନାହାନ୍ତି ! ଆବେଗ ନାହିଁ, ଉଦ୍‌ବେଗ ବି ନାହିଁ ତାଙ୍କ ଭିତରେ । ଜୀବନର ପଥ କେତେ ନରମ, କୋମ ! ପାହୁଣ୍ଡ ପକେଇ ଚାଲିବା କଥାଟି କେବଳ ଗୁରୁତ୍ୱପୂର୍ଣ୍ଣ ।

ଚାଲିପାରୁନାହିଁ ମୁଁ । ସହଜରେ ଚାଲିବା ବି ସମ୍ଭବ ନୁହେଁ । ସୁଚିତ୍ରାର ସ୍ମୃତିରେ ଘାରିହେବା କଥାଟିପାଇଁ ନୁହେଁ, ବରଂ ଶାଳଜଂଗଲ ଭିତରେ ମୁଁ ଦିଗଭ୍ରଷ୍ଟ ହୋଇଯାଇଚି ।

ତା'ର ନାଆଁ କ'ଣ ? ମନେପଡୁନାହିଁ । ଏବେ ବି ତା' ମୁହଁ ମୋର ମନେଅଛି । ତା' ହାତର ସ୍ପର୍ଶ ମୋତେ ଶିହରିତ କରୁଚି ।

ଏତିକିବେଳେ ସରୋଜ କହିଲେ – 'ଆପଣ ଆସିବେ, ଆମ କ୍ଲବ୍‌କୁ ।'

ତାଙ୍କ କଥା ସଂକ୍ଷିପ୍ତ ଥିଲା । ମାତ୍ର ଗୋଟିଏ ବାକ୍ୟ ଭିତରେ ସେ ସୂଚେଇଦେଲେ ଅବସର ପରେ ଆଉଗୋଟିଏ ଜୀବନ ଅଛି, ଯାହାକୁ ନେଇ ବଂଚିହେବ, ବିନା ଅନୁଶୋଚନାରେ ।

ସେ ମୋ'ଠାରୁ ବିଦାୟନେଲେ, ଫାଟକ ପାଖରେ ।

ଜହ୍ନରାତି । ଚିକ୍‌ଚିକ କରୁଚି ଆକାଶ । ନକ୍ଷତ୍ର ଆଲୋକରେ । ବୋଧହୁଏ ଅନେକଦିନ ହେଲା ଆକାଶକୁ ଚାହିଁନଥିଲି । ବିଭୋର ହେବାର ମୁହୂର୍ତ୍ତ ।

ଏହିପରି ଜହ୍ନରାତିକୁ ଭେଟିଥିଲି ଆଦିବାସୀ ଗାଆଁରେ। ସେଇକଥା ବଖାଣିଲେ ଆପଣ କହିବେ, ପତ୍ନୀଙ୍କ ଦେହାନ୍ତ ପରେ ମୋର ବାଚାଳତା ଆରମ୍ଭ ହୋଇଚି । ତାହା ବି ହୋଇପାରେ । ଶବ୍ଦକୁ ଚିହ୍ନିଥିବା ହେତୁ ମୁଁ ସାମାନ୍ୟ ଭାବପ୍ରବଣ । ମାନୁଚି, ଜହ୍ନରାତି ଦେଖିଲେ ଓଦାଓଦା ହୋଇଯାଏ ମୋ' ଭିତରେ । ପହିଲି ଆଷାଢ଼ର ବର୍ଷାଟୋପା ଛୁଇଁଯିବା ପରି।

ଚାକିରି ଆରମ୍ଭର ଦିନ ।

ବାହାହେଇ ନଥିଲି । ପୋଷ୍ଟିଂ ହୋଇଗଲା ଆଦିବାସୀ ଅଂଚଳରେ । ଫିଲ୍‌ଡ୍ ଅଫିସର୍ । ଜିପ୍ ଧରି ଜଙ୍ଗଲଭିତରେ ବୁଲିବା ସ୍ୱାଭାବିକ କଥା । କୁରେଇଫୁଲର ମହକ । କାଙ୍କଡଫୁଲର ଆକର୍ଷଣ। ମାଟି ଉପରେ ସ୍ୱପ୍ନ ଦେଖୁଥିବା ଦଳଦଳ ପ୍ରଜାପତି । ଝରଣାରେ ରଙ୍ଗବେରଙ୍ଗ ମାଛ । ଚାଳଛପରରେ ଆଲିଙ୍ଗନ ମୁଦ୍ରାରେ କଖାରୁଲଟା ।

ଅଗଣାରେ ରଂଗଣୀ ଫୁଲ । ମକା କିଆରି ।

ଆକାଶକୁ ଛୁଇଁପାରୁନଥିବା ଉଦ୍ଧତ ଶାଳଗଛ । ଫୁଟିଚି ଧଳା ରଙ୍ଗର ବିସ୍ମୟ ଫୁଲ, ଦିଶୁଚି ମେଘଖଣ୍ଡ ପରି । ତାହାରି ମୂଳରେ ଠିଆହୋଇଥିଲା ସେ । ବୟସ କେତେ ହେବ? ବାଇଶି କି ତେଇଶି। ଭରପୂର ଯୌବନ । ପତଳା ଓଠ । ଗଢ଼ିହେଲାପରି ଦେହର ଗଢ଼ଣ । ଉଡୁଥିଲା ଶାଢ଼ି, ଧୀର ପବନରେ ।

ସବୁ ଦିଶୁଥିଲା ସ୍ୱଚ୍ଛ, ପରିଷ୍କାର । ବିମଳ ଜହ୍ନରାତିରେ । ଆଖି ନୁଆଁଇଦେଲା ସେ ଅଳସ ଭଂଗୀରେ । ନଖରେ ଟାଣୁଥିଲା ଗାର, ଶାଳଗଛ ଗଣ୍ଡିରେ ।

ତାକୁ ଦେଖୁଥିଲି ବ୍ୟାଙ୍କ୍‌ରେ। କୃଷିଋଣ ନେବାପାଇଁ ଠିଆହୋଇଥିଲା କାକୁସ୍ଥ ହୋଇ । ଗହଳି ଭିତରେ । ସେଠି କିଛି ଘଟିନଥିଲା ।

ମୋ' ହାତ ଧରିଲା ସେ ।

ଦୂରରେ, ଅନେକ ଦୂରରେ, ଠିଆହୋଇଥିଲା ଡ୍ରାଇଭର୍ ।

ମୋ' ପାଖକୁ ଆସୁଥିଲା, ତୂଳୀରେ ଆଙ୍କିହେଲାପରି ଗୋଟେ ମୁହଁ । ସୁରଭିତ ମୁହୂର୍ତ୍ତ। ଜହ୍ନଆଲୁଅରେ ଅଧିକ ସୁନ୍ଦର ଦିଶିଥିଲା ତା' ଶାଢ଼ିର ପଣତ । ପାଦ।

ଚାପାସ୍ୱରରେ କହିଲା, 'ଋଣ ମିଳିଲେ ସ୍ୱାମୀକୁ ନେଇ ଡାକ୍ତର ପାଖକୁ ଯିବି । ମାସେ ହେଲା ସେ ଘରେ । କି ଜର ହୋଇଚି, ମୋତେ ଛାଡୁନି ।'

ଅଜଣା ଚଢ଼େଇଟି ଉଡ଼ିଗଲା ଶାଳଗଛ ଡାଳରୁ।

ପରବର୍ତ୍ତୀ କେତେଦିନ ଭାବିଥିଲି ସେହି ସ୍ତ୍ରୀଲୋକର କଥା ।

ସୁଚିତ୍ରା ଚାଲିଯିବାପରେ ସେହି ମୁହଁ ମୋତେ ବ୍ୟତିବ୍ୟସ୍ତ କରୁଚି । ରାତିର ନିସ୍ତବ୍‌ଧ ଅନ୍ଧାର ଭିତରେ ଫୁଲରେ ଲଦିହୋଇଥିବା ଚମ୍ପାଗଛ ପାଲଟିଯାଉଚି, ଗୋଟେ ଡେଙ୍ଗା ଶାଳଗଛ । ତାକୁ ଆଉଜିରହୁଚି ସେହି ସ୍ତ୍ରୀଲୋକଟି । ପାହାନ୍ତା ପହରଯାଏ ।

କାହାକୁ କହିବି ଏକଥା ?

ଆପଣଙ୍କ ସହ କଥାହୋଇ ମୁଁ ପହଂଚିଗଲିଣି କାଠଯୋଡ଼ି କୂଳରେ । ଏଇଠି ମୋତେ ମୋ' କଥା ସାରିବାକୁହେବ । ନହେଲେ, ଆପଣ କହିବେ, ଗୋଟେ ଅଶରୀରି ନାରୀର ଗପ ଶୁଣାଉଥିଲି ଏତେ ସମୟ ଧରି । ଏହା ସତ ହୋଇପାରେ । ନିରୁପାୟ, ଆଶ୍ରୟହୀନ ମଣିଷଟି ଆଉ କ'ଣ କହିପାରିବ! ହଜିଯାଉଥିବା ସମୟ, ଲିଭିଯାଉଥିବା ଜୀବନ, ପୋଛିହୋଇଯିବା ପ୍ରେମକୁ ନେଇ ଅନେକ ସ୍ୱପ୍ନ ଓ ଆଶାର ମୁଗ୍‌ଧ ଅନୁଭବ ମୋ' ଭିତରେ ଅଛି । ଏହା ଆପଣଙ୍କ ପାଇଁ ଅବାନ୍ତର ।

ରିଂ ବନ୍ଧ କଡ଼ରେ ସିମେଣ୍ଟ୍ ବେଂଚ୍ । ତାହାରି କଡ଼ରେ କୃଷ୍ଣଚୂଡ଼ା ଗଛ । ଲାଲ୍ ରଙ୍ଗର ଫୁଲ ରାସ୍ତାରେ । ପବନରେ ଝଡ଼ିପଡ଼ିଚି । ନଈ ଭିତରେ ଶୁଖିଲା ନଈବାଲି । ସରୁ ପାଣିଧାର । ଜ୍ୟୋସ୍ନାରେ ଝଲ୍‌ମଲ ଦିଶୁଚି ପାଣି । ନକ୍ଷତ୍ରଶୋଭିତ ଆକାଶ ପରି । ବାସ୍ତବିକ ବିସ୍ମୟଭରା ଏକ ଦୃଶ୍ୟ । ଆପଣ ଦେଖିଲେ ବି ଆଶ୍ଚର୍ଯ୍ୟ ହୋଇଯିବେ । ଦୂରରୁ, ଅନେକ ଦୂରରୁ, ଚିହ୍ନିପାରିଲି ଜଣେ ଲୋକଙ୍କୁ । ଯିଏ ଏଇ ଅଭାବିତ ଦୃଶ୍ୟର ସୂତ୍ରଧର । କ'ଣ କରୁଛନ୍ତି ସେ? ଶୁଖିଲା ନଈ ଭିତରେ କ'ଣ ଖୋଜୁଛନ୍ତି? ସମୟ, ଜୀବନ ନା ପ୍ରେମ ।

ଏହି ପ୍ରଶ୍ନଟି ବ୍ୟତିରେକେ ଆଉ କେଉଁ ପ୍ରଶ୍ନ ଅଛି, ତାହା ଜାଣେ ନାହିଁ । ମାତ୍ର ମୋତେ ଭାରି ହସଲାଗିଲା, କିମ୍ୱା କାନ୍ଦ । ଅବସର ନେବା ପରେ ପ୍ରତ୍ୟେକ ମଣିଷ ବଂଚିରହିବାପାଇଁ ଆଉଥରେ ଅଭୂତପୂର୍ବ ଆବେଗରେ ନିଜ ସହ ଅନ୍ତରଙ୍ଗ ହୋଇପଡ଼େ, ତାହା ମୋତେ ବୁଝାଇବା ପାଇଁ ଆଉକାହାର ଆବଶ୍ୟକତା ହେବ ନାହିଁ, ଜାଣିପାରିଲି ।

■

୧

ଦ୍ରଷ୍ଟା

ଏତେ କୌତୂହଳ ଦେଖାଇବା ଉଚିତ ନଥିଲା । ହାଇଦ୍ରାବାଦ ଯିବାପାଇଁ ଏୟାରପୋର୍ଟ୍ ଲାଉଂଜ୍‌ରେ ଅପେକ୍ଷା କରିଥିବାବେଳେ ଭେଟହେଲା ସଞ୍ଜୟ । ସେହି ସମୟରେ ଟିକେ ଅନ୍ୟମନସ୍କ ହେବାର ଅଭିନୟ କରିଥିଲେ, ତାହା ସେ ଜାଣିପାରିନଥାନ୍ତା । ମୋ' କଡ଼ରେ ବସିଥିବା ବୟସ୍କା ମହିଳାଙ୍କ ମୁହଁ ଉପରେ ସାମାନ୍ୟ ନଜର ବୁଲାଇ ଆଣିପାରିଥାନ୍ତି । ନହେଲେ, ହାତରେ ଧରିଥିବା ଖବରକାଗଜର ପୃଷ୍ଠା ଖୋଲି ଗୁରୁତ୍ୱହୀନ ସମ୍ବାଦଗୁଡ଼ିକୁ ଆଉଥରେ ପଢ଼ିଥାନ୍ତି । ହେଲେ, ତାହା କରିବାପାଇଁ ଆଗ୍ରହ ପ୍ରକାଶ କଲିନାହିଁ ।

ସଞ୍ଜୟ ସହିତ ମୋର ଅନେକଦିନରୁ ପରିଚୟ । ପଚାରିଲି, 'କୁଆଡ଼େ ଯାଉଚୁ ?'

ଅଳ୍ପ ହସିଲା । ସେଇଥିରୁ ବୁଝିପାରିଲି, ସେ ଖୁବ୍ ଖୁସି । କୋଳାହଳ ବ୍ୟସ୍ତତା ଭିତରେ ଗୋଟେ ଅଭିଭୂତ ଭାବ ତାକୁ ଯେମିତି କବଳିତ କରିନେଇଛି । ଟିକେ ପଛକୁ ଚାହିଁ ଉତ୍ତର ଦେଲା, 'ସୁନନ୍ଦା ସହିତ ଦିଲ୍ଲୀ ଯାଉଚି । ସେଠି ସେ ସମ୍ବର୍ଦ୍ଧିତ ହେବ । ଆମେ ସେଠି ଚାରିପାଂଚଦିନ ରହିବୁ । ରହିବାପାଇଁ ଓଡ଼ିଶା ଭବନରେ ବନ୍ଦୋବସ୍ତ କରାଯାଇଚି ।'

କଥାଟି ଏମିତି ବାଗରେ କହିଲା, ଯେମିତି ଦିଲ୍ଲୀରେ ସେ ଦୁହିଁଙ୍କୁ କେହି ଜଣେ ସ୍ୱାଗତ କରିବାପାଇଁ ଅପେକ୍ଷା କରି ରହିଛି,

ଏୟାରପୋର୍ଟରେ ପହଂଚିବାକ୍ଷଣି ସେମାନଙ୍କ ହାତରେ ଧରାଇଦେବ ଫୁଲତୋଡ଼ା । ଏବଂ ଗାଡ଼ିରେ ବସାଇ, ନେଇ ଓଡ଼ିଶା ଭବନରେ ପହଂଚାଇଦେବ । କେଉଁଠି ବି ଅସୁବିଧାର ଧୂଳି ଟିକେ ପବନରେ ଉଡିଆସିବ ନାହିଁ ।

ସଞ୍ଜୟ ପାଖରେ ଆସି ଠିଆହେଲା ସୁନନ୍ଦା ।

ଆଉ ବୋଧେ କିଛି କହିଥାନ୍ତା ସଞ୍ଜୟ । ଆଉ ମୁଁ ଶୁଣିଥାନ୍ତି ନୀରବରେ ଧୈର୍ଯ୍ୟର ସହିତ । ସବୁଥର ପରି ।

ତାହା ହେଲା ନାହିଁ । ଲାଉଂଜ୍‌ରେ ଅପେକ୍ଷା କରିବାପାଇଁ ସେମାନଙ୍କ ପାଖରେ ସମୟ ନଥିଲା । ଦୁହେଁ ଆଗେଇଗଲେ ଧାଡ଼ିବାନ୍ଧିଥିବା ଲୋକମାନଙ୍କ ଆଡ଼କୁ । କିଛି ସମୟପରେ ଦୁହେଁ ଅସ୍ପଷ୍ଟ ଦିଶିଲେ କାଚ ଡୋର୍‌ର ଆରପାଖରେ ।

ଆପଣ ଭାବୁଥିବେ, ଗୋଟେ ଚିତ୍ର ମୁଁ ଆଙ୍କିବାକୁ ଯାଉଚି । ଏଇ ଯେମିତି, ସମୟ କାଚ ଡୋର୍‌ର ଆରପଟେ ଚିତ୍ରଟିଏ ଆଙ୍କିଦେଲା, ବିନା ତୂଳୀରେ । ନା, ସେମିତି ମୁଁ କହିପାରିବି ନାହିଁ । ଗପଟିଏ କହିବି । ସଞ୍ଜୟ ରାଉତ୍ ଯେଉଁ କଥା କହିପାରିନାହିଁ, ଅଥବା କହିବାପାଇଁ ତା' ଭିତରେ ସାହସ ନାହିଁ, ଆପଣ ଶୁଣିବେ ।

ସଞ୍ଜୟର ଘର ବଡ଼ପଡ଼ା ଗାଆଁରେ । ଆମ ଗାଆଁଠାରୁ ପାଂଚକିଲୋମିଟର ଦୂର । ସେଠି ସେ ମାଇନର୍‌ଯାଏ ପଢ଼ିଲା । ହାଇସ୍କୁଲ୍ ତାଙ୍କ ଗାଆଁରେ ନାହିଁ । ତେଣୁ ସେ ଆମ ଗାଆଁକୁ ଆସି ନାଆଁ ଲେଖାଇଲା ହାଇସ୍କୁଲରେ । ପ୍ରତିଦିନ ଚାଲି ଚାଲି ଆସେ ଆଉ ଫେରେ । ପାଦରେ ଚପଲ ନଥାଏ । ସ୍କୁଲ୍‌ରେ ପହଂଚିବାବେଳକୁ ଧୂଳିଧୂସରିତ ଦିଶେ ପାଦ । କେବେକେମିତି ଆଙ୍ଗୁଠିରୁ ରକ୍ତ ଚିହ୍ନ ସ୍ପଷ୍ଟ ବାରିହୋଇପଡ଼େ । ସେ ଖାତିର କରେନି କଷ୍ଟ ଆଉ ସଂଘର୍ଷକୁ । ହେଲେ, ପ୍ରତିବନ୍ଧକ ଆସେ ଅଭାବ ହେତୁ ।

ତିନିମାଣ ଜମି । ଯାହା ଜମିରୁ ଆସେ, ତାହା ଯଥେଷ୍ଟ ନୁହେଁ ସେମାନଙ୍କ ପରିବାରର ଗୁଜୁରାଣ ମେଣ୍ଟାଇବା ପାଇଁ । ତା' ବାପା ମଝିରେମଝିରେ ମଜୁରି ଲାଗନ୍ତି ଅନ୍ୟଲୋକଙ୍କ ଘରେ । ବେଳେବେଳେ ଚୁଲି ଜଳିନଥାଏ ତାଙ୍କ ଘରେ । ନଖାଇ ଚାଲିଆସେ ସ୍କୁଲ୍ । ଭୋକର ମାନଚିତ୍ର ଯେତେ ଅସ୍ପଷ୍ଟ ହେଲେ ବି ସ୍ପଷ୍ଟ ହୋଇ ଦିଶେ ତା' ମୁହଁରେ । ମୋ' ଜେଜେମା' ବୋଧେ ଏକଥା ଦେଖିପାରେ । ତା' ପାଇଁ ବଢ଼ାହୁଏ ଆମ ହାଣ୍ଡିରେ ଥିବା ଅବଶିଷ୍ଟ ଭାତ, ତରକାରି ଓ ଡାଲି । ସେ ମୁଣ୍ଡପାତି ଅତି ଆନନ୍ଦରେ ଖାଇବସେ ।

ପଦଟିଏ କଥାହୁଏ ନାହିଁ ସେ । ମନେହୁଏ, ଯେମିତି ସେ ସାତରଂଗର ସୂର୍ଯ୍ୟୋଦୟର ଆକାଶ ଦେଖୁଚି । ସନ୍ତୁଷ୍ଟିର ରଂଗରେ ତା' ମୁହଁ ଝଲସିଉଠୁଛି ଧୀର ଧୀରେ । କେଉଁଠି ବି ଅଭାବ ନାହିଁ, ଦୁଃଖ ନାହିଁ ଏବଂ ଭୋକ ବି ନାହିଁ ।

ମୋତେ ଭାରି ଭଲଲାଗେ ସେହି ସମୟ । ଏତେ ଜୀବନ୍ତ, ଏତେ ଅଭିଭୂତ । ବୋଧେ ଏମିତି ସମୟ ନଥିଲେ ଜୀବନ ଅଛି ବୋଲି ବୁଝିପାରି ନଥାନ୍ତି ।

ବେଳେବେଳେ ପାଚିଲା ଆମ୍ବ ନେଇଆସେ ସଞ୍ଜୟ । ସୁନ୍ଦରୀଆମ୍ବ ବୋଲି କହେ ସେ । ତାଙ୍କ ବାଡ଼ିରେ କେଉଁଦିନରୁ ସେହି ଗଛ ଅଛି । ଝଙ୍କାଳିଆ ହୋଇ । ବାତ୍ୟାରେ ଦି'ତିନୋଟି ଡାଳ ଭାଂଗିଯାଇଥିଲେ ବି ମୂଳ ଦୋହଲିଯାଇନାହିଁ । କେଉଁ ଗଛରେ ବଉଳ ନ ଆସିଲେ ବି ପ୍ରତିବର୍ଷ ସେହି ଗଛରେ ବଉଳ ହେବ । ଆମ୍ବକଷି ଓହଳିପଡ଼ିବ ସମସ୍ତ ସମ୍ଭାବନାର ମେଘ ଆଣି । ଫଗୁଣ ଆସିଲେ ଜେଜେମା' ତାକୁ ସୁନ୍ଦରୀଆମ୍ବ କଥା ମନେପକେଇଦେବ । ବଉଳ ଆସିଚି କି ନାହିଁ, ଆମ୍ବକଷି କେତେ ଧରିଛି, ଏମିତି କଥା ପଚାରି ଗୋଟେ ବାସ୍ନାମୟ ପୃଥିବୀର ଠିକଣା ସେ ବୁଝିବ ।

ସେବର୍ଷ ଅସ୍ୱାଭାବିକ ଘଟଣା ଘଟିଲା । ମାଟ୍ରିକ୍ ପରୀକ୍ଷା ନିକଟ ହୋଇଆସୁଥାଏ । ଆମ୍ବବଉଳର ମହକ ଚାରିଆଡ଼େ । ଅଥଚ ଆମର ଅସ୍ୱସ୍ତିର ଦିନ । ଭୟ ଅତର୍କ୍କର ଦିନ । ସମସ୍ତେ ଚୁପ୍‌ଚାପ୍ । ବୋଝ ଓହ୍ଲେଇଦେବାପାଇଁ ସମସ୍ତେ ତରତର । ହେଡ୍‌ସାର୍‌ଙ୍କ ତାଗିଦ୍, ପରୀକ୍ଷାରେ ଭଲ କରିବା ପାଇଁ । ସଞ୍ଜୟ କାହା ସହିତ କଥା ହେଉ ନଥାଏ । ଆମ ଘରକୁ ବି ଆସିବାପାଇଁ ଯେମିତି ସମୟ ପାଇଲାନାହିଁ । ଗୋଟେ ସୁନ୍ଦର ଭବିଷ୍ୟତ ଗଢ଼ିବା ପ୍ରକ୍ରିୟାରେ ସେ ଧ୍ୟାନମଗ୍ନ ଯେମିତି ।

ବେଳେବେଳେ ଜେଜେମା' ପଚାରେ, 'କେମିତି ଅଛି ସଞ୍ଜୟ ? କ'ଣ, ସ୍କୁଲକୁ ସେ ଆସୁନାହିଁ ? କହିବୁ, ଟିକେ ଆମ ଘରଆଡ଼େ ଆସିବ ।'

ଏକଥା ପଚାରିବା ପଛରେ ତା' ମନ ଭିତରେ ଥିବା ପ୍ରଚ୍ଛନ୍ନ ଇଚ୍ଛାକୁ ବୁଝିବାପାଇଁ ଅସହଜ ହୁଏ ନାହିଁ । ବରଂ ସେ କ'ଣ କହିବ, ସେକଥା ନ ଭାବି କିଛି ଉତ୍ତରଦେବା ସମ୍ଭବପର ନୁହେଁ ।

ମାଟିକାନ୍ଥର ସ୍ଥିତି ବଦଳିବ । ଇଟା ସିମେଣ୍ଟ୍‌ର କାନ୍ଥ ଠିଆହେବ ମାଟି ତଳୁ । ଲୁହାଛଡ଼ରେ ଛନ୍ଦିହୋଇ ଛାତ ପଡ଼ିବ । ପତ୍ରର ରଂଗ ପରି ନୀଳ ଦିଶିବ କାନ୍ଥ । ବାତ୍ୟା ନା ବର୍ଷା, କେହି ବି ଭିଜେଇପାରିବେ ନାହିଁ ସେହି ଘର । ଅଭାବଅନଟନ ଦୋହଲାଇଦେବାର ଶକ୍ତି ହରାଇବସିବେ ସେହି ଘରର ପ୍ରାଚୁର୍ଯ୍ୟକୁ ମୁହାଁମୁହିଁ ହେଲାବେଳେ ।

ମାଟ୍ରିକ୍ ପରୀକ୍ଷା ପରେ ସଞ୍ଜୟକୁ ଭେଟିବାବେଳେ ଏହି ଅଭିବ୍ୟକ୍ତିର ଭାଷା ସ୍ପଷ୍ଟ ହୋଇ ଦିଶିଥିଲା ତା' କଥାବାର୍ତ୍ତାରେ । ପ୍ରଥମ ଶ୍ରେଣୀ ପାଇନଥିଲା, ବରଂ ବୋର୍ଡ଼ପରୀକ୍ଷାରେ ଟପ୍ପର ହୋଇଥିଲା ସେ ।

ନାଆଁ ଲେଖାଇଲା ସେ ରେଭେନ୍‌ସା ମହାବିଦ୍ୟାଳୟରେ । ମୁଁ ଗାଆଁ ପାଖ କଲେଜ୍‌ରେ ପଢ଼ିଲି । ସାଇକେଲ୍‌ରେ ଆସି ପୁଣି ଫେରେ ଗାଆଁକୁ ପ୍ରତିଦିନ । ମାତ୍ର ସଞ୍ଜୟ ରହିଗଲା କଟକରେ । ଇଷ୍ଟ୍ ହଷ୍ଟେଲରେ । ଗାଆଁକୁ ଆସିଲା ନାହିଁ ।

ଜେଜେମା' ବି ତାକୁ ଭେଟିପାରିଲା ନାହିଁ । ବୋଧେ ଭେଟିଥିଲେ ପଚାରିଥାନ୍ତା, ସୁନ୍ଦରୀଆମ୍ବ କଥା ।

ଗୋଟେ ସ୍ୱପ୍ନର କଥା ନୁହେଁ, ବରଂ ଗୋଟେ ଜୀବନର କଥା ।

ଜୀବନ ଜିଇବାର ଅଭୀପ୍ସା ।

ଜେଜେମା' ଚାଲିଗଲା । ରାତିଅଧରେ । ଆମେ ସମସ୍ତେ ନିଦରେ ଶୋଇପଡ଼ିଥିଲୁ । କ'ଣ ଗୋଟେ ଶବ୍ଦ ହେଲା । କେହି ଜଣେ କବାଟ ଖୋଲି ଚାଲିଯିବାର କାନ୍ଦ ଶୁଣାଗଲା । ବାପା ନିଦରୁ ଉଠି ଦେଖିଲାବେଳକୁ ଜେଜେମା'ର ନିଶ୍ୱାସ ବନ୍ଦ୍ ।

ଅବଶ୍ୟ କିଛିଦିନ ଧରି ସେ ଅସୁସ୍ଥ ଥିଲା । ବାଉଳିଚାଉଳି ହେଉଥିଲା । ଖାଇବାପିଇବା ଛାଡ଼ିଦେଇଥିଲା ।

ଜେଜେମା' ଚାଲିଯିବା ପରେ ବାପା ଅନ୍ୟମନସ୍କ ହୋଇପଡ଼ିଲେ । ମୋ' ପାଇଁ ଅଧିକ ଚିନ୍ତିତ ହେବାପରି ବୋଧହେଲେ । ଗ୍ରାଜ୍ୟୁଏସନ୍ ପରେ କ'ଣ କରିବି, ତାହା ବୋଧେ ସେ ଭାବୁଥିଲେ ।

ଚାରିବର୍ଷ ବିତିଗଲା କଲେଜ୍‌ରେ । ପୋଷ୍ଟଗ୍ରାଜୁଏସନ୍ କରିବାପାଇଁ ଆସିଲି କଟକ । ରେଭେନ୍ସାରେ ନାଆଁ ଲେଖାଇଲି । ଅର୍ଥନୀତି ଡିପାର୍ଟମେଣ୍ଟ୍‌ରେ ବୁଲିଲାବେଳେ ଭେଟହେଲା ସଞ୍ଜୟ ସହିତ । ସେ ଇଂରାଜିରେ ଏମ୍.ଏ. କରିବାପାଇଁ ଆଡ୍‌ମିସନ୍ ନେଇସାରିଚି ବୋଲି କଥାଛଳରେ ସୂଚେଇଦେଲା ।

ଖୁସି ହେବା ହିଁ ସ୍ୱାଭାବିକ । ମାତ୍ର ମୁଁ ଜାଣିପାରିଲି, ମୋତେ ଭେଟି ସେତେ ଖୁସି ନୁହେଁ ସଞ୍ଜୟ । କେଉଁଠି ନା କେଉଁଠି ତା' ଭିତରେ ଥିବା ଦୁଃଖଟି ତାକୁ କବଳିତ କରିବସିଚି । ବୋଧେ ସେ ମୋତେ ପ୍ରତିଦ୍ୱନ୍ଦ୍ୱୀ ବୋଲି ଭାବୁଚି । ନହେଲେ, ଆମ ଘରର ପ୍ରାଚୁର୍ଯ୍ୟ ହେତୁ ସେ ଶ୍ରୀହୀନ ଦିଶୁଚି । ଅଚିହ୍ନା ଲୋକଟି ପରି ସେ ଚାଲିଗଲା ।

ମୁଁ ହସିବି କି କାନ୍ଦିବି, ତାହା ଜାଣିପାରିଲି ନାହିଁ । ମାତ୍ର ଏତିକି ଜାଣିଲି, ସଞ୍ଜୟ ନିଜ ଭିତରେ ନିଜେ ସାମାନ୍ୟ ଦୋହଲିଯାଇଚି । ଚାଳ ଘର । ଛପର ଉପରେ କଖାରୁଡଙ୍କ । ମାଟିରୁ ବାଉଁଶବତାକୁ ଆଶ୍ରାକରି ଉଠିଯାଇଥିବା ଲାଉଲଟାରେ ଫୁଲ । ମାଟିକାନ୍ଥରେ ଝୋଟିଚିତା । ପରିଷ୍କାର ଓ ପରିଚ୍ଛନ୍ନ ସ୍ୱପ୍ନ । ଶାଗ କିଆରି । ମାଟିକୁ ଓହଳିଲା ପରି ପାଚିଲା ଅମୃତଭଣ୍ଡା । ଏସବୁ ସତ୍ତ୍ୱେ ଭବିଷ୍ୟତ ଦିଶୁଚି ମଳିନ ।

ସଞ୍ଜୟ ଭିତରେ ଭରିରହିଛି ଅଦ୍‌ଭୁତ ବିସ୍ମୟ, ଦୁଃଖ ।

ତାହା ବୋଧେ ମୁଁ ବୁଝିପାରିଲି ନାହିଁ ।

ଏକଥା କ'ଣ ତାକୁ ପଚାରିପାରିବି ?

ସେ ଚାଲିଯିବା ପରେ ଜାଣିପାରିଲି, ପୃଥିବୀରେ ଏମିତି ବି କିଛି କଥା ଅଛି, ଯାହା ଅଭେଦ୍ୟ । ଯେତେ ଚେଷ୍ଟାକଲେ ବି ତାହା ବୁଝିବା ସହଜ ନୁହେଁ ।

ଆଉଥରେ ଭେଟ ହୋଇଥିଲା ସଞ୍ଜୟ ।

ମୋତେ ଯାହା କହିଲା, ତାହା ବିଶ୍ୱାସ କରିବି କି ନାହିଁ ଭାବି ତାକୁ ଚାହିଁଲି ।

ସେ ଆଉଥରେ ଫିସ୍‌ଫିସ୍ କରି କହିଲା, 'ସୁନନ୍ଦାକୁ ମୁଁ ବିବାହ କରୁଚି । ଜୁଲାଇ ପନ୍ଦର ତାରିଖରେ । ଝିପିଝିପି ବର୍ଷାରେ ।'

କଥାଟିକୁ ଏମିତି ଢଙ୍ଗରେ ସେ କହିଲା, ଯେମିତି ସେ ଗୀତ ଗାଉଚି ।

ଦେବଦାରୁଗଛ ଗହଳି ଭିତରେ କେମିତି ଗୋଟେ ଅବିଶ୍ୱାସ ଭାବ ଖେଳେଇହୋଇଗଲା । ପବନ ତା' ଭିତରେ ରୁନ୍ଧିହୋଇଯିବା ମନେହେଲା । ସୁନନ୍ଦା ଭଲ କବିତା ଲେଖେ । ଆବୃତି ବି କରେ କବିତା- ପାଠୋତ୍ସବରେ । ଜଣେ ଅଧ୍ୟାପକ ତା' ପ୍ରେମରେ ପାଗଳ ହୋଇଯିବାର କଥାଟି ବେଶ୍ ଆଲୋଚିତ ହେବାର ପ୍ରମାଣ ଅଛି । ଅଥଚ ତାକୁ କିପରି ସେ ବିବାହ କରୁଚି ?

ସଞ୍ଜ ହୋଇଆସୁଥିଲା । ଚଢ଼େଇଟିଏ ଉଡ଼ିଆସି ଦେବଦାରୁ ଡାଳରେ ବସିଲା । ସଞ୍ଜୟ ଅତି ଧୀରେ ଛୁଇଁଲା ପରି କହିଲା, 'ମୋର ଘର ନାହିଁ । ସୁନନ୍ଦାର ବାପା ପ୍ରତିଶ୍ରୁତି ଦେଇଛନ୍ତି, ଭୁବନେଶ୍ୱରରେ ଆମ ପାଇଁ ଘରଟିଏ ତୋଳିଦେବେ । ସେ ଜଣେ ଭଲ ଲୋକ ।'

ଏତେ କୃତଜ୍ଞ ବୋଧହୁଏ ସଞ୍ଜୟ ହୋଇନଥିବ କାହା ପାଖରେ । ସତେ ଯେପରି ସେ ଅଭାବଅନଟନରୁ ମୁକ୍ତିପାଇଗଲା ।

ଧୀରସ୍ଥିର ହୋଇ ତା' ମୁହଁକୁ ଚାହିଁରହିଲି । ଆଉ କ'ଣ କହିବ ସେ ? ହଠାତ୍ ତା' ସ୍ୱର ପୋତିହୋଇଗଲା ଗୋଟେ ବ୍ୟାକୁଳତାରେ । ସେ ନିଜକୁ ଆଦୌ ନିୟନ୍ତ୍ରଣ କରିପାରିଲା ନାହିଁ । କହିଲା, 'ତୋର ଅନେକ ଅଭିଯୋଗର ଫର୍ଦ୍ଦ ମୋ' ବିରୋଧରେ ଥିବ । ରହିବା ବି ଉଚିତ । ଘର ନଥିବା ଲୋକଟିର କି ପ୍ରକାର ମାନସିକତା ଥାଏ, ତାହା ତୁ ବୁଝିପାରିବୁ ନାହିଁ । ଅନେକ ଭାବିଚିନ୍ତି ମୁଁ ଏଇ ପ୍ରସ୍ତାବରେ ସମ୍ମତି ଦେଇଚି । ଏତିକି ବୁଝ୍, ସୁନନ୍ଦା ମୋ' ପତ୍ନୀ ହେବାକୁ ଯାଉଚି ।'

କଥାଟିକୁ ଏମିତି ଢଂଗରେ ଶେଷକରି ମୋ'ଠାରୁ ବିଦାୟନେଲା ସଞ୍ଜୟ ।

ଫୁଲଗୁଡିକ ନଇଁପଡ଼ିଲେ ତାକୁ ସମବେଦନା ଜଣାଇବାପାଇଁ ଯେମିତି । ହାଲୁକା ନିଅନ୍ ଆଲୋକରେ ରେଭେନ୍ସା ମହାବିଦ୍ୟାଳୟର ପରିସର ମୋତେ ଦିଶିଲା ବେଶ୍ ଅଦ୍‌ଭୁତ ।

ସଞ୍ଜୟର ବିବାହଦିନ ମୋର ଚାକିରି ପାଇଁ ଇଣ୍ଟରଭ୍ୟୁ । ଯାଇପାରିଲି ନାହିଁ । ଖବର ପାଇଥିଲି, ଅତି ଜାକଜମକରେ ତାହାର ବାହାଘର ସମ୍ପନ୍ନ ହୋଇଥିଲା ସୁନନ୍ଦା ସହିତ । ଭୋଜିର ପ୍ରଶଂସା ବି ଶୁଣିଥିଲି ।

ସମ୍ଭବତଃ ଅତିକ୍ରମ କରିଥିଲା ଅଭାବଅନଟନର ବଢ଼ିଲା ନଈ । ଏବେ ସଳଖି ଠିଆହେବ ସଞ୍ଜୟ । ଜୀବନର ସମସ୍ତ ଆବଶ୍ୟକତା ଓ ଦାବିକୁ ହାସଲ କରିବାର ସାମର୍ଥ୍ୟ ତା' ପାଖରେ ଅଛି, ତାହା ସେ ପ୍ରମାଣିତ କରିପାରିବ ।

କିଛିଦିନ ପରେ ବ୍ୟାଙ୍କ୍‌ରେ ମୋ' ଚାକିରି । ଓଡ଼ିଶା ବାହାରକୁ ଚାଲିଗଲି । ଆଉ ଭେଟ ହେଲା ନାହିଁ ସଞ୍ଜୟ ସଙ୍ଗରେ । ମାତ୍ର ମୋ' ସହ ସେ ସଂପର୍କ ରଖିଥିଲା । କଥା ହେଲା । ଚିଠି ଦେଲା ବେଳେବେଳେ ।

ସେ ଅଧ୍ୟାପନା କଲା ବିଜେବି କଲେଜରେ । ଚେଷ୍ଟା କରିଥିଲେ ପ୍ରଶାସନିକ ଚାକିରି ସେ ପାଇଥାନ୍ତା । ତାହା ସେ କଲା ନାହିଁ, ବରଂ ସୁନନ୍ଦାକୁ ସହଯୋଗ କଲା । ପତ୍ରପତ୍ରିକାରେ ତା' କବିତାକୁ ନେଇ ପ୍ରକାଶିତ କରାଇଲା । ଏବଂ ବହି ବି ପ୍ରକାଶ କଲା ।

ବେଳେବେଳେ ମୋତେ ଆମନ୍ତ୍ରଣ କରେ ବହିର ଉନ୍ମୋଚନ ଉତ୍ସବରେ ଅତିଥି ହେବାପାଇଁ । ଏତେ ଦୂରରୁ ଯାଇ ଓଡ଼ିଶାରେ କୌଣସି ସାହିତ୍ୟସଭାରେ ଯୋଗଦେବା ମୋ' ପାଇଁ ସମ୍ଭବ ନୁହେଁ ବୋଲି କହେ । ଓଡ଼ିଶାରେ ରହିଲେ ଏକଥା କରିହେବ, ବୁଝାଇବା ପାଇଁ ଥିଲା ଯଥେଷ୍ଟ ।

ଧୀରେଧୀରେ ପାପୁଲି ଭିତରର ମୁଠାଏ ବାସ୍‌ନା ଫିଟିପଡ଼ିଲା ଚାରିଆଡ଼େ । ଅଦ୍‌ଭୁତ ସର୍ଜନାର ବାସ୍‌ନା ଏତେ ମହକିତ କରିପାରେ, ତାହା ଜାଣି ସେ ପୁଲକିତ ହୋଇଉଠୁଥିଲା । ସଭାସମିତି, କବିତା-ପାଠୋତ୍ସବରେ ସବୁବେଳେ ଥାଏ ସେ ସୁନନ୍ଦା ସାଥିରେ ।

ଘର ଭିତରେ ବି ସେଇ ଅଦ୍‌ଭୁତ ବାସ୍‌ନା । ବହିଥାକ । କାଗଜ ଫର୍ଦ୍ଦ । ଧୀରେ ଧୀରେ ଟେବୁଲ୍ ଉପରୁ ଡେଇଁପଡ଼ିଲା । ବାହାରକୁ ସେହି ବାସ୍‌ନା। ଏବେ ସୁନନ୍ଦା ଆଗରେ। ସଞ୍ଜୟ ରହିଗଲା, କାହିଁ କେତେ ପଛରେ ।

ମାନପତ୍ରର ସଂଖ୍ୟା ଯେତିକି ବଢ଼ିଲା ସେଇ ଘର ଭିତରେ, ସଞ୍ଜୟଠାରୁ ଦୂରତା ସେତିକି ଦୀର୍ଘହେଲା ସୁନନ୍ଦାର । ସେ ଆଉ ଆବଶ୍ୟକ କଲାନାହିଁ ସଞ୍ଜୟର ଉପସ୍ଥିତି,

ପ୍ରତିଟି ସଭାରେ । ଅଥଚ ସମୟ ସାଥିରେ ମଳିନ ଦିଶିଲେ ବି ଆକର୍ଷଣୀୟ ଦିଶୁଥିଲା ସେ ।

ବାରମ୍ବାର ନିଜ ଘରକୁ ମୋତେ ଆମନ୍ତ୍ରଣ କରୁଥିଲା ସଞ୍ଜୟ ।

ଅଥଚ ମୁଁ ତା'ର ଆମନ୍ତ୍ରଣ ରକ୍ଷାକରିପାରୁନଥିଲି । ଭାବୁଥିଲି, ସେ ବୋଧେ ଏକା ହୋଇଯାଇଚି ନିଜ ଭିତରେ ।

କଥାହେଲାବେଳେ ବାରମ୍ବାର ଗୋଟେ ସୁନ୍ଦର ଘରର ଚିତ୍ର ମୋତେ ଦେଖାଉଥିଲା । ବିରାଟ ପାଚେରି । ତା' ଭିତରେ ଫୁଲବଗିଚା । ବିରାଟ ସିମେଣ୍ଟ କୁଣ୍ଡ । ପାଣିଭର୍ତ୍ତି । ସେଥିରେ ଲାଲରଂଗର ପଦ୍ମ । ଚଢ଼େଇଙ୍କ କାକଳି ସବୁବେଳେ । କାନ୍ଥକୁ ଆଉଜି ହୋଇ ଆଲିଙ୍ଗନମୁଦ୍ରାରେ ଗଛଲଟା । ଇଉକାଲିପଟସ୍ ଗଛର ପତ୍ର ଫାଙ୍କରେ ସୂର୍ଯ୍ୟୋଦୟର ସୁନେଲି ରଂଗ । ବାସ୍ତବିକ ଏମିତି ସୁନ୍ଦର ଘର ମୁଁ କେଉଁଠି ପୂର୍ବରୁ ଦେଖିନଥିବି ।

ପଥରର ନଟନଟୀ ଜୀବନ୍ତ ବୋଧହୁଅନ୍ତି ଗଛମୂଳେ । ବେଳେବେଳେ କବିତାପାଠ ହୁଏ ସେହି ସୁନ୍ଦର ମନୋରମ ପରିବେଶ ଭିତରେ ।

ସତର୍କ ଘୋଷଣା ମୋତେ ସଚେତନ କରିଦେଲା । ମୋ' ପ୍ଲେନ୍ ଆସିଯାଇଥିଲା । ଲାଉଂଜ୍‌ରୁ ଖୋଲାଦ୍ୱାର ଦେଇ ବାହାରକୁ ବାହାରିଗଲି ।

ଏମିତି ଅଧାରେ ଏହି ଗପଟିକୁ ଲେଖି ଛାଡ଼ିଦେଇଥିଲି । ସାତ ଆଠ ବର୍ଷ ତଳେ ।

ମୋର ଅବଶ୍ୟ ବେଳ ନଥିଲା । ହୋଇପାରେ, ସଞ୍ଜୟ ସହ ଆଉଥରେ ଭେଟହେବାର ସମ୍ଭାବନା ବି ଆସିନାହିଁ । ଦିନ ନଅଟାରେ ବ୍ୟାଙ୍କ୍‌ରେ ପହଂଚିବାକୁ ହୁଏ । ଯାବତୀୟ କାମ ହେତୁ ସମୟ କେମିତି ସରେ, ତାହା ମୁଁ ଜାଣିପାରେ ନାହିଁ । ରାତି ନଅଟାରେ ଘରେ ପହଞ୍ଚେ । ଟିଭି ଦେଖେ । ଗପବହି ପଢ଼େ । ରାତି ଦଶଟାରେ ବିଛଣା ଧରେ ।

ଝିଅ ବିଭାଘର ଠିକ୍ ହେଲାପରେ ଭାବିଲି, କିଛି ବନ୍ଧୁଙ୍କୁ ଆମନ୍ତ୍ରଣ କରିବା ଉଚିତ । ସେହି ତାଲିକାରେ ସଞ୍ଜୟର ନାଆଁଟି ଶୀର୍ଷରେ ଥିଲା । ଓଡ଼ିଶା ଆସି ନିମନ୍ତ୍ରଣ କାର୍ଡ୍ ତାକୁ ଦେଲେ ସେ ନିଶ୍ଚିତ ହାଇଦ୍ରାବାଦ ଯାଇପାରିବ ବୋଲି ସୁଚିନ୍ତିତ ମତାମତ ସୁଚିତ୍ରା ଦେଲା ।

ସଞ୍ଜୟର ଠିକଣା ମୋ' ପାଖରେ ଥିଲା ।

ଓଡ଼ିଶା ଆସି ପ୍ରଥମେ ପୁରୀ ଗଲି । ଜଗନ୍ନାଥଙ୍କୁ ପ୍ରଥମେ ନିମନ୍ତ୍ରଣପତ୍ର ଦେଲି । ପ୍ରାର୍ଥନା କଲି, ସବୁକିଛି ଭଲରେ ହେଉ । କୌଣସି ବିଘ୍ନ ନଘଟୁ । ପିଲାଟି

ସାଉଥ୍‌ଇଣ୍ଡିଆନ୍। ବିରୋଧର ସ୍ୱର ଶୁଭିଥିଲା ଜ୍ଞାତିକୁଟୁମ୍ବଙ୍କଠାରୁ । ଅଥଚ ଝିଅ ଖୁସିରେ ମୋ' ଖୁସି, ଏହାହିଁ ଭାବି ରାଜିହୋଇଯାଇଥିଲି ।

ଖରା ତେଜ ଥିଲା। ତାତି ଯାଉଥିଲା ମୁହଁ ଗରମ ପବନରେ। ସଞ୍ଜୟର ଘର ମିଳିବାରେ କୌଣସି ଅସୁବିଧା ନଥିଲା । କାରଣ ବେଶି ଚିହ୍ନିଥିଲେ ତା' ପତ୍ନୀ; ସୁନନ୍ଦା ରାଉତଙ୍କୁ । ଛକ ଉପରେ ଦୋକାନୀଟି ହାତ ଲମ୍ବାଇ କହିଲା, 'ସାର୍, ଏଇ ଯେଉଁ ରାସ୍ତା ଯାଇଚି ସେଥିରେ ଯିବେ । ପ୍ରଥମ ବୁଲାଣି ଛାଡ଼ିଦେବେ । ତା'ପର ବୁଲାଣିରେ ଡାହାଣକୁ ବୁଲିଯିବେ । ଶେଷ ଘରଟି ହେଉଚି ସୁନନ୍ଦା ମାଡାମ୍‌ଙ୍କର । ଗେଟ୍‌ରେ ନାଆଁ ଲେଖାହୋଇଚି ।'

ଫାଟକ ବନ୍ଦ୍ ଥିଲା । ନଡ଼ିଆଗଛ ଛାଇ ପଡ଼ିଥିଲା ଫାଟକ ଉପରେ । କେହି ଦିଶିଲେ ନାହିଁ ଆଖି ସାମ୍‌ନାରେ । କଲିଂବେଲ୍ ଚିପିବାରୁ ଗୋଟେ ପିଲା ପଦାକୁ ଆସିଲା । ତା'ପରେ ପାଖକୁ ଆସି କହିଲା, 'ମାଡାମ୍ ନାହାନ୍ତି । ସାହିତ୍ୟସଭାକୁ ଯାଇଛନ୍ତି ।'

ଚାହିଁଲି ଚାରିଆଡ଼କୁ । କହିଲି, 'ସଞ୍ଜୟବାବୁଙ୍କ ପାଖକୁ ଆସିଚି। ସେ ମୋ' ସାଙ୍ଗ । ଏକା ସ୍କୁଲରେ ପଢୁଥିଲୁ ।'

ପିଲାଟି ଧୀରେ ଗେଟ୍ ତାଲା ଖୋଲିଦେଲା । ତା' ପରେ ସେ ମୋ' ଆଗରେ ଚାଲିଲା । ତା' ପଛେପଛେ ମୁଁ । ବଗିଚାରେ ଗଛର ପତ୍ର ଶୁଖିଲା ଦିଶିଲା । ପଦ୍ମଫୁଲ ଫୁଟିଥିବାର ମନୋରମ ଦୃଶ୍ୟ ଦେଖିପାରିଲି ନାହିଁ । କାନ୍ଥର ରଙ୍ଗ କିପରି ମଳିନ ଦିଶିଲା । ଖରାଝାସରେ ଘାସ ଝାଉଁଳି ଯାଇଥିଲା ।

ଖୋଲାଦରଜା ଆରପଟରେ ସଞ୍ଜୟ। ମନେହେଲା, ନିହାତି ଅଜଣା ଜଣେ ମଣିଷ । ହୁଏତ ସେ ମରିଯାଇଚି, ନ ହେଲେ ସେ ମରିଯିବ । ଯେକୌଣସି ମୁହୂର୍ତ୍ତରେ ଅଟକିଯିବ ପବନ ।

'କ'ଣ ହୋଇଚି ବାବୁଙ୍କର ?' - ମୋ' ପ୍ରଶ୍ନଟି ବେଶ୍ ଅପ୍ରତ୍ୟାଶିତ ଥିଲା ।

ଆରପଟ ବଖରାରୁ ଜଣେ ନର୍ସ୍ ପଦାକୁ ଆସିଲେ । ସଞ୍ଜୟର ମୁହଁକୁ ଧଳା ରୁମାଲ୍ ଭଳି କପଡାରେ ପୋଛିଦେଲେ । କହିଲେ, 'ବ୍ରେନ୍ ଷ୍ଟ୍ରୋକ୍ । କଳିଙ୍ଗ ହସ୍‌ପିଟାଲ୍‌ରେ ମାସେ ରହି ଚାରିପାଂଚ ଦିନ ହେଲା ଫେରିଛନ୍ତି ଘରକୁ । ଘରେ ସମସ୍ତ ଯତ୍ନ ନିଆଯାଉଚି ।'

ଘର ଭିତରେ ବି ପ୍ରବଳ ଗରମ । ମୋତେ ଲାଗିଲା, ମୁଁ ଯେମିତି ନିଜେ ଜଳିପୋଡ଼ିଯିବି ସେହି ଉତ୍ତାପରେ ।

ନର୍ସଟି ସାଲାଇନ୍ ବୋତଲ ଆଡ଼େ ଚାହିଁ ପୁଣି କହିଲା, 'ବାବୁଙ୍କ ଅବସ୍ଥା ସେତେ ଭଲ ନାହିଁ । କେତେବେଳେ କ'ଣ ଘଟିଯାଇପାରେ !'

ସେଠି ଆଉ ରହିବା ମୋ' ପାଇଁ ସମ୍ଭବ ହେଲା ନାହିଁ। ଜୁଳୁଜୁଳୁ ଆଖିରେ ମୋତେ ଦେଖି ସଞ୍ଜୟ କିଛି କହିବା ପାଇଁ ଚେଷ୍ଟାକଲା । ମାତ୍ର କହିପାରିଲା ନାହିଁ ।

ପଦାକୁ ବାହାରିଆସିଲି । ସିମେଣ୍ଟ୍ କୁଣ୍ଡ ଭିତରେ ଟୋପାଏ ପାଣି ନାହିଁ । ଶୁଖିଲା ପଦ୍ମପତ୍ର ଉଡିଆସି ପଡ଼ିଚି ହେନାଗଛମୂଳେ । ଗଛରେ ଫୁଲ ବି ନାହିଁ । କଢ଼ସବୁ ଶୁଖିଯାଇଚି ଯେମିତି ।

କେହି ଜଣେ ପତଳା ନିଃଶ୍ୱାସ ଛାଡ଼ିଲା ହେନାଗଛମୂଳେ । ଏହା ମୋ' ମନର ଭ୍ରମ ହୋଇପାରେ । କମଳା ଠିଆହୋଇଚି ଛାଇଟିଏ ପରି ।

ଆପଣଙ୍କୁ କମଳା ସଂପର୍କରେ ପୂର୍ବରୁ କହିନାହିଁ । ଆମ ସାଂଗରେ ସେ ହାଇସ୍କୁଲରେ ପଢୁଥିଲା । ଜେଜେମା' ପାଇଁ ସଞ୍ଜୟ ଆଣୁଥିବା ସୁନ୍ଦରୀଆମ୍ବକୁ ତାକୁ ଦେଉଥିଲା । ଏବଂ ତାକୁ ବିବାହ କରିବ ବୋଲି ପ୍ରତିଶ୍ରୁତି ବି ଦେଇଥିଲା ।

ଇଉକାଲିପଟସ୍‌ର ପତ୍ର ଖସ୍ ଖସ୍ ହେଲା ପବନରେ । ସେହି ପବନରେ କେହି ଜଣେ କହିଲା ପରି ମନେହେଲା, ଏଇ ଠିକଣାରେ ଘର ନାହିଁ ।

ଚାହିଁଲି ସେହି ଆଡ଼କୁ ସମ୍ମୀଭୂତ ବିସ୍ମୟରେ । ଖରାତେଜରେ ଝାପ୍‌ସା ଦିଶିଲା ମୋ' ନଜର । ସତ କହୁଚି, ସେଠି କାହାରିକୁ ଦେଖିପାରିଲି ନାହିଁ ।

■

ଅପରିଚିତ

ଫାଟକ ଅତିକ୍ରମ କଲା ପରେ ଛୋଟ ବଗିଚା । ସବୁଜିମାର ଚଉହଦି । ଲାଲ୍, ହଳଦୀ, ଧଳା ରଂଗର ଫୁଲ ଭିତରେ ଉଛୁଳିପଡୁଚି ସବୁଜ ରଂଗ । ପାହାଚ । ଆତ୍ମୀୟତାର ଭାବ ପରି । ଦରଜା ଖୋଲିଦେଲେ ଆପଣ ଦେଖିପାରିବେ, କାର୍ପେଟ୍, ସୋଫା ଓ ଛୋଟ ଟି'ପୟ। କାନ୍ଥରେ ଶୋଭାପାଉଚି କେତୋଟି ତୈଳଚିତ୍ର । ଆପଣ ଭାବିବେ, ଏହି ତୈଳଚିତ୍ରଗୁଡ଼ିକୁ ମୁଁ କିଣିଆଣି ଡ୍ରଇଂରୁମ୍‌ର ଶୋଭା ବଢ଼ାଇବାରେ ସହାୟକ ହୋଇଚି । ବାସ୍ତବିକ୍ ତାହା ନୁହେଁ । ସୁନନ୍ଦା ମୋ' ପତ୍ନୀ । ସେ ତୂଳୀରେ ସବୁ ଚିତ୍ର ଆଙ୍କିଚି । ଘରକୁ ଆସିଥିବା ପ୍ରତ୍ୟେକ ଲୋକ ଏହି ଚିତ୍ର ଦେଖି ବିମୋହିତ ହୋଇଛନ୍ତି । ତାକୁ ପ୍ରଶଂସାରେ ପୋତିଦେବାଭଳି ମୁହୂର୍ତ୍ତଟିଏ ସୃଷ୍ଟିକରିବା ପାଇଁ ତିଳେହେଲେ କୁଣ୍ଠାବୋଧ କରିନାହାନ୍ତି । ସୁନନ୍ଦାର ଆଉ ଗୋଟିଏ ସୁନ୍ଦର ଗୁଣ ଅଛି । ତାହା ଏପର୍ଯ୍ୟନ୍ତ ମୁଁ କହିନାହିଁ । ସେ ଭଲ ଗାଇପାରେ । କାନ୍ଥକଡରେ ଯେଉଁ ହାର୍‌ମୋନିଅମ୍ ଅଛି, ସେଥିରେ ସେ ଗୀତର ସୁର ତିଆରି କରେ । ରିଡ୍ ଉପରେ ଅଂଗୁଳି ଛୁଇଁଦେଲେ ମୁଗ୍ଧ ରାଗିଣୀ ନାଚିଉଠେ ଯେମିତି ଘର ଭିତରେ ।

ଅନ୍ୟମନସ୍କ ହେବା ସ୍ୱାଭାବିକ । ଆପଣ ବି ଅନ୍ୟମନସ୍କ ହୋଇଯିବେ । ଚିତ୍ର ଦେଖି ବିମୋହିତ ହେବା କଥାଟିକୁ ପୂର୍ବରୁ କହିଚି । ଏବେ ଗୀତର ରାଗିଣୀରେ ଯେକେହି ବି ବିମୋହିତ

ହେବେ । ବାସ୍ତବିକ୍ ତାହା ନୁହେଁ । ସୁନନ୍ଦାର ଓଠର ରଂଗରେ ବିହ୍ୱଳ ହେବା କଥାଟି ସତ । ବିପୁଳ ସୌନ୍ଦର୍ଯ୍ୟ ଏଥିପାଇଁ ଦାୟୀ, ତାହା ମୁଁ ସ୍ୱୀକାର କରୁଚି ।

ଏହି ସଂକଟର ମୁକାବିଲା ପାଇଁ କୌଣସି ସହସା ଉପାୟ ମୋ' ପାଖରେ ନାହିଁ । ବେଳେବେଳେ ହାର୍‌ମୋନିଅମ୍ ରିଡ୍‌ର ତାରକୁ ଛିଣ୍ଡାଇଦେଇ ଅଦୃଶ୍ୟ ଖଳନାୟକ ହେବାର ପରିଚୟ ପାଇ ଆତ୍ମତୃପ୍ତି ଲାଭକରେ ।

ବର୍ଷେତଳର ଅଭିଜ୍ଞତାର କଥା ଏବେ କହୁଚି ।

ପ୍ରସ୍ତାବଟି ଆଣିଥିଲେ ଦୂରସମ୍ପର୍କୀୟ ମାମୁ । କହିଲେ – ଝିଅଟି ବେଶ୍ ସୁଶୀଳ । ଆଭିଜାତ୍ୟସମ୍ପନ୍ନ ପରିବାର । ବାପା ନାହାନ୍ତି । ମାଆ ଚାକିରି କରୁଥିଲେ କୌଣସି ସରକାରୀ ସଂସ୍ଥାରେ । ସେ ଅବସର ନେଇ ସାରିଥାନ୍ତି । ଗୋଟିଏ ଝିଅ । ସଫ୍‌ଟ୍‌ୱେର ଇଂଜିନିୟର । ଏହି ପ୍ରସ୍ତାବ ସମ୍ପର୍କରେ ମାଆ ମୋତେ କହିଲା । ମୋର ମତାମତ ଜାଣିବାପାଇଁ ଚାହିଲା । ତା'ଠାରୁ ଏକଥା ଶୁଣିବା ପରେ ବିରକ୍ତ ହେଲି । କହିଲି, 'ଏତେ ତରତର କ'ଣ ପାଇଁ? ଚାକିରି ଏବେ କରିଛି । ବର୍ଷେ ଦି'ବର୍ଷ ଯାଉ, ଯାହା ଚିନ୍ତା କରିବି ।'

କଥାଟି ଏଇଠି ସରିଯିବ ବୋଲି ଭାବିଥିଲି ।

କାନ୍ଦକାନ୍ଦ ମୁହଁ । ଏହା ଭିତରେ ମାଆ କାନ୍ଦିସାରିଥିଲା । ସେଥିପାଇଁ ସେ କହିପାରୁନଥିଲା କିଛି । ଲୁଗାକାନିରେ ଲୁହ ପୋଛିସାରିବାପରେ କହିଲା, 'ତୁ ତ ରହିଲୁ ବାଙ୍ଗାଲୋର୍‌ରେ । ଏଠି ମୋତେ ଏକୁଟିଆ ରହିବାପରି ଲାଗେ । କିଏ ବୁଝିବ ମୋ' କଥା ? ତୋ' ବାପାଙ୍କ କଥା, ତୁ ଜାଣିଚୁ । ରିଟାୟାର୍ ପରେ ସେ ଘରେ ବସି କେମିତି ଅଲଗା ଦିଶୁଛନ୍ତି । ଆଣ୍ଠୁବିନ୍ଧା ତାଙ୍କର ଏବେ ବେଶୀ ହେଉଚି । ତେଣୁ ତୋ' ବିଭାଘର ସାରିଦେଲେ ଆମର ଗୋଟିଏ କାମ ସରିବ । ପୁଣି ଝିଅ କଥା ଚିନ୍ତା କରିବୁ ।'

ମୁଁ ଦୂରରେ ଅଛି । ବାଙ୍ଗାଲୋର୍‌ରେ ଚାକିରି କରିଛି । ତାହା କଥାପ୍ରସଂଗରେ ଭୁଲିଯାଇଥିଲି । ଯେତେ ଦୂରରେ ରହିଲେ ବି ମୁଁ ମୋ' ମାଆ ପାଖରେ ଅଛି ବୋଲି ଭାବେ । ସବୁଦିନ ରାତିରେ ମାଆ ସହିତ କଥା ହୁଏ । ତା' କଥା ବୁଝେ । ଅସୁବିଧାର ସବୁ ତାଲିକା ପଢ଼ିବାପାଇଁ ଚେଷ୍ଟାକରେ । କହିଲି, 'ହଉ ହେଲା, ମୁଁ ତୋ' କଥା ବୁଝିଲି । ମୋତେ ଝିଅର ଫଟୋ ପଠାଇଲେ, ଦେଖିବି ।'

ସହଜ ହେଲା ଆଉ କିଛି କଥା । ଆରପଟରେ ମାଆ ନିଜ ଭିତରେ ହେଲା ଶାନ୍ତ, ସ୍ଥିର । କଥା କହିଲାବେଳେ ତା' ମନ ଭିତରର କାନ୍ଦକାନ୍ଦ ଭାବଟି ଆଉ ଜାଣିହେଲା ନାହିଁ – 'ଶୁଣ୍ ! ଝିଅଟିର ନାଁ ସୁନନ୍ଦା । ମୁଁ ଫେସ୍‌ବୁକ୍‌ରେ ତାକୁ ଦେଖିଚି । ଦେଖିବାକୁ ମନ୍ଦ ନୁହେଁ । ଜାଣେ, ତୋ'ର ପସନ୍ଦ ହେବ ।'

ଏତିକିରେ କଥାଟିକୁ ସାରିଦେଲା ମାଆ ।

ଲାପ୍‌ଟପ୍‌ର ସୁଇଚ୍ ଅନ୍‌କଲାବେଳେ ମୋ' ଭିତରେ ଗୋଟେ ଚମକ। କିଏ ଏହି ସୁନନ୍ଦା ? ଦେଖିବାକୁ କିପରି ? ମୋର ସମସ୍ତ ଏକାଗ୍ରତା ମିଳେଇଯିବାପରି ଅନୁଭବ । ଗୋଟେ ଗୋଟେ କ୍ଲିକ୍ ପରେ ଖୋଲିଯାଉଥିଲା ପେଜ୍ ।

ସବୁକିଛି ଧୂସର ହୋଇଗଲା ହଠାତ୍ । ପତ୍ରଝଡା ଦେଲେ ଗଛମାନେ। ତାରାଭର୍ତ୍ତି ଆକାଶ ହୋଇଗଲା ନିର୍ବାକ୍। ସବୁକିଛି ବନ୍ଦ୍ ହୋଇଯିବାର ସୂଚନା। ବୋଧେ ଏ.ସି. ଆଉ ଚାଲୁନାହିଁ । ମୋ' ଦେହସାରା ବୁନ୍ଦାବୁନ୍ଦା ଝାଳ । ଝରକା ଆରପଟେ ଅଟକିଯାଇଚି ପବନ ଯେମିତି ।

ଢଳଢଳ ଆଖି । ଲାଲ୍ ଓଠ। ରଂଗ ଗୋରା । କାନ୍ଧକୁ ଛୁଇଁଚି କେଶ । ଘଣ୍ଟା ଘଣ୍ଟା ଧରି ସେହି ମୁହଁକୁ ଚାହିଁରହିଲେ, ଆଖି ଥକିପଡ଼ିବ ନାହିଁ । ମନର ଭୋକ ବି ଶେଷ ହେବ ନାହିଁ । ଅଥଚ ମୁଁ, ନିଜ ଭିତରେ କାହିଁକିକେଜାଣି ସଂକୁଚିତ ହେଲି । ମନେହେଲା, ମୋ' ଚାରିପଟରେ ରହିଚି ପ୍ରଚୁର ଅବ୍ୟବସ୍ଥା । କେଉଁଠି ବିଚ୍ଛିନ୍ନ ହେଇଯାଉଚି ସବୁକିଛି । ଏତେ ସୁନ୍ଦର ଝିଅଟି ମୋତେ ପସନ୍ଦ କରିବ ତ !

ଏହି ପ୍ରଶ୍ନ କେବେହେଲେ ଅର୍ଥହୀନ ନୁହେଁ । ନିଜକୁ ମୁଁ ପଚାରିଲି ବାରମ୍ବାର । ଉତ୍ତର ପାଇବା ଆଶାଶୂନ୍ୟ । ହେଲେ, ଉତ୍ତର ପାଇବା ନିହାତି ଜରୁରୀ। ନିଜ ଚେହେରା ପ୍ରତି ସର୍ବଦା ମୁଁ ଉଦାସୀନ । କଲେଜରେ ପଢ଼ିବାବେଳେ ମୋ' ଚେହେରାପ୍ରତି କୌଣସି ଝିଅ ଆକର୍ଷିତ ହେବା କଥାଟି ଭାବିବା ନିରର୍ଥକ । କଳା, ଏତେ କଳା, କୋଇଲା ପରି । ତେଣୁ ପ୍ରେମର ଆବଶ୍ୟକତା ଓ ଦାବି ମୁଁ ଅନୁଭବ କରିବାର ସମ୍ଭାବନା ନଥିଲା ।

ଲାପ୍‌ଟପ୍‌ର ସୁଇଚ୍ ଅଫ୍ କରିଦେଲି।

ହଜିଗଲା ସୁନନ୍ଦାର ସୌନ୍ଦର୍ଯ୍ୟ, ଆକର୍ଷଣ ।

ଏହି ପ୍ରସ୍ତାବରେ ଆଗେଇହେବ ନାହିଁ ଭାବି ନୀରବ ରହିଲି । ମାଆକୁ ନିଜର ମତାମତ ଦେବାପାଇଁ ଆଗ୍ରହ ପ୍ରକାଶ କଲି ନାହିଁ ।

କାର୍ଯ୍ୟବ୍ୟସ୍ତତା ଓ ବାଙ୍ଗାଲୋର୍‌ର ଗହଳି ଭିତରେ ସବୁକିଛି ଭୁଲିଗଲି ।

ତିନିଚାରିଦିନ ପରେ ଆଉଥରେ ମାଆ କଥା ହେଲା । ପଚାରିଲା, 'ତୁ କିଛି କହିଲୁ ନାହିଁତ ? ହେଲେ, ସେମାନେ ରାଜି ଅଛନ୍ତି । ଆମ ଘରେ ବନ୍ଧୁ ବାନ୍ଧିବା ପାଇଁ। ତୋ' ବାପା ବ୍ୟସ୍ତ ହେଉଥିଲେ । କ'ଣ କହ ?'

ଅନୁଭବ । ବିରଳ ଅନୁଭବ । ନିଜେ ନିଜେ ଟାଣିହୋଇଯାଉଚି ସ୍ରୋତରେ । ହାତଗୋଡ଼ ଚଳୁନାହିଁ । ଅଥଚ ମୁଁ ଭାସିଯାଉଚି ଗଭୀର ଜଳରେ । ପାଣି ପଶିଯାଉଚି

ପାଟିଭିତରେ । ଚିତ୍କାର କରିବାର ସମ୍ଭାବନା ନାହିଁ । ବୋଧେ ମୋ' ଠିକଣା ହଜିଯାଉଚି ସେହି ଜଳ ଭିତରେ ।

କେହି ଜଣେ ଡାକିଲା ପରି ଶୁଣିପାରିଲି ନାହିଁ, 'ଆ' ଉଠିଆ।'

ବୁଡ଼ିଗଲି । ସତ କହୁଚି, ସମ୍ପୂର୍ଣ୍ଣ ଭାବରେ ବୁଡ଼ିଗଲି । ନଦୀ ନୁହେଁ, ସମୁଦ୍ର ଭିତରେ । ଢେଉ, ଖାଲି ଢେଉ । ଆକାଶଛୁଆଁ ଢେଉର ଆଲିଙ୍ଗନରେ ମୁଁ ସମସ୍ତ ଶକ୍ତି ହରାଇବସିଲି । କହିପାରିଲି ନାହିଁ, ଅସୁନ୍ଦର । ନିହାତି ଅସୁନ୍ଦର । ଦର୍ପଣରେ ନିଜ ମୁହଁକୁ ଦେଖିବାପାଇଁ ଭୟଭୀତ ହୁଏ ।

ନିଶ୍ଚିତ ଥିଲି, ଅନ୍ତିମ ମୁହୂର୍ତ୍ତଟି ଖୁବ୍ ଚଂଚଳ ମୋ' ପାଖକୁ ଆସୁଛି ।

ପରବର୍ତ୍ତୀ ପର୍ଯ୍ୟାୟଟି ମୋ' ପାଇଁ ଥିଲା ଦୁଃଖଦାୟକ । ଟିକେ ସଫା ଦିଶିବା ପାଇଁ, ମୋର ସମସ୍ତ ଚେଷ୍ଟା ବିଫଳ ହେଲା । କସ୍‌ମେଟିକ୍ସ ଲଗାଇବା ଫଳରେ ମୋ' ମୁହଁ ଅଧିକ କଳା ଦିଶିଲା । ମାତ୍ର ସୁନନ୍ଦା ଦିଶିଲା ସଫା, ଗୋରା । ବାହାଘର ପାଖେଇଆସିଲେ, ସବୁ ଝିଅ ଏମିତି ଗୋରା ଦିଶନ୍ତି ଭାବି, ମନକୁ ବୁଝାଇଦେଲି ।

ବନ୍ଧୁବାନ୍ଧବ, ବାଜା ରୋଶଣି, ଭୋଜି ଭିତରେ ହେଲା ବିଭାଘର ।

ମାଆ ଖୁସି। ବାପା ଖୁସି । ପ୍ରିୟଜନ ବି ଖୁସି । ହେଲେ, ସାଂଗସାଥୀଙ୍କ ଆଖିରେ ଦେଖିଲି ଈର୍ଷାଭାବ । କେହି କେହି ଅତି ଧୀରେ କହିଲେ, ଜୟନ୍ତ ବହୁତ ଭାଗ୍ୟବାନ୍ । ନହେଲେ, ସେ ଏତେ ସୁନ୍ଦରୀ ପତ୍ନୀ ପାଇଥାନ୍ତା କିପରି ?

ଆତୁର ହେବାଭଳି ଗୋଟେ ସମୟ । ଦୁଇ ପାପୁଲିରେ କାନ ବନ୍ଦ୍ କରିଦେଲି । ନା, ଅଧିକ ସମୟ ଭୁବନେଶ୍ୱରରେ ରହିବା ସମୀଚୀନ ନୁହେଁ । ଏହା ଭାବି ମାଆକୁ କହିଲି, 'ସୁନନ୍ଦାକୁ ସାଂଗରେ ନେଇଯାଉଚି । ସେ ସେଠି ରହି ଅନ୍ୟ କୌଣସି କମ୍ପାନିରେ ରହିବାପାଇଁ ଚେଷ୍ଟା କରିବ ।'

ମୋତେ ଚାହିଁଲା ମାଆ । ଭରସାହୀନ ଦୃଷ୍ଟିରେ । ସେ ବୋଧେ ଭାବିଥିଲା, ବୋହୂ ତା' ପାଖରେ ରହିବ । କାରଣ ସୁନନ୍ଦା ଭୁବନେଶ୍ୱରରେ ଏକ କମ୍ପାନିରେ ଚାକିରି କରୁଥିଲା । ଛୁଟି ହେଲେ ମୁଁ ତା' ପାଖକୁ ଯିବି ବାଙ୍ଗାଲୋର୍‌ରୁ। ତା'ର ଦୁଃଖ ଆଉ ରହିବ ନାହିଁ । ପରିଣତବୟସରେ ପ୍ରତ୍ୟେକ ମାଆ ଯାହା ଖୋଜନ୍ତି, ସେ ବୋଧେ ତାହାହିଁ ଚାହୁଁଥିଲା । ରଡ଼ନିଆଁରେ ପାପୁଲି ସିଝିଯିବା ପରି ଅନୁଭବ । ମନ କଥା ପଚାରେ କିଏ ? ମୋ' କଥାରେ ମାଆର ମନ ସିଝିଯାଇଚି ବୋଧେ । କିଛି ପ୍ରତିବାଦର ସ୍ୱର ଶୁଭିଲା ନାହିଁ। ବରଂ କହିଲା, 'ତୁ ଠିକ୍ କଥା କହିଚୁ । ସୁନନ୍ଦାକୁ ସାଥିରେ ନେଇକରି ଯା'।'

ପରବର୍ତ୍ତୀ ମୁହୂର୍ତ୍ତଟି ଥିଲା ବେଶ୍ ବିସ୍ମୟଭରା । ମାଆ ହାତ ପାପୁଲିରେ ମୋ'

ଦେହକୁ ଆଉଁଶିଦେଲା । ଧୀରେଧୀରେ ସେ କ'ଣ କହିଲା, ତାହା ମୋତେ ବୁଝିପାରିଲି ନାହିଁ । ବୋଧେ ପୃଥିବୀର ସମସ୍ତ ଆଶିଷ ମୋ' ଉପରେ ଢାଳିଦେବାକୁ ସେ ଚାହୁଁଥିଲା । ପରିପୂର୍ଣ୍ଣ ଆବେଗର ଚିହ୍ନ ତା' ମୁହଁସାରା ।

ବାଙ୍ଗାଲୋର ଫେରିଆସିଲି । ସାଥିରେ ସୁନନ୍ଦା । ପିଜିରେ ମାସେ ରହିବାପରେ ଗୋଟେ ଫ୍ଲାଟ୍ ନେଲି । ଘରମାଲିକ ଉପର ମହଲାରେ ରହନ୍ତି । ଆମେ ତଳେ ରହିଲୁ । ପରିଷ୍କାରପରିଚ୍ଛନ୍ନ ପରିବେଶ । ଘର ସାମ୍ନାରେ ଛୋଟ ବଗିଚା । ଚଳିବା ପାଇଁ କୌଣସି ଅସୁବିଧା ନାହିଁ । ସୁନନ୍ଦା ବି ଗୋଟେ କମ୍ପାନିରେ ଚାକିରି ପାଇଲା ।

ଏତେସବୁ ଘଟିବା ପଛରେ ମାଆର ଆଶିଷ ଅଛି, ସ୍ୱୀକାର କରୁଛି । ଜୀବନ-ଡଂଗା ଭଲପାଇବାର ନଈର ସ୍ରୋତରେ ଦିଗଭ୍ରଷ୍ଟ ନହୋଇ ଭାସିଚାଲିଲା । ଯେତେ ବିଳମ୍ବରେ ଶୋଇଲେ ବି ସୁନନ୍ଦା ସହଳ ଉଠେ । ନିଜର ନିତ୍ୟକର୍ମ ସାରିବା ସହିତ ମୋ' ପାଇଁ ରୋଷେଇ କରେ । ଠିକ୍ ନଅଟାରେ ଦରଜା ଖୋଲିବାବେଳେ କହେ, 'ମୁଁ ଯାଉଚି । ଟିଫିନ୍‌ରେ ସବୁକିଛି ପ୍ୟାକ୍ କରିଦେଇଚି । ଠିକ୍ ସମୟରେ ଖାଇବ ।'

ଅନୁରୋଧ । ବାସ୍ତବିକ୍ ତା' ଅନୁରୋଧରେ ମୁଁ ବିସ୍ମିତ ହୁଏ ଏଇଥିପାଇଁ ଯେ ବିଭାଘରର ଛଅମାସ ପରେ ବି ଭଲପାଇବାର ରାତି ସରିନାହିଁ । ଆଉ ନିଦହେବା କଥାଟି ଭାବିବା ଠିକ୍ ନୁହେଁ । ବିଛଣାରୁ ଉଠିବା ସ୍ୱାଭାବିକ । ପ୍ରତିଦିନ ମୁଁ ବିଳମ୍ବରେ ଉଠେ । ଅଫିସ୍‌ରୁ ଫେରିବା ସମୟ ବି ବିଳମ୍ବ । ଦିନ ଗୋଟାଏବେଳେ ମୋତେ ସେଠାରେ ପହଂଚିବାକୁ ପଡ଼େ । ଗୋଟିଏ ଘଣ୍ଟାର ବାଟ । ଫେରେ ରାତି ଦଶରେ । ମୋ' ଆଗରୁ ଫେରେ ସୁନନ୍ଦା । ରାତିରେ ରୋଷେଇ ହେବା ସମ୍ଭବ ନୁହେଁ । ବାହାରୁ ଖାଇବା ପାଇଁ ଅର୍ଡ଼ର କରେ । ଏତେ କ୍ଳାନ୍ତ, ଥକିପଡ଼ିଥିବା ସ୍ତ୍ରୀଲୋକଟି ରୋଷେଇ କରିବା କଥାଟି ସହଜ ନୁହେଁ ।

ସପ୍ତାହର ଶେଷ ଦିନଟି ଆମ ପାଇଁ ଆଣେ ବିଚିତ୍ର ପୁଲକ । ସୁନନ୍ଦା ତୂଳୀରେ ଚିତ୍ର ଆଙ୍କେ । ରଙ୍ଗର ସ୍ପର୍ଶରେ ପ୍ରଜାପତିର ଡେଣା ଦିଶେ ଅଧିକ ରଂଗିନ୍ । ଗଛରେ ଫୁଲ ଫୁଟେ । ଆକାଶରେ ଦିଶେ ମେଘର ମୁହଁ । ଛତା ତଳେ ଅପେକ୍ଷା କରିଥିବା ଝିଅଟିର ଓଠ ଦିଶେ ଲାଲ୍ । ଆଖିରେ ଭରିଉଠେ ଉଜ୍ଜ୍ୱଳଭାବ । କାହାକୁ ଅପେକ୍ଷା କରିଛି ସେ ?

ସମ୍ପୂର୍ଣ୍ଣ ହୁଏ ନାହିଁ ପେଣ୍ଟିଙ୍ଗ୍ । ଅଧାରେ ଛାଡ଼ିଦିଏ ସୁନନ୍ଦା । ରଙ୍ଗଛିଟାକୁ ଅଂଗୁଳିରୁ ପୋଛେ । ତୂଳୀକୁ ସଜାଡ଼ି ରଖେ । ଦର୍ପଣରେ ନିଜ ମୁହଁକୁ ଦେଖିବାପାଇଁ ଡ୍ରେସିଂ ଟେବୁଲ୍ ପାଖକୁ ଉଠିଯାଏ । ଦର୍ପଣରେ ଚମକିଉଠେ ତା' ରୂପ, ସୌନ୍ଦର୍ଯ୍ୟ । ଅଳ୍ପ ହସିବା ପରି ଅଭିନୟ କରେ । ଓଠରେ ଲଗାଏ ହାଲୁକା କରି ଲିପଷ୍ଟିକ୍ ।

ଗୀତଗାଇବାର ସମୟ । ଗୁଣୁଗୁଣୁ ହୁଏ ସୁନନ୍ଦା । ହାରମୋନିୟମ୍ ଉପରୁ ଲାଲ୍‌ରଂଗର କପଡ଼ାକୁ ବାହାରକରି ରିଡ୍ ଉପରେ ଅଂଗୁଳି ଚଳାଇବା ଆରମ୍ଭ କରେ । ଆଉ ଅଟକିବା କଥା ନୁହେଁ, ସୁନନ୍ଦାର ଗୀତ ଓ ହାରମୋନିୟମ୍‌ରେ ସୁର । ଭୂତ ସବାର ହୋଇଯିବା ପରି କଥା । ଏଥିରେ ଆମୋଦିତ ହେବାର ନୁହେଁ । ଖାଲି ଅପେକ୍ଷା କରି ରହିବା କଥାଟି ଚାହି । ମୁଁ କେବଳ ତାକୁ ଚାହିଁରହେ । ସେ ଜାଣିପାରେନାହିଁ ସମୟ । ସେ ଏମିତି ମଗ୍ନ ରହେ ଯେ ସମୟର ଗତି ସମ୍ପର୍କରେ ସଚେତନ ହୋଇପାରେ ନାହିଁ ।

ଅପରାହ୍ଣରେ କୌଣସି ମଲ୍‌ରେ ବୁଲୁଥିବାବେଳେ ବିଭିନ୍ନ ରଂଗ ଓ ଗୀତର ସି.ଡି. ପ୍ରତି ସୁନନ୍ଦାର କୌତୂହଳ ଭାବ ମୋତେ ବିସ୍ମିତ କରେ । ଜାଣେ, ସେ ରଂଗ ଓ ଗୀତର ଦୁନିଆ ଭିତରେ ହିଁ ଅଛି ।

ହଠାତ୍ ସବୁକିଛି ଓଲଟପାଲଟ ହୋଇଗଲା । ମନେହେଲା, ମୋ' ହାତରୁ ଖସିଯାଉଚି ସୁନନ୍ଦାର ପଣତ । ପୋଛିହୋଇଯାଉଚି ତା' ପାଦଚିହ୍ନ ସମୟର ବେଳାଭୂମିରେ । ମୋତେ ଚମକାଇଦେଲା ପରି ଘରମାଲିକଙ୍କ ପୁଅ କହିଲେ, 'ଆପଣଙ୍କ ପତ୍ନୀ ସୁନ୍ଦର ଗୀତ ଗାଉଛନ୍ତି ।'

ପ୍ରଶଂସାରେ ପୋତିହେବା ଭଳି କଥା । ହେଲେ, ମୁଁ ଖୁସି ହୋଇପାରିଲି ନାହିଁ । ଚାହିଁଲି ତାଙ୍କ ମୁହଁକୁ ଶେଷହୀନ ଦୃଷ୍ଟିରେ । କ'ଣ କହିବାପାଇଁ ସେ ଚାହାନ୍ତି ? ଆଉ କ'ଣ ମୋତେ କହୁଛନ୍ତି ସେ ? ସେ ପ୍ରାୟ କହିବାକୁ ଚାହାନ୍ତି - ଆପଣଙ୍କ ପତ୍ନୀ ଦେଖିବାକୁ ବହୁତ ସୁନ୍ଦର । ଯେ କେହି ତାଙ୍କ ସୌନ୍ଦର୍ଯ୍ୟରେ ପାଗଳ ହୋଇଯିବ । ଗୀତ ଗାଇଲାବେଳେ ସେ ଅଧିକ ସୁନ୍ଦର ଦିଶନ୍ତି ।

କଥାଟି ଏତିକିରେ ଶେଷ ହୋଇନଥିଲା, ଘର ମାଲିକଙ୍କର ପୁଅ ସତ କହୁଛନ୍ତି ବୋଲି ଭାବିଥାନ୍ତି । ମାତ୍ର ପରବର୍ତ୍ତୀ ସମୟରେ ଲକ୍ଷ୍ୟ କଲି, ସୁନନ୍ଦା ଯିବାଆସିବାବେଳେ ସେ ଝର୍କା ପାଖରେ ଠିଆହେଉଛନ୍ତି । ତାକୁ ନିର୍ଲଜ୍ଜ ଆଖିରେ ଦେଖୁଛନ୍ତି।

ଅଚିହ୍ନା ଜାଗା। ପରିବେଶ ବି ଭିନ୍ନ । ପରିଚୟ ବି ସେତେ ବେଶୀ ନାହିଁ କାହା ସହିତ । ତେଣୁ ସୁନନ୍ଦାକୁ ସଚେତନ କଲାଭଳି କହିଲି, 'ଯିବାଆସିବାବେଳେ ଓଢ଼ଣିଟିକୁ ଟିକେ ଅଧିକ ମୁହଁ ଉପରକୁ ଢାଙ୍କି ରଖ । ଖରାରେ ଯିବାବେଳେ ମୁହଁ ଟିକେ କଳା ଦିଶୁଚି । ନହେଲେ, ସାଥିରେ ଛତା ନିଅ ।'

ମୋ' କଥାକୁ ସେ ବୁଝିଲା କି ନାହିଁ, ସେକଥା ଜାଣିବା ସମ୍ଭବ ହେଲା ନାହିଁ । ହେଲେ, ସେ ଅଳ୍ପ ହସି ଅଫିସ୍‌କୁ ଚାଲିଗଲା ।

ପନ୍ଦର ମିନିଟ୍ ଭିତରେ ଆସି ପହଞ୍ଚିଲା ଅର୍ଡ଼ର ଦିଆଯାଇଥିବା ଖାଦ୍ୟ। ସୁନ୍ଦର

ପ୍ୟାକେଟ୍ ଭିତରେ । ଡାଇନିଂ ଟେବୁଲ ପାଖରେ ମୁଁ ଆଉ ସୁନନ୍ଦା । ମୋତେ ଚାହିଁ ସେ କହିଲା, 'ଲଣ୍ଡନ୍‌ରେ ଆମର ଗୋଟିଏ ଅଫିସ୍ ଅଛି । ସେଠିକୁ ଯିବାପାଇଁ ମୋ' ମ୍ୟାନେଜର୍ ପ୍ରସ୍ତାବ ଦେଇଛନ୍ତି। ବେଶୀଦିନ ପାଇଁ ନୁହେଁ, ମାତ୍ର ଛଅମାସ ।'

ଏଥର ଖସିଗଲା ସୁନନ୍ଦାର ହାତ, ମୋ' ହାତମୁଠାରୁ । ମୋ'ର ଆଉ ସନ୍ଦେହ ରହିଲା ନାହିଁ ଯେ ମୁଁ ନିହାତି ଅସୁନ୍ଦର । ଅସୁନ୍ଦର ଦିଶୁଥିବା ହେତୁ ମୁଁ ହାରିଯାଉଛି ଅସହାୟ ଭାବରେ । ତ୍ରସ୍ତ ହୋଇ କହିଲି, 'ଏବେ ସେଠିକୁ ଯିବା ଠିକ୍ ନୁହେଁ । ତୁମେ କ'ଣ ଟିଭି ଦେଖୁନାହଁ? ଖବରକାଗଜରେ ବି ସମ୍ବାଦ ବାହାରୁଚି । ଆତଙ୍କବାଦୀଙ୍କ ଆକ୍ରମଣରେ ଲଣ୍ଡନ୍‌ର ଜନସାଧାରଣ ଭୟଭୀତ ।'

– 'ତୁମେ ଏତେ ଡରୁଆ ଲୋକଟିଏ ବୋଲି ମୁଁ ଜାଣିନଥିଲି । କୋଉଠି ଅଘଟଣ ନ ଘଟୁଚି !'

କଥା ଅଧାରେ ଅଟକିଗଲା । ସୁନନ୍ଦା ଚାହିଁଲା ଏଣେତେଣେ । ତା' ମୁହଁକୁ ଚାହିଁ ଅନ୍ୟମନସ୍କ ହୋଇଗଲି । ଭାବିଲି, ତାକୁ କହିବି, ମୋ' ଭିତରେ ନାହିଁ ଦମ୍ଭ ଓ ଆତ୍ମବିଶ୍ୱାସ ।

ମାର୍ବଲ ଚଟାଣ, ପକ୍କା କାନ୍ଥ, ଏ.ସି. ରୁମ୍ ଭିତରେ ମୋର ଏହି ଅଭିବ୍ୟକ୍ତି ସହଜବୋଧ ହୋଇନପାରେ । ପୁଣି ସୁରକ୍ଷିତ ଚାକିରି । ବାଙ୍ଗାଲୋର୍ ସହରରେ ନିଜର ଭବିଷ୍ୟତ ଦୃଢ଼ କରିସାରିଥିବା ଲୋକଟି ପାଇଁ ଏହା ମିଛ ପ୍ରମାଣିତ ହୋଇପାରେ । ହେଲେ, ସତ କହୁଚି, ମୋ' ଭିତରେ ନାହିଁ ଆତ୍ମବିଶ୍ୱାସ ।

ଏହି ହେତୁ, କିଛି ନହେଲେ, ସବୁ ବିପର୍ଯ୍ୟସ୍ତ ହୋଇଯିବ । ଅଦରକାରୀ ମନେହେବ ସମ୍ପର୍କ । ଚାହୁଁ ଚାହୁଁ ସବୁ ଶେଷ ହୋଇଯିବ । ଏଥିରୁ ମୁକୁଳି ଆସିବାପାଇଁ ଉପାୟଟିଏ ଚିନ୍ତା କରିଚି । ଏହା ଉଦ୍‌ବେଗର ପରିସ୍ଥିତି ଆଣିପାରେ, ମାତ୍ର ଯେଉଁ ସିଦ୍ଧାନ୍ତରେ ମୁଁ ପହଂଚିଛି, ସେଠାରୁ ଆଉ ଫେରିପାରିବି ନାହିଁ।।

ପରଦିନ ସକାଳଟି ସବୁଦିନ ପରି ।

– 'କ'ଣ ହୋଇଛି ?' ତରତର ହୋଇ ଅଫିସ୍‌କୁ ଯିବାବେଳେ ପଚାରିଲା ସୁନନ୍ଦା । ଅନୁଭବ କରୁଥିଲି ମୋ' ଭିତରେ ସାମାନ୍ୟ ଅସୁସ୍ଥତା । ଗଳା ଖସ୍‌ଖସ୍ ଲାଗୁଚି । ମୁଣ୍ଡ ଭିତରେ ଓଜନିଆ ଭାବ । ସେମିତି କିଛି ବିବ୍ରତ ହେବାର ନଥିଲା ।

– 'ନା, ସେମିତି କିଛି ନୁହେଁ । ରାତିରେ ଭଲ ନିଦ ହେଲା ନାହିଁ। ତେଣୁ...'

ପାଖକୁ ଆସିଲା ସୁନନ୍ଦା । କପାଳ ଛୁଇଁଲା । ବୁଝାଇବା ଢଂଗରେ କହିଲା, 'ଖାଇସାରିବା ପରେ ତରକାରି ଫ୍ରିଜ୍‌ରେ ରଖିବ । କାଲି ରଖିନଥିଲ । ହଁ, କାମ

ସରିବା ପରେ ଶୀଘ୍ର ଫେରିଆସିବ । ବାହାରେ ବୁଲାବୁଲି କରିବ ନାହିଁ । ବର୍ଷା ପାଗ। ଦେହ ଖରାପ ହେବାର ଯଥେଷ୍ଟ ସମ୍ଭାବନା।'

ସେ ଯିବା ପରେ ଉଠି ଠିଆହେଲି । ଦେହରେ ଦୁର୍ବଳତା । ଜ୍ୱର ହୋଇପାରେ । କ'ଣ କରିବି ? ନିର୍ଜନ ହୋଇଯାଉଚି ପୃଥିବୀ । ବସ୍‌ରେ ଅଫିସ୍ ଯିବା ସମ୍ଭବ ନୁହେଁ । ପୁଣି ବସିପଡ଼ିଲି ବିଛଣାରେ । ଅଫିସ୍‌କୁ ଜଣାଇଦେଲି ଯେ ଅଫିସ୍ ଯିବା ସମ୍ଭବ ନୁହେଁ । ଅସୁସ୍ଥତା ହେତୁ ।

କେତେ ସମୟ ଶୋଇରହିଚି, ତାହା ଜାଣିପାରିଲି ନାହିଁ । ନିଦ ଭାଂଗିବାବେଳକୁ ଦେଖିଲି ସମୟ ଅତିକ୍ରାନ୍ତ । କୋଠରି ଭିତରେ ସମ୍ପୂର୍ଣ୍ଣ ନୀରବତା । ଓ ମୋ' ଅସୁସ୍ଥତା ।

ଫେରିନଥିଲା ସୁନନ୍ଦା । ବ୍ୟସ୍ତ ହେବା ସ୍ୱାଭାବିକ । କୁଆଡ଼େ ଗଲା ସେ ? ମୋବାଇଲ୍‌ର ସୁଇଚ୍ ଅଫ୍ ଥିଲା । ତିନିଚାରିଥର ଚେଷ୍ଟା କରିବା ସତ୍ତ୍ୱେ ତା' ସହିତ କଥା ହେବା ସମ୍ଭବ ହେଲା ନାହିଁ ।

ଚାହୁଁ ଚାହୁଁ ଆତଙ୍କିତ ହେବାର ମୁହୂର୍ତ୍ତଟି ପହଂଚିଗଲା । ମନ ଭିତରର ଭୂତଟି ମୋ' ସାମ୍‌ନାରେ ଠିଆହେଲା । ଦାନ୍ତ ଦେଖାଇ ଭୟଙ୍କର ଭଂଗୀ କଲା । ସବୁ ତ ଅଛି । ଶାଢ଼ି, ବ୍ଲାଉଜ୍, କସ୍‌ମେଟିକ୍ ଓ ବ୍ରିଫ୍‌କେଶ୍ । ସୁନନ୍ଦା ବ୍ୟବହାର କରୁଥିବା ସମସ୍ତ ଜିନିଷ କୋଠରି ଭିତରେ । ତେବେ କୁଆଡ଼େ ଗଲା ? ଘରମାଲିକର ପୁଅ ଆଜି ହାଇଦ୍ରାବାଦ ଯିବାର ଥିଲା । ସେ ସେଠି ଚାକିରି କରେ ।

ସୁନନ୍ଦା ମ୍ୟାନେଜର୍‌ଙ୍କର ମୋବାଇଲ୍‌ର ସୁଇଚ୍ ବି ଅଫ୍ । ପ୍ଲେନ୍‌ରେ ଯିବାବେଳେ ମୋବାଇଲ୍‌ର ସୁଇଚ୍ ଅଫ୍ କରାଯାଏ । ରୀତିମତ ଦୁର୍ଯୋଗ ।

ବିଳମ୍ବିତ ସମୟ। ହାରିଯାଇଚି ସମ୍ପୂର୍ଣ୍ଣ ଭାବରେ । କାହାକୁ ଫୋନ୍ କରିବି ? ଚିଠି ଲେଖି ରଖିଯାଇଚି ସୁନନ୍ଦା ? ଘାଣ୍ଟିପକାଇଲି ବହିଥାକ, ଆଲମିରା ଭିତର । ଗଦିତଳେ କିଛି ନାହିଁ । ଅଧିକ ଅସୁସ୍ଥ ହେବାପରି ଅନୁଭବ । ଜ୍ୱର ବଢ଼ିଯାଇଛି ବୋଧେ ।

ବୁଝିବା ସହଜ ହେଲା, ମୋତେ ନିଃସହାୟ କରି ସୁନନ୍ଦା କାହା ସହିତ ପଳାଇଛି।

ରାତି ଏଗାରଟାରେ ଦରଜାରେ ମୃଦୁ ଆଘାତ । ସ୍ୱାଭାବିକ ଭାବରେ କୋଠାରି ଭିତରକୁ ପଶୁପଶୁ ସୁନନ୍ଦା କହିଲା, 'ଡେରି ହୋଇଗଲା । କ'ଣ କରିଥାନ୍ତି ? ମନାକରିପାରିଲି ନାହିଁ । ଅଟକିଗଲି ଅଫିସ୍ ପାର୍ଟିରେ । ସେମାନେ ଅନୁରୋଧ କଲେ ଗୀତଗାଇବା ପାଇଁ । ଏଇ ସୁଯୋଗ କିଏ କ'ଣ ଛାଡ଼େ ? ସେଥିପାଇଁ ମୋବାଇଲ୍‌ର ସୁଇଚ୍ ଅଫ୍ କରିଥିଲି । ତୁମେ କ'ଣ ଖାଇଛ ?'

- 'ରାତି ଏତେ ହେଲାଣି ।'

- 'ଅସୁବିଧା କିଛି ହେଲା ନାହିଁ । ମ୍ୟାନେଜର୍ ତାଙ୍କ ଗାଡ଼ିରେ ମୋତେ ଛାଡ଼ିଦେଇଗଲେ ।'

ହଠାତ୍ ଚମକିଉଠିଲା ସୁନନ୍ଦା । ପଚାରିଲା, 'ହାରମୋନିୟମ୍ କୁଆଡ଼େ ଗଲା ?'

ତଣ୍ଟି ଶୁଖିଗଲା ମୋର । କ'ଣ କହିବି ? ଅସମ୍ଭାଳ ପରିସ୍ଥିତି । ଏହାକୁ ମୁକାବିଲା କରିବାର ଉପାୟ ମୋତେ ଜଣାନାହିଁ । ଟୋପାଟୋପା ଝାଳ । ମୁହଁ ସାରା । ପାପୁଲିରେ ମୁହଁ ପୋଛିବାବେଳେ ଜାଣିପାରିଲି, ଗାଲସବୁ ଫାଟିଯାଇଛି ।

ଅଧିକ କଳା ଦିଶୁଚି ମୁହଁ, ମନ । ନିଜକୁ ନିଜେ ଚିହ୍ନିବା ଆଉ ସମ୍ଭବ ନୁହେଁ ।

ମୋତେ ଚିହ୍ନିବ କିପରି ସୁନନ୍ଦା ? କିଛିଦିନ ତଳେ ଛତାତଳେ ଝିଅଟିଏ ଠିଆହୋଇଥିବାର ଚିତ୍ର ସେ ଆଙ୍କିଥିଲା । ମୋ' ଭଳି ଅପରିଚିତ ଲୋକଟି କେବେ ଆଉ ସେହି ଛତାତଳକୁ ଯାଇପାରିବ ନାହିଁ ।

■

ବାଘ ସବାର

ସବୁ ବୋଧହେଲା ଅସ୍ୱାଭାବିକ ଓ ପ୍ରତିଶ୍ରୁତିହୀନ । ଅନୁରୋଧ ସତ୍ତ୍ୱେ ବ୍ଲକ୍ ଅଫିସର୍ ଦିଶିଲେ ଉଦାସୀନ । ଆଉ କିଛି କରିପାରିବେ ନାହିଁ, ଜାଣିପାରିଲି ତାଙ୍କ ହାବଭାବରୁ । ପ୍ରଥମଥର ପାଇଁ ଗୋଟେ ଅଲଗା ଗୁରୁତ୍ୱପୂର୍ଣ୍ଣ ଦାୟିତ୍ୱ। କ'ଣ କରିବି ? ସହ୍ୟ ନକରିପାରିବା ଭଳି ଯନ୍ତ୍ରଣା ପାଦରେ । ଦି'ଦିନ ତଳେ ଖସିପଡ଼ିଥିଲି ଚଟାଣରେ । ଘର ଭିତରେ । ଏ କଥା କହିଥିଲି ତାଙ୍କୁ ଫୋନ୍‌ରେ । ସେ ପ୍ରିଜାଇଡିଂ ଅଫିସର୍ ଭାବେ ମୋତେ ପଠାଇବେ ନାହିଁ ବୋଲି ଭରସା ଦେଇଥିଲେ । ହେଲେ, ମୋ' ଅସୁସ୍ଥତା ତାଙ୍କ ପାଇଁ ଗୋଟେ ମାମୁଲି ଘଟଣା ପରି । ବୁଝାଇବା ଢଂଗରେ ସେ କହିଲେ, 'ଆପଣ ସହଯୋଗ ନକଲେ ନିର୍ବାଚନ କିପରି ହେବ ? ସମସ୍ତଙ୍କର ଅସୁବିଧାକୁ ଏପରି ପରିସ୍ଥିତିରେ ବିଚାରକୁ ନିଆଯାଇପାରିବ ନାହିଁ । କଲେକ୍ଟର ସବୁ ମନିଟରିଂ କରୁଛନ୍ତି । ବେଶି ଦୂରକୁ ଆପଣଙ୍କୁ ତ ପଠାଯାଇନାହିଁ ।'

ଅସହାୟ ହୋଇପଡ଼ିବା ଭଳି ଗୋଟେ ମୁହୂର୍ତ୍ତ ।

ମୋ' ମୁହଁଟି ବ୍ଲକ୍ ଅଫିସରଙ୍କୁ କିପରି ଦିଶିଥିବ, ତାହା ଜାଣିପାରିଲି ନାହିଁ । ହେଲେ, ତାଙ୍କ ମୁହଁରେ ଛଳନାପୂର୍ଣ୍ଣ ରେଖା କେତୋଟି ଦିଶିଲେ, ଅସୁରକ୍ଷିତ ଭବିଷ୍ୟତ ପରି । ତାହା ମୋ' ପାଇଁ ଆଣିଦେଇଛି ଶେଷହୀନ ଦୁଃଖ । ଏଇ ସଙ୍କଟର ମୁକାବିଲା

ପାଇଁ ଆଉ କୌଣସି ଉପାୟ ମୋ' ପାଖରେ ନାହିଁ। ପାଦରେ ଯନ୍ତ୍ରଣା ଚରିଯାଉଚି ସାରା ଶରୀରରେ । ଉତ୍କଟ ବିଷ ଭଳି ।

ବେଶି ସମୟ ବ୍ଲକ୍ ଅଫିସରଙ୍କ ପ୍ରକୋଷ୍ଠ ଭିତରେ ଠିଆହେବାପାଇଁ ଆଉ ବିଶେଷ କାରଣ ବି ମୋ' ପାଖରେ ନାହିଁ । ତେଣୁ ପଦାକୁ ଚାଲିଆସିଲି । ବାରଣ୍ଡାରେ ଲୋକ ଗହଳି । ଆଦିବାସୀ ସ୍ତ୍ରୀଲୋକଟି କବାଟ ପାଖରେ ଅପେକ୍ଷାରତ । ହାତରେ ଧରିଛି କାଗଜ ଖଣ୍ଡେ । ହୋଇପାରେ, ସେଥିରେ ଲେଖିଆଣିଛି ତା' ନିଜର ଦୁଃଖଦୁର୍ଦ୍ଦଶାର ବିବରଣୀ । କିଏ ଶୁଣିବ ତା' ଅଭିଯୋଗ ?

ସବୁ ଭାର ସହିନେବାପାଇଁ କେତୋଟି ପାହାଚ । ଧୀରେଧୀରେ ପାଦ ରଖିଲି । ମୋ' ଯନ୍ତ୍ରଣାକୁ ବୁଝିଲା ଯେମିତି । ନରମ ହୋଇଗଲା ତା' ପିଠି । ଓହ୍ଲାଇଆସିଲି ତଳକୁ । ଲାଲ୍ ମୋରମ୍ ମାଟି ଉପରେ ସବୁଜିମା ଭରା ଆଶ୍ୱାସନା । ତାକୁ ଭେଦକରି ଉଠିଆସିଚି ବାଇଗଣୀ ରଂଗର ଫୁଲ । ଅଳ୍ପ ଅଳ୍ପ ପବନରେ ବିଶ୍ୱସ୍ତ ଭାବ । ହେଲେ, ମୋତେ ଦିଶିଯାଉଚି ସବୁ ବିପର୍ଯ୍ୟସ୍ତ ଓ ଆତଙ୍କପୂର୍ଣ୍ଣ । ଶଙ୍କିତ ହେବାପରି ମୁହୂର୍ତ୍ତ ମୋ' ଚାରିପଟରେ । ଏପରି ମୁହୂର୍ତ୍ତକୁ ଆଗରୁ କେବେ ଭେଟିଥିବା ପରି ମନେହେଲା ନାହିଁ ।

ଚାହିଁଲି ଏଣେତେଣେ । ବୈଶାଖ ମାସର ଖରା । ଆମ୍ବଗଛର ପତ୍ର ସନ୍ଧିରେ ଝରିପଡୁଚି ମାଟି ଉପରେ, ଘାସ ଉପରେ ଓ ବାଇଗଣୀ ରଂଗର ଫୁଲ ଉପରେ । ଡ୍ରାଇଭର ଜିପ୍ ରଖିଛି ଗଛଛାଇରେ । ଟିକେ ଦୂରରେ । ହଠାତ୍ ମୁହାଁମୁହିଁ ହେବା ପରି ଅବସ୍ଥା । ହିଂସ୍ର ଚାହାଣି, ଓଠରେ ଲାଲ୍ ରଂଗ । ଦେହସାରା ହଳଦୀ ଓ କଳା ରଂଗର ପଟାପଟା ଦାଗ । ପଛପଟରେ ଲାଂଜ । ବାଘରୂପ ଧରିଥିଲା ଲୋକଟି । ଚାଲିରେ ବାଘର ଠାଣି । ଚମକିଲା ଭାବ ମୋ' ଭିତରେ ।

ଆଉଥରେ ଚାହିଁଲାବେଳେ ଜାଣିପାରିଲି, ସେ ସଞ୍ଜୟ ନୁହେଁ । ଆଉ କେହି ଜଣେ । ବାଘର ବେଶ ଧରି ପେଟପୋଷିବା ପାଇଁ ତା'ର ଏହି ଅଂଗଭଂଗୀ । ଲାଂଜ ହଲାଉଚି । ଆଖି କଟମଟ କରୁଚି । ଲମ୍ଫ ଦେବାପାଇଁ ପ୍ରସ୍ତୁତ ହେଉଚି । ସ୍ତ୍ରୀଲୋକଟି ତା' ପାଖରେ ଠିଆହୋଇ ଭୋକିଲାଆଖିରେ ହାତପତାଉଚି । କେହି କେହି ସହାନୁଭୂତି ଦେଖାଇ ଦେଉଛନ୍ତି ଖୁଚୁରା ଟଙ୍କା । ଚକ୍‌ଚକ୍ ଦିଶୁଚି ସ୍ତ୍ରୀଲୋକର ହାତମୁଠାରେ ମୁଦ୍ରା କେତୋଟି, ଆଶାର ସକାଳ କେତୋଟି ।

ବାଘବେଶ ଧରିଥିବା ଲୋକଟି ଲମ୍ଫଦେଲା । ଆଖିରେ ଭରିଯାଉଚି ଲାଲ ରଂଗ । ସବୁକିଛି ଅନିଶ୍ଚିତ । ତା' ଚାଲିରେ ଓ ଅଂଗଭଂଗୀରେ ।

– 'ଏଥର କିଏ ଜିତିବ ?'

ପ୍ରଶ୍ନଟି ଆଦୌ ଅପ୍ରାସଂଗିକ ନୁହେଁ । ସଠିକ୍ ଉତ୍ତର ମିଳିବା ସମ୍ଭାବନା ବି କମ୍ । ଦ୍ୱନ୍ଦ୍ୱ ଓ ଉପାୟହୀନତାର ଚିହ୍ନ ବାଘ ବେଶଧାରୀ ଲୋକଟି ମୁହଁରେ । ଏଥର ନିର୍ମଳ ହସ । କହିଲା, 'କିଏ ଆଉ ଜିତିବ ? ଆମ ସରକାର ଛଡ଼ା ଆଉ କେହି ଜିତିପାରିବେ ନାହିଁ । ଜିତିବ ହିଁ ଜିତିବ ।'

ଜାଣିପାରିଲି, ସରକାରୀଦଳ ଜିତିବା କିମ୍ବା ହାରିବା ତା' ପାଇଁ ଗୁରୁତ୍ୱପୂର୍ଣ୍ଣ ନୁହେଁ, ବରଂ ନିଜର ପେଟପୋଷିବା ପାଇଁ ବାଘର ବେଶ ଧରି ରଡ଼ନିଆଁ ପରି ଖରାରେ ଅଂଗଭଂଗୀ ଦେଖାଇବା ଅଧିକ ଉଦ୍‌ବେଗପୂର୍ଣ୍ଣ । ପାଖରେ ଠିଆହୋଇଚି ତା' ସ୍ତ୍ରୀ ଆଂଜୁଳି ଦେଖାଇ । ଉଡିଯାଉଚି ତା' ଲୁଗା, ଅନିଶ୍ଚିତ ଭବିଷ୍ୟତର ପବନରେ ।

ଦେଖୁଥିବା ଏଇ ଅଭାବନୀୟ ଦୃଶ୍ୟଟିର କାହିଁକି ଅଧିକ ବର୍ଣ୍ଣନା କରୁଚି, ଆପଣ ମୋତେ ପଚାରିପାରନ୍ତି । ଏହା ସତ ଯେ ବାଘ ଦେଖିଲେ ସଞ୍ଜୟର କଥା ମୋର ମନେପଡ଼େ । ଆପଣ ତାକୁ ଚିହ୍ନିନଥିବେ । ବଳିଷ୍ଠ ଚେହେରା, ଖେଳାଳିମାନଙ୍କ ପରି । ଓସାରିଆ ଛାତି । ହାତରେ କ୍ରିକେଟ୍ ବ୍ୟାଟ୍ ଧରି ଚୌକାଛକା ମାରିବାବେଳେ ଝିଅମାନେ ଉଚ୍ଚସ୍ୱରରେ ତାକୁ ଉତ୍ସାହିତ କରନ୍ତି ।

ଖେଳ ମୋର ପ୍ରିୟ ନୁହେଁ । ତେଣୁ ସଞ୍ଜୟ ସହିତ ମୋର ବିଶେଷ କଥାବାର୍ତ୍ତା ନଥିଲା, ଯଦିଓ ସେ ଆମ ହଷ୍ଟେଲ୍‌ରେ ରହୁଥିଲା । ମୋ'ଠାରୁ ସେ ବର୍ଷେ ବଡ଼ । ଉପର ଶ୍ରେଣୀରେ ପଢୁଥିଲା, ପୋଷ୍ଟ୍‌ଗ୍ରାଜୁଏସନ୍ କଲାବେଳେ । କଥା କହିବାବେଳେ ଦୃଢ଼ଭାବରେ ନିଜର ମତକୁ ଉପସ୍ଥାପିତ କରିବାର କ୍ଷମତା ଥିଲା ତା' ପାଖରେ ।

ଡିବେଟ୍‌ରେ ସେ ପ୍ରଥମ । ଖେଳରେ ବି ପ୍ରଥମ । ମାତ୍ର ନିର୍ବାଚନରେ ହାରିଯାଇଥିବାରୁ ସେ କିପରି ଅପ୍ରସନ୍ନ ମନେହେଉଥିଲା । ରାଜନୈତିକ ଦଳ ସହ ସମ୍ପର୍କ ନଥିବାରୁ ଏହା ଏକ ମୁଖ୍ୟ କାରଣ । ସେତେ ପ୍ରତିଷ୍ଠା ନଥିବା କଲେଜରେ ବି.ଏ. ପଢ଼ିଥିବା ହେତୁ ସମ୍ପର୍କ ଗଢ଼ିବାରେ ସେ ହୋଇଥିଲା ବିଫଳ ।

ସୁଯୋଗଟିଏ ଆସିଗଲା । ସମ୍ପର୍କର ଚେରକୁ ପରିବ୍ୟାପ୍ତ କରିବାପାଇଁ । ପରୀକ୍ଷା ଫିସ୍ ବୃଦ୍ଧିପାଇଁ ଏକ ନୋଟିସ୍ । ଅସନ୍ତୋଷ ଦେଖାଯିବା ସ୍ୱାଭାବିକ । ଛାତ୍ରାଛାତ୍ରୀଙ୍କ ଭିତରେ । ତାହାହିଁ ଘଟିଲା । ଆଗୁଆ ବାହାରିପଡ଼ିଲା ସଞ୍ଜୟ, ପ୍ରତିବାଦ କରିବା ପାଇଁ, ପରୀକ୍ଷା ଫିସ୍ ବୃଦ୍ଧି ବିରୋଧରେ । ପଛରେ ସମସ୍ତେ । କେହି କିଛି ବୁଝିଲେ ନାହିଁ । ଧସେଇ ପଶିଲେ କଲେଜ୍ ଅଫିସ୍ ଭିତରେ ।

ପରବର୍ତ୍ତୀ ଘଟଣାଟି ହେଲା, କଲେଜ କର୍ତ୍ତୃପକ୍ଷ ନିଜ ନିଷ୍ପତ୍ତିରୁ ଓହରିଯିବା । ସଞ୍ଜୟ ମୁହଁରେ ବିଜୟର ହସ । ସବୁ ପ୍ରତିରୋଧକୁ ଜୟ କରିବାର ଉତ୍ସାହ ଭରିଉଠିଲା

ତା' ଭିତରେ । ବିଧିବଦ୍ଧ ଯୋଜନା ସେ ପ୍ରସ୍ତୁତ କଲା । ବିରୋଧୀଙ୍କୁ କିପରି ପ୍ରତିହତ କରିହେବ, ତାହାର ଉପାୟ ଖୋଜିଲା ।

ଏହା ସହଜ କଥା ନୁହେଁ । ସଭାପତି ଯିଏ ହୋଇଥିଲେ, ତାଙ୍କର ବି ବେଶ୍ ଭଲ ସମ୍ପର୍କ ଥିଲା ସମସ୍ତଙ୍କ ସହିତ । ତାଙ୍କୁ କିପରି ହରାଇପାରିବ, ସେଇ ବାଟରେ ଅଗ୍ରସର ହେଲା ସଞ୍ଜୟ । କଥୋପକଥନରେ ଶ୍ରେଣୀ ସଂଘର୍ଷର କଥା ଉତ୍ଥାପନ କଲା । ନିୟମଗିରି ପାହାଡରେ ବସବାସ କରୁଥିବା ଡଂଗରିଆମାନଙ୍କର ଦୁର୍ଦ୍ଦଶାର କଥା କହିବାପାଇଁ ଭୁଲିଲା ନାହିଁ । ସବୁଠୁ ବଡ଼ କଥା ହେଲା, ସେ ଟେବୁଲ୍ ଉପରେ ରଖିଲା ଦାସ୍ କ୍ୟାପିଟାଲ୍ ।

ଏବେ ତା' ମୁହଁରେ ଅଳ୍ପ ଅଳ୍ପ ଦାଢ଼ି । ଅଯତ୍ନ କେଶରାଶି । ପ୍ରତିଟି ସମସ୍ୟାର ସୂତ୍ର ହେଉଚି ପ୍ରତିବାଦ - ସେ ଏହାହିଁ ବୁଝିଲା । ତେଣୁ ତା'ର ସ୍ୱର ଶୁଭିଲା ବେଶ୍ ଶାଣିତ ।

ଛାତ୍ରମାନେ ବୁଝିଗଲେ, ସବୁ ସଙ୍କଟର ମୁକାବିଲା ପାଇଁ କେବଳ ସଞ୍ଜୟ ହିଁ ତାଙ୍କ ପାଖରେ ଠିଆହୋଇପାରିବ । ଆଉ କେହି ନୁହେଁ । ପରୀକ୍ଷା ଫିସ୍ ବୃଦ୍ଧି ବିରୋଧରେ ହେଉ ଅଥବା ଲେଡିଜ୍ ହଷ୍ଟେଲ୍ ସାମ୍ନାରେ ଅଣଛାତ୍ରମାନଙ୍କର ଅଭଦ୍ର ଆଚରଣ ବିରୋଧରେ ।

ନିର୍ବାଚନରେ ଜିତିବା ପାଇଁ ଝିଅମାନଙ୍କର ଭୋଟ୍ ବେଶ୍ ଗୁରୁତ୍ୱପୂର୍ଣ୍ଣ । ସେମାନଙ୍କୁ ନିଜ ପଟକୁ ଆଣିବାପାଇଁ ସୁଚିନ୍ତିତ ଯୋଜନା କଲା । ଲେଡିଜ୍ ହଷ୍ଟେଲ୍‌ର ବିଭିନ୍ନ ଅସୁବିଧାକୁ ନେଇ ଆରମ୍ଭହେଲା ଅନଶନ, କେତେ ଜଣ ଛାତ୍ରଙ୍କୁ ନେଇ । ମାତ୍ର ଧୀରେଧୀରେ ତାକୁ ସମସ୍ତେ ସମର୍ଥନ ଜଣାଇଲେ । ଆଉ ଗୋଟିଏ ନୂଆ ହଷ୍ଟେଲ୍‌ର ଦାବି, ଯଥାର୍ଥ ମନେହେଲା ।

ବିଭିନ୍ନ ରାଜନୈତିକ ମହଲରୁ ପ୍ରଶଂସାର ସୁଅ ଛୁଟିଲା ।

କଲେଜ୍ ୟୁନିଅନ୍ ନିର୍ବାଚନ ପାଖେଇଆସିଲା । ଝିଅମାନେ ବି ତା' ସପକ୍ଷରେ ପ୍ରଚାରକଲେ । ଆଉ ହାରିବାର ଭୟ ନାହିଁ। ସଭାପତି ପଦ ପାଇଁ ସେ ପୁଣି ଠିଆହେଲା ।

ସରସ୍ୱତୀ ତା' ପାଇଁ ପ୍ରଚାର କଲା । ସଞ୍ଜୟକୁ ଭୋଟ୍ ଦେବାପାଇଁ ସେ ସମସ୍ତଙ୍କୁ ଅନୁରୋଧ କରୁଥିବା କଥାଟି ମୋତେ ଭଲ ଲାଗିଲା ନାହିଁ । ସେ ସ୍ମାର୍ଟ । ସୁନ୍ଦରୀ । କଥା କହିବାବେଳେ ଅପୂର୍ବ ଲାସ୍ୟ । ମନକୁ ମୋହିଦେବା ଭଳି ଓଠରେ ହସ । ମାନୁଚି, ମୁଁ ସରସ୍ୱତୀକୁ ଭଲପାଉଥିଲି । ତା' ଅଙ୍ଗୁଳି କେତୋଟି ଚମ୍ପାକଢ଼ ପରି । ସେହି ଅଙ୍ଗୁଳିକୁ ଛୁଇଁଦେଉଥିଲା ସଞ୍ଜୟ କଥା କହିଲାବେଳେ।

ଈର୍ଷା ହେବା ସ୍ୱାଭାବିକ । ସଞ୍ଜୟ ପ୍ରତି । ହେଲେ, କାହାକୁ କହିବି ଏକଥା ?

ନିଜେ ଜଳିପୋଡ଼ିହେବା ପରି ଅନୁଭବ । କ୍ଲାସ୍‌ରୁମ୍‌ରେ ଅଧ୍ୟାପକଙ୍କ ଲେକ୍‌ଚର୍ ମୋତେ ମୋଟେ ଶୁଭେନାହିଁ । ବ୍ଲାକ୍‌ବୋର୍ଡ଼୍‌ରେ ଚକ୍‌ଖଡ଼ିର ଗାର ଦିଶେ ବେଶ୍ ଅସ୍ପଷ୍ଟ । ଅଥଚ ସରସ୍ୱତୀର ବେକ ପାଖରେ ଥିବା କଳାଜାଇଟି ଦେଖି ରୋମାଂଚିତ ହୋଇପଡ଼େ। କୃତଜ୍ଞ ହୋଇପଡ଼େ ଈଶ୍ୱରଙ୍କ ପ୍ରତି । ଏତେ ସୌନ୍ଦର୍ଯ୍ୟ ସରସ୍ୱତୀ ଭିତରେ ଠୁଳ କରିଦେଇଥିବା ହେତୁ ।

କଲେଜ୍ ନିର୍ବାଚନ ଯେତିକି ନିକଟତର ହୋଇଆସିଲା, ସେତିକି ଭାଂଗିପଡ଼ିଲି ମୋ' ଭିତରେ । ସଞ୍ଜୟ ନିଶ୍ଚିତ ଜିତିବ । ଏଥରକ କେହି ତାକୁ ହରାଇପାରିବେ ନାହିଁ । ସେ ଜିତିଲେ ସରସ୍ୱତୀ ଚଉପାଶରେ ମୋର କୌଣସି ଚିହ୍ନବର୍ଣ୍ଣ ରହିବ ନାହିଁ । ଏହି ଶୋଚନାର ଗଭୀର ଜଳରେ ମୁଁ ବୁଡ଼ିଗଲି । ପାଟିରେ, ନାକରେ ପାଣି ପଶିଯିବା ଭଳି ଅଣନିଶ୍ୱାସୀ ଭାବ । ଅତଳତଳ ଜଳ ଭିତରେ ଦେଖିଲି, ସଞ୍ଜୟ ଗୋଟେ ବାଘ ଉପରେ ବସିଚି । ଦୀପ୍ତ ଠାଣିରେ । ତାକୁ ଲାଗିକରି ବସିଚି ସରସ୍ୱତୀ । ତା'ଓଠରେ ହସ ।

ଅସ୍ୱଚ୍ଛଳ ପରିବାର । ପ୍ରତିବର୍ଷ ଛପର ହେଉନଥିବା ଚାଳଘର। ଫାଟିଯାଉଥିବା ମାଟିକାନ୍ଥ । ଅସୁରକ୍ଷିତ ସମୟ । ଘରେ ବିଭାହେବାପାଇଁ ଦୁଇଟି ଭଉଣୀ । ରୋଗଗ୍ରସ୍ତା ମାଆ । ଏସବୁକୁ ଅତିକ୍ରମ କରିବାପାଇଁ ସରସ୍ୱତୀକୁ ସ୍ୱପ୍ନ ଦେଖିବା ସମୀଚୀନ ନୁହେଁ ମୋ' ପାଇଁ । ହେଲେ, ଏକଥା ମନ ବୁଝିଲା ନାହିଁ । ତେଣୁ ଅଧିକ ସ୍ପଷ୍ଟ ହୋଇ ଦିଶିଲା ସେହି ଦୃଶ୍ୟ । ବାଘ ପିଠିରେ ସବାର ହୋଇଛି ସଞ୍ଜୟ। ପଛରେ ସରସ୍ୱତୀ ।

କେଉଁ ସମ୍ଭାବନାଟା ଅଛି, ସଞ୍ଜୟର ପରାଜୟ ପାଇଁ, ତାହା ଜାଣିପାରିଲି ନାହିଁ । କଲେଜ୍ କାନ୍ଥରେ ନିର୍ବାଚନର ପୋଷ୍ଟର - ସଞ୍ଜୟର ବିଜୟ ପାଇଁ ଗୀତ ଗାଇବା ଆରମ୍ଭ କରିଦେଇଥିଲେ ଯେମିତି । ଗୋଟେ ଆଶଙ୍କା ଓ ଚିନ୍ତା ବିଞ୍ଛିହୋଇପଡ଼ିଲା ମୋ' ଭିତରେ । କ'ଣ କରିବି ? ଗୋଟେ ଅପରାଧୀଭାବ ଦେଖାଦେଲା ମୋ' ଭିତରେ ।

ପରଦିନ ଭୟର ବାତାବରଣ ସାରା କଲେଜ୍‌ରେ । କେହି ଜଣେ ସଞ୍ଜୟର ନିର୍ବାଚନ ପୋଷ୍ଟରସବୁ ଚିରିଦେଇଚି । ଗୋଟିଏ ବି ପୋଷ୍ଟର ରଖିନାହିଁ, ଯେଉଁଟିକୁ ନେଇ ସଂଜୟ ନିଜ ବିଜୟର ଗାଥା ଲେଖିଥାନ୍ତା । ଏତେ ସାହସର ସହ କିଏ କରିପାରିବ ଏହି କାମ ? ପ୍ରଶ୍ନ ପଚାରୁଥିଲେ ଛାତ୍ରଛାତ୍ରୀମାନେ ପରସ୍ପରଙ୍କୁ ନୀରବରେ ।

- 'ଯିଏ ଏ କାମଟି କରିଛି, କୈଫିୟତ୍ ଦେବ ସମସ୍ତଙ୍କୁ । ଭୟଭୀତ ହେବାର କୌଣସି କାରଣ ନାହିଁ । ନିର୍ବାଚନ ହେବ ।' ଏତିକି କହି କେହି ଜଣେ ଅଟକିଗଲେ ଏବଂ ପୁଣି କହିଲେ, 'ସଞ୍ଜୟ ଆସୁ । ବିଚାର କରି ଆଗକୁ ପଦକ୍ଷେପ ନେବି।'

ଆପାତତଃ ବିସ୍ମୟଭରା ମୁହୂର୍ତ୍ତ । କିଛି ବି ଘଟିଯିବାର ଯଥେଷ୍ଟ ସମ୍ଭାବନା । ସମସ୍ତେ ଅପେକ୍ଷା କରିଥିଲେ ସଞ୍ଜୟର ଉପସ୍ଥିତି। ସମୟ ଅତିକ୍ରାନ୍ତ ହେଉଥିଲା । ହେଲେ, ସଞ୍ଜୟର ଦେଖାମିଳିଲା ନାହିଁ । କୁଆଡ଼େ ମିଳେଇଗଲା ସଞ୍ଜୟ, ତାହା କେହି ଜାଣିପାରିଲେ ନାହିଁ ।

ସବୁ ଠିକ୍ ଥିଲା । ନିର୍ବାଚନର ପ୍ରଚାର । ସଞ୍ଜୟର ଭାଗ୍ୟ। ବିଜୟର ସ୍ୱାଦ ଅନୁଭବ କରିବା ପୂର୍ବରୁ ତାହାର ଅଦୃଶ୍ୟ ହେବାର ଘଟଣା ଅନେକ ଦିନ ପର୍ଯ୍ୟନ୍ତ ଚର୍ଚ୍ଚାର ବିଷୟ ହୋଇ ରହିଲା । ମାସେ ପରେ ତା' ବାପା ଆସି ହଷ୍ଟେଲ୍‌ରୁ ସମସ୍ତ ଜିନିଷପତ୍ର ନେବାବେଳେ ଖେଳିଗଲା ଗୋଟେ ଦୁଃଖଦ ବାତାବରଣ । ମାନସିକ ସ୍ତରରେ ଦୃଢ଼ହେବାପାଇଁ ପ୍ରସ୍ତୁତ ହୋଇ ଆସିନଥିଲେ ସେ । ଦୁଇଟୋପା ଲୁହ ତାଙ୍କ ଆଖିରେ ଦେଖାଦେଇ ସୂଚେଇଦେଲା ଯେ ସେ ଏବେ ବି ସଞ୍ଜୟର ଅପେକ୍ଷାରେ ଅଛନ୍ତି, ଆମମାନଙ୍କ ପରି ।

ଏହା ଭିତରେ ବିତିଗଲାଣି ତିନିଚାରି ବର୍ଷ । କଲେଜ ଛାଡ଼ିବା ପରେ ମୋର ଚାକିରି । ସରକାରୀ ବ୍ୟାଙ୍କ୍‌ରେ । ପ୍ରଥମେ ଜଏନ୍ କରିଥିଲି କଟକରେ ଏକା ଶାଖାରେ । ଏବେ କାମାକ୍ଷାନଗରରେ । ବଦଳିହୋଇ ଆସିଛି ।

– 'ସାର୍, ଆସନ୍ତୁ।'

ଡ୍ରାଇଭର୍ ଡାକିବାରୁ ସଚେତନ ହେଲି। ଅନେକ ସମୟ ଧରି ବ୍ଲକ୍ ଅଫିସ୍ ପରିସର ଭିତରେ ଠିଆହୋଇଥିଲି । ଦେଖୁଚି, ବାଘନାଚ ।

ଅନୁଭବ କଲି ଯନ୍ତ୍ରଣା । ପାଦ ପାଖରୁ ଶିର୍‌ଶିର୍ ହୋଇଆସିଲା ଅଣ୍ଟା ପର୍ଯ୍ୟନ୍ତ । ହେତୁ ପାଇଲାଦିନୁ ଏଭଳି ଯନ୍ତ୍ରଣା ଭୋଗିନଥିଲି । ଗାଡ଼ିରେ ବସିଲାବେଳେ ଦେହ ଥରୁଥିଲା ଅସ୍ୱାଭାବିକ ଭାବରେ ।

କିଛି ସମୟ ନୀରବରେ ବସିରହିଲି । ମୁହଁ ଓ ବେକରେ ଝାଳ । ପୋଛିବାକୁ ଆଦୌ ଆଗ୍ରହ ହେଲା ନାହିଁ । ବ୍ୟାଙ୍କ୍‌ରେ ଯାବତୀୟ କାମ । ଅନ୍ୟମନସ୍କ ହୋଇପଡ଼ିଲି । ମନେହେଲା, ମୋ' ଚାରିପଟରେ ସୁସ୍ଥ ମଣିଷମାନଙ୍କ ଗହଳି । କୋଳାହଳ । ହେଲେ, ମୁଁ ହିଁ ଏକମାତ୍ର ଅସୁସ୍ଥ ମଣିଷ, ଯିଏ ବାଟ ପାଉନାହିଁ ସେହି ଗହଳି ଠେଲି ଆଗକୁ ଯିବାପାଇଁ । ପୋତିହୋଇପଡୁଚି ଆଶଙ୍କାରେ ମାଟି ଭିତରେ ।

ବ୍ୟାଙ୍କ୍‌ରୁ ବିଳମ୍ବରେ ଫେରିଲି ମଂଜଥରା ଯନ୍ତ୍ରଣା ସତ୍ତ୍ୱେ । ଭଡାଘରଟି ଅପେକ୍ଷା କରି ରହିଥିଲା ମୋତେ ଆଶ୍ରୟ ଦେବାପାଇଁ ଯେମିତି । ତାଲା ଖୋଲିଗଲା ବିନା ଶବ୍ଦରେ। ସବୁକିଛି ବୋଧହେଲା ମଳିନ, ଉପାୟହୀନ ।

ପରଦିନ ସୂର୍ଯ୍ୟୋଦୟ କେତେବେଳେ ହେଲା, ତାହା ଜାଣିପାରିଲି ନାହିଁ ।

ଉଠିବାରେ ବିଳମ୍ବ ହେତୁ । ଘଣ୍ଟା ଦେଖିଲି । ଦଶଟା ବାଜିଯାଇଛି । ତରତର ହେବା ସ୍ୱାଭାବିକ । ଖୁବ୍ କମ୍ ସମୟରେ ପ୍ରସ୍ତୁତ ହୋଇପଡ଼ିଲି । ଜୋତା ପିନ୍ଧିଲାବେଳେ ଅନୁଭବ କଲି, ଯନ୍ତ୍ରଣା କିଛି କମି ନାହିଁ, ଔଷଧ ଖାଇବା ସତ୍ତ୍ୱେ ।

ବ୍ଲକ୍ ଅଫିସ୍‌ରେ ପହଂଚିଲାବେଳକୁ ସେଠି ମଣିଷଙ୍କ ହାଟ । ବ୍ୟସ୍ତଚଂଚଳ ମୁହୂର୍ତ୍ତ । ଦରି ବିଛାହୋଇଛି ଲାଲ୍-ଗେରୁଆ ମାଟି ଉପରେ । ଗତକାଲି ଫୁଟିଥିବା ଫୁଲଟି ତା'ରି ତଳେ ଚାପିହୋଇ ରହିଯାଇଛି ବୋଧେ । ଦେଖିପାରିଲି ନାହିଁ ବାଇଗଣୀ ରଙ୍ଗର ପାଖୁଡ଼ା କେତୋଟି ।

ମାଇକ୍‌ରେ ସୂଚେଇଦିଆଯାଉଚି ବୁଥ୍ ନମ୍ବର । ଡକାହେଉଚି ନାଆଁ । କାଉଣ୍ଟରରେ ଦିଆଯାଉଚି ବାକ୍ସ, ଲଣ୍ଠନ, ଷ୍ଟାମ୍ପ୍ - ବୁଥ୍ ସୁଚାରୁରୂପେ ପରିଚାଳନା ପାଇଁ ଯେତିକି ଜିନିଷ ଆବଶ୍ୟକ । ଏବଂ ଇଭିଏମ୍ ମେସିନ୍ ।

କାଉଣ୍ଟର୍ ପାଖରେ ଠିଆହୋଇଥିଲେ ହରିବନ୍ଧୁ । ମୋତେ ଅପେକ୍ଷା କରିଥିଲେ ସେଠି । ଅନ୍ୟ ତିନିଜଣଙ୍କ ସହ ପରିଚୟ କରାଇଦେଲେ । ନିମ୍ନସ୍ୱରରେ କହିଲେ, 'ସାର୍, ଆମର ଛପନ ନମ୍ବର ବୁଥ୍ । ଏଠୁ ତିରିଶ କିଲୋମିଟର ଦୂର ।'

କଥା କହିଲାବେଳେ ସେ କାହିଁକି ଦୁଃଖୀ ମନେହେଲେ । ନିଜ ଭିତରେ ଭାଂଗିରୁଜିଯାଇଥିବା ପରି ଭାବ । ଜଣାପଡୁଚି ତାଙ୍କର ମ୍ଳାନ ମୁହଁରୁ । ତାଙ୍କୁ ପଚାରିଲି, 'ଏବେ କ'ଣ କରିବା ? ଆପଣ କ'ଣ କିଛି ବୁଝିଛନ୍ତି ?'

ମୁହଁ ଉଠାଇ ସେ ମୋତେ ଚାହିଁଲେ । ଅତି ଧୀରେ କହିଲେ, 'ତିନି ନମ୍ବର କାଉଣ୍ଟରରେ ଇଭିଏମ୍ ମେସିନ୍ ଦେଉଛନ୍ତି । ଆଉ ବୁଥ୍ ଖର୍ଚ୍ଚ ପାଇଁ ଟଙ୍କା। ସେଠି ଧାଡ଼ିରେ ଛିଡ଼ାହେବାକୁ ପଡ଼ିବ ।"

ବାଉଁଶ ବାନ୍ଧି ତିଆରି କରାହୋଇଛି ବିଭିନ୍ନ କାଉଣ୍ଟରକୁ ଯିବାପାଇଁ ରାସ୍ତା, ଭିଡ଼କୁ ନିୟମିତ କରିବା ପାଇଁ। ସେହି ଧାଡ଼ିରେ ଠିଆହେଲି । ଆଗରେ, ପଛରେ ଲୋକ । କାକୁସ୍ଥ ଭାବ। ସମସ୍ତଙ୍କ ଭିତରେ ଶଙ୍କିତ ଭାବ । ବୁଥ୍ ପରିଚାଳନା କରିବା ନେଇ ସନ୍ଦେହର ଚିହ୍ନ ।

ପ୍ରାୟ ଅଧଘଣ୍ଟାଏ ପରେ ସେହି ଗହଳି ଭିତରୁ ବାହାରିଆସିଲି । ମୋ' ପଛେ ପଛେ ଆସିଲେ ହରିବନ୍ଧୁ । ମୋ' ହାତରୁ ନେଲେ ଇଭିଏମ୍ ମେସିନ୍ । ଟିକିଏ ଦୂରରେ ବସିଥାଆନ୍ତି ଅନ୍ୟ ତିନିଜଣ । ବିଛାହୋଇଥିବା ଦରି ଉପରେ । ତାଙ୍କ ପାଖରେ ଗଡପଡ ହେଉଥିଲେ ଆଉ କିଛି ଲୋକ । ଘୋଘୋ ଭିତରେ ବିତୁଛି ସମୟ।

ସମସ୍ତେ ଦ୍ୱନ୍ଦ୍ୱ ଭିତରେ ଛନ୍ଦିହୋଇପଡ଼ିଛନ୍ତି ଯେମିତି । ତେଣୁ ଭାଷାହୀନ । ମାଇକ୍‌ର ସ୍ୱରରେ ଚଳପ୍ରଚଳ ହେଉଛନ୍ତି ।

– 'ଆପଣ ଆଗରୁ କେବେ ଏ ଦାୟିତ୍ୱ ନେଇଛନ୍ତି ?' ପଚାରିଲି ହରିବନ୍ଧୁଙ୍କୁ, ସମ୍ଭବତଃ ମୋ' ଭିତରେ ସାହସ ଟିକେ ଭରିଦେବା ପାଇଁ ।

ବିନମ୍ର ହୋଇଗଲେ ସେ । କହିଲେ, 'ନାହିଁ ସାର୍ । ପ୍ରଥମଥର ପାଇଁ ଆସିଚି । ନ ଆସିବାପାଇଁ ଯେତେ ଚେଷ୍ଟାକଲି ସବୁ ବିଫଳ ହେଲା । ମାସେ ତଳେ ମୋ' ସ୍ତ୍ରୀ ଚାଲିଗଲେ । ହାର୍ଟ୍ ଆଟାକ୍‌ରେ । ବସିଥିଲେ । କିଛି ନାହିଁ, ହଠାତ୍ ଟଳିପଡ଼ିଲେ । ଘରେ ବହୁତ ଅସୁବିଧା । ଛଅ ବର୍ଷର ପୁଅକୁ ଛାଡ଼ିଆସିଛି ।'

କାନ୍ଦକାନ୍ଦ ଦିଶିଲା ତାଙ୍କ ମୁହଁ ।

ଗନ୍ତବ୍ୟସ୍ଥାନଟିର ଦୂରତା ତିରିଶ କିଲୋମିଟର ନୁହେଁ, ବରଂ ଅନେକ ବେଶି । ସେଠି ଆଜି ବୋଧେ ପହଂଚିହେବ ନାହିଁ ।

ଗାଡ଼ିର ନମ୍ବର ଥିବା କାଗଜଖଣ୍ଡେ ମିଳିଲା, ଦିନ ଦୁଇଟାରେ । ହେଲେ, ଗାଡ଼ି କାହିଁ ? ପାଖ ପଡ଼ିଆରେ ରହିଚି ଟ୍ରକ୍, ଜିପ୍, ଛୋଟ ବସ୍ । ହରିବନ୍ଧୁ ଖୋଜିଲେ ଗାଡ଼ିଟିକୁ ସେଠି । ଗୋଟାଏ ପରେ ଗୋଟେ ଗାଡ଼ି ବାହାରିଯାଉଥିଲା ଗେଟ୍ ବାହାରକୁ । ଧାଉଁଥିଲେ ତା' ଭିତରକୁ ଲୋକମାନେ, ଆଗପଛ ହୋଇ । ପ୍ରତିଦ୍ୱନ୍ଦ୍ୱିତା ହେଉଚି ସେମାନଙ୍କ ଭିତରେ ବୋଧେ ।

ସନ୍ଧ୍ୟା ଛଅଟାରେ ଆମକୁ ନେବାପାଇଁ ଟ୍ରକ୍ ପହଂଚିଲା । କୋଇଲାବୁହା ଟ୍ରକ୍ । ଚାରିଆଡ଼ କୋଇଲା ଗୁଣ୍ଡ । ଏଥିରେ କେମିତି ଯିବି ?

ଧାଇଁଆସିଲେ ହରିବନ୍ଧୁ । କହିଲେ, 'ସାର୍, କେବିନ୍ ଭିତରେ ବସିପଡ଼ନ୍ତୁ । ଆମ ସହିତ ଆଉ ଦୁଇଟି ବୁଥ୍‌ର ଲୋକ ଯିବେ । ଆମେ ତାଙ୍କ ସାଂଗରେ ଡାଲାରେ ବସିବୁ ।'

ଗୋଟେ ବିପର୍ଯ୍ୟସ୍ତ ମୁହୂର୍ତ୍ତ । ସମ୍ଭାବନାହୀନ ସନ୍ଧ୍ୟା । ବିଜୁଳି ଆଲୁଅରେ ଅଳ୍ପ ଆଲୋକିତ ରାସ୍ତା । ଟ୍ରକ୍ ଆଗକୁ ଗଡ଼ିଚାଲିଲା । ଡ୍ରାଇଭର୍ ହାତରେ ଷ୍ଟିୟରିଂ ବୋଲ ମାନୁନାହିଁ । ସ୍ପିଡ୍ ବଢୁଚି । ବେଳେବେଳେ ବ୍ରେକ୍ ମାରୁଚି ଜୋର୍‌ରେ । ଝୁଙ୍କିପଡୁଚି ମୁଁ । ମୋ' ପାଖରେ ଆଉ ତିନିଜଣ ଅଚିହ୍ନା ଲୋକ । ଅନ୍ୟ ବୁଥ୍‌ର ।

ଦୁଇଘଣ୍ଟା ପରେ ଛୋଟ ବଜାର ନିକଟରେ ଅଟକିଲା ଟ୍ରକ୍ । ହରିବନ୍ଧୁ ପ୍ରସ୍ତାବ ଦେଲେ, ସେଠାରୁ ରୋଷେଇର ସବୁ ଜିନିଷପତ୍ର କିଣିବା ପାଇଁ । ମନାକଲି ନାହିଁ । ଚାରୋଟି ବ୍ୟାଗ୍ ଭିତରେ ଭରିହୋଇଗଲା ଡାଲି, ଚାଉଳ, ତେଲ ଓ ମସଲାମସଲି ।

ଭୋକ ଲାଗୁଥିଲା । ଛୋଟ ହୋଟେଲରେ ବସି ଜଳଖିଆ ଖାଇଲୁ ସମସ୍ତେ । ପାଦରେ ସେମିତି ଅଛି ଯନ୍ତ୍ରଣା । ଜୋତା ଖୋଲି ପାଦକୁ ଏପଟସେପଟ କଲି ।

କିଛି ସମୟପରେ ପୁଣି ଆରମ୍ଭ ହେଲା ଯାତ୍ରା ।

ଟ୍ରକ୍ ଆଲୁଅରେ ଦିଶିଲା ଶାଳଜଙ୍ଗଲ । କୁଟୁରା । ହେଟାବାଘ । ସଞ୍ଚରିଗଲା ଭୟ । ପାହାଡ଼ ମନେହେଲା ଅଶରୀରୀର ଛାଇପରି ।

ଗାଆଁ ରାସ୍ତାରେ ଗଡ଼ିଚାଲିଲା ଟ୍ରକ୍ । ଲାଲମାଟିର ରଂଗ ବିଛେଇ ହେବା ଭଳି ଲାଗିଲା । କେଉଁଠି କେଉଁଠି ଖାଲ ଭିତରେ ଚକା ଚାଲିଯିବାରୁ ଟ୍ରକ୍‌ଡାଲାରେ ବସିଥିବା ଲୋକମାନେ ନିଜନିଜର ଭାରସାମ୍ୟ ହରାଇବସୁଥିଲେ । ପାଟିକରିଉଠିଲେ ।

ନିଶାଗ୍ରସ୍ତ ହେବା ପରି ଜଣାପଡ଼ିଲା ଡ୍ରାଇଭର୍ । ବେଖାତିର ମନୋଭାବ । କେବିନ୍‌ରୁ ବାହାରି ଦେଖିଲି, ବିଜୁଳି ତାରରେ ଘଷିହୋଇଚି ଟ୍ରକ୍। ଗାଁ ଭିତରେ । କାକୁସ୍ଥ ହୋଇପଡ଼ିଛନ୍ତି ଡାଲାରେ ବସିଥିବା ଲୋକମାନେ । କିଛି ଅଘଟଣ ଘଟିଥାନ୍ତା ନିଶ୍ଚେ । ଭଗବାନ୍ ଭରସା ।

ହରିବନ୍ଧୁ କହିଲେ, 'ସାର୍, ଆମ ମୁଣ୍ଡ ଉପରେ ନିଆଁହୁଳା ପରି କିଛି ଖସିପଡ଼ିଲା ବିଜୁଳିତାରରୁ ।'

ନିର୍ବାକ୍ ହେବାପରି ସମୟ । ସମସ୍ତେ ପାଟିକଲେ ଡ୍ରାଇଭର୍ ଉପରେ । ଗ୍ରାମବାସୀ ବି ଘେରିଗଲେ । ଟ୍ରକ୍ ପଛକୁ ଫେରିଲା । ବିଜୁଳିତାରରୁ ମୁକ୍ତ ହୋଇ କେନାଲ୍‌ବନ୍ଧରେ ଗଡ଼ିଚାଲିଲା ।

ନିର୍ଦ୍ଦିଷ୍ଟ ବୁଥ୍ ନିକଟରେ ପହଂଚିଲାବେଳକୁ ସମୟ ରାତି ଦଶ । ସ୍କୁଲ୍ ଘର । ବିଜୁଳି ନାହିଁ । ଚାରିଆଡ଼ ଅନ୍ଧାର । ଜିନିଷପତ୍ର ରଖାଗଲା ଗୋଟେ ବଖରାରେ । ଏବେ କ'ଣ କରିବା, ଏଇ ଅନ୍ଧାର ଭିତରେ ?

ଲଣ୍ଠନ ଲଗାଇଲେ ହରିବନ୍ଧୁ । ସେହି ଆଲୁଅରେ ସ୍ପଷ୍ଟ ଦିଶିଲା ନାହିଁ ମୁହଁ । ଆକାଶରେ ତାରା ଭର୍ତ୍ତି । ଜହ୍ନ ନାହିଁ ।

କେହିଜଣେ ପଚାରିଲା, 'ସାର୍, ରୋଷେଇ କରିବା ?'

ଭୋକ ନଥିଲା । ଜଳଖିଆ ପେଟପୂରା ଖାଇଥିବା ହେତୁ ।

ପାଦରେ ସେହିଭଳି ଯନ୍ତ୍ରଣା । ଏବେ ବିଶ୍ରାମ ଦରକାର । କାହିଁକି କେଜାଣି ମନେହେଲା, ସଂସାରରେ ସବୁଠୁ ନିଃସଂଗ ମଣିଷଟିଏ ହେଉଚି ମୁଁ । ପରିପୂର୍ଣ୍ଣ ସଂସାର ମୋ' ପାଇଁ ନାହିଁ । ନାହିଁ କାହାରି ଆତ୍ମୀୟତା। ସ୍ନେହ । ପ୍ରେମ ।

ଦରି ଉପରେ ବିଛାଯାଇଚି ପରିଷ୍କାର ବେଡ଼୍‌ସିଟ୍ । ଶୋଇପଡ଼ିଲି । ନିଦ । କେତେ ସମୟ ଶୋଇପଡ଼ିଚି ଜାଣିନାହିଁ ।

ହରିବନ୍ଧୁ ଡାକିବାରୁ ନିଦ ଭାଂଗିଗଲା । ବୋଧେ ରୋଷେଇ ସରିଯାଇଚି । ଖାଇବାକୁ ସେ ଅନୁରୋଧ କରୁଛନ୍ତି । କହିଲି, 'ଆପଣମାନେ ଖାଆନ୍ତୁ । ମୋତେ ଭଲ ଲାଗୁନାହିଁ ।'

- 'ନାହିଁ ସାର୍, ଆପଣଙ୍କୁ କେହି ଜଣେ ପଦାରେ ଡାକୁଛନ୍ତି ।'

- 'କିଏ ?'

ବାହାରେ ଅନ୍ଧାର । ନିଦ ମଳମଳ ଆଖିରେ ଠିଆହେଲି ବାହାରେ । ତାରାମାନେ ଯେଉଁଠି ଥିଲେ ସେଇଠି । ଟିକିଏହେଲେ ବାଟବଣା ହୋଇନାହାନ୍ତି ଆକାଶରେ । ଜହ୍ନ ଉଠିଆସୁଚି ।

ମୋତେ ଦେଖି ଆଗନ୍ତୁକ ମୁହଁରେ ଚମକିଲା ଭାବ ।

ହଠାତ୍ ମୋ' ପାଟିରୁ ବାହାରିଲା ପଦଟିଏ, 'ସଞ୍ଜୟ ! ତୁ ଏଠି !'

ନିର୍ବାକ୍ ହେବାର ଚିହ୍ନ ତା' ମୁହଁରେ । କହିଲା, 'ଗୁଡାଏ ଦିନ ପରେ ତୋ' ସହ ଭେଟହେଲା । ହେଲେ, ଭେଟ ହେବ ବୋଲି ଭାବି ନଥିଲି ।'

- 'ଛାଡ୍ ସେକଥା । ପୁରୁଣା ସମୟକୁ ମୁଁ ଭୁଲିଗଲିଣି । ଗୋଟେ କାମରେ ଏଠିକୁ ଆସିଚି । ତୁ ମୋତେ ସାହାଯ୍ୟ କରିବୁ । ପ୍ରତିଦ୍ୱନ୍ଦ୍ୱିତା କରୁଥିବା ପ୍ରାର୍ଥୀମାନଙ୍କ ନାଆଁ ମୋତେ କ୍ରମାନୁସାରେ କହିବୁ, ଯେମିତି ଇଭିଏମ୍ ମେସିନ୍‌ରେ ଥିବ ।'

ବୁଝିପାରିଲି ନାହିଁ । ଇଭିଏମ୍ ମେସିନ୍‌ରେ ଥିବା କ୍ରମାନୁସାରେ ନାଆଁ ଜାଣିବି କେମିତି ? ମେସିନ୍‌ର ସିଲ୍ ଖୋଲାହେବ ନିର୍ବାଚନ ଦିନ ସକାଳେ ।

- 'ଏଠିକା ଲୋକମାନେ ଚିହ୍ନ ବି ଜାଣିପାରିବେ ନାହିଁ । ସେମାନଙ୍କୁ ଆମଦଳକୁ ଭୋଟ୍ ଦେବାପାଇଁ ଗୋଟେ ନିର୍ଦ୍ଦିଷ୍ଟ ନମ୍ବର କହିଲେ, ଗଣିକରି ସୁଇଚ୍ ଚିପିବେ ।'

ଦମ୍ଭର ସହ କହିଲା ସଞ୍ଜୟ । ପୁଣି ଯୋଗକଲା, 'ତୁମର ଖାଇବା ପିଇବା ଖର୍ଚ୍ଚ ଆମ ଦଳ ଦେବ । ସେଥିପାଇଁ କିଛି ଚିନ୍ତା କରିବ ନାହିଁ ।'

କଥାଟା ଅପ୍ରାସଂଗିକ ମନେହେଲା । ମୋର ସଂକ୍ଷିପ୍ତ ଉତ୍ତର ଥିଲା, ଜାଣିନାହିଁ ।

ଉଦାସ ଦିଶିଲା ତା' ମୁହଁ । କହିଲା, 'ବୁଝିପାରିବୁ ନାହିଁ ତୁ। ନିର୍ବାଚନରେ ଜିତିବାପାଇଁ ଏ ଗୋଟେ ଉପାୟ।'

କ'ଣ ପଚାରିବି ସଞ୍ଜୟକୁ ? ଅଚିହ୍ନା ଦିଶିଲା ତା' ମୁହଁ । ପଚାରିଲି, 'ଏତେଦିନ ଧରି କୋଉଠି ଥିଲୁ ? କ'ଣ କରୁଚୁ ?'

ଅଳ୍ପ ହସିଲା। କହିଲା, 'ବୁଲୁଚି ଏଇ ବଣଜଂଗଲରେ। ହଁ, ସରସ୍ୱତୀ ବାହାହେଲାଣି ନା ନାହିଁ ?'

ସମ୍ଭାବନାପୂର୍ଣ୍ଣ ହେଲା ମୁହୂର୍ତ୍ତ । ତାରାଭର୍ତ୍ତି ଆକାଶ ।

ନିର୍ଭୟରେ କହିଲି, 'ନିର୍ବାଚନ ପୋଷ୍ଟରଗୁଡ଼ିକୁ ମୁଁ ଚିରିଦେଇଥିଲି ।'

ଅଟକିଗଲା ନିଜ ଭିତରେ ସଞ୍ଜୟ । ଆଉ କ'ଣ ମୋତେ ପଚାରିବ, ଭୁଲିଗଲା

ବୋଧେ । ନିଷ୍ପ୍ରଭ ଦୃଷ୍ଟିରେ ସେ ମୋତେ ଚାହିଁଲା । ପରକ୍ଷଣରେ ସେହି ଅନ୍ଧାରରେ ସେ ହଜିଗଲା ।

ଆଦୌ ବିସ୍ମିତ ହେଲି ନାହିଁ ଯେ ମୁଁ ସରସ୍ୱତୀର ଠିକଣା ତାକୁ କହିନାହିଁ । ସୁନ୍ଦରୀ ଝିଅର ଠିକଣା କେହି କ'ଣ କାହାକୁ କୁହେ ?

ସପ୍ତାହକ ତଳେ ଭେଟ ହୋଇଚି ସରସ୍ୱତୀ ସହ । ତାହା ଆପଣଙ୍କୁ ଏବେ କହୁଚି । ଆବାସିକ ସ୍କୁଲରେ ସେ ଶିକ୍ଷୟିତ୍ରୀ। ବ୍ୟାଙ୍କ୍ ତରଫରୁ ୱାଟର୍ ଫିଲ୍‌ଟର୍ ଯୋଗାଇଦେଲାବେଳେ ତା' ସହ କଥାହୋଇଥିଲି । ସିଧାସଳଖ ସେ ମୋତେ ଚାହିଁପାରିନଥିଲା । ତଳକୁ ଚାହିଁ ମାଟିରେ କେତୋଟି ଗାର ଟାଣୁଥିଲା । ଅତି ଧୀରେ ବର୍ଣ୍ଣନା କରିଥିଲା ସଞ୍ଜୟ ଅଦୃଶ୍ୟହେବାର ରହସ୍ୟ ।

ନିର୍ବାଚନ ପୂର୍ବଦିନ ରାତିରେ ସଞ୍ଜୟ ତାକୁ କରିଥିଲା ପ୍ରେମ ନିବେଦନ । ତା' ହାତରେ ଚିଠିଟିଏ ଧରାଇଦେଇଥିଲା । ଘୃଣା ଓ କ୍ରୋଧରେ ସେହି ଚିଠିକୁ ଚିରି ସେ ଉଡାଇଦେଇଥିଲା ପବନରେ ।

ଏବେ ଆଉ ଭୟ ନାହିଁ । ଶୋଚନା ବି ନାହିଁ । ପାଦର ଯନ୍ତ୍ରଣା କମିଯିବା ପରି ଅନୁଭବ । ଜହ୍ନଆଲୁଅରେ ରାତି ପରିଷ୍କାର ଦେଖାଯାଉଚି । ସବୁ ବୋଧହେଉଚି ସ୍ୱାଭାବିକ ଓ ପ୍ରତିଶ୍ରୁତିପୂର୍ଣ୍ଣ ।

ବାଘପିଠିରେ ବସିଚି ମୁଁ । ମୋ' ପଛରେ ବସିଛି ସରସ୍ୱତୀ । ଏହିପରି ବିସ୍ମୟଭରା ମୁହୂର୍ତ୍ତପାଇଁ ବର୍ଷ ବର୍ଷ ଧରି ଅପେକ୍ଷା କରିଥିଲି ଯେମିତି । ବିଶ୍ୱାସ କରିପାରିବେ ନାହିଁ ଆପଣ, ଆଜି ରାତିର କଥା । ମୁଁ ବି ବିଶ୍ୱାସ କରିପାରୁନାହିଁ ।

■

ରଙ୍ଗଖାତା

ଗାଧୁଆଘରୁ ବାହାରିବା ପରେ ସୁଚିତ୍ରା ଦେଖିଲା, ମୋବାଇଲ୍‌ରେ ଚାରୋଟି ମିସ୍‌ଡ୍ କଲ୍। ତିନୋଟିଯାକ ମାଆଠାରୁ ଆସିଚି। ଅନ୍ୟଟି କରିଛନ୍ତି ଜୟନ୍ତ, ମୁମ୍ବାଇରୁ। ସେଠି ପ୍ରବଳ ବର୍ଷା ଲାଗିରହିଚି। ରାସ୍ତାଘାଟରେ ପାଣି ଜମିଯିବା ହେତୁ ଟ୍ରାଫିକ୍ ଜାମ୍ ହେବାର ଦୃଶ୍ୟ ଯେତିକି ଭୟାବହ ନୁହେଁ, ତା'ଠାରୁ ଅଧିକ ଦୁଃଖଦାୟକ ଦିଶୁଚି ସ୍ଲମ୍ ଏରିଆରେ ବସବାସ କରୁଥିବା ପରିବାର ଲୋକଙ୍କ ମୁହଁ। ସବୁକିଛି ଭିଜିଯାଇଚି ପାଣିରେ। ଚାଉଳବସ୍ତା, ଅଟାଟିଣ, ଲୁଣ ପ୍ୟାକେଟ୍, ହଳଦୀଡବା ଓ ଦିଆସିଲି । ଖଟ ଉପରେ ଗ୍ୟାସ୍‌ଚୁଲା, ଟି.ଭି. ଓ ବହିପତ୍ର। ଭୋକର ଚିତ୍ର ଆଙ୍କିଦେଇଚି ବର୍ଷା, ପ୍ରତିଟି ଘରର ଦ୍ୱାରଦେଶରେ। ତେଣୁ ଭାସିଯାଉଥିବା ଠାକୁରଙ୍କ ଫଟୋକୁ ଉଠାଇଆଣିବାପାଇଁ ଲମ୍ବିଯାଇ ନାହିଁ, ଆସ୍ଥା ଓ ବିଶ୍ୱାସର ହାତ ।

ଏହିପରି ଶୁଣିଥିଲା ଅସୁସ୍ଥ ପୃଥିବୀର କଥା, ଗତକାଲି ଜୟନ୍ତଙ୍କଠାରୁ ସୁଚିତ୍ରା। ଏବଂ ଟିଭିରୁ କେତୋଟି ଦୃଶ୍ୟ ଦେଖିଲା ଉଦାସ ଆଖିରେ। ତେଣୁ କାହାରି ସହିତ କଥାହେବା ପାଇଁ ଆଗ୍ରହ କରିନଥିଲା। ବାଲ୍‌କୋନିରେ ବସିରହିଥିଲା ଅଧରାତି ପର୍ଯ୍ୟନ୍ତ ନୀରବରେ । ରାସ୍ତାରେ ବେଗମାନ୍ ଆଲୋକର ସ୍ରୋତ । ଆକାଶରେ ନକ୍ଷତ୍ରଙ୍କ ଉଜ୍ଜ୍ୱଳ ମୁହଁ । ମେଘ ନଥିଲା । ମାତ୍ର ଅଳ୍ପ ଅଳ୍ପ ପବନ ଛୁଇଁଥିଲା ପ୍ରକୋଷ୍ଠର ଝର୍କା, ପର୍ଦ୍ଦା ଓ ତା' ବେକମୂଳ ।

ଝରିପଡୁଥିବା ପାଣିଟୋପାକୁ ଟାୱେଲ୍‌ରେ ପୋଛି ମୋବାଇଲ୍‌ର ବଟମ୍ ଚିପିଲା ସୁଚିତ୍ରା। ଆରପଟରେ ରିଂ ହେଲା । କ'ଣ କରୁଥିବ ଏବେ ମାଆ ? ରୋଷେଇଘରେ ପ୍ଲେଟ୍‌ରେ ବାଢୁଥିବ ଭାତ, ଡାଲି, ଶାଗଭଜା ସହ ପୋଟଳ ତରକାରି । ବାପାଙ୍କ ପାଇଁ । ଆଠଟା ତିରିଶରେ ମାଆର ବ୍ୟସ୍ତତା ସବୁଠାରୁ ଅଧିକ। ରାଗ ହୋଇଚି କି ନାହିଁ, ଜାଣିନପାରି, ତରତର ହୋଇ ପ୍ଲେଟ୍ ରଖିବ ଟେବୁଲ ଉପରେ । ଛୋଟ କପ୍‌ରେ ଦହି । ଖାଇଲାବେଳେ କିଛି ପ୍ରତିକ୍ରିୟା ପ୍ରକାଶ କରନ୍ତି ନାହିଁ ବାପା। ତାଙ୍କର ସମୟ ବି କାହିଁ! ଘରଠାରୁ ଅଫିସ୍ ପନ୍ଦର କିଲୋମିଟର ଦୂର । ଠିକ୍ ସମୟରେ ସେଠି ପହଂଚିବାକୁ ହେବ। ସେ ବି ସେଥିପାଇଁ ବ୍ୟସ୍ତ, ବିବ୍ରତ ।

ଆରପଟରୁ ମାଆ ପଚାରିଲା, 'କ'ଣ କରୁଚୁ ? ତୋର କ'ଣ ଏତେ କାମ ଯେ ମୋ' ସାଙ୍ଗରେ କଥାହେବାପାଇଁ ବେଳ ନାହିଁ !'

– 'ଗାଧୁଆଘରେ ଥିଲି । ସାୱାର୍ ଖୋଲା ଶବ୍ଦରେ ଶୁଣିପାରିନାହିଁ ।'

ସୁଚିତ୍ରାର ଏହି କୈଫିୟତ୍ ବିଶେଷତ୍ୱହୀନ ମନେହେଲା । ତେଣୁ ମାଆ କହିଲା, 'ମୋ କଥା ତୁ ଆଦୌ ବୁଝୁନାହୁଁ । ଝିଅମାନଙ୍କ ପାଇଁ ବୟସ କେତେ ଗୁରୁତ୍ୱପୂର୍ଣ୍ଣ, ତାହା ତୁ ଜାଣିପାରୁନୁ । ପାଂଚବର୍ଷ ହେଲାଣି ତୋ'ର ଚାକିରିକୁ ।'

ସ୍ୱଚ୍ଛ ଓ ପରିଷ୍କାର ଡ୍ରେସିଂ ମିରର୍। ତାହାରି ଆଗରେ ଠିଆହୋଇ ନିଜକୁ ଚାହିଁଲା ସୁଚିତ୍ରା। କେତେ ବୟସ ହୋଇଚି ? ଛବିଶ ନା ସତେଇଶ ? ଜାନୁଆରିରେ ତା' ଜନ୍ମଦିନ ବୋଲି ମନେପକାଇଥିଲା ମାଆ । ଆଜି ଜୁଲାଇ ସାତ। ପୂର୍ବଭଳି ଚମକୁଚି ଆଖି। ଓଠ ଦିଶୁଚି ଲାଲ୍ । ଅଣ୍ଟାରେ ଟିକେ ବି ଚର୍ବି ନାହିଁ । ସକାଳେ ସେ ଚାଲୁଚି ଓଜନ ବଢ଼ିବନି ବୋଲି, ଅଫିସ୍ କ୍ୟାମ୍ପସ୍ ଭିତରେ । ଖାଇବାବେଳେ ବି ମାନୁଚି ଅନେକ ନିୟମ। ତେବେ, ମାଆ ସବୁବେଳେ ବୟସର କଥାଟି ଉପରେ କାହିଁକି ଏତେ ଜୋର୍ ଦେଉଚି !

ମାଆର ବ୍ୟସ୍ତତା ପୋଛିଦେବାପାଇଁ ସେ କ'ଣ ଚାହୁନାହିଁ ? ସେଥିପାଇଁ ତ ସରୋଜକୁ ବିବାହ କରିବାପାଇଁ ସ୍ଥିର କରିଥିଲା । ପ୍ରସ୍ତାବକୁ ସରୋଜର ବାପା ନିଜ ତରଫରୁ ଦେଇଥିଲେ । ଅନେକଦିନର ପରିଚୟ ହେତୁ । ମାଲକାନ୍‌ଗିରିରେ ତାଙ୍କ କ୍ୱାଟର୍ସ ପାଖରେ ସେମାନେ ରହୁଥିଲେ । ସରୋଜ ବି ଦେଖିବାକୁ ଆଦୌ ମନ୍ଦ ନଥିଲା। ଗୋରା । ବିଶ୍ୱାସଯୋଗ୍ୟ ବ୍ୟବହାର । ବାଙ୍ଗାଲୋର୍‌ରେ କୌଣସି କମ୍ପାନିରେ କରୁଚି ଚାକିରି। ସଫ୍‌ଟ୍‌ୱାର୍ ଇଂଜିନିୟର । ଦି'ଥର ଆମେରିକା ଯାଇ ଫେରିଚି । ଭୁବନେଶ୍ୱରରେ ଅଛି ତାଙ୍କର ଘର।

ବାସ୍ତବିକ ଲୋଭନୀୟ ପ୍ରସ୍ତାବ ଥିଲା ମାଆ ପାଇଁ। ପ୍ରସ୍ତାବଟିକୁ ଆଗେଇ ନେବାପାଇଁ ସେ ମତ ଦେଇଥିଲା ।

ତା' କଥା କ'ଣ ମାନିନଥିଲା ସୁଚିତ୍ରା! ଛୁଟିନେଇ ତ ଧାଇଁ ଯାଇଥିଲା କଟକ। ପନ୍ଦରଦିନ ପାଇଁ । ସୁଚିନ୍ତିତ ଯୋଜନା ଅନୁଯାୟୀ ସରୋଜକୁ ଭେଟିଥିଲା । କଥାହୋଇଥିଲା, ବିଗ୍‌ବଜାରରେ। ସ୍ୱପ୍ନ ଓ ବିଶ୍ୱାସର ଘରଟିଏ କ'ଣ ସେ ତୋଳିନଥିଲା ମନ ଭିତରେ! ସତରେ, ମିଠାମିଠା ସେହି କେତୋଟି ମୁହୂର୍ତ୍ତ । ହେନାଫୁଲର ମହକ ପରି ।

ଘରକୁ ଫେରିବା ପରେ ମାଅ ପଚାରିଲା, ସରୋଜ ସମ୍ପର୍କରେ। ସୁଚିତ୍ରା ନିଜର ମତାମତ ଜଣାଇବା ବଦଳରେ ଅଳ୍ପ ହସିଦେଇଥିଲା । ସେତିକିରୁ ସେ ବୁଝିଥିଲା ଯେ ରାଜିଅଛି ସୁଚିତ୍ରା।

ମୁହୂର୍ତ୍ତସବୁ ଫୁଲର ରଂଗରେ ଦିଶିଥିଲା ଲାଲ୍, ହଳଦିଆ ଓ ବାଇଗଣି।

ସରୋଜ ଆସିଚି ବାଙ୍ଗାଲୋର୍‌ରୁ ହାଇଦ୍ରାବାଦ - ସୁଚିତ୍ରାକୁ ଭେଟିବାପାଇଁ ଦୁଇ ତିନିଥର । ସାରା ସହର ବୁଲିଚି ତା' ସହ ସୁଚିତ୍ରା ମେରୁ କାବ୍‌ରେ । ଲାଉଞ୍ଜ୍‌ରେ ବସି ନୁହେଁ। ସେଥିଯୋଗୁ କେତେ ବ୍ୟସ୍ତତା ଭରିହୋଇନାହିଁ ସୁଚିତ୍ରାର ମନ ଭିତରେ! ଏତେ ଅନ୍ୟମନସ୍କ କିପରି ହୋଇପଡ଼େ ଜଣେ ଦାୟିତ୍ୱସମ୍ପନ୍ନ ମଣିଷ! ବୁଝିପାରିନଥିଲା ସେ ସେଦିନ ।

ପାଦତଳ ଶିର୍‌ଶିର୍ ଲାଗିଲା । ଏତେ ସମୟଧରି ସେ ଡ୍ରେସିଂ ମିରର୍ ଆଗରେ ଠିଆହୋଇରହିଚି, ଜାଣିପାରି ନଥିଲା ।

ଏଇ ଯେମିତି ଜାଣିପାରିନଥିଲା, ସରୋଜ ଆଉଜଣକୁ ଭଲପାଉଚି । ଝିଅଟି କଲିକତାରେ ଚାକିରିକରେ, ତା' ସହିତ ମଧୁର ସମ୍ପର୍କର ଗୀତ ଗାଇବା କଥାଟିକୁ ଶୁଣିବା ପରେ ଭାଂଗିପଡ଼ିଥିଲା ସୁଚିତ୍ରା। ଲୁହଧାରକୁ ଅଟକାଇ ପାରିନଥିଲା ସେ ।

ଘଟଣାଟି ଏତିକିରେ ଶେଷହୋଇନଥିଲା, ବରଂ ନିଜ ମୁହଁ ଲୁଚାଇବା ପାଇଁ ପ୍ରସ୍ତାବଟିକୁ ଭାଂଗିଦେଇଥିଲେ ସରୋଜର ବାପା । ଅତି ନିର୍ମମ ଥିଲା ତାଙ୍କ ଯୁକ୍ତି। ଜାତକରେ ଅଇରି ଷଡାଷ୍ଟକ ହେତୁ ଏଇ ବିଭାଘର ହେବା ଶାସ୍ତ୍ରସମ୍ମତ ନୁହେଁ ।

କ'ଣ କରିଥା'ନ୍ତେ ବାପା? ପ୍ରଥମେ ବାକ୍‌ଶୂନ୍ୟ ହେବାପରି ଦିଶିଲେ। ପରେ ଅତି ଧୀରେ କହିଥିଲେ, 'ଏଇଠି କିଛି ସରିଯାଉନାହିଁ । ଏହାଠାରୁ ଅଧିକ ସୁଖ ତୋ' ପାଇଁ ଅଛି । ଏତିକି ଜାଣ୍ ।'

ଅଭିଭୂତ ହୋଇପଡ଼ିଲା ସୁଚିତ୍ରା। ଏତେ ସହଜରେ ବାପା ହିଁ କହିପାରନ୍ତି ଏପରି କଥା । ମାଆ ଦିଶିଲା କାନ୍ଦକାନ୍ଦ । ତା' ପାଇଁ ସେ ଯେତିକି ବ୍ୟସ୍ତ ହେଉନଥିଲା,

ତା'ଠାରୁ ଅଧିକ ଚିନ୍ତିତ ଥିଲା ସାନଭଉଣୀ ସକାଶେ । ତା'ର ଇଂଜିନିୟରିଂ ଫାଇନାଲ୍ ଇଅର୍। ଆରବର୍ଷ ଚାକିରି କରିବ। ତା' ପାଇଁ ବି ବର ଖୋଜିବାକୁ ହେବ। ସବୁକିଛି ବିଳମ୍ବ ହେଉଚି । ଭାଗ୍ୟ ଓ ବିବାହ ।

କେତେ ପରିଚ୍ଛନ୍ନ, ଆବେଗମୟ ମୁହୂର୍ତ୍ତସବୁ ।

ଚେନାଏ ହସ ଦେଖାଦେଲା ସୁଚିତ୍ରା ମୁହଁରେ ।

– 'ମାଆରେ, ମୋ' କଥା ମନଦେଇ ଶୁଣ୍ । ତୋତେ ଦେଖିବାପାଇଁ ପୁଅଟି ଯାଉଚି। ସାଂଗରେ ତା' ବାପାମାଆ ବି ଅଛନ୍ତି । ସେମାନେ ମୁମ୍ବାଇରେ ରହନ୍ତି । କିନ୍ତୁ ତାଙ୍କ ଘର ଭୁବନେଶ୍ୱରରେ, ତୋ' ମାଉସୀଘର ପାଖରେ। ଯେତିକି ବୁଝିଚି, ସେମାନେ ଭଲ ପରିବାର ।'

ଚିହିଁକିଉଠିଲା ସୁଚିତ୍ରା । ଅନ୍ଧାର ରାତିରେ କୌଣସି ସରୀସୃପ ଉପରେ ପାଦ ପଡ଼ିଗଲା ଯେମିତି । ଦେହସାରା ଝାଳ ।

– 'ଆଉ ସେମିତି ଭୁଲ୍ ତୁ କରିବା ଉଚିତ ନୁହେଁ । ପିଲାଟି ବଡ଼ ଚାକିରି କରିଚି ଆଉ ଭଲ ପରିବାରର ବି ହୋଇପାରେ, ମାତ୍ର ତୁ କ'ଣ କହିପାରିବୁ, ସେ ମୋତେ ଠକିବ ନାହିଁ ସରୋଜ ପରି ?'

ସୁଚିତ୍ରାର କଥା ନିତାନ୍ତ ଛୋଟ ଓ ଗୁରୁତ୍ୱହୀନ ହୋଇପଡ଼ିଲା ମାଆ ପାଖରେ। କାରଣ ସେଇ ପରିବାରର ସ୍ୱଚ୍ଛତା ସମ୍ପର୍କରେ କିଛିଟା ଧାରଣା ଦେଇଛନ୍ତି ମାମୁ। ଆରପଟରୁ ମାଆ ବୁଝାଇବା ଭଳି କହିଲା, 'ଏଇ ଥରୁଟିଏ ପାଇଁ ତୋତେ ବାଧ୍ୟ କରୁଚି। କଥା ମାନିବୁ ବୋଲି ମୋର ବିଶ୍ୱାସ। ଜିନ୍ ପ୍ୟାଣ୍ଟସାର୍ଟ୍ ପିନ୍ଧି ତାଙ୍କ ଆଗକୁ ଯିବୁ ନାହିଁ, ବରଂ ଶାଢ଼ି ପିନ୍ଧିଲେ ଭଲ ହେବ । ତୋ' ପାଖକୁ ମୁଁ ଯାଇଥିଲେ ତୋତେ ଅସୁବିଧା ଲାଗିନଥାନ୍ତା। ଏତେ ଶୀଘ୍ର ତାହା ସମ୍ଭବ ନୁହେଁ । ସେମାନେ ଏଗାରଟାରେ ପହଞ୍ଚିବେ ବୋଲି କହିଛନ୍ତି।'

ଏକ ସୁରକ୍ଷିତ ଲହଡ଼ି ପ୍ରବାହିତ ହେଲା ସୁଚିତ୍ରାର ଦେହ ଭିତରେ । ଆଉ କେତେ ଘଣ୍ଟା ଅଛି ଅନ୍ତରଂଗ ସାକ୍ଷାତକାର ପାଇଁ ନୁହେଁ, ବରଂ ବିବାହକରି ଘରସଂସାର କରିବାର କୋମଳ ଆବେଗର ବର୍ଷାରେ ଭିଜିଗଲା ଯେମିତି। ମୁଗ୍ଧ ହୋଇ ହସିଉଠିଲା ସେ । ହାତ ଯୋଡ଼ିଲା । ପ୍ରାର୍ଥନା କରିବା ଭଳି ।

ଅନ୍ୟମନସ୍କ ହୋଇପଡ଼ିବା ସ୍ୱାଭାବିକ । କେଉଁ ରଂଗର ଲିପ୍‌ଷ୍ଟିକ୍ ଓଠରେ ଲଗାଇବ ? ସାଲ୍‌ୱର୍ ପଂଜାବି ପିନ୍ଧିଲେ କ'ଣ ହେବନି ? ମାଆ କହୁଥିଲା, ଶାଢ଼ି ପିନ୍ଧିବା ପାଇଁ। କିଏ ପିନ୍ଧେ ଶାଢ଼ି ? ଚାଲିପାରିବ ନାହିଁ ଶାଢ଼ି ପିନ୍ଧି। କ'ଣ କରିବ ସେ ? କେଉଁ ସାଣ୍ଡାଲ୍ ପିନ୍ଧିକି ଯିବ ? ପୁଅର ଉଚ୍ଚତା କେତେ ? ଏତେ ସଜବାଜ

ହେବା ପରେ, ସେ ଯଦି ପସନ୍ଦ ନକରିବ, ତେବେ ମାଆ ଆଖିରେ ଦେଖାଦେବ ଲୁହ । ତାକୁ ବୁଝାଇବା ଏତେ ସହଜ ନୁହେଁ । ସବୁ ପ୍ରଚେଷ୍ଟା ଅସଫଳ ହୋଇଯିବା ବି ସମ୍ଭବ ।

ପାଖାପାଖି ଏଗାରଟା ତିରିଶ । ଓ୍ୱାଚ୍‌ମ୍ୟାନ୍ ଖବରଦେଲା, ଭିଜିଟର୍‌ସ୍ ପ୍ରକୋଷ୍ଠରେ କେହି ଅପେକ୍ଷା କରିଛନ୍ତି, ତାକୁ ଭେଟିବା ପାଇଁ। କାହିଁକି କେଜାଣି, ତା' ମୁହଁରେ ଦେଖାଦେଲା ଅସହାୟତାର ରେଖା । ନା, ସେ ଯାଇପାରିବ ନାହିଁ । ମନ ଦୁଃଖରେ ଭରିଗଲା । ପାଖରେ ମାଆ ଥିଲେ, କୌଣସି ଅସୁବିଧା ହୋଇନଥାନ୍ତା। କ'ଣ କରିବ ସେ ?

ସାମାନ୍ୟ ଅସାବଧାନତାକୁ ସୁଯୋଗ ନ ଦେଇ ତିନିମହଲାରୁ ଓହ୍ଲାଇଆସିଲା ସୁଚିତ୍ରା । ଶାଢ଼ି ପିନ୍ଧି । ସଂଭ୍ରମ ସହକାରେ ନିଜର ପରିଚୟ ଦେଲା। ପାଦଛୁଇଁ ପ୍ରଣାମ କଲା । ଏବଂ ଥରିଉଠିଲା ନିଜ ଭିତରେ ।

ବୋଧେ ଜାଣିପାରିଲେ ଭଦ୍ରମହିଳା । ତାକୁ ଜାବୁଡ଼ିଧରିଲେ । ଏବଂ କହିଲେ, 'ତୁମେ ମୋ' ଝିଅ ପରି। ଦେଖିବାକୁ ଆସିଚୁ, ତାହା ତୁମେ ଜାଣ । ଚାକିରି କରୁଥିବା ଝିଅଟିଏ କ'ଣ ଏମିତି ନର୍ଭସ୍ ଦିଶେ!'

ଝାଳରେ ଓଦା ଲାଗିଲା ହାତପାପୁଲି। ଅପ୍ରତିଭ ହୋଇପଡ଼ିଲା ସୁଚିତ୍ରା । ଦୟନୀୟ ହସ ହସି କହିଲା, 'ନାହିଁ ଆଣ୍ଟି, ସେମିତି କିଛି ନୁହେଁ। କିଛି ସମୟ ତଳେ ଆପଣ ଆସିବେ ବୋଲି ଜାଣିଲି । ପ୍ରସ୍ତୁତ ନଥିଲି। ତେଣୁ...'

ଦୂରରେ, ଟିକିଏ ଦୂରରେ ଛିଡାହୋଇଚି ଜଣେ ଯୁବକ । କ'ଣ ତାଙ୍କର ନାଆଁ ? ମାଆ କଥାହେଲାବେଳେ ବୋଧେ କହିଥିବ। ଭୁଲିଯାଇଚି ସେ ।

ଏତିକିବେଳେ ଭଦ୍ରଲୋକ କହିଲେ, 'ଆମେ ଏଠି ବସିଚୁ। ତୁମେ ବିକାଶ ସହ କାଫେଟେରିଆକୁ ଯାଅ। ସେଇଠି ଦୁହେଁ କଥାହେବ । ତୁମକୁ ଟିକେ ଭଲ ବି ଲାଗିବ ।'

ସୁଚିତ୍ରା ତାହା ହିଁ ଚାହୁଁଥିଲା । ନିରୋଳା ଜାଗାରେ କଥାବାର୍ତ୍ତା ହେଲେ, ବିକାଶକୁ ସେ ବୁଝିପାରିବ। ଟୋପାଟୋପା ଝାଳ । ବାରମ୍ବାର ମୁହଁ ପୋଛିଲା ସେ ।

ହସିବା ତ ଦୂରର କଥା, ବିକାଶ ଭଲକରି ଚାହୁଁନଥାଏ ତାକୁ, ତା' ସହିତ ଆସିବାବେଳେ ।

ଝରକା ପାଖରେ ବସିଲା ସୁଚିତ୍ରା। ତା' ସାମ୍ନାରେ ବିକାଶ । ପତଳା କେଶ । ଆଖିଯୋଡ଼ିକ ଢଳଢଳ । ଶ୍ୟାମଳ ରଂଗ । ଲାଲ୍ ରଂଗର ସାର୍ଟ୍‌ରେ ସ୍ମାର୍ଟ୍ ଦିଶୁଚି ସେ ।

କଥା ଆରମ୍ଭ ହେବ କିପରି ? ଚାରିପଟରେ ଅଚିହ୍ନା ପରିବେଶ ।

ଟିକିଏ ହସିଲା ସୁଚିତ୍ରା । ପଚାରିଲା, 'କାପ୍ଟେରିଆ ପଛପଟରେ ଛୋଟ ହ୍ରଦଟେ ଅଛି । କଇଁଫୁଲ ଫୁଟିଲେ ଭାରି ସୁନ୍ଦର ଦିଶେ । ସେଇଠି ଗୋଟେ ହଂସୀ ଅଛି । ମୋତେ ଦେଖିଲେ ଧାଇଁଆସିବ । ତା' ଭାଷାରେ କ'ଣ କହିବ କେଜାଣି, ବୁଝିପାରେ ନାହିଁ । ଯିବା ସେଠିକି ?'

ବିକାଶ ଆତି ସହଜଭାବରେ କହିଲା, 'ନା, ଏଇଠି ଠିକ୍ ଅଛି । ଫ୍ଲାଇଟ୍ ବିଳମ୍ବରେ ପହଂଚିବା ହେତୁ ଆମର ଡେରି ହୋଇଗଲା । ବାଟରେ ବି ଟ୍ରାଫିକ୍ ଜାମ୍ । ଆମକୁ ଅପେକ୍ଷାକରି ବ୍ୟସ୍ତ ହୋଇପଡ଼ିଥିବ ।'

ଆଶା ଓ ସମ୍ଭାବ୍ୟ ପ୍ରାପ୍ତିଜନିତ ମୁହୂର୍ତ୍ତଟିକୁ ଆବେଗରେ ମୁଠାଇଧରିଲା ସୁଚିତ୍ରା । ଏବଂ କହିଲା, 'ଭାରି ଭଲଲାଗେ ବର୍ଷା । ବର୍ଷାହେଲେ ମୋର ଇଚ୍ଛାହୁଏ ନାଚିବାପାଇଁ । ଏଇ ଯେଉଁ ଶାଳଗଛ ଦେଖୁଛ, ବର୍ଷାରେ ଜଣାଯାଏ, ଛିଡାହୋଇଚି ଜଙ୍ଗଲ ଭିତରେ ମଣିଷଟିଏ ପରି । ଧାରଧାର ପାଣି ନିଗିଡ଼ିପଡୁଥିବ ତା' ଡାଳପତ୍ରରୁ । ମୁମ୍ବାଇରେ ଏବେ ବର୍ଷା ହେଉଚିନା ?'

ସଜାଡ଼ିଲା ଶାଢ଼ି ସୁଚିତ୍ରା । ବୋଧେ ବେଶୀ ଜୋର୍‌ରେ ଭିଡ଼ିଦେଇଚି ଅଣ୍ଟା ପାଖରେ । ପେଟ ଚିପିହୋଇଗଲା ପରି ଅନୁଭବ । ନିଜ ଉପରେ ବିରକ୍ତହେଲା ସେ । ଆଉ କିଛି କହିବ ବୋଲି ସେ ଭାବୁଚି । ଠିକ୍ ଏତିକିବେଳେ ବିକାଶ ପଚାରିଲା, 'ତୁମେ କେବେ ବାର୍ ଯାଇଛ ? ପ୍ରତିଶନିବାର ସେଠିକୁ ମୁଁ ଯାଏ । ଟିକେ ହାଲୁକା ହେବାପାଇଁ ଟେନ୍‌ସନ୍‌ରୁ । ଅଫିସ୍‌ରେ ବହୁତ କାମର ଚାପ । ସେଥିରୁ ମୁକୁଳିବା ପାଇଁ ମୋର ଏହି ଅଭ୍ୟାସ ।'

ଏମିତି ବାଗରେ କଥାର ମୁହଁ ଦିଶିବ, ଆଦୌ ସମ୍ଭାବନା ନଥିଲା । ଚମକିଉଠିଲା ସୁଚିତ୍ରା । ପାଖ ଟେବୁଲରେ କେହିଜଣେ ପିଉଥିଲେ କଫି । କୌଣସି ଶବ୍ଦ ଶୁଭିଲା ନାହିଁ । ଗୋଟେ ଉତ୍କଣ୍ଠାର ହାତପାପୁଲି ଭିତରେ ଅଣନିଶ୍ୱାସୀ ଭାବ ।

ବିକାଶ ଚାପା ସ୍ୱରରେ କହିଲା, 'ଏକଥା ତୁମକୁ କହିଲି । କାହାକୁ କହିବ ନାହିଁ । ମୋ' ବାପାମାଆଙ୍କୁ ବି ନୁହେଁ । ବାହାଘର ପୂର୍ବରୁ ଏଇ କଥାଟିକୁ ଜଣାଇବା ଉଚିତ ହେବ ବୋଲି ଭାବିଲି । ନହେଲେ, ତୁମେ ପରେ ଜାଣିଥିଲେ ମୋତେ ଭୁଲ୍ ବୁଝିଥାଆନ୍ତ ।'

ସମ୍ପୂର୍ଣ୍ଣ ବିପର୍ଯ୍ୟସ୍ତ ହୋଇପଡ଼ିଲା ମୁହୂର୍ତ୍ତ ।

ଛନ୍ଦିହୋଇଯାଇଚି ହଂସୀଟି ବୋଧେ । ଜଡ଼ାଇହୋଇଚି ପାଦ ଅନିଶ୍ଚିତତାର ରଜ୍ଜୁରେ । କିପରି ମୁକୁଳିବ ସେ ? ପାଖଆଖରେ କେହି ନଥିବେ । ଶୁଭୁଚି ତା'

କଣ୍ଠସ୍ୱର। କେହି କାନ୍ଦିଲାପରି । ବ୍ୟସ୍ତ ହୋଇପଡ଼ିଲା ସୁଚିତ୍ରା । ବିବ୍ରତ ହୋଇ କହିଲା, 'ଆମେ ଏବେ ଉଠିବା।'

ଟେବୁଲ ଉପରେ ନଥିଲା ଖାଲି-କଫିକପ୍ ।

ଫେରିଆସିଲା ଭିଜିଟର୍ସ୍‌ଙ୍କ ପ୍ରକୋଷ୍ଠକୁ ସୁଚିତ୍ରା । ତରତର ହୋଇ ।

ଭଦ୍ରମହିଳା ଆଉଥରେ ତାକୁ ଜାବୁଡ଼ିଧରିଲେ। ମୁହଁକୁ ଆଉଁଶି ଦେଲେ ସ୍ନେହଭରା ପାପୁଲିରେ । କହିଲେ, 'ତୁମ ମାଆଙ୍କ ସହ ଆମେ କଥାହେବୁ।'

ଅଳ୍ପ ହସିଲେ ଭଦ୍ରଲୋକ ।

ଗମ୍ଭୀର ଦିଶିଲା ବିକାଶ । କଥାବାର୍ତ୍ତା ଏମିତି ଅଧାରେ ଅଟକିଯିବ ବୋଲି ସେ ଆଶାକରିନଥିବ।

କ'ଣ ଆଉ କରିଥାନ୍ତା ସୁଚିତ୍ରା ? ସେ ଭାବିଥିଲା, ଅନେକକିଛି ବିକାଶକୁ ପଚାରିବାପାଇଁ । କୋଉ କଲେଜ୍‌ରୁ ସେ ବି.ଟେକ୍. ପାସ୍ କରିଚି ? କେତେଦିନ ହେଲା ସେମାନେ ମୁମ୍ବାଇରେ ରହିଲେଣି ? ଭାଇଭଉଣୀ କେତେଜଣ ? ମାଟ୍ରିକ୍ କେଉଁ ଡିଭିଜନ୍‌ରେ ପାସ୍ କରିଚି ? କେଉଁ ସଂଗୀତ ସେ ଶୁଣିବାକୁ ଭଲପାଏ ? କ୍ଲାସିକାଲ୍ ନା ରକ୍ ? ବାହାଘର ପରେ କେଉଁ ଜାଗାକୁ ବୁଲିଯିବାପାଇଁ ଚାହୁଁଚି ? ଆଉ କାହା ସହିତ ଆଫେୟାର୍ସ ଅଛି କି ନାହିଁ?

ସମୟର ସୀମା ଆଦୌ ନିର୍ଦ୍ଧାରିତ ନଥିଲା । ତେବେ କ'ଣ ହେଲା ? ଧେତ୍, କ'ଣ ପଚାରିଲା ସେ ? ମେଘ, ଆକାଶ, ହ୍ରଦ, ଶାଳଗଛ ଆଉ ଧାରଧାର ପାଣି । ମୁମ୍ବାଇରେ ରହୁଥିବା ଜଣେ ମେକାନିକାଲ୍ ଇଂଜିନିଅର୍ ଏଥିରୁ କ'ଣ ବୁଝିବ ? କବିତା ଲେଖିବ ନା କ'ଣ ?

ବେଳେବେଳେ ଏଇ ମୂର୍ଖାମି କରେ ସୁଚିତ୍ରା । କଲମ୍ବସ୍‌ରେ ରହୁଥିବା ତା' କ୍ଲାଏଣ୍ଟକୁ ଏମିତି ଗୋଟେ ପ୍ରଶ୍ନ ପଚାରିଥିଲା । ସ୍କୁଲ୍ ପିଲାଙ୍କ ପରି । - 'ସେଠି ସବୁବେଳେ କ'ଣ ତୁଷାରପାତ ହେଉଚି ?'

ଉତ୍ତରଥିଲା ବେଶ୍ ସଂକ୍ଷିପ୍ତ । - 'ବେଳେବେଳେ।'

- 'କଳାରଙ୍ଗର ଲୋକ ସେଠି ନଥିବେ । ତୁଷାରରେ ଧୋଇହୋଇଯାଉଥିବ ସେମାନଙ୍କ ଦେହର ରଂଗ । ମନହେଉଚି ସେଠିକୁ ଯିବାପାଇଁ ?'

ଏହା ଅବଶ୍ୟ ଅପ୍ରାସଂଗିକ ଥିଲା ।

ଗାଡ଼ିରେ ବସିବାବେଳେ ପଛକୁ ଟିକେ ଚାହିଁଲା ବିକାଶ । ସେତିକିବେଳେ ସୁଚିତ୍ରାର ମନେହେଲା ଯେ ସେ ଶ୍ୟାମଳ ନୁହେଁ, ବରଂ କଳା ।

ସେହି କୋଳାହଳହୀନ ପରିବେଶ ଭିତରେ ହଂସୀର ସ୍ୱର ତାକୁ ପୁନର୍ବାର

ଶୁଭିଲା । ବ୍ୟସ୍ତ ଓ ଉଦ୍‌ବିଗ୍ନ ହୋଇ, କ'ଣ କହିବାକୁ ସେ ଚାହୁଁଚି, ବୁଝିବା ସହଜ ହେଲା ନାହିଁ । ମାତ୍ର ମନେହେଲା, ସେ ତାକୁ ହିଁ ଡାକୁଚି । ହେମାଳିଆ ପବନ ଭାସିଆସିଲା । ଶାଳଗଛର ଆରପଟରୁ । ସୁନ୍ଦର ଓ ପରିପୂର୍ଣ୍ଣ ହ୍ରଦର ଉପରଦେଇ । ତା' ପାଖକୁ ଆସି ହଂସୀ କ'ଣ କହେ: ସୁଖର କଥା, ଭଲପାଇବାର କଥା ନା ନିଃସଂଗ ଜୀବନର କଥା ?

ଫେରିଆସିଲା ନିଜ କୋଠରିକୁ ସୁଚିତ୍ରା। ସ୍ୱଷ୍ଟ ଦିଶିଲା ସବୁକିଛି।

ଲାପଟପ୍, ନୋଟ୍‌ବୁକ୍, ପେନ୍, ବିଛଣାପତ୍ର, ଡ୍ରେସ୍, ଚକୋଲେଟ୍ ଡବା ଓ ଅଧା ଜଳୁଥିବା ଧୂପକାଠି । ଥାକରେ ଶୋଭାପାଉଚି ଜଗନ୍ନାଥଙ୍କର ମନଲୋଭା ହସମଖା ପ୍ରତିମୂର୍ତ୍ତି ।

ଏବେ ସବୁକିଛି ନିଃଶବ୍ଦ, ନିର୍ଜନ ।

କେତୋଟି ମୁହୂର୍ତ୍ତ ପୂର୍ବରୁ ଦେଖାଯାଉଥିବା ବ୍ୟସ୍ତତା କୁଆଡ଼େ ମିଳେଇଯାଇଚି । ଟିକେ ଗଡ଼ପଡ଼ ହେବାପାଇଁ ଚାହିଲାବେଳକୁ ଦିଶିଲା ମାଆର ଲୁହଭିଜା ମୁହଁ । କ'ଣ ଭାବୁଥିବ ମାଆ ? ଠାକୁରଙ୍କ ପାଖରେ ଦୀପ ଜାଳି ବସିଥିବ ନିଶ୍ଚେ । ଗୁଣୁଗୁଣୁ ହେଉଥିବ ମନ୍ତ୍ରପଢ଼ିଲା ପରି । ଅଜସ୍ର ଆଶୀର୍ବାଦର କରୁଣା ଝଡ଼ିପଡୁଥିବ ସୁଚିତ୍ରା ପାଇଁ, ଫୁଲପରି।

ଦୁଇଥର ରିଂ ହେଲାପରେ କଥା ହେବାକୁ ଚାହିଲା ସେ। ଆରପଟରେ ସତକୁସତ ମାଆ । ତା' ସ୍ୱର ପୋତିହୋଇଗଲା ଗୋଟେ ବ୍ୟାକୁଳତାରେ । ଆଦୌ ନିଜକୁ ନିୟନ୍ତ୍ରଣ କରିପାରୁନଥିଲା ସେ । ପଚାରିଲା, 'ପିଲାଟି ତୋ' ମନକୁ ପାଇଲା ? କ'ଣ କହିଲେ, ତା' ବାପାମାଆ ? ତୋତେ ତାଙ୍କର ପସନ୍ଦ ହେଲା ନା ନାହିଁ ? ଦି'ଘଣ୍ଟା ହେଲା ଠାକୁରଙ୍କ ପାଖରେ ଦୀପଜାଳି ବସିଚି, ସବୁ ଭଲ ହେଉ ବୋଲି । କ'ଣ କହ ? ଏମିତି ଚୁପ୍‌ଚାପ୍ ରହିଲେ ମୁଁ କେମିତି ଜାଣିପାରିବି ତୋ' ମନର କଥା ? ତୋ' ବାପା ବି ଅଫିସ୍‌ରୁ ଚାରିଥର ଫୋନ୍ କଲେଣି । କହ...।'

କିଛି କହିଲା ନାହିଁ ସୁଚିତ୍ରା।

କୋଠରି ଭିତରେ ସେ ଏକା । କେବଳ ଏକା ।

ଧୂପକାଠିର ସୁରଭିତ ମହକ ।

ପୁଣିଥରେ ମାଆର ବ୍ୟାକୁଳ ସ୍ୱର – 'କ'ଣ ହୋଇଚି କହ ? ତୋତେ ସେମାନେ ପସନ୍ଦ କଲେ କି ନାହିଁ ? ତୋ' ପାଇଁ କ'ଣ ନେଇଥିଲେ ସେମାନେ ? ସାଂଗହୋଇ କ'ଣ ଖାଇଲ ? କଟ୍‌ଲେଟ୍ ନା ଦୋସା ?'

କ'ଣ କହିବ ସୁଚିତ୍ରା ?

ଗୁମ୍‌ସୁମ୍ ଅନ୍ଧାର ଭିତରେ ସେ ଛନ୍ଦିହୋଇପଡ଼ିଚି । ଆତଙ୍କର ହାତମୁଠା ଭିତରେ

ଅଣନିଃଶ୍ୱାସୀ ହୋଇପଡ଼ିବାର ସମ୍ଭାବନା ଅଧିକ ଦିଶୁଚି । ସାମାନ୍ୟ ପ୍ରତିରୋଧ କରିବାର ଶକ୍ତି ତା' ଭିତରୁ ଲୋପପାଇଆସୁଚି । ଟିକିଏ ପରେ ତା' ପ୍ରାଣ ଟିକକ ଚାଲିଯିବ ଯେମିତି ।

ଜୀବନ ଚାଲିଯିବା ପୂର୍ବରୁ ସେ କ'ଣ କହିପାରିବ, ମାଆ ପାଇଁ ଝିଅ ହେଉଚି ଗୋଟେ ରଫ୍‌ଖାତା ? ସେଥିରେ ଅଙ୍କାବଙ୍କା ଗାର ଟାଣି ତିଆରିକରିହେବ ଘର, ଯେଉଁ ଘରେ ନଥିବ ପବନ ଚଳାଚଳ ପାଇଁ ଝରକା । ଏତେ ନିଷ୍ପ୍ରଭ ଆଲୋକ ଥିବ, ଯେଉଁଥିରେ ପରସ୍ପରର ମୁହଁ ଦିଶିବ ନାହିଁ । ଦିନରେ ବି ଝୁଣ୍ଟିବା କଥାଟି ନିହାତି ସତ । ସେଠି ନା ଥିବ ଅଗଣା, ନା ଆକାଶ !

ସୁଚିତ୍ରାର ସ୍ୱପ୍ନର ରଂଗ ଜାଣେ ନାହିଁ ମାଆ । ତେବେ କାହିଁକି ସେ ଚାହୁଚି, ଆଙ୍କିଦେବାପାଇଁ ଅନତିକ୍ରମ୍ୟ ନିୟତି ?

ଟୋପାଟୋପା ଝାଳରେ ଓଦାଓଦା ଲାଗିଲା କପାଳ, ବେକମୂଳ, ପିଠି ଓ ଛାତି । ଏତେ ଗରମ ସହିପାରେନି ସୁଚିତ୍ରା । ବୋଧେ କରେଣ୍ଟ୍ ଚାଲିଯାଇଛି । ଏ.ସି. ଚାଲୁନାହିଁ । ରୁନ୍ଧିହେବା ପରି ଅନୁଭବ।

ଆସ୍ତେ ମେଲିଗଲା ଝରକା। ଗୋଟିଏ ବିସ୍ମୟ ଓ ପୁଲକିତ ଦୃଶ୍ୟ ସୁଚିତ୍ରା ପାଇଁ ଅପେକ୍ଷା କରିଥିଲା ଯେମିତି । ମେଘରେ ଭରିଯାଇଚି ଆକାଶ । କୋହଲା ପବନ । ଦୂରରୁ ଭାସିଆସୁଚି ମାଟିର ମହକ ।

ସୁଚିତ୍ରା ସମ୍ପୂର୍ଣ୍ଣରୂପେ ଭୁଲିଗଲା, କିଛି ସମୟଧରି ମାଆ ତା' ମନକଥା ଜାଣିବାପାଇଁ ଚେଷ୍ଟାକରୁଚି । ବାରମ୍ବାର ପଚାରୁଚି ପ୍ରଶ୍ନ । ଓଜନିଆ ହେଉଚି ତା' ସ୍ୱର । ହଠାତ୍ ସେ କହିଲା, 'ମାଆ, ମୋତେ ଭାରି ଭୋକ । ଖାଇନାହିଁ କିଛି । ପରେ ରାତିରେ କଥାହେବି ତୋ ସାଙ୍ଗରେ।'

ପରବର୍ତ୍ତୀ ଦୃଶ୍ୟଟି ଏହିପରି ।

ମାଆ ବିବଶ ହୋଇ ବସିରହିଚି ଠାକୁରଙ୍କ ପାଖରେ । ଅଙ୍ଗୁଳିଗୁଡ଼ିକ ଯୋଡ଼ିହେଉଚି ଭିନ୍ନଭିନ୍ନ ମୁଦ୍ରାରେ । ଜାଣିହେଲାନାହିଁ, ଠାକୁରଙ୍କୁ କ'ଣ ସେ ମାଗୁଚି। ଆଖିରେ ଟଳମଳ ହେଉଚି ଲୁହ । ଟିକିଏ ପରେ ଓଦା ହେବ ଗାଲ, ଓଠ ।

ଝରକା ପାଖରେ ଠିଆହୋଇଚି ସୁଚିତ୍ରା। ବର୍ଷାଟୋପା ଛୁଇଁଯାଉଚି ତା' କପାଳ, ଓଠ ଓ ଛାତି । ଗୋଟେ ମଧୁର ଅନୁଭବରେ ଭିଜିଯାଉଚି ସେ ଯେମିତି । ତା' ମୁଣ୍ଡରୁ ଗୋଡ଼ପର୍ଯ୍ୟନ୍ତ କେହି ଜଣେ କୋମଳ ଆବେଗରେ ଜାବୁଡ଼ିଧରିଚି । ସେ ସେଥିରୁ ମୁକୁଳିଯିବାକୁ ଆଦୌ ଚାହୁନାହିଁ ।

ପୁଣିଥରେ ମୋବାଇଲ୍ ରିଂ ହେଲା । କିଏ ? ମାଆ ନୁହେଁ ତ ! ଓଃ, ଆରପଟରେ ଜୟନ୍ତ । କ'ଣ କହିବେ ସେ ?

ଛଅମାସ ତଳେ ଜୟନ୍ତଙ୍କ ସହ ସୁଚିତ୍ରାର ପରିଚୟ । ଭୁବନେଶ୍ୱର-ମୁମ୍ବାଇ ଫ୍ଲାଇଟ୍‌ରେ ସେ ହାଇଦ୍ରାବାଦ ଆସୁଥିବାବେଳେ । ତା' ପାଖ ସିଟ୍‌ରେ ବସିଥିଲେ ଜୟନ୍ତ । କଥା ହେବାପରେ ଜାଣିଲା, ସେ ଗୋଟେ ଏନ୍.ଜି.ଓ. ସଂସ୍ଥା ଚଳାଉଛନ୍ତି । ମୁମ୍ବାଇର ସ୍ଲମ୍ ଏରିଆରେ । ଛୋଟଛୋଟ ପିଲାଙ୍କର ଭବିଷ୍ୟତ ଗଢ଼ିତୋଳିବା ହେଉଚି ତାଙ୍କ ସଂସ୍ଥାର ଉଦ୍ଦେଶ୍ୟ। ଭୋକ ଭିତରେ ଗୋଟେ ସୁନ୍ଦର ଭବିଷ୍ୟତ ଅଛି ବୋଲି ବିସ୍ମୟର ଚିତ୍ର ଆଙ୍କିଦେଇଥିଲେ ସେ। ଚାକିରି ଛାଡ଼ି ଏହି କାମ କରୁଛନ୍ତି ଶୁଣି ଅଭିଭୂତ ହୋଇପଡ଼ିଥିଲା ସୁଚିତ୍ରା।

ଅଧିକାଂଶ ଦିନ ସେ ଫୋନ୍ କରନ୍ତି ମୁମ୍ବାଇରୁ । ସ୍ୱପ୍ନର କଥା କହନ୍ତି, ବାସ୍ତବର ଭୂମି ଉପରେ ଛିଡାହୋଇ ।

ସୁଚିତ୍ରା ଭାବିଲା, ଏ ଯେଉଁ ସଂପର୍କ ଅଛି, ତାହା ଭଲପାଇବାର ସମ୍ପର୍କ କି' ନୁହେଁ, ତାହା ସେ ଜାଣେ ନାହିଁ । ମାତ୍ର ଏମିତି ସମୟରେ କଥାହେଲେ, ତା' ମନର ବନ୍ଦ୍ ଦରଜା ଖୋଲିଯିବ । ତାହାହିଁ ହେଲା। ଉଜ୍ଜ୍ୱଳ ଦିଶିଲା ମୁହଁ । ଓଠର ରଂଗ ଦିଶୁଚି ଅଧିକ ଲାଲ୍ । ନିଃଶ୍ୱାସର ବେଗ ଅସ୍ୱାଭାବିକ ବୋଧହୋଇଚି । ଗୋଟେ ଆଶ୍ଚର୍ଯ୍ୟ, ପୁଲକିତ ମୁହୂର୍ତ୍ତ। ଆଉକିଛି ଭାବିବା ସହଜ ମନେହେଲା ନାହିଁ। କହିଲା, 'କାଲି ଇଭିନିଂ ଫ୍ଲାଇଟ୍‌ରେ ଯାଉଚି। ଏରୋଡ୍ରମ୍‌ରେ ଅପେକ୍ଷା କରିଥିବେ ।'

■

ପ୍ରତିଶ୍ରୁତି

ଏଇ ଯେମିତି ଅଟକିଯାଇଚି ପବନ । ବର୍ଣ୍ଣନାବହିର୍ଭୂତ ଦୁଃଖର ଭାଗବତର ପ୍ରତିଟି ପୃଷ୍ଠାରେ ଦିଶୁଚି ଚାରୁଲତାର ମୁହଁ । ଅଧ୍ୟାୟ ପରେ ଅଧ୍ୟାୟ ଭିଜିଯାଉଚି ଲୁହରେ, ଶୋକରେ । ଜୀବନ ଭିତରକୁ ଦୁଃଖ ଆସିବା କ'ଣ ନିତାନ୍ତ ଜରୁରି ? ବିନା ଦୁଃଖରେ ଜିଇରହିବା କଥାଟି ସ୍ୱାଭାବିକ ବୋଧେ ନୁହେଁ!

ମୋ' ପାଖରେ ନାହିଁ କୌଣସି ଆଶ୍ୱାସନା। ତେଣୁ କ'ଣ କହି ତାକୁ ବୁଝାଇପାରିବି, ତା' ଭାବିବା ଅର୍ଥହୀନ । ଏମିତି ଅନେକ ସମୟ ଶୋକରେ ବୁଡ଼ିରହିଲେ, ନିଜେ ହିଁ ନିଜେ ସେଥିରୁ ମୁକୁଳିଆସିବ। ପଣତକାନିରେ ଲୁହ ପୋଛିବ ।

ସମ୍ପୂର୍ଣ୍ଣ ବିପର୍ଯ୍ୟସ୍ତ ସମ୍ପର୍କ । ସେଥିପାଇଁ ତା' ଲୁହଧାରରେ ଭିଜୁଚି ସମୟ। କ'ଣ କହି ବୁଝାଇହେବ ତାକୁ, ଜାଣିପାରିଲି ନାହିଁ। ଆଉ କ'ଣ ସଂପ୍ରସାରିତ ହୋଇପରିବ, ପାଦଚଲା ରାସ୍ତା, ଶରଧାବାଲି, ମେଘୁଆ ଆକାଶ, ପଦ୍ମଫୁଲର ପାଖୁଡ଼ା ।

ଅତି ଧୀରେ ତା' କାନ ପାଖରେ କହିବାପାଇଁ ସମର୍ଥ ହେବି, କିଛି ଦରକାର ନାହିଁ । ଦୁଃଖ କ'ଣ ? ଶୋକ କ'ଣ ? ଏସବୁକୁ ଅତିକ୍ରମ କରି ଜିଇରହିବା ବର୍ଷବର୍ଷ ଧରି । ଆମେ ଦୁହେଁ । କିଛିହେବ ନାହିଁ ଆମର ।

ବାସ୍ତବିକ ଏକଥାଟି ମାମୁଲି ନୁହେଁ । ଅତିକ୍ରମ କରିବା ହେଉଚି ଜୀବନ । ଏଇ ମୁହୂର୍ତ୍ତରେ ତାହା କ'ଣ ବୁଝିପାରିବ ଚାରୁଲତା ?

ଏତିକିବେଳେ ସେ କହିଲା, 'ଏମିତି ଗୋଟେ ମୁହୂର୍ତ୍ତ ଆସି ପହଂଚିବ, ଜାଣିନଥିଲି । କେମିତି ସେଥିରୁ ମୁକୁଳିବି, ବାଟ ପାଉନାହିଁ । ଲାଗୁଚି, ଏକା ହୋଇଗଲି ସଂସାରରେ ।'

କେଉଁ ଜଟିଳ ଗଣିତର ସେ ସୂତ୍ର ଖୋଜୁଥିଲା, ତାହା ମୋ' ପାଇଁ ଅଜଣା । ମାତ୍ର ଜାଣିପାରିଲି, ସେ ଏକା, ସମ୍ପୂର୍ଣ୍ଣ ଏକା । ହାଇଦ୍ରାବାଦ ସହରରେ ଜିଇରହିବାପାଇଁ ସେ ଖୋଜୁଚି ରାହା । ଅଥଚ କେହି ନାହାନ୍ତି ତା' ପାଖରେ, ଭରସାର ଭାଷା ପଦେ କହିବା ପାଇଁ । ତା' ପାଦତଳେ ଦବିଯାଉଚି ମାଟି । ଦବିଯାଉଥିବା ମାଟି ଭିତରକୁ ଖସିଯାଉଚି ସେ ।

ପାପୁଲିରେ ପୋଛିଲା ଲୁହଧାର ।

ଝରକା ବାହାରେ ସୂର୍ଯ୍ୟାସ୍ତର ମଳିନ ରଂଗ । ଅଳ୍ପ ଅଳ୍ପ ଆଲୁଅରେ ତା' ମୁହଁ ଦିଶିଲା ଅଦ୍‌ଭୁତ ।

ଆଉ କିଛି କହିଲା ନାହିଁ ସେ। କାନ୍ଦିଲା ନାହିଁ । ବସିଲା ଚୁପ୍‌ଚାପ । ଛାଡ଼ିଲା ପତଳା ନିଃଶ୍ୱାସ। ମୋ' ସାମ୍‌ନାରେ ସେ ଏବେ ମନେହେଲା ନିହାତି ଅଜଣା । ପରିଚୟହୀନ ।

ଲାଲ୍ ଓଠ। ଫୁର୍‌ଫୁର୍ ହୋଇ ଉଡୁଥିବା କେଶ । କଥାକୁହା ଆଖି । ବିଭୋର ଓ ମୁଗ୍ଧ ହସ, ସବୁକିଛି ଅପସରିଗଲା । ଅଥଚ ପାଂଚବର୍ଷ ତଳେ ଚାରୁଲତା ବିନା ମୋର ଆଉ କେହି ନଥିଲେ । ତା' ଅନୁପସ୍ଥିତିରେ ଛଟପଟ ହେଉଥିଲି । ଭଲପାଇବାର ରାଜ୍ୟରେ ଭାସିଯାଉଥିଲି । ଜାଣିପାରୁନଥିଲି; ସମୁଦ୍ର, ଶରଧାବାଲି, ବଡ଼ଦାଣ୍ଡ ।

ଚଉହଦି ପାଚେରି । ତା' ଭିତରେ ସୁରକ୍ଷିତ ଅଫିସର୍ସ କ୍ୱାର୍ଟର୍ସ । ଠିକ୍ ସାଢ଼େନଅଟାରେ ବାପା ଯାଆନ୍ତି ଅଫିସ୍ । ତାଙ୍କ ପଛେ ପଛେ ମୁଁ ବାହାରିଯାଏ କଲେଜ୍ । କଲେଜ୍‌କୁ ନୁହେଁ, ବରଂ ସମୁଦ୍ରକୂଳ, ଯେଉଁଠି ଅପେକ୍ଷା କରିଥାଏ ଚାରୁଲତା ।

ପବନରେ ଉଡୁଥିବା କେଶକୁ ସଜାଡ଼ିବାବେଳେ ସେ ଅଳ୍ପ ହସେ। ତା' ଓଠ ଦିଶେ ଅଧିକ ଲାଲ୍ । କଥା କହେ ଆଖି । ମେଘମୁକ୍ତ ଆକାଶ ଦିଶେ ମେଘାଚ୍ଛନ୍ନ । ବର୍ଷାହେବ ନିଶ୍ଚେ । ଛତାତଳେ ଆମେ ଦୁହେଁ ।

ନୋଳିଆର ଡାକ ଶୁଭେ ନାହିଁ ।

ପବନରେ ଉଡେ ବହିପତ୍ରର ପୃଷ୍ଠା ।

ପେନ୍‌ସିଲ୍‌ରେ ଆଙ୍କେ ଚିତ୍ର... ସମୁଦ୍ର, ଆକାଶ, ଚାରୁଲତାର ମୁହଁ ।

ହସେ ଚାରୁଲତା। ଅଧିକରୁ ଅଧିକ ସୁନ୍ଦର ଦିଶେ।

ମୋ' ଉପରେ ବାପାଙ୍କର ତୀକ୍ଷ୍ଣ ନଜର । ପଢ଼ିବାରେ ଅବହେଳା ନହେଉ । ପ୍ଲସ୍-ଟୁ ସାଇନ୍‌ସ୍ ପରୀକ୍ଷାରେ ଭଲ କରେ । ତା' ପରେ ଏଣ୍ଟ୍ରାନ୍ସ ପରୀକ୍ଷାରେ ଭଲ ର୍ୟାଙ୍କ୍ ରହୁ । ଆଉ ମୁଁ ଡାକ୍ତରଟିଏ ହୁଏ । ସେଥିପାଇଁ ମୁଁ କଲେଜ୍‌ରୁ ଡେରିରେ ଫେରିଲେ ସେ ବିରକ୍ତ ହୁଅନ୍ତି । ବାହାରେ ବୁଲାବୁଲିକୁ ସେ ଆଦୌ ସହଜରେ ଗ୍ରହଣ କରିପାରନ୍ତି ନାହିଁ । ତାଙ୍କ ମତରେ, ବାହାରେ ବେଶି ସମୟ ରହିଲେ ଦାୟିତ୍ୱହୀନ ହୋଇଯାଆନ୍ତି ପିଲାମାନେ ।

ଅଥଚ ମୁଁ ଚିତ୍ର ଆଙ୍କେ । ଚାରୁଲତାର ପୋଟ୍ରେଟ୍ କରେ । ସ୍ୱପ୍ନ ଦେଖେ । ନୀଳ ସମୁଦ୍ର ଭିତରେ ପହଁରିବା ପାଇଁ ମନ ଭିତରେ ସାହସ ଭରେ । ଆପାତତ ଅଲଗା ଜୀବନଟିଏ ଅଛି ବୋଲି ଅନୁଭବ କରେ ।

ଚାରୁଲତାପାଇଁ ଅନ୍ଧକାରର ପୃଥିବୀ। ନାହିଁ କିଛି ଆଶା, ସେମିତି କିଛି ଭବିଷ୍ୟତ । ମୋ' ତଳ କ୍ଲାସ୍‌ରେ ସେ ପଢ଼େ । ତା' ବଡ଼ଭଉଣୀ ତିନିବର୍ଷ ହେଲା ଗ୍ରାଜୁଏସନ୍ କରି ଘରେ ବସିରହିଚି । ଦେଖିବାକୁ ସେତେ ସୁନ୍ଦର ନୁହେଁ । ଦେହର ରଂଗ କଳା । ବିଭାଘର ପ୍ରସ୍ତାବ ଆସୁଥିଲେ ବି କେଉଁଠି ଠିକ୍ ହୋଇପାରୁନାହିଁ । ଅସୁନ୍ଦରତା ଏହାର ଗୋଟେ ବିଶେଷ କାରଣ ବୋଲି ସ୍ୱୀକାର କରୁଚି ଚାରୁଲତା। ଅଥଚ ସେ କିଛି କରିପାରୁନାହିଁ । ତା' ବାପା ମନ୍ଦିରରେ ନେତ ବାନ୍ଧିଛି । ମନ୍ଦିର ଖୋପରେ ପାଦଥୋଇ ଉଠନ୍ତି ଉପରକୁ । ସବୁଦିନ ମନ୍ଦିର ଶୀର୍ଷକୁ ଯାଇ ନୀଳଚକ୍ରରେ ନେତ ନ ବାନ୍ଧିଲେ, ସେ ଦିଶନ୍ତି ମଳିନ। ମନ୍ଦିରର ଖୋପଗୁଡ଼ିକ ତାଙ୍କପାଇଁ ବାଇଶିପାହାଚ ଯେମିତି ।

ଅସୁରକ୍ଷିତ ପରିବାର। ଚାରୁଲତା ପରେ ଆଉ ଗୋଟିଏ ଝିଅ । ସେ ମାଟ୍ରିକ୍ୟୁଲେସନ୍ ପରୀକ୍ଷା ଦେଇଚି । ଦୁଃଖଦାରିଦ୍ର୍ୟ ଭିତରେ ଚାରୁଲତା ହସେ । ପୋଟ୍ରେଟ୍ ପାଇଁ ବିଭିନ୍ନ ଭଂଗୀରେ ବସେ । ପ୍ରେମ ବି କରେ ।

ପେନ୍‌ସିଲ୍ ଗାରରେ ସ୍ପଷ୍ଟ ଦିଶେ ଚାରୁଲତାର ଉଜ୍ଜ୍ୱଳ ଆଖି। ନାକ । ଲାଲ୍ ଅଧର। ବେକମୂଳ । ତା' ଆଗରେ ଫିକା ଲାଗେ ସମୁଦ୍ର। ମାନୁଚି, ପେନ୍‌ସିଲ୍ ଗାରରେ ଚିତ୍ର କଲାବେଳେ ମୋ' ମନ ଭିତରେ ଟାଣୁଥିଲି ଭଲପାଇବାର ଅନେକ ଗାର।

ଏମିତି ଭଲପାଇବାରେ ବିତିଗଲା କିଛିଦିନ ।

ସମସ୍ତଙ୍କୁ ବିସ୍ମିତକରି ଦୁଃସମ୍ବାଦଟିଏ ପହଂଚିଲା ।

ମୋ' ପାଇଁ ତାହା ଥିଲା ବେଶ୍ ଉଦ୍‌ବେଗଜନକ । ପରୀକ୍ଷାରେ ଆଦୌ

ଭଲହେଲା ନାହିଁ । ମେଡିକାଲ୍ କଲେଜରେ ପଢ଼ିବାପାଇଁ ସୁଯୋଗ ହରାଇବସିଲି । ବାପା ଦେଖୁଥିବା ସ୍ୱପ୍ନଟି ଅଧାରେ ରହିଗଲା । ଶେଷରେ ଇଂଜିନିୟରିଂ ପଢ଼ିବାପାଇଁ ସ୍ଥିର କଲି । ହେଲେ, ଭୁବନେଶ୍ୱରର କୌଣସି ସରକାରୀ କଲେଜ୍‌ରେ ରାଙ୍କିଙ୍ଗ୍ ହିସାବରେ ମୋତେ ସିଟ୍ ମିଳିଲା ନାହିଁ। ପୁରୀ ଛାଡ଼ିବାକୁ ହେଲା । ଆସିବାଦିନ ଚାରୁଲତାକୁ ଭେଟିପାରିଲି ନାହିଁ । ଖବର ପାଇଲି, ସେ ଅଛି ଡାକ୍ତରଖାନାରେ । ମନ୍ଦିର ଚଢ଼ିବାବେଳେ ଖସିପଡ଼ିଥିଲେ ତା' ବାପା । ଆଘାତ ହୋଇଚି ଗୋଡ଼ରେ, ମେରୁଦଣ୍ଡରେ।

ଗୋଟେ ଦୁଃସ୍ୱପ୍ନ ଭିତରେ ହଜିଗଲା ସମୟ।

ବଦଳି ହେଲେ ବାପା। ବାରିପଦାରେ ରହିଲେ ସେ ଚାରିବର୍ଷ । ପୁରୀ ସହ ସମ୍ପର୍କ କଟିଗଲା ମୋର । କଲେଜ୍ ଛୁଟିହେଲେ ବାରିପଦା ଯାଉଥିଲି ।

ପୁରୀରେ ରହିଗଲା ପ୍ରେମ, ଭାଗ୍ୟ ଓ ଚାରୁଲତା।

ସମୁଦ୍ରକୂଳରେ ଆଙ୍କିଥିବା ଅନେକ ଚିତ୍ରକୁ ସାଇତିରଖିବା ଛଡ଼ା ମୁଁ ଆଉ କ'ଣ କରିପାରିଥାଆନ୍ତି ? ବାରିପଦାରେ ଶାଳଜଂଗଲ ଭିତରେ ମୋ' ଡାକକୁ କ'ଣ ଶୁଣିପାରିଥାନ୍ତା ଚାରୁଲତା ? ଅସମ୍ଭବ ଇଚ୍ଛା, ଅଦମ୍ୟ ସଂଘର୍ଷ ଓ ସୁରକ୍ଷିତ ଭାବିଷ୍ୟତ ପାଇଁ ହଜିଗଲା ଚାରୁଲତା। ସେ ହଜିଗଲା ନାହିଁ, ବରଂ ମୁଁ ତାକୁ ହଜାଇଦେଲି ସମୟ ଦାଢ଼ରେ। ତେଣୁ ଡ୍ରଇଂ କାଗଜରେ ଆଙ୍କିଥିବା ଚିତ୍ରଗୁଡ଼ିକ କଥା କହିବାପାଇଁ ବି ସମର୍ଥ ହେଲେ ନାହିଁ ।

ସତ କହୁଚି, ଆଉଥରେ ତାକୁ ଦେଖିଲେ ମୋତେ ଚିହ୍ନିପାରିବି ନାହିଁ ବୋଲି ଭାବିଥିଲି ।

ଅଥଚ କୋଠରି ଭିତରକୁ ପଶୁପଶୁ ମୁଁ ତାକୁ ଚିହ୍ନିପାରିଲି। ସେ ହେଉଚି ଚାରୁଲତା। ଅବଶ୍ୟ ସେ ଟିକେ ମୋଟା ଦିଶୁଚି । ମାତ୍ର ଆଖିରେ ଅଛି ସେଇ ଚମକିଲା ଭାବ । ଅଭିଭୂତ କରିଦେଲାଭଳି ସାମର୍ଥ୍ୟ।

ମୋତେ ଦେଖି ସେ ଥମ୍ ହୋଇ ବସିପଡ଼ିଲା ସୋଫାରେ । ହାଇଦ୍ରାବାଦରେ ମୋତେ ଦେଖିବ ବୋଲି ସେ ବୋଧେ ଆଶାକରିନଥିଲା।

ସଂଜ ହୋଇଆସୁଚି। ଆଉଟିକିଏ ପରେ ଜହ୍ନ ଉଠିବ। ଛଅ ମହଲା କୋଠା ଆରପଟରୁ । ଜହ୍ନର ଜ୍ୟୋସ୍ନାରେ ଭିଜିଯିବ ଗଂଗଶିଉଳି ଫୁଲ। ସେହି ଦୃଶ୍ୟ ଦେଖିପାରିବ ଚାରୁଲତା ? ବୋଧେ ନୁହେଁ ।

ଏମିତି ଦୁଃଖର ଦୃଶ୍ୟରେ ସେ ଭିଜିଯାଇଚି, ତାହା ମୁଁ ଜାଣେ ।

ଗତକାଲି ସେହି ଦୃଶ୍ୟଟିକୁ ମୁଁ ଦେଖିଥିଲି । କାବ୍‌ରେ ଗଲାବେଳେ, ଅଚାନକ

ଗୋଟେ ଗାଡ଼ି ଆରପଟରୁ ରୋଡ୍‌ଡିଭାଇଡ଼ର ଟପି ମାଡ଼ିଆସିଲା । କେହି କିଛି ବୁଝିବା ଆଗରୁ ଦୁର୍ଘଟଣା ଘଟିସାରିଥିଲା । ସାମ୍ନା ଗାଡ଼ିଟି ଭାଂଗିରୁଜିଗଲା । ଚୂନାହୋଇଗଲା କାଚ । ଷ୍ଟିୟରିଂ ପଶିଯାଇଥିଲା ସିଟ୍‌ପାଖକୁ । ଝଲକାଏ ରକ୍ତରେ ଲାଲ୍ ଦିଶିଲା ଗାଡ଼ିର ସିଟ୍ । କ'ଣ ହେଲା ? ଆର୍ତ୍ତଚିତ୍କାର ଶୁଭିଲା ।

ସମ୍ବାଦପୃଷ୍ଠାରେ ଦୁଃସମ୍ବାଦ ଦେବାପାଇଁ ସେତିକି ହିଁ ଯଥେଷ୍ଟ ।

କେହି ନଜର ନପକାଇ ଚାଲିଯାଉଥିଲାବେଳେ, ଓହ୍ଲାଇପଡ଼ିଲି ସେଇଠି । ମୋ' ସାଥିରେ ଥିଲେ ଜଣେ ବନ୍ଧୁ । ତାଙ୍କରି ସହାୟତାରେ ଚିତ୍କାର କରୁଥିବା ଲୋକଟିକୁ ବାହାରକଲୁ ଗାଡ଼ିଭିତରୁ । ଏବେ କ'ଣ କରିବା ? ଏକଥା ଚିନ୍ତାକଲାବେଳେ କାବ୍ ଡ୍ରାଇଭର୍ ଧୀର ସ୍ୱରରେ କହିଲା, 'ଡାକ୍ତରଖାନାକୁ ନେଇଯିବା ।'

ହୃତ୍‌ସ୍ପନ୍ଦନ ଅତି ଧୀର । କିଛି ବି ଘଟିଯାଇପାରେ । ଅତି ନିକଟରେ ଡାକ୍ତରଖାନା । ତାହା ଜାଣିଚି କ୍ୟାବ୍ ଡ୍ରାଇଭର୍ । ସେଇଠିକୁ ଆମେ ଆଘାତପ୍ରାପ୍ତ ଲୋକଟିକୁ ନେଇଗଲୁ । ଗୋଟେ ଦୁଃଖଦ ପରିଣତି ନହେଉ ବୋଲି ।

କଥାଟି ଏତିକିରେ ସରିଲା ନାହିଁ ।

ବିସ୍ତୃତ ବିବରଣୀ ଦେବାକୁ ହେଲା ଦୁର୍ଘଟଣା ସମ୍ପର୍କରେ ଡାକ୍ତରଖାନାରେ । ଏବଂ ପୁଲିସ ପାଖରେ । ମୋର ଠିକଣା ଏବଂ ମୋବାଇଲ୍ ନମ୍ବର ପୁଲିସ୍ ଅଫିସର୍ ଟିପିନେଲେ ।

ଆସିବାବେଳେ ସେ ସଚେତନ କରିଦେଲେ, ଯେକୌଣସି ମୁହୂର୍ତ୍ତରେ ଡାକିଲେ ଯାଇ ପହଂଚିବାକୁ ହେବ । କାରଣ, ଏହା ହେଉଚି ଗୋଟେ ଆକ୍ସିଡେଣ୍ଟ୍ କେସ୍ ।

ମୋର ଆଉ କିଛି କହିବାପାଇଁ ନଥିଲା ।

ମନେମନେ ପ୍ରାର୍ଥନା କରିଥିଲି, ବଞ୍ଚିଯାଆନ୍ତୁ ସେ । ଏହାଛଡ଼ା ମୁଁ ଆଉ କ'ଣ କରିପାରିଥାନ୍ତି ? ସେ ଛଟପଟ ହେଉଥିଲେ ଯନ୍ତ୍ରଣାରେ । ଅଧାମୁଦା ଆଖିରେ ଏହି ଯନ୍ତ୍ରଣା ଅଧିକ ସ୍ପଷ୍ଟ ଦିଶୁଥିଲା । କିଏ ଅଛନ୍ତି ତାଙ୍କର ? ଜରାଗ୍ରସ୍ତ ବାପାମାଆ ? ଅସହାୟ ସ୍ତ୍ରୀ ?

ପକେଟ୍‌ରୁ ମିଳିଥିଲା ଡ୍ରାଇଭିଂ ଲାଇସେନସ୍ । ସେଥିରୁ ଜାଣିହେଲା ତାଙ୍କ ନାଆଁ, ଠିକଣା ଓ ମୋବାଇଲ୍ ନମ୍ବର । ଆଶ୍ୱସ୍ତ ହେଲି, ଏ ଖବରଟି ପହଂଚିଯାଇପାରିବ ତାଙ୍କ ଘରେ ।

ଅଧିକ ସମୟ ସେଠି ଆଉ ଅପେକ୍ଷା କରିବା ସମ୍ଭବ ନୁହେଁ । ଠିକ୍ ସମୟରେ

ଅଫିସ୍‌ରେ ପହଂଚିବାକୁ ହେବ । କାର୍ଡ ସ୍ୱାଇପ୍ ନକଲେ ଅସୁବିଧାର ସମ୍ମୁଖୀନ ହେବା କଥାଟିକୁ ବନ୍ଧୁଜଣକ ଚେତେଇଦେଲେ ।

ପୁଲିସ ଅଫିସର୍ ମୋବାଇଲ୍‌ରେ କଥାହେଉଥିବାବେଳେ ମୁଁ ଫେରିଆସିଥିଲି ।

ଅଫିସ୍‌ରେ ବ୍ୟସ୍ତତା। ପ୍ରଚୁର କାମ । ଇ-ମେଲ୍। କ୍ଲାଏଣ୍ଟଙ୍କ ବିଭିନ୍ନ ସମସ୍ୟାର ସମାଧାନ। ଏସବୁ ଭିତରେ ଭୁଲିଗଲି, କିଛିଘଣ୍ଟା ପୂର୍ବରୁ ଗୋଟିଏ ଦୁର୍ଘଟଣା ଘଟିଚି। ରକ୍ତରେ ଭିଜିଯାଇଥିବା ଲୋକଟିକୁ ଅସହାୟ ଅବସ୍ଥାରେ ହସ୍‌ପିଟାଲରେ ଛାଡ଼ିଆସିଚି ।

କାହିଁକିକେଜାଣି ସେହି ଦୃଶ୍ୟଟି ମନେହେଲା, କୌଣସି ଦୁଷ୍ଟପିଲାର ହାତରେ ଢାଳିହୋଇଯାଇଥିବା ଲାଲ୍‌ରଂଗ । ଡ୍ରଇଂକାଗଜ ଉପରେ । ଚେପାହୋଇଯାଇଥିବା ଗାଡ଼ି । ଭଂଗାକାଚ । ଦରମଲା ମଣିଷ । ଭୟଭୀତ ମୁହୂର୍ତ୍ତ । ଏସବୁ ଆଙ୍କିଦେବାପାଇଁ ଆଉ ସେ ସମର୍ଥ ହୋଇନାହିଁ । ବାକ୍‌ଶୂନ୍ୟ ହୋଇଯାଇଚି ସେ ।

ନିଦ ହେଲା ନାହିଁ । ଗୋଟେ ଦୁଶ୍ଚିନ୍ତାରେ ବିତିଯାଇଥିଲା ସାରାରାତି ।

ଚାରୁଲତା ମଥାଟେକି ମୋତେ ଚାହିଁଲା । କହିଲା, 'ଏମିତି ଗୋଟେ ଦୁଃସମୟ ଆସିବ ଆଉ ତୁମକୁ ଏଠି ମୁଁ ଭେଟିବି, ତାହା ଜାଣିନଥିଲି । ପୁଲିସଠାରୁ ଠିକଣା ଆଉ ମୋବାଇଲ୍ ନମ୍ବର ପାଇବାପରେ ଭାବିଥିଲି, ଫୋନ୍‌ରେ କଥାହେବି । ନାଆଁଟି ଜାଣିବାପରେ ଭାବିଥିଲି, ଆଉ କେହିଜଣେ ହୋଇଥିବ । ଫୋନ୍‌ରେ କ'ଣ କଥା ହେବି ? ତେଣୁ ଚାଲିଆସିଲି ।'

ଏତିକି କହିସାରିଲାପରେ ଚାରୁଲତା ଚୁପ୍ ରହିଲା । ଆଉ କ'ଣ କହିବ ବୋଲି ମନ ଭିତରେ ସାହସ ଭରୁଥିଲା ବୋଧେ । ବାଲିକଙ୍କଡାର ତରକାପଣ, ଅସରନ୍ତି ଢେଉଙ୍କର ଆପଣାର ଭାବ, ଜହ୍ନରାତିର ପ୍ରେମ ନା ନିଜ ଦୁଃଖର ଦରଦ କାହାଣୀ !

କାହାଣୀ ନୁହେଁ। କଦାପି କାହାଣୀ ନୁହେଁ । ଆପଣଙ୍କୁ କାହାଣୀ ପରି ଲାଗିପାରେ । ଲୁହରେ ଭିଜିଥିବା ଗୋଟେ ନାରୀର ଅନୁଭୂତି କ'ଣ କାହାଣୀ ହୋଇପାରେ ? ଜିଇରହିବାପାଇଁ ସଂଘର୍ଷର ପ୍ରତ୍ୟେକ ମୁହୂର୍ତ୍ତକୁ ଶବ୍ଦରେ ସଜାଡ଼ିଦେଇହେବ । ମାତ୍ର ତାକୁ କାହାଣୀ କହି ମନକୁ ବୁଝାଇହେବ କି ?

ଶୂନ୍ୟ କପାଳ, ଯେଉଁଠି ସିନ୍ଦୂର ଟୋପାଟି ଥିଲେ ବେଶ୍ ମାନିବ ବୋଲି ଯେ କେହି କହିପାରିବ। ମୁଁ ତ ଆର୍ଟିଷ୍ଟ୍। ମୋର ମତାମତ ଅଧିକ ଗୁରୁତ୍ୱପୂର୍ଣ୍ଣ ବୋଲି ଭାବିବେ ନାହିଁ । ହାତରେ ରୁଣୁଝୁଣୁ ହେବାପାଇଁ ଦି'ମୁଠା ଚୁଡ଼ି । ଚାରୁଲତା ହାତରେ ସେତିକି ନାହିଁ । ଦୁଇପଟ ଚୁଡ଼ିରେ ଗୋରାହାତ କିପରି ଅସ୍ୱାଭାବିକ ଲାଗୁଚି । ଶାଢ଼ିର ରଂଗ ସେତେ ରଙ୍ଗିନ୍ ନୁହେଁ ଯେ ଆକାଶରେ ଇନ୍ଦ୍ରଧନୁ ତୋଳିଦେଇପାରିବ।

ଖାଲିଖାଲି ମୁହୂର୍ତ୍ତ ପରି ତା' ମନ, ଦେହ ।

ଧୀରେଧୀରେ ପୁଣି ସେ କହିଲା, 'ଭାବିଥିଲି, ସେ ବଂଚିଯିବେ । ମୋତେ ଭଗବାନ୍ ଆଉ ଦୁଃଖ ଦେବେ ନାହିଁ । ମାତ୍ର ତାହା ହେଲା ନାହିଁ । ପାଂଚଦିନ ଆଇ.ସି.ଇଉ.ରେ ରହିଲାପରେ ସେ ଆଖି ବୁଜିଲେ ।'

ସମୁଦ୍ରକୂଳକୁ ପାଦଚଲା ରାସ୍ତାଟି ଯେମିତି । ଆମେ ଦୁହେଁ ଯେଉଁ ରାସ୍ତାରେ ଯାଇପହଞ୍ଚିଯାଉଥିଲୁ ଢେଉ ପାଖରେ । ଖୋଜୁଥିଲୁ ଶାମୁକା, ଶଙ୍ଖ, ନହେଲେ ବାଲିକଙ୍କଡା ।

କ'ଣ ଖୋଜୁଚି ଚାରୁଲତା ? ଆଉ କେଉଁ ଦୁଃଖ କଥା କହିବ ସେ ? ଏହାଠାରୁ ଅଧିକ ଦୁଃଖ କ'ଣ ଅଛି ଏଇ ସଂସାରରେ ! ଆଖିପତା ବୁଜି ବସିଚି ସେ । ଅଙ୍ଗେନିଭା କାହାଣୀ କହିବା ବୋଧେ ଏତେ ସହଜ ନୁହେଁ! ଆଖିର ଲୁହ ଶୁଖିଆସିଲାପରେ କହିଲା, 'ବାପା ବି ସେମିତି ଆଖିବୁଜିଥିଲେ ଡାକ୍ତରଖାନାରେ, ଦଶବାରଦିନ ଅସହ୍ୟ କଷ୍ଟପାଇ । କେହି ସାହାଯ୍ୟ କରିବାପାଇଁ ନଥିଲେ । ତୁମକୁ ଖୋଜିନାହିଁ ବୋଲି ଭାବୁଥିବ। ତାହା ନୁହେଁ, ଅନେକ ଖୋଜିଚି। କୁଆଡ଼େ ତୁମେ ଗଲ ଯେ କାହାକୁ ଜଣାଇବା ଦରକାର ମନେକରିନଥିଲ । ପୁରୀ ସହରରେ ମୁଁ ଏକା ହୋଇଗଲି ।'

'ଏହା ଭୁଲ୍ ହୋଇପାରେ ମୋ'ର। କ'ଣ କରିଥାଆନ୍ତି? ଏବେ ଭାବିଲେ ମନସ୍ତାପ ବି ହେଉଚି । ମାତ୍ର ସେହି ସମୟରେ ସବୁକିଛି ଭୁଲିଯିବାକୁ ବାଧ୍ୟ ହୋଇଥିଲି। ସବୁ ମଣିଷ ଭିତରେ ବଡ଼ହେବାର ଗୋଟେ ଅଦମ୍ୟ ଇଚ୍ଛା ଲୁଚିରହିଥାଏ । ତାହା ତୁମେ ଅନୁଭବ କରିନଥିବ । ନିଜ ପାଇଁ ନୁହେଁ, ବରଂ ତୁମ ପାଇଁ ମୋତେ ସବୁକିଛି ପରିତ୍ୟାଗ କରିବାକୁ ହୋଇଥିଲା। ନିଜ ଗୋଡରେ ଠିଆହେବା ପାଇଁ ଏହା ମୋ' ପାଇଁ ଥିଲା ସମୁଚିତ ପଦକ୍ଷେପ । ହେଲେ, ତୁମେ ଅନ୍ୟ କାହା ସହ ଚାଲିଯାଇଚ ବୋଲି ସମ୍ବାଦଟି ପାଇଲାପରେ, ପଛକୁ ଫେରିବା ମୋ' ପାଇଁ ଆଉ ସମ୍ଭବ ହୋଇନଥିଲା । ବାରିପଦାର ଶାଳଜଙ୍ଗଲ ଭିତରେ କେବଳ ଘୁରିବୁଲିବା ଛଡ଼ା ଆଉ କ'ଣ କରିପାରିଥାଆନ୍ତି ? ସେଥିପାଇଁ ଦୂର ହୋଇଗଲା ସମୁଦ୍ରକୂଳ, ଅସରନ୍ତି ଲହରି, ଲାଲ୍ ରୁମାଲପରି ଦିଶୁଥିବା ସୂର୍ଯ୍ୟାସ୍ତର ରଂଗ ।'

ଏକଥା କ'ଣ କହିପାରିବି ଚାରୁଲତାକୁ? କେବେ ନୁହେଁ। ସେ ଚାହିଁଲା କାନ୍ଥକୁ, ଯେଉଁଠି ତାହାର ପୋଟ୍ରେଟ୍ ଶୋଭାପାଉଛି। କହିଲା, 'ବାପା ଚାଲିଯିବା ପରେ ଅଭାବଅନଟନ ଭିତରେ ବୁଡିଗଲି । ତାଙ୍କ ଚିକିତ୍ସାପାଇଁ ବନ୍ଧୁବାନ୍ଧବଙ୍କଠାରୁ ଟଙ୍କା ଧାର୍ ଆଣିଥିଲି । ସେସବୁ ପରିଶୋଧ କରିବା ପାଇଁ ସମର୍ଥ ହେଲି ନାହିଁ । ପ୍ରତିଦିନ ଦୁଶ୍ଚିନ୍ତାର ସକାଳ ମୋ' ପାଇଁ ଆସୁଥିଲା। କ'ଣ କରିବି ? ଉପାୟହୀନ ହୋଇ ତୁମକୁ ଖୋଜିଚି। ଅନେକ ଖୋଜିଚି। ସଳଖି ଠିଆହୋଇ ପାରୁନଥିଲାବେଳେ

ଦେଖାହେଲେ ପରିତୋଷ । ସବୁ ମୁକାବିଲା ପାଇଁ ସାହସ ଭରିଦେଲେ ମୋ' ଭିତରେ । ପୋଛିଦେଲେ ଭବିଷ୍ୟତ ଜୀବନ ସମ୍ପର୍କରେ ଯାବତୀୟ ଆଶାଙ୍କା । ଧାର୍ ଶୁଝିବାରେ ଆଉ ଅସୁବିଧା ହେଲା ନାହିଁ । ପରିବାର ପାଇଁ ଏତିକି କରିସାରିବା ପରେ ତାଙ୍କ ସହ ଚାଲିଗଲି କଲିକତା । ଭାବିଥିଲି, ସବୁ ସମସ୍ୟାର ସମାଧାନ ହୋଇଗଲା । କିନ୍ତୁ ହେଲା ନାହିଁ । ତାଙ୍କ ପରିବାର ମୋତେ ଗ୍ରହଣ କଲେ ନାହିଁ । ନିଜ ଭିତରେ ଭାଂଗିପଡ଼ିଲି ।'

ପାଣି ପିଇହୁଏ ନାହିଁ । ଯେତେ ପାଖରେ ସମୁଦ୍ର ଥିଲେ ବି ।

ହାତପାଆନ୍ତାରେ ପ୍ରଚୁର ସୁଖ, ଅଥଚ ଚେନାଏ ସୁଖ ଚାରୁଲତା ଭାଗ୍ୟରେ ନାହିଁ ।

ଏହିକଥାଟି ଯଥାର୍ଥ ଏଇଥିପାଇଁ ଯେ ଦିନେଦୁଇଦିନ ନୁହେଁ, ବରଂ ବର୍ଷ ବର୍ଷ ଧରି ଦୁଃଖର ଭାଗବତକୁ ପଢ଼ିଚାଲିଚି ଚାରୁଲତା । ଅନ୍ତିମ ଅଧ୍ୟାୟ ତା' ପାଇଁ କେବେ ଆସିବ, ସେ ଜାଣେନାହିଁ ।

ଦୁଃଖ ଅଛି ତା' ଭିତରେ । ଅଛି ଅନେକ ଦୁର୍ବଳତା । ବୋଧେ ସେଥିପାଇଁ ପୁଣିଥରେ ତା' ଆଖିରୁ ଗଡ଼ିଆସିଲା ଲୁହ । ଲୁହ ପୋଛିବାର କୌଣସି ଚେଷ୍ଟା ନ କରି ମୋତେ ସେ ଚାହିଁଲା । ତା' ଚାହାଣିରେ ଅଛି ଅନୁନୟର କ୍ଷୀଣ ପରିଭାଷା ।

ଘୋ ଘୋ ଢେଉର ଗର୍ଜନ ଭିତରେ ବି ଶୁଣାଯାଏ ଚିହ୍ନା ଚିହ୍ନା ସ୍ୱର ।

ଚାରୁଲତା ଧୀର ସ୍ୱରରେ କହିଲା, 'ରହିପାରିଲି ନାହିଁ ସେହି ପରିବାର ସହ । ସବୁଦିନ ଅଶାନ୍ତି ଭିତରେ ରହିବାଠାରୁ ଦୂରରେ ରହିବା ଭଲ । ମୋ' କଥାକୁ ଗ୍ରହଣ କଲେ ପରିତୋଷ । ତାଙ୍କର ଜଣେ ଚିହ୍ନା ପରିଚୟ ଲୋକ ଏଠି ରହନ୍ତି । ସେ ହିଁ ପ୍ରସ୍ତାବ ଦେଲେ ଏଠିକୁ ଆସିବାପାଇଁ । ଆମେ ଦୁହେଁ ହାଇଦ୍ରାବାଦ ଚାଲିଆସିଲୁ । ସବୁ ଠିକ୍‌ଠାକ୍ ଭାବେ ଚାଲିଲା । ଛୋଟ ବଖୁରିକିଆ ଘର ଭଡାନେଲୁ । ମୁଁ ଗୋଟେ ପାର୍ଲରରେ କାମ କଲି । ସେ କାବ୍ ଚଳାଇଲେ । ଆଉ ନିଅଣ୍ଟ ପଡ଼ିଲା ନାହିଁ । ଟଙ୍କାପଇସା ଅବା ସୁଖ । ଜାଣିଚି, ଏହା ଭିତରେ ଅପାର ବାହାଘର ବି ସରିଯାଇଚି ।'

ଆଶ୍ଚର୍ଯ୍ୟ ଲାଗେ ମଣିଷର ସୁଖର ପରିଭାଷା ଜାଣି । ପ୍ରତ୍ୟେକ ମଣିଷ ପାଇଁ ଏହା ଭିନ୍ନ, ଏକଥା ବୁଝାଇପାରିବି ଚାରୁଲତାକୁ !

ହଠାତ୍ ଦୀର୍ଘନିଃଶ୍ୱାସଟିଏ ବାହାରିଆସିଲା ଚାରୁଲତା ଛାତିଭିତରୁ, ନିଭିନଥିବା ଚିତା ନିଆଁ ଭିତରୁ ଯେମିତି । ଆହୁରି ବି ଦୁଃଖ ଅଛି । କେତେ ଦିନ ଧରି ସେ ବୋଧେ ଅନିଦ୍ରା ରହିଚି । ସେଇ ଦୁଃଖ ତାକୁ ହନ୍ତସନ୍ତ କରୁଚି ।

ଚାରୁଲତା ପୁଣି କହିଲା, 'ମୋ' ଭାଗ୍ୟରେ ଏତେ ସୁଖ ନାହିଁ । ସେଥିପାଇଁ ପରିତୋଷ ଚାଲିଗଲେ । ମୁଁ ଏକା ହୋଇଗଲି ପୁଣି । ହେଲେ, ତୁମକୁ ଭେଟିଲାପରେ

ଜାଣୁଚି, ଏବେ ମୁଁ ଏକା ନୁହେଁ । ତୁମେ ମୋ' ପାଖରେ ଅଛ । କଥାଟେ କହିବି ବୋଲି ଭାବୁଚି । ଯେଉଁ ଗାଡ଼ି ଧକ୍କାରେ ପରିତୋଷ ଚାଲିଗଲେ, ତାହା ହେଉଚି ଜଣେ ଇଣ୍ଡଷ୍ଟ୍ରିଆଲିଷ୍ଟଙ୍କର । ମଦ ପିଇ ମାତାଲ ଅବସ୍ଥାରେ ତାଙ୍କ ପୁଅ ଗାଡ଼ି ଚଳାଉଥିଲେ, ଯାହା ଫଳରେ ଘଟିଲା ଏଇ ଦୁର୍ଘଟଣା । ପୁଲିସ ଅଫିସରଙ୍କୁ ସେମାନେ ହାତ କରିନେଇଛନ୍ତି । ରିପୋର୍ଟରେ ତାଙ୍କ ବିପକ୍ଷରେ କିଛି ସେମିତି ଲେଖାହେବ ନାହିଁ। ମୋର ଦୃଢ଼ଧାରଣା, ସେ ଏଥିରୁ ମୁକୁଳିଯିବେ । ମାତ୍ର ପରିତୋଷ ସଂସାରରୁ ଚାଲିଯିବା ପରେ ଗୋଟେ ଭୁଲ୍ ଦୋଷରେ ଅଭିଯୁକ୍ତ ହେବେ, ତାହା ମୁଁ ଚାହୁନାହିଁ । ସଂସାରରେ ତାଙ୍କ ପରି ଭଲମଣିଷଟିଏ ଖୋଜିଲେ ମିଳିବା ମୁସ୍କିଲ। ତୁମର ସହଯୋଗ ମିଳିଲେ, ସେ ନ୍ୟାୟ ପାଇବେ ।'

କଥାଟିକୁ ଏମିତି ବାଗରେ ଚାରୁଲତା ଶେଷକଲା ଯେ ଜାଣିପାରିଲି, ପରିତୋଷ ସୁନ୍ଦର ମଣିଷ । ଚାରୁଲତାକୁ ଭଲପାଉଥିଲା ଆଉ ସୁଖ ବି ଦେଉଥିଲା । ସେ ଚାଲିଯିବା ପରେ ସେହି ସୁଖ ତାକୁ ମିଳିବ, ତାହା ଭାବିବା ମିଛ । ମାତ୍ର ଭଲପାଇବାକୁ ନେଇ ଅବଶିଷ୍ଟ ଜୀବନ ସେ କିପରି ଜିଇରହିବ, ତା' ମୋ' ପାଇଁ ଏବେ ବି ଅଜଣା । ମାତ୍ର ସମୁଦ୍ରକୂଳରେ ଦିନେ ସେ ମୋତେ ଯେଉଁ ପ୍ରତିଶ୍ରୁତି ଦେଇଥିଲା, ଏବେ ଭାବିବା ମୂଲ୍ୟହୀନ।

ହାତଘଣ୍ଟାକୁ ଚାହିଁ ଚାରୁଲତା କହିଲା, ଅନେକ ସମୟ ଏଠି ବସିଲିଣି । ତୁମର ବି ଅନେକ କାମ ଥିବ। ତୁମକୁ କୃତଜ୍ଞତା କିପରି ଜଣାଇବି, ଜାଣିପାରୁନି । ଜୀବନ ଏମିତି ଏକ ମୋଡ଼ରେ ଠିଆକରେଇଦେବ, ଏହା ଭାବିନଥିଲି । ଯାହାହେଉ, ତୁମ ସହିତ ଭେଟ ହୋଇଗଲା । ମୋର ବିଶ୍ୱାସ, ତୁମେ ମୋତେ ସାହାଯ୍ୟ କରିବ ।

ଆପାତତ ବିଶ୍ୱାସର ଗୋଟେ ବନ୍ଦ୍ କବାଟ ମେଲିହୋଇଗଲା ।

କ'ଣ କହିବି ଚାରୁଲତାକୁ ? ହାତ ବଢ଼ାଇ ତା' ହାତକୁ ଧରିବାକୁ ଚାହିବାବେଳେ ସେ ଫିସ୍‌ଫିସ୍ କରି ମୋ' କାନ ପାଖରେ କହିଲା, 'ପରିତୋଷର ପିଲାଟି ଏବେ ମୋ' ଭିତରେ । ନହେଲେ, ଏଠି ରହିଯାଇଥାନ୍ତି। ତୁମ ପାଖରେ।'

ଚାରୁଲତାର କଥାର ରହସ୍ୟ ଭେଦକରିବା ମୋ' ପାଇଁ ସମ୍ଭବ ହେଲା ନାହିଁ ।

■

ରେନ୍‌କୋଟ୍

ଆକାଶସାରା ମେଘର ଛାଇ। ଏଇ ଯେମିତି ହେବ ବର୍ଷା। ଘଡ଼ଘଡ଼ି ସହ ଆସିଯିବ ପବନ । ବିନା ପ୍ରତିଯୋଗିତାରେ ଉଡ଼ିବେ ଜରି, ଛିଣ୍ଡାପତ୍ର, ଫୁଲର ପାଖୁଡ଼ା, ଅଧାଶୁଖିଥିବା ଶାଢ଼ି, ସିଗାରେଟ୍ ଖୋଳ, ବାଦାମ ଚୋପା, ଶାଳପତ୍ରର ଠୋଲା, ପ୍ରେମଚିଠି।

ସମ୍ପୂର୍ଣ୍ଣ ବିପର୍ଯ୍ୟସ୍ତ ହୋଇଯିବ କଟକ। ପରେ ପରେ ଭିଜିଯିବ ସବୁକିଛି। ଅମାନିଆ ବର୍ଷାରେ। ଟ୍ରାଫିକ୍ ପୁଲିସ୍ ଓଦା ହାତରେ ମୁହଁ ପୋଛିଲାବେଳେ ନିୟମ ମାନିବେ ନାହିଁ ବେପରୁଆ ଡ୍ରାଇଭର୍ । ଅବଶ୍ୟ ସେତେବେଳେ ଦିଶୁଥିବ ଲାଲ୍ ଆଲୋକ । ସମୟର ସୂଚନା ମିଳୁଥିବ ଇଲୋକ୍ଟ୍ରୋନିକ୍ ଘଣ୍ଟାରୁ । ଦିଗଭ୍ରଷ୍ଟ ହେବାଭଳି ମନେହେବ କେତୋଟି ମୁହୂର୍ତ୍ତ।

ଅଫିସ୍‌ରେ ପହଂଚିବାକ୍ଷଣି ଏଇଭଳି ମୁହୂର୍ତ୍ତ ମୋତେ ଅପେକ୍ଷା କରିଥିବ, ତାହା ଆଶା କରିନଥିଲି। ପୂର୍ବପ୍ରସ୍ତୁତି ଅନୁଯାୟୀ ଅପେକ୍ଷା କରିଥିଲା ଡ୍ରାଇଭର୍। ମୋତେ କେତୋଟି ଜରୁରୀ କାର୍ଯ୍ୟ ପାଇଁ ଯିବାକୁ ହେବ ଭୁବନେଶ୍ୱର।

କାଚ ଝରକା ବାଟେ ଦିଶୁଥିଲା ମେଘୁଆ ଆକାଶର ମୁହଁ ।

ଅତି ଅସ୍ପଷ୍ଟ ଶବ୍ଦ। ରିଂ ହେଲା ମୋବାଇଲ୍ ।

ଆରପଟରେ ଏକ ମଧୁର ସ୍ୱର। ଏକଦମ୍ ଚିହ୍ନା ପରି ମନେହେଲା ।

– 'ସୁଚିତ୍ରା କହୁଚି।'

ଏଇ ପଦକରେ ଫୁଟିଉଠିଲା ଅସଂଖ୍ୟ ଗୋଲାପ। ଚଟାଣ ପାଲଟିଗଲା ଗୋଟେ ଫୁଲବଗିଚା । ରୁନ୍ଧିହୋଇଗଲି ଅପୂର୍ବ ମହକରେ । ଛନ୍ଦିହୋଇପଡ଼ିଲି ମହକରେ, ସୌନ୍ଦର୍ଯ୍ୟରେ।

ମାନୁଚି, ଏଇପରି ଗୋଟେ ମୁହୂର୍ତ୍ତ ଆସିବ, ତାହା ଜାଣିନଥିଲି। ଚାରିବର୍ଷ ପରେ ସୁଚିତ୍ରା ଫୋନ୍ କରିବ ଆଉ ସେଥିରେ ମୁଁ ଚହଲିଯିବା କଥା ଶୁଣି ଆପଣ ବିସ୍ମିତ ହୋଇପାରନ୍ତି। ମାତ୍ର କଥାଟି ସତ । ଜୀବନରେ କେତେ କ'ଣ ପାଇଛି ବା ହରାଇଛି, ତାହାର ହିସାବ ରଖିବା ମୋ' ପକ୍ଷରେ ସହଜ ନୁହେଁ । ମାତ୍ର ସୁଚିତ୍ରାର ସୌନ୍ଦର୍ଯ୍ୟରେ ବିଭୋର ହେବାର ପ୍ରତିଟି ମୁହୂର୍ତ୍ତ ମୋ'ମନର କାନ୍‌ଭାସ୍‌ରେ ଆଙ୍କିହୋଇଯାଇଚି।

ଏଇକଥା ଶୁଣି ଆପଣ ବି ଅନୁଭବ କଲେଣି ଶିହରଣ । ସଞ୍ଚରିଗଲାଣି ଗୋଟେ ଉଦ୍‌ବେଗ, ମନ ଭିତରେ । ବ୍ୟାକୁଳତାର ଚିହ୍ନ ବେଶ୍ ବାରିହୋଇପଡୁଚି ଆପଣଙ୍କର ମୁହଁରେ । ଦିଶୁଚି ରାଜେନ୍ଦ୍ରର ମୁହଁ ପରି ।

ରାଜେନ୍ଦ୍ର ବୟସରେ ଦୁଇବର୍ଷ ବଡ଼ । ଆମ କଲେଜ ୟୁନିଅନ୍ ନିର୍ବାଚନରେ ପ୍ରେସିଡେଣ୍ଟ୍ ପାଇଁ ଠିଆହୋଇ ହାରିଯାଇଥିଲା। ସେ କଥା କହୁନଥିଲା, ବରଂ ଦେଉଥିଲା ଧମକ । ହଷ୍ଟେଲରେ ରହୁଥିଲି । ହଷ୍ଟେଲରେ ରହୁଥିବା ସବୁପିଲା ତାକୁ ଭୟ କରୁଥିଲେ । କେହି ପ୍ରତିବାଦ କରୁନଥିଲେ ତାହାର ଅଶାଳୀନ କଥାପାଇଁ । ସହିନେବା ହିଁ ଏକମାତ୍ର ବାଟ ବୋଲି ବୁଝିଥିଲେ ।

ବେକରେ ପିନ୍ଧିଥିବା ସୁନାଚେନ୍‌କୁ ଦେଖାଇବାପାଇଁ ଶାର୍ଟ୍‌ର ଉପରବୋତାମ ଖୋଲାରଖେ ସେ । ହାତରେ ଥାଏ ରୁପାର କଡ଼ା । କଥା କହିଲାବେଳେ ସେ ହାତଟିକୁ ସବୁବେଳେ ହଲାଉଥାଏ । ସେଥିରୁ ଜଣାପଡ଼ିଯାଏ, ତାହାର ଔଦ୍ଧତ୍ୟ ଆଉ ପ୍ରାଚୁର୍ଯ୍ୟ।

କଲେଜ ସାମ୍ନାରେ ତା'ଘର । ସେଥିପାଇଁ ତା' ମୁହଁରେ ଔଦ୍ଧତ୍ୟ ଏତେ ଉଜ୍ଜ୍ୱଳ। ଆଉଗୋଟିଏ କାରଣ ବି ଅଛି । ତାହା କହୁଚି । ତାଙ୍କର ଦୋକାନଟିଏ ଥିଲା, ଯେଉଁଠି ଶବଦାହ କରିବା ପାଇଁ ସବୁ ସରଂଜାମ ମିଳେ। ସହରରେ ଏମିତିକା ଦୋକାନ ସେଇ ଗୋଟିଏ। କେହି ମୂଲଚାଲ୍ କରିବା ତା' ବାପାଙ୍କ ସାଂଗରେ ମୁଁ ଦେଖିନାହିଁ। ଯାହା ଦାମ୍ କହିଲେ, ତା' ସେ ନିଅନ୍ତି। ଟଙ୍କାଏ ଛାଡ଼ିବାର ନାହିଁ। ବେଳେବେଳେ ରାଜେନ୍ଦ୍ର ସେଇ ଦୋକାନରେ ବସେ । ସେ ବସିଲାବେଳେ ତା'

ବାପାଙ୍କ ପରି ଦିଶେ । ରୁକ୍ଷ, ନୃସଂଶ। ବୋଧେ ସେଥିପାଇଁ ରାଜେନ୍ଦ୍ର ସହିତ ମୁହାଁମୁହିଁ ହେବାପାଇଁ କେହି ସାହସ କରନ୍ତି ନାହିଁ ।

ବେଳେବେଳେ ମୋ' ପାଖକୁ ଆସେ ରାଜେନ୍ଦ୍ର। ସୁଧାର ପିଲାପରି ମୋ' ସାମ୍‌ନାରେ ବସେ। କହେ, 'କେହି କିଛି କହିଲେ, ମୋତେ କହିବୁ। ଭୟ କରିବୁ ନାଇଁ। ମୁଁ ତାକୁ ଜାଳିଦେବି ମଶାଣିରେ।'

ପ୍ରତିକ୍ରିୟା ପ୍ରକାଶ କରିବାର ଉପାୟ ନାହିଁ ।

ହଷ୍ଟେଲ୍ ଝରକାରୁ ଦିଶେ ପାଣିଓହଳା ପାହାଡ଼ । ମାଙ୍କଡ଼ ଡେଉଁଥିବାର ଶବ୍ଦ ଅତି ନିକଟରୁ ଶୁଣାଯାଏ । ଭାଂଗିପଡ଼େ ଡାଳ । କାହିଁକି କେଜାଣି ରାଜେନ୍ଦ୍ରର ମୁହଁ ଦିଶେ ଗୋଟେ ହନୁମାଙ୍କଡ଼ ମୁହଁପରି । ଭୟଙ୍କର। ବିଶ୍ୱାସହୀନ। କୌଣସି ଅସୁବିଧାକୁ ସ୍ୱାଗତ କରିବାର ସାମର୍ଥ୍ୟ ମୋ' ପାଖରେ ନାହିଁ ।

ମୁଁ ଅଳ୍ପ ହସି କହେ, 'ସେପରି ମୁହୂର୍ତ୍ତ ମୋ' ପାଇଁ ଆସିବ ନାହିଁ । ତୁମେ ମୋ' ରୁମ୍‌କୁ ଆସିବାହେତୁ ଏକଥା କହୁଚ।'

ସୁନାଚେନ୍‌କୁ ଟିକେ ଦେଖାଇଦେବାପାଇଁ ରାଜେନ୍ଦ୍ର ବେକ ଚାରିପଟେ ହାତ ବୁଲାଏ । ତା' ପରେ ଗାମ୍ଭୀର୍ଯ୍ୟର ହସ ଚହଟିଉଠେ ତା' ମୁହଁରେ। ଆହୁରି କଦର୍ଯ୍ୟ ଦିଶେ ସେ । ଅଥଚ ସାହସହୀନ ହୋଇପଡ଼େ ମୁଁ। ଅପେକ୍ଷା କରିଥାଏ ତା'ର ଯିବା ମୁହୂର୍ତ୍ତକୁ, ଆତୁରହୋଇ । ସେ ଯିବାପରେ କବାଟ ଦେଇଦିଏ, ଯେମିତି ଆଉ କେହି ସେହି ରୁମ୍‌ଭିତରକୁ ପ୍ରବେଶ କରିପାରିବେ ନାହିଁ ।

କିଛିଦିନ ପରେ ଜାଣିପାରିଲି, ରାଜେନ୍ଦ୍ରର ଯିବାଆସିବା ମୋତେ ସାହସ ଦେବାପାଇଁ ନୁହେଁ, ବରଂ ତାହାର ଗୋଟେ ଉଦ୍ଦେଶ୍ୟ ସଫଳ ହେବାପାଇଁ । ଦିନେ ତା'ର ମନକଥାକୁ କହିଲା ଏମିତି ଢଙ୍ଗରେ, ଯେମିତି ସେଇ ଶବ୍ଦଗୁଡ଼ିକୁ ମୁଁ ଆଗରୁ କେବେ ଶୁଣିନାହିଁ ।

କ'ଣ ଚାହୁଁଚି ରାଜେନ୍ଦ୍ର ?

ଆପାତତ ମାଟି ଧସକିଯିବାର ମୁହୂର୍ତ୍ତ । ସବୁ ବିପର୍ଯ୍ୟସ୍ତ ହେବାର ପୂର୍ବ ସୂଚନା । ଚଢ଼େଇମାନେ ଆରମ୍ଭ କରିପାରୁନାହାନ୍ତି ସେମାନଙ୍କର କାର୍ଯ୍ୟନିର୍ଘଣ୍ଟ । ସବୁଜିମାହୀନ ଦିଶିଲାଣି ପାଣିଓହଳା ପାହାଡ଼ । ଆଉ ଶୁଣାଯାଉନାହିଁ ଗୁଣ୍ଡୁଚିମୂଷାଙ୍କର ଧାଁଦୌଡ଼ ।

କିଛି ଅଘଟଣ ଘଟିଯିବାର ସମ୍ଭାବନା ଅଧିକ।

ପଢ଼ିପାରିଲା ମୋ' ମନ ଭିତରର କଥା ରାଜେନ୍ଦ୍ର। ଉଚ୍ଚ ସ୍ୱରରେ କହିଲା, 'କିଛି ହେବ ନାହିଁ । ତୁ ଯାହା ଭାବୁଚୁ, ସେମିତି କିଛି ହେବ ନାହିଁ । ସୁଚିତ୍ରା କବିତା

ପଢ଼ିବ। ଆମେ କେତେଜଣ ତା' କବିତା ଶୁଣିବା । ତୁ ବି ତୋ' ଗପ ପଢ଼ିବୁ। ଗୋଟେ ସାରସ୍ୱତ ବନ୍ଧୁମିଳନ କରିବା ପାଇଁ ଇଛା, କପିଳାସରେ । ଆଗାମୀ କଲେଜ୍ ନିର୍ବାଚନ ପାଇଁ ମୋର ଏଇ ପ୍ରସ୍ତୁତି। ତୁ ସୁଚିତ୍ରାର ଭାଇକୁ ଏଇକଥା କହି ବୁଝାଇଦେବୁ। ମୁଁ ଜାଣେ, ସେ ତୋ' କଥା ଶୁଣିବ । କାରଣ ସୁଚିତ୍ରାର କବିତାକୁ ତୁ ସଜାଡ଼ିଦେଉଛୁ ।'

ଆଦୌ ନିରାପଦ ମନେହେଲାନାହିଁ ରାଜେନ୍ଦ୍ରର କଥା। ନିର୍ବାଚନ ପାଇଁ ପ୍ରସ୍ତୁତିହେବା କଥାଟି ସହିତ ଆଉଗୋଟିଏ କଥା ଅତି ଚତୁରତାରେ ସେ ନିଜ ଭିତରେ ଲୁଚାଇଦେଲା, ତାହା ଜାଣିପାରିଲି ମୁଁ।

ସୁଚିତ୍ରା ଅତି ସୁନ୍ଦରୀ । ଲାଲ୍ ଓଠ। ଚଳଚଞ୍ଚଳ ଆଖି। କାନ୍ଧ ଉପରକୁ ଝୁଲିପଡ଼ିଥିବା ଘନକେଶ । ହାଲୁକା ପବନରେ ଖସିପଡୁଥିବା ଓଢ଼ଣି । ସାଇକେଲ୍‌ରେ କଲେଜ ଆସିଲାବେଳେ ଆକାଶରେ ତାରାମାନେ ବି ଚିକ୍‌ଚିକ୍ କରିଉଠନ୍ତି ଦିନରେ । ଆଉ ରାଜେନ୍ଦ୍ର କଥା ପଚାରେ କିଏ ?

ଆପଣ ରାଜେନ୍ଦ୍ରକୁ ଦେଖି ନଥିବେ। ତାକୁ ମୁଁ ଦେଖିଚି। ସୁଚିତ୍ରା ଆସିବା ସମୟକୁ ଅପେକ୍ଷା କରିରହିଥାଏ ଯେମିତି । ଦୋକାନ ଭିତରେ ଟଙ୍ଗା ହୋଇଥିବା ଦର୍ପଣରେ ବାରମ୍ବାର ମୁହଁ ଦେଖେ । ଟୋପାଟୋପା ଝାଳବୁନ୍ଦାକୁ ପୋଛିପକାଏ ପାପୁଲିରେ। ତା' ମୁହଁରେ ଏତେ ଝାଳ ଥାଏ କେଉଁଠି ? ପଦାକୁ ଏତେ ଶକ୍ତ ଓ ରୁକ୍ଷ ଦିଶୁଥିଲେ ବି ସେ ଭିତରେ ଭିତରେ ଭୟକରିଯାଉଚି ବୋଲି ହୃଦ୍‌ବୋଧ ହୁଏ । ସତରେ, ଗୋଟେ ସୁନ୍ଦରୀ ଝିଅକୁ ଭେଟିବା ବୋଧେ ଏତେ ସହଜ ନୁହେଁ ।

ପାନିଆରେ ମୁଣ୍ଡକୁଣ୍ଡାଇ ସଳଖି ଠିଆହୁଏ ରାଜେନ୍ଦ୍ର।

ଠିକ୍ ସମୟରେ ସୁଚିତ୍ରା ଆସେ, ସାଇକେଲ୍‌ରେ, ଓଢ଼ଣି ଉଡାଇ ।

ଅଳ୍ପ ହସ । ପ୍ରଜାପତିର ଓଠରେ । ଆମ୍ବବଉଳର ମହକରେ ।

ସେ ଚାଲିଯିବାପରେ ରାଜେନ୍ଦ୍ର ଦୋକାନ ଭିତରକୁ ଯାଏ । ଦର୍ପଣରେ ମୁହଁ ଦେଖେ ।

ଏତିକିବେଳେ ଗଣଗଣିଆ ସ୍ୱରରେ ଶୁଭେ, 'ଏଯାଏ ବଇନି ହୋଇନି; କ'ଣ ତୁ କରୁଚୁ ? କେତେଥର ସେଇ ପୋଡ଼ାମୁହଁକୁ ଦେଖୁଚୁ ଦର୍ପଣରେ ?'

ଆପାତତ ହଜିଯିବା ପରି ଏକ ମୁହୂର୍ତ୍ତ ମୋ' ପାଇଁ ନିଶ୍ଚେ ।

କିଛି ହେବନାହିଁ ଆମର। ବଂଚିରହିବା। ଦିନ ପରେ ଦିନ ।

ଏଇକଥା ଚିନ୍ତାକରି ସୁଚିତ୍ରା ଘରକୁ ଗଲି । ତା' ଭାଇ ଘରେ ନଥିଲେ । କଥା ହେଲି ସୁଚିତ୍ରା ସହିତ । ରାଜିହୋଇଗଲା ସେ। ଅଳ୍ପ ହସିଦେଲା ।

ଦଶବାର ଦିନ ପରେ କପିଳାସରେ ସାରସ୍ୱତ ବନ୍ଧୁମିଳନ । ଅବଶ୍ୟ ରାଜେନ୍ଦ୍ର

ମୋତେ ପୂର୍ବଦିନ ରାତିରେ ଆଉଥରେ ମନେପକାଇ ଦେଇଥିଲା। ଏବଂ ସାଂଗରେ ଗପଟିଏ ନେବାପାଇଁ ଚେତେଇଦେବାକୁ ବି ଭୁଲିନଥିଲା ।

କଲେଜ ମାଗାଜିନ୍‌ରେ ଥରେ ଦି'ଥର ଗଳ୍ପ ପ୍ରକାଶିତ ହେତୁ, ମୁଁ ଜଣେ ଗାଳ୍ପିକର ପରିଚୟ ପାଇସାରିଥିଲି । ତେଣୁ ଅଲଗା ସମ୍ମାନରେ ପୋତିହୋଇପଡ଼ିବା ସ୍ୱାଭାବିକ। ମାତ୍ର ସୁଚିତ୍ରାର କବିତା ପଢ଼ିବା ପରେ, ମୁଁ ଯାହା ଲେଖୁଚି ବୋଲି ତାହା ଆଦୌ ଗୁରୁତ୍ୱପୂର୍ଣ୍ଣ ନୁହେଁ ବୋଲି ଜାଣିପାରିଲି। ଉତ୍ସାହିତ ହେବାର ମୁହୂର୍ତ୍ତ ମୋ' ପାଇଁ ନୁହେଁ । ବିମର୍ଷ ଭାବ ନେଇ କପିଳାସରେ ପହଞ୍ଚିଲି ।

ଅଳ୍ପଅଳ୍ପ ଖରା । ମିଠାଲିଆ ପବନ । ଆମ୍ବବଉଳକୁ ଛୁଇଁଦେଇ ଆସୁଥିଲା ଆମ ପାଖକୁ । ଏହିପରି ପରିବେଶ ଆମ ସମସ୍ତଙ୍କ ପାଇଁ ନୂଆ । ଏଥିପାଇଁ ଧନ୍ୟବାଦ ଦେବାକୁ ହେବ ରାଜେନ୍ଦ୍ରକୁ ।

ପାହାଚ ଉଠିଲାବେଳେ ସ୍ଥିରକଲୁ ପାଂଚଛଅ ଜଣ ବନ୍ଧୁ । ପାହାଚ ଧାରରେ ଝରଣା । ଆମ୍ବଗଛ । ପଳାଶଗଛର ଛାଇ । ସେଇ ଛାଇରେ ଶୁଖିଲାପତ୍ରର ମର୍ମର ଧ୍ୱନି, କେହି ଗୀତ ଗାଇବା ପରି ମନେହେଲା । ପଥର ସନ୍ଧିରେ କଳାକଙ୍କଡ଼ା ଲୁଚିଯିବାର ଅଭିନୟ ମୋତେ ଆମୋଦିତ କଲା । ଚାରିପାଞ୍ଚୋଟି ମାଛ ପହଁରିଶିଖୁଥିଲେ ସେହି ପାଣିରେ ଯେମିତି । ଟିକେ ଉପରକୁ ମୁହଁ ଦେଖାଇ ପୁଣି ଲୁଚିଯାଉଥିଲେ ପାଣିକାଦୁଅ ଭିତରେ ।

ଉଠୁଥିଲୁ ପାହାଚ ।

ଆମ ଭିତରେ ଆରମ୍ଭ ହୋଇଗଲା ପ୍ରତିଯୋଗିତା । କିଏ ଆଗ ପହଂଚିବ ମନ୍ଦିର ପାଖରେ ? ନା, ତାହା ନୁହେଁ। କିଏ ପ୍ରଥମେ ଭେଟିବ ସୁଚିତ୍ରାକୁ, ପଦଟିଏ କଥାହେବାପାଇଁ । ଅଲିଖିତ ଚାଲେଞ୍ଜ୍। ଖାତିର ନାହିଁ ପଥରକୁ । ଉଠାଣିକୁ। କୌଣସି ପ୍ରତିବନ୍ଧକକୁ ସେତେବେଳେ। କେତେ ମିଟର ରେସ୍ ? ଶହେ ମିଟର ନା ପାଂଚଶହ ମିଟର ?

ଏଇଠି ମାନିନେଉଚି, ସୁଚିତ୍ରାକୁ ଭଲପାଏ ବୋଲି ।

ତା' କବିତା ସାରାରାତି ପଢ଼ିବାକୁ ମୋତେ ଭଲଲାଗେ । ଜହ୍ନରାତିର ଜ୍ୟୋତ୍ସ୍ନାରେ ତା' କବିତା ଅଧିକ ଆଚ୍ଛନ୍ନ କରିଦିଏ। ସଂପ୍ରସାରିତ ହୋଇଯାଏ ମନ । ବିଭୋର ହୋଇଯିବାର ଗୋଟେ ବିରଳ ମୁହୂର୍ତ୍ତର ବର୍ଷାରେ ମୁଁ ଭିଜିଯାଏ ।

ଏକଥା କେବେ ମୁଁ କାହାକୁ କହିନାହିଁ।

ନା ସୁନ୍ଦରୀ ସୁଚିତ୍ରାକୁ, ନା ରୁକ୍ଷ ରାଜେନ୍ଦ୍ରକୁ ।

ଶେଷ ପାହାଚ ଛୁଇଁବା ପରେ ଆମେ ଜାଣିପାରିଲୁ, ଏହି ପ୍ରତିଯୋଗିତାରେ ହାରିଯାଇଚୁ ।

ଦରି ବିଛାହୋଇଚି । ତିନିଚାରିଜଣ ଅଧ୍ୟାପକ ଗଛମୂଳରେ କଥାହେଉଛନ୍ତି। ହାଣ୍ଡିଡେକଚି ସୂଚେଇଦେଉଚି ସେଠାରେ ରୋଷେଇ ଆରମ୍ଭ ହେଇଗଲାଣି । ମଟରସାଇକେଲ ପଛରେ ବସି ସୁଚିତ୍ରା ପହଂଚିସାରିଚି ତା' ଭାଇ ସାଂଗରେ । ଲାଲ୍ ରଂଗର ପଂଜାବି ପିନ୍ଧି ରାଜେନ୍ଦ୍ର କଥାହେଉଚି ସୁଚିତ୍ରା ସହିତ ।

କ'ଣ କଥାହେଉଚି, ମୋତେ ଶୁଣାଗଲାନାହିଁ । ମାତ୍ର ସୁଚିତ୍ରା ଓଠରେ ହସ ସୂଚେଇଦେଲା, ସେ ଖୁସି । ବହୁତ ଖୁସି ।

ରାଜେନ୍ଦ୍ର ମୁହଁରେ ଅଧିକ ପାଉଡର୍ ଲଗାଇ ଟିକେ ସଫା ଦିଶିବା କଥାଟି ମୋ' ଆଗରେ ଧରାପଡ଼ିଗଲା । ମୋତେ ଜଣାଗଲା, ସେ ଆଉ ଅପରିଷ୍କାର ଦିଶୁନାହିଁ, ବରଂ ସୁଚିତ୍ରା ପାଖରେ ଖୋଜୁଚି ଟିକେ ଜାଗା, ଯେଉଁଠି ବସିପଡ଼ିଲେ ତା' ଅପରାଧସବୁ ଧୋଇହୋଇଯିବ। ଏକଥା ସତ, ଝିଅମାନଙ୍କଠୁ ଗୋଟିଏ ହେଲେ ଭୋଟ୍ ନପାଇବାହେତୁ ନିର୍ବାଚନରେ ସେ ହାରିଯାଇଥିଲା ।

କେଉଁ ରାଜନୈତିକ ଦଳଠାରୁ ଅର୍ଥ ଆଣି ଏହି ଆୟୋଜନ କରିବା କଥାଟା ତୁଚ୍ଛ ମନେହେଲା । ତା' ସହ ହାତ ମିଳେଇଥିଲେ ମୁଖ୍ୟ ଅତିଥି । ମୁଁ ତାଙ୍କୁ ଚିହ୍ନିନାହିଁ । କାର୍‌ରେ ସେ ଆସିଥିଲେ । ଫୁଲତୋଡା ପାଇ ନିଜକୁ ଧନ୍ୟ ମନେକରିବାର ଅଭିନୟ ତାଙ୍କ ମୁହଁରୁ ଜାଣିହେଲା ।

କିଛି କଥା ଯୁବସମାଜ ପ୍ରତି ।

କିଛି ବାର୍ତ୍ତା ଭବିଷ୍ୟତ ବଂଶଧରଙ୍କ ପାଇଁ ।

କିଛି ଶୁଣିପାରୁନଥିଲି । ଶୁଣିପାରିବା ସମ୍ଭବ ବି ନୁହେଁ । ଝରଣାର ସ୍ୱରରେ ସବୁକିଛି ଲାଗିଲା ମଳିନ । କେଉଁଠି ବସିଚି ହଳଦୀବସନ୍ତ ? ଦିଶୁ ନଥିଲେ ବି ତାହାର ସ୍ୱରରେ ମନ ଚହଲିଗଲା । ଉଠିଆସିଲି ଗହଳି ଭିତରୁ । ଦୂରରୁ ଦେଖିଲି ସୁଚିତ୍ରାକୁ । ହଳଦୀରଂଗର ପୋଷାକ । ଝଲମଲ ହସ । ସେ କବିତାପାଠ ନ କଲେ ବି ତା' ଓଠ ହିଁ ଅହରହ କବିତାର କଥା କହୁଚି ।

ଗଛମୂଳେ ମଟରସାଇକେଲ୍ । ବାସ୍କେଟ୍ ଖୋଲା ରହିଚି । ହଁ, ଏଇଟି ତ ସୁଚିତ୍ରା ଭାଇର । ଆଉଜିବସିବାବେଳେ ଦେଖିଲି ରେନ୍‌କୋଟ୍ । ବର୍ଷାହେବା ଆଶଙ୍କାରେ ସୁଚିତ୍ରା ଆଣିଚି ବୋଧେ । ପାହାଡ଼ିଆ ଅଂଚଳରେ ବର୍ଷା କୌଣସି ସୂଚନା ନଦେଇ ଆସେ । ଢୁ ଢୁ ହୋଇ ବର୍ଷିଯିବାର ଅନେକ ନଜିର ରହିଚି ।

ଅତିକ୍ରମ କରିଯିବା ସମ୍ଭବ ହେଲା ନାହିଁ । ଇଚ୍ଛାକୁ, ଗୋଟେ ମହକକୁ ।

ହାତରେ ଧରିଥିବା ବ୍ୟାଗ୍‌ର ଚେନ୍ ଖୋଲି ରେନ୍‌କୋଟ୍‌କୁ ପୂରାଇ ଚାରିଆଡ଼କୁ ଚାହିଁଲି । ନା, କେହି ଦେଖିନାହାନ୍ତି ।

ଗୋଟିଏ ଶଙ୍କିତ ମୁହୂର୍ତ୍ତ, ଭୟଶୂନ୍ୟ ହେବାପାଇଁ ଲାଗିଲା ଅନେକ ସମୟ। ଅବଶ୍ୟ ଏଥିପାଇଁ ମୋ' ମନ ଭିତରେ ନଥିଲା କୌଣସି ଶୋଚନା ବା ଗ୍ଲାନି ।

ସୁଚିତ୍ରାର କବିତା ମନ୍ତ୍ରମୁଗ୍‌ଧ କରିଦେଲା ସମସ୍ତଙ୍କୁ । ସତ କହୁଚି, ମୁଁ ତ ଅଭିଭୂତ ହୋଇପଡ଼ିଲି । ସେଥିପାଇଁ ଚଉତାହୋଇ ଗପଟି ରହିଗଲା ମୋ' ପକେଟ୍ ଭିତରେ । ରାଜେନ୍ଦ୍ରକୁ କହିଲି, 'ଭୁଲିଯାଇଚି ଗପ ଆଣିବା ପାଇଁ ।'

ଏକଥା ଶୁଣିଲା ସୁଚିତ୍ରା । କାହିଁକିକେଜାଣି ଅଳ୍ପ ହସିଦେଲା।

କପିଳାସରୁ ଫେରୁଫେରୁ ଅପରାହ୍ଣ । ନରମିଯାଇଥାଏ ଖରା । ସୁଚିତ୍ରା ତା' ଭାଇ ସାଂଗରେ ଫେରିଲା ମଟରସାଇକେଲ୍‌ରେ । ଗଡାଣିରେ ଗଡ଼ିଯାଉଥିବାବେଳେ ହଳଦୀରଙ୍ଗର ଓଢ଼ଣିଟି ହଳଦୀବସନ୍ତର ଡେଣା ପରି ମନେହେଲା ।

ସେ ଚାଲିଆସିବା ପରେ ଶ୍ରୀହୀନ ଲାଗିଲା କପିଳାସ ।

ଆକାଶ ଦିଶୁଥିଲା ପରିଷ୍କାର ।

ବର୍ଷାହେବାର ସମ୍ଭାବନାକୁ ଅସ୍ୱୀକାର କରି ।

ଏହାର କିଛିଦିନ ପରେ ଆରମ୍ଭ ହୋଇଗଲା ପରୀକ୍ଷା। ଭଲପାଇବା, କବିତା, ଗପ ବାନ୍ଧିହୋଇ ରହିଗଲା ମନ ଭିତରେ । ଭେଟ ହେଲାନାହିଁ ରାଜେନ୍ଦ୍ର ସହିତ । ନିୟମିତ।

ପାଣିଓହଳା ମଥା ଉପରେ ବିଂଚିହୋଇପଡ଼ିଲା ଖରା ।

ପରୀକ୍ଷା ସରିବା ପରେ ମୁଁ ଚାଲିଆସିଲି କଟକ ।

ଆଉଥରେ ସୁଚିତ୍ରା ସହ ଭେଟ ହେବାର ଆଗ୍ରହ ଥିଲେ ବି ଯାଇପାରିନଥିଲି ତାଙ୍କ ଘରକୁ । ନିଜ ଭିତରେ ନିଜେ କାହିଁକି ଭାଂଗିରୁଜି ଯାଉଥିଲି, ତାହା ଜାଣିପାରିଲି ନାହିଁ ।

– 'ଏତେ ନୀରବ କ'ଣ ପାଇଁ? ବିସ୍ମିତ ହୋଇଯାଇଚ ମୋ' ସ୍ୱର ଶୁଣି? ହେବା ବି ସ୍ୱାଭାବିକ । ଭାବୁଥିବ, ଏଇ ଝିଅଟି କାହିଁକି ଫୋନ୍ କରିଚି ବୋଲି।'

ଗୋଟେ ମଧୁର ଅନୁଭବରେ ଭାସିଯିବା କଥାଟି ସତ । ପାଚିଲା ଧାନକ୍ଷେତ ଭିତରେ ଥୋଇଦେଇଚି ପାଦ ଯେମିତି । ଚାରିଆଡ଼ ହଳଦୀ ରଂଗ । ସେଇ ରଂଗରେ ବୋଳିହୋଇଯିବା କ'ଣ ଭଲପାଇବାର କଥା କହେନାହିଁ?

ଚାରିବର୍ଷ ଧରି ଏଇ ରଂଗ ମୋତେ ଆଚ୍ଛନ୍ନ କରିରଖିଛି, ଏକଥା ସୁଚିତ୍ରାକୁ କେମିତି ବୁଝାଇ କହିବି? ଧୀରେ ଧୀରେ ତରଳିଯାଉଚି ବର୍ଷ, ମାସ, ଦିନ ଆଉ ମୁହୂର୍ତ୍ତ । ମୋ' ସାମ୍‌ନାରେ ଠିଆହୋଇଚି ସୁଚିତ୍ରା । ଆଉ ପଢୁଚି କବିତା ।

– 'ମୁଁ ଭୁବନେଶ୍ୱରରେ ଅଛି । ତୁମକୁ ଭେଟିବାକୁ ଚାହୁଚି । ମୋବାଇଲ୍

ନମ୍ବର ପାଇଲି ମାଗାଜିନ୍‌ରୁ। ତୁମ ଗପ ବି ବେଳେବେଳେ ପଢୁଚି । ଭେଟିବ ନା ମୋତେ ?'

କେଉଁ ଫାଇଲ୍ ନେବି ? ସବୁକିଛି ଭୁଲିଗଲି । ତରତର ହୋଇ ବାହାରିଆସିଲି ଅଫିସ୍ ଭିତରୁ । ନିର୍ଦ୍ଦେଶ ଦେଲି, 'ଚାଲ୍ ଯିବା, ଭୁବନେଶ୍ୱର।'

ଠିକ୍‌ଭାବେ ଶୁଣିପାରିଲା ନାହିଁ ମୋ' କଥା ଡ୍ରାଇଭର୍।

ଡୋର୍ ଖୋଲି ବସିଲି ଗାଡ଼ିରେ । ଅନିଚ୍ଛା ସତ୍ତ୍ୱେ ସେ ଗାଡ଼ି ଷ୍ଟାର୍ଟ୍ କଲା ।

ଘୋଟିଆସୁଚି ମେଘ, ଆକାଶରେ ।

ଏମିତି କ'ଣ ସମୟ ଫେରିଆସେ ? ଋତୁଚକ୍ର ପରି !

ଏକଥା ପଚାରିପାରନ୍ତି ଆପଣ । କ'ଣ କହିବି ? ଜାଣେ ନାହିଁ ମୁଁ ।

ମନେହେଲା, ଅସଂଖ୍ୟ ତାରାଙ୍କ ସହ ଜହ୍ନ ବି ଦିଶୁଚି । ଆକାଶରେ । ଅଦ୍‌ଭୁତ ଦ୍ୟୁତିରେ ଉଦ୍‌ଭାସିତ ହେଉଚି ଚାରିଆଡ଼ । ପାଚିଲା ଧାନକିଆରି ଭିତରେ ମୁଁ। କ'ଣ ଖୋଜୁଚି ? ଏତେ ପାଖରେ ତ ସୁଚିତ୍ରା !

କାକର ଟୋପାରେ ଝଲମଲ ଦିଶୁଚି ତା' ମୁହଁ ।

କବିତା ପଢୁଥିବା ଗୋଟେ ଝିଅର ସ୍ୱପ୍ନ ଓ ଭବିଷ୍ୟତ ।

- 'ଯାଉଚି ତୁମ ପାଖକୁ । କେଉଁଠି ଭେଟିବ, କୁହ ସୁଚିତ୍ରା ?'

- 'ତୁମେ କେତେବେଳେ ପହଂଚିବ ?'

- 'ଯିବାକୁ ଯେତିକି ସମୟ ଲାଗିପାରେ । ଚାଳିଶ ମିନିଟ୍।'

ଆକାଶରୁ ଝରିପଡୁଛନ୍ତି ନକ୍ଷତ୍ର। ମୁକ୍ତାଫୁଲ ପରି । ଗାଡ଼ି ଅଟକାଇ ଗୋଟେଇପାରିବି ? ଡେରି ହୋଇଯିବ ବୋଧେ । ମୁହୂର୍ତ୍ତଟିଏ ବିଳମ୍ବହେବା କ୍ଷମଣୀୟ ନୁହେଁ ।

- 'କେଉଁଠି ? କେଉଁଠି, କୁହ ?'

ପବନର ରଂଗ ବଦଳିଯାଉଚି । ଏକଥା କ'ଣ କହିପାରିବି ଡ୍ରାଇଭର୍‌କୁ ?

ଭଲପାଉଥିବା ଝିଅଟିକୁ ଭେଟିବାକୁ ଯାଉଚି ଚାରିବର୍ଷ ପରେ । ଆଉ ଡେରି କରନାହିଁ । ଯେତେ ଜୋର୍‌ରେ ଚଳାଇବାକୁ ହୋଇପାରେ, ଗାଡ଼ି ଚଲା ।

ରାସ୍ତାକଡ଼ରେ ଆଇସ୍‌କ୍ରିମ୍ ବିକୁଥିବା ଲୋକଟି ଛାଇପରି ମନେହେଲା ।

ଜାଣିପାରିଲି, ଗାଡ଼ିର ସ୍ପିଡ୍ ବଢ଼ିଯାଇଛି ।

ଠିକ୍ ପଇଁତିରିଶ ମିନିଟ୍‌ରେ ଗାଡ଼ି ପହଂଚିଲା ଭୁବନେଶ୍ୱରରେ ।

ମୋତେ ଅପେକ୍ଷା କରିବାକୁ ହେଲା ରେସ୍ତୋରାଁରେ । ପାଂଚମିନିଟ୍ ପରେ ଆସିଲା ସୁଚିତ୍ରା । ଶାଢ଼ି ପିନ୍ଧିଥିଲା ସେ । ହାଲୁକା ନୀଳ ରଂଗର । ଅଳ୍ପ ଟିକେ ମୋଟା ଦିଶିଲା । ଆଖି ଅଧିକ ଢଳଢଳ । ଓଠ ବେଶୀ ଲାଲ୍ ।

କ'ଣ କହିବ ସୁଚିତ୍ରା ?

କବିତା ବିଷୟରେ ନା ପ୍ରେମ ସମ୍ପର୍କରେ ?

କେଉଁଠୁ ଆରମ୍ଭ କରିବି କଥା ?

ପ୍ରଥମେ ସେ କହିଲା, 'ତୁମର କୌଣସି ପରିବର୍ତ୍ତନ ହୋଇନାହିଁ । ଯେମିତି ଚାହିଁଥିଲି, ସେମିତି ଦିଶୁଚ । ସ୍ଲିମ୍ ଆଉ ଫିଟ୍ ।'

ଏମିତି କ'ଣ କଥା ଆରମ୍ଭ ହୁଏ ?

– 'ତୁମେ ଅଧିକ ସୁନ୍ଦର ଦିଶୁଚ ।'

– 'ସତେ ! ମିଛ, ପୁଣି ମୋତେ କହୁଚ ! ଟିକେ ମୋଟୀ ହୋଇଯାଇଚି ।'

ଏହାପରେ ଆଉ କ'ଣ କହିବି ? ବାଟବଣା ହୋଇପଡ଼ିଲି ମୁଁ ଯେମିତି ।

– 'ତୁମ ଗପ ପଢୁଚି । ଜୀବନକୁ ଏତେ ଗହୀରେଇ ଦେଖିପାରୁଛ କିପରି ?

ଏହାର ଉତ୍ତର କ'ଣ ହୋଇପାରେ ? କାହାକୁ ପଚାରିହେବ ? ଗଳ୍ପର ଚରିତ୍ରମାନେ କ'ଣ କଥା ହୁଅନ୍ତି ପାଠିକା ସହିତ ? ସେମାନେ କ'ଣ ନିଃସଂଗ, ଏକୁଟିଆ ? କେତେବେଳେ କେମିତି ଛୁଇଁଦିଅନ୍ତି କାହାର ମନ, ଦେହ ।

– 'ମୋ' କବିତା ବହିଟି ବାହାରିଛି ।' ଏହା କେବଳ ସମ୍ଭବ ହୋଇଚି ରାଜେନ୍ଦ୍ରଭାଇଙ୍କ ପାଇଁ । ସେ ବୁଝିଦେଲେ ଜଣେ ପ୍ରକାଶକଙ୍କୁ ଏଇ ଭୁବନେଶ୍ୱରରେ ।'

ବାସ୍ତବିକ୍ ଏହା ଏକ ଅଦ୍ଭୁତ ସମ୍ବାଦ ମୋ' ପାଇଁ । ଭାବିଥିଲି, ରାଜେନ୍ଦ୍ର ଏବେ ଦୋକାନରେ ବସି ଅପେକ୍ଷା କରିଥିବ ଗରାଖଙ୍କୁ । ବଇନି ହୋଇନି ବୋଲି ତା' ବାପାଙ୍କ ପରି ମନ ଦୁଃଖ କରୁଥିବ । ପାଣିଓହଳା ପାହାଡ଼ ଛାଇରେ ତା' ମୁହଁ ଦିଶୁଥିବ ଅଧିକ ଅନ୍ଧାରିଆ । ଅପରିଷ୍କାର ।

ଲେଉଟାଇଲି ପୃଷ୍ଠା । ଜୟନ୍ତ, ତୁମ ପାଇଁ...

ଚମକିପଡ଼ିବାର ବିରଳ ମୁହୂର୍ତ୍ତ । ବହିଟିକୁ ମୋତେ ଉତ୍ସର୍ଗ କରିଥିଲା ସୁଚିତ୍ରା । କିପରି କୃତଜ୍ଞତା ଜଣାଇବି, ଶବ୍ଦ ନଥିଲା ଓଠରେ ।

ଅଳ୍ପ ହସରେ ଉଜ୍ଜ୍ୱଳ ଦିଶିଲା ସୁଚିତ୍ରାର ମୁହଁ । କହିଲା, 'ଜାଣିଚି, ତୁମେ ମୋତେ ଭଲପାଅ । ଏକଥା ତୁମେ କେବେ ବି କହିନାହଁ । ମାତ୍ର ମୁଁ ଅନୁଭବିଚି ଅହରହ । ସେଥିପାଇଁ ମୁଁ ଫେରିଆସିଚି । କ'ଣ କୁହ ?'

ଘଣ୍ଟାଏ ବିତିଯିବା ପରେ ବି କିଛି କହିପାରିଲି ନାହିଁ ।

ଆମେ ଦୁହେଁ ଉଠିଲୁ ।

ରେଷ୍ଟୋରାଁରୁ ପଦାକୁ ଆସିବାମାତ୍ରେ ହିଁ ଆରମ୍ଭ ହେଲା ପବନ ।

ରାସ୍ତା ଆରପଟରେ ଗାଡ଼ି ।

ଯେକୌଣସି ମୁହୂର୍ତ୍ତରେ ହୋଇପାରେ ବର୍ଷା ।

ରାସ୍ତା ପାରିହେଲାବେଳେ ମୋ' ହାତ ଧରିଲା ସୁଚିତ୍ରା । ପାଖକୁ ଲାଗିଆସିଲା ।

ଏତିକିବେଳେ ପଚାରିଲି, 'ତୁମକୁ ପାଇବାପାଇଁ ଚାରିବର୍ଷ ଅପେକ୍ଷା କରିବାକୁ ହେଲା ମୋତେ ।'

ସେ ଆହୁରି ଜୋର୍‌ରେ ଧରିଲା ମୋ' ହାତ । କହିଲା, 'ପ୍ରତ୍ୟେକ ନାରୀ ପରୁଷକୁ ପରଖିଥାଆନ୍ତି, ସାରା ଜୀବନ ଯା'ସାଥିରେ ଘର କରିବେ, ସେ କେତେ ବିଶ୍ୱାସଯୋଗ୍ୟ ! ବିଶ୍ୱାସ ହେତୁ ହୋଇଯାଏ ପ୍ରେମ । ତା'ପରେ ବିବାହ । ବୁଝିଲ ?'

ତା' କବିତାର ଗୋଟେ ଧାଡ଼ି ବୋଧେ ।

ଚାଲୁଚାଲୁ ମୋତେ ଚାହିଁଲା ସେ । ତା' ଆଖିରେ କିଛି ଆଭାସ ଥିଲା । ଅଭିବ୍ୟକ୍ତି ବି । ନିମ୍ନ ସ୍ୱରରେ କହିଲା, 'ତୁମେ ମୋ' ରେନ୍‌କୋଟ୍ ନେଇଛ ବୋଲି ରାଜେନ୍ଦ୍ରଭାଇ କହିଥିଲେ । ମାତ୍ର ମୁଁ କାହାକୁ କହିଲି ନାହିଁ । ଜାଣିଥିଲି, ଭଲପାଇବା ହେତୁ ତୁମେ ଏହା କରିଛ ।'

ଗାଡ଼ି ଭିତରେ ବସିଲାବେଳକୁ ଆରମ୍ଭ ହୋଇଗଲା ବର୍ଷା । ବର୍ଷା ।

■

କଲମ୍ବସ୍

ହାଇଦ୍ରାବାଦରୁ ଆବୁଧାବି। ଆବୁଧାବିରୁ ନିୟୁୟର୍କ। ନିୟୁୟର୍କରୁ ଛୋଟ ପ୍ଲେନ୍‌ରେ କଲମ୍ବସ୍ । ସେଥିରେ ଥିଲେ ଦଶବାର ଜଣ ଯାତ୍ରୀ । ପ୍ଲେନ୍ ଲାଣ୍ଡିଙ୍ଗ୍ କଲାବେଳେ ସୁନନ୍ଦାର ଆଖି ଉଜ୍ଜ୍ୱଳ ଦିଶିଲା। ଟଗରଫୁଲର ରଂଗରେ ରାସ୍ତା, ଗାଡ଼ି ଓ ଗୀର୍ଜାଘର। ଏପରି ଦୃଶ୍ୟ, ତା' ପାଇଁ ଆଣିଲା ଅହେତୁକ ବିସ୍ମୟ। ଦାରିଙ୍ଗିବାଡ଼ିରେ ତୁଷାରପାତର ଦୃଶ୍ୟ କେତେ ଅଭିନବ ରୂପରେ ଟି.ଭି. ସ୍କ୍ରିନ୍‌ରେ ସେ ଥରେ ଦି'ଥର ଦେଖିଛି । ଏଠି ତ ଚାରିଆଡ଼େ ବରଫ !

ହେମାଳିଆ ପବନ। ଅଚିହ୍ନା ପରିବେଶ । ଏଥିସହ ଏକୋଇଶ ଘଣ୍ଟାର କ୍ଲାନ୍ତିକର ଯାତ୍ରା । ସବୁକିଛି ବିଚ୍ଛିନ୍ନ, ଅସ୍ୱାଭାବିକ । ଏୟାରପୋର୍ଟରୁ ବାହାରକୁ ଆସି ସେ ଠିଆହେଲା ରାସ୍ତା କଡ଼ରେ । ଜୋତାତଳେ ନରମ ବରଫ । ଦବିଯିବା ପରି ସୂକ୍ଷ୍ମ ଅନୁଭବ । କାହିଁକିକେଜାଣି ତା'ର ମନେହେଲା, ସେ ନିଜ ଭିତରେ ହିଁ ଭାଂଗିରୁଜିଯାଉଚି। କ'ଣ କରିବ ବୋଲି ଉପାୟଟିଏ ଖୋଜୁଚି। ବର୍ଣ୍ଣନାବହିର୍ଭୂତ ଦୁଃଖରେ ହଜିଯାଉଚି । ସେ ସମ୍ପୂର୍ଣ୍ଣ ଏକା ଓ ବିପର୍ଯ୍ୟସ୍ତ ।

ଭିସା ମିଳିବା ଦିନ ହାଇଦ୍ରାବାଦରୁ ତା' ମନକଥା ବାପାଙ୍କୁ କହିଥିଲା, 'ଏଥର ଆମେରିକା ଯିବାପାଇଁ ମୋତେ କେହି ଆଉ ଅଟକାଇପାରିବେ ନାହିଁ । ତିନିମାସ ପରେ ଫେରିବି । ସେଠି ବରଫ

ପଡୁଚି । କଟକରେ ଟିଭିରେ ତୁମେ ଯାହା ଦେଖୁଚ, ତାହା ଦାରିଙ୍ଗବାଡ଼ିର, ନହେଲେ କୁଲୁ-ମନାଲିର ଦୃଶ୍ୟ । ମୁଁ କିନ୍ତୁ ଦେଖିବି - କଲମ୍ବସ୍‌ରେ, ଆମେରିକାରେ ।'

କଥାସବୁ ଭିଜିଯାଇଥିଲା ଖୁସି ଓ ଆନନ୍ଦର ବର୍ଷାରେ । ଓଦାଓଦା ଦିଶିଥିଲା ହାଇଦ୍ରାବାଦର ଆକାଶ । ମୁଠାମୁଠା ବିଭୋର ମୁହୂର୍ତ୍ତକୁ ଉଡାଇଦେଇଥିଲା କାଶତଣ୍ଡୀ ଫୁଲପରି । କିନ୍ତୁ ବାପାଙ୍କ ମୁହଁ ଦିଶିଲା ବିଷଣ୍ଣ, ମ୍ଳାନ । ସେ ଖୁସି ହୋଇପାରିଲେ ନାହିଁ ସୁନନ୍ଦା ସହିତ । ଟିକିଏ ଚୁପ୍ ରହି ସେ କହିଥିଲେ, 'ତୋ' ବିଭାଘର ପାଇଁ ଆମେ ଦୁହେଁ କେତେ ଚିନ୍ତିତ, ତାହା ତୁ ଜାଣୁ ।'

- 'ସେଠୁ ଫେରିଲେ କହିବି । ତୁମେ ବ୍ୟସ୍ତ ହେବ ନାହିଁ ।'

ମୋବାଇଲ୍‌ର ସୁଇଚ୍ ଅଫ୍‌କରିଦେଲା ସୁନନ୍ଦା । ଆଉ ଅଧିକ ବାପାଙ୍କୁ କ'ଣ ସେ କହିବ, ତାହା ବୋଧେ ସେ ଭୁଲିଯାଇଚି, ଏଇ ଯେମିତି ପିଲାଦିନେ ପେନ୍‌ସିଲ୍ ହଜାଇଦେଲାଭଳି । ମନେପକେଇଲେ, କେଉଁଠି ହଜାଇଦେଇଚି, ତାହା ମନେପଡ଼େ ନାହିଁ, ଆଜି ବି ।

ବାସ୍ତବିକ କିଛି ନଥିଲା । ପଦପଦବି, ଧନସମ୍ପତ୍ତି, ଯାହା ପାଇଁ ଜଣେ ସମ୍ମାନାସ୍ପଦ ବ୍ୟକ୍ତିବୋଲି ବାପା ପରିଚିତ ହୋଇଥାନ୍ତେ । ରାଜ୍ୟ ସରକାରଙ୍କ ଅଧୀନରେ ଛୋଟ ଚାକିରି କରିବା ହେତୁ ସେ ନିଜକୁ ଏମିତି ଗୋଟେ ନିକାଞ୍ଚନ ସ୍ଥାନରେ ରଖିଥାନ୍ତି, ଯେଉଁଠି ଖୁସି ପହଞ୍ଚିବା ଅସହଜ । ହଜିଯାଇଥିବା ପେନ୍‌ସିଲ୍ ପାଇଁ ତାଙ୍କର ଦୁଃଖ ।

ତା'ଠାରୁ ଅଧିକ ସ୍ପଷ୍ଟ ଦିଶିବା ବି ସ୍ୱାଭାବିକ, ଭାବିଥିଲା ସୁନନ୍ଦା ।

ଚାହିଁଲା ଚାରିଆଡ଼େ । ବଢୁଥିଲା ବ୍ୟାକୁଳତା । ଗୋଟେ ପରେ ଗୋଟେ କାବ୍ ଚାଲିଯାଉଚି । ନିରୁପାୟ ହୋଇପଡୁଥିଲା । ଦବିଯାଉଚି ବରଫ, ଜୋତା ତଳେ । ହାଇଦ୍ରାବାଦ୍ ଛାଡ଼ିବାବେଳେ ମ୍ୟାନେଜରଙ୍କ ସହ କଥାହୋଇଥିଲା । ସେ ଏୟାରପୋର୍ଟ ଆସିବେ ବୋଲି ପ୍ରତିଶ୍ରୁତି ଦେଇଥିଲେ । ମାତ୍ର କାହାନ୍ତି ସେ ? ବ୍ୟସ୍ତହୋଇ ଫୋନ୍ କଲା ସେ ।

ଆରପଟରୁ ମ୍ୟାନେଜରଙ୍କ ସ୍ୱର ଶୁଭିଲା । ସେ ଆମେରିକାନ୍ । ଅତି ଗମ୍ଭୀର ହୋଇ ତାକୁ ବୁଝାଇଦେଲେ, ଅସୁବିଧା ହେତୁ ସେ ଆସିପାରିନାହାନ୍ତି । ମାତ୍ର ଯେକୌଣସି କାବ୍ ଡ୍ରାଇଭରକୁ ହୋଟେଲ୍‌ର ଠିକଣା ଦେଇଥିଲେ, ପହଂଚିବାପାଇଁ କୌଣସି ଅସୁବିଧା ହେବନାହିଁ ।

ଜକେଇଆସିଲା ଲୁହ । ଭାବିଲା, କାହିଁକି ଆସିଲା ଏତେ ଦୂର ? ବାପାଙ୍କ କଥା ମାନି ବାହାହୋଇ ଓଡ଼ିଶାର କୌଣସି ସହରରେ ରହିଥିଲେ କ'ଣ ଅସୁବିଧା

ହେଉଥିଲା ? ମଧ୍ୟବିତ୍ତ ପରିବାର ପାଇଁ ଏତିକି ଖୁସି ହିଁ ଯଥେଷ୍ଟ । ତା'ପରେ ଦୁଇତିନିଟି ପିଲା । ସେମାନଙ୍କ ପାଇଁ ଟିଫିନ୍ ବକ୍ସ ସଜାଡ଼ିବ । ପାଠପଢ଼ାଇବ । ତରତର ହୋଇ ସେମାନଙ୍କୁ ନେଇ ସ୍କୁଲ୍ ବସ୍‌ରେ ଛାଡ଼ିବ । ମାର୍କସିଟ୍ ଦେଖି ବିରକ୍ତି ପ୍ରକାଶ କରିବ । ବଂଚିରହିବା ପାଇଁ ଏହି ସଂଘର୍ଷ ଭିତରେ ତାହାର ସ୍ୱପ୍ନ କେତେବେଳେ ହଜିଯିବ, ତାହା ସେ ଜାଣିପାରିବ ନାହିଁ ।

କାବ୍ ଅଟକିଲା ସୁନନ୍ଦା ସାମ୍ନାରେ । ନିଗ୍ରୋ ଡ୍ରାଇଭର୍ । ଜଳୁଚି ଆଖି ଦୁଇଟି । ମନେପଡ଼ିଲା, 'ଟୁ କିଲ୍ ଏ ମକିଙ୍ଗ୍ ବାର୍ଡ୍' ଉପନ୍ୟାସର କୌଣସି ଏକ ଚରିତ୍ର । କ'ଣ କହୁଚି ସେ ? କ'ଣ ବୁଝିବାକୁ ଚେଷ୍ଟାକରୁଚି ନିଗ୍ରୋ ଡ୍ରାଇଭର୍ ? ସମ୍ପୂର୍ଣ୍ଣ ବିବଶ ପରିବେଶ । ଜାଣିପାରିଲା ସେ, ତାହାର ଇଂରାଜି ଉଚ୍ଚାରଣକୁ ଆଦୌ ବୁଝିପାରୁନାହିଁ ଡ୍ରାଇଭର୍ । ଥମ୍‌ହୋଇଗଲା ନିଜ ଭିତରେ ସେ । ଏତେ ସୁନ୍ଦର ଭାବରେ ତାହାର ଅଭିବ୍ୟକ୍ତିକୁ ଇଂରାଜିରେ ପ୍ରକାଶ କରିବାର ସମସ୍ତ ସାମର୍ଥ୍ୟ ଯେମିତି ହଜିଯାଇଚି । ହୋଟେଲ୍‌ର ଆଡ୍ରେସ୍ ଲେଖାହୋଇଥିବା କାଗଜଟିକୁ ତା' ହାତକୁ ବଢ଼ାଇଦେଇ ସେ କାବ୍ ଭିତରେ ବସିପଡ଼ିଲା । ଆପାତତଃ ଆଶଙ୍କାପୂର୍ଣ୍ଣ ମୁହୂର୍ତ୍ତ ଟିକେ ତହଲିଗଲା ।

ରାସ୍ତାକଡ଼ରେ ପାଇନ୍ । ଓକ୍ । ଛୋଟଛୋଟ ଅଟ୍ଟାଳିକା । ମଲ୍ । ଫାଙ୍କା ରାସ୍ତା । ଜଣେ ଦି'ଜଣ ଲୋକ ଦିଶୁଥିଲେ ରାସ୍ତାରେ । ଗାଡ଼ି ଭିତରେ ଉଷୁମ । ନିଗ୍ରୋ ଡ୍ରାଇଭର୍‌ର ସତର୍କ ଦୃଷ୍ଟି ରାସ୍ତା ଉପରେ । ରୁକ୍ଷଭାବ ତା' ମୁହଁରେ । କିଛି ଅଘଟଣ ଘଟିଯିବାର ଭୟ ସୁନନ୍ଦାର ମନ ଭିତରେ । ଏୟାରପୋର୍ଟରୁ ହୋଟେଲ୍ କେତେ ଦୂର ? ସାଙ୍ଗରେ ଜୟନ୍ତ ଥିଲେ ଭଲ ହୋଇଥାନ୍ତା ।

କ'ଣ ଭାବୁଚି ସେ, କଲମ୍ବସ୍‌ରେ !

ଆମ୍ବଗଛ, ହଳଦୀବସନ୍ତ ନା, ମେଘର କଥା । କାଠଯୋଡ଼ିକୂଳରେ ତାଙ୍କ ଘର । ବର୍ଷାଦିନରେ ଗୋଳିଆପାଣିରେ ଭରିଉଠେ ନଈ । କୃଷ୍ଣଚୂଡ଼ା ଫୁଲର ରଂଗ ଅଧିକ ଲାଲ୍ ଦିଶେ ବର୍ଷାଛିଟାରେ । କାହା ସହିତ କଥାହୁଏ ହଳଦୀବସନ୍ତ, କୃଷ୍ଣଚୂଡ଼ା ଡାଳରେ ବସି ? ଡେଣା ଫଡ଼ଫଡ଼୍ କରେ । ଉଡ଼ିଯାଏ ଆମ୍ବଗଛର ଶୀର୍ଷକୁ । ଉଡ଼ିବା ଓ ଅତିକ୍ରମ କରିବା ହେଉଚି ଯେମିତି ଜୀବନ ।

କାବ୍ ଭିତରୁ ହୋଟେଲ୍‌ର ନାଆଁ ପଢ଼ିଲାପରେ ସୁନନ୍ଦାର ହୃଦ୍‌ବୋଧ ହେଲା, ନିଗ୍ରୋ ଡ୍ରାଇଭରଟି ଠିକ୍ ଜାଗାରେ ତାକୁ ପହଂଚାଇଚି । ଡୋର୍ ଖୋଲି ପଦାକୁ ଆସିଲା । ଅଧିକ ହେମାଳ ଲାଗିଲା ପବନ । କାନ ଉପରକୁ କ୍ୟାପ୍ ଟାଣିଆଣିଲା । ଅଦ୍ଭୁତ ଦଶିଲା ତା' ମୁହଁ, କାବ୍‌ର କାଚ ଉପରେ ପ୍ରତିଫଳିତ ହୋଇ । ଏ ତ ସେ ନୁହେଁ ! ଗରମ ପୋଷାକ ଭିତରେ ସେ ଦିଶୁଚି ଏସ୍କିମୋଙ୍କ ଭଳି ।

ଏସ୍କିମୋ ବରଫ ଭିତରେ କିପରି ରହନ୍ତି ?

ଏକଥା ଚିନ୍ତାକଲାବେଳକୁ ନିଗ୍ରୋ ଡ୍ରାଇଭରଟି କହିଲା, 'ସିକ୍ସ୍‌ଟି ଡଲାର।'

କାବ୍‌ର ଭଡା ଦେଇସାରିବା ପରେ ଲଗେଜ୍ ଟାଣିଟାଣି ହୋଟେଲ୍‌ରେ ପହଞ୍ଚିଲା। ଚକ୍‌ମକ୍ ଆଲୁଅ। ରିସେପ୍‌ସନିଷ୍ଟର୍ ମଧୁର କଣ୍ଠସ୍ୱର । ସ୍ୱାଗତ କରିବା ଉଦ୍ଦେଶ୍ୟରେ ଲାଲ୍‌ରଙ୍ଗର ଓଠରେ ଦିଶିଲା ଅଳ୍ପ ହସ । ପରମୁହୂର୍ତ୍ତରେ ବେଶ୍ ପରିଷ୍କାରପରିଛନ୍ନ ପୋଷାକରେ ହୋଟେଲ୍ ବୟ ତା' ଲଗେଜ୍‌କୁ ଲିଫ୍‌ଟରେ ନେଇଗଲା ତିନିମହଲା । ସେହି ମହଲାର ଗୋଟିଏ କୋଠରିର ଦ୍ୱାର ଖୋଲିଗଲା । ଅଳ୍ପଅଳ୍ପ ଆଲୋକ ।

ଯାହାକିଛି ଆବଶ୍ୟକ, ଇଣ୍ଟରକମ୍‌ରେ ବରାଦଦେଲେ, ପହଞ୍ଚିବ ସେହି କୋଠରିରେ । ଏତକି କହି, ସେ ଚାଲିଗଲା ବିନମ୍ର ଭଙ୍ଗିରେ ।

କବାଟ ବନ୍ଦ୍ କଲା ସୁନନ୍ଦା ।

ପୋଷାକ ନ ଓହ୍ଲାଇ ଗଡ଼ିପଡ଼ିଲା ବେଡ୍ ଉପରେ । କେତେ ସମୟ ଶୋଇପଡ଼ିଚି, ତାହା ସେ ଜାଣିପାରିନାହିଁ । ନିଦ ଭାଂଗିଲାବେଳକୁ ଦେଖିଲା, ମୋବାଇଲ୍‌ରେ ଆସିଚି ତିନୋଟି କଲ୍ । ପ୍ରଥମଟି ମ୍ୟାନେଜରଙ୍କ ପାଖରୁ । ଦ୍ୱିତୀୟଟି କରିଚି ମାଆ । ତୃତୀୟଟି ଜୟନ୍ତ କରିଛନ୍ତି ହାଇଦ୍ରାବାଦରୁ ।

ଏବେ କେତେଟା ବାଜିଚି ?

ଏତିକିବେଳେ ମୋବାଇଲ୍ ବାଜିଉଠିଲା।

ଆରପଟରେ ଜୟନ୍ତ । କଥାରୁ ତାଙ୍କ ବ୍ୟସ୍ତତା ବୁଝିପାରିଲା ସୁନନ୍ଦା। କ'ଣ ସେ କରିଥାନ୍ତା ? କ୍ଲାନ୍ତ ହୋଇପଡ଼ିଥିଲା । କଲମ୍ବସ୍‌ରେ ପହଂଚି ଫୋନ୍ କରିବା ଉଚିତ ଥିଲା । ବୁଝାଇବା ଢଂଗରେ ସେ କହିଲା, 'ଶୋଇପଡ଼ିଥିଲି । ଏକୋଇଶ ଘଣ୍ଟାର ଜର୍ଣ୍ଣି ପରେ ଆଉ କିଛି କରିବା ପାଇଁ ସାମର୍ଥ୍ୟ ନଥିଲା ମୋ' ପାଖରେ। ଏବେ କେତେଟା ବାଜିଚି, କହିଲ ?'

ଜୟନ୍ତ ଉତ୍ତରଦେଲେ, 'ସକାଳ ଛଅ । ଘଣ୍ଟାର ସମୟ ବଦଳାଅ ।'

– 'ଓଃ ! ମାଇଁ ଗଡ୍ !'

ବେଡ୍‌ଉପରୁ ବ୍ୟସ୍ତହୋଇ ଉଠିପଡ଼ିଲା ସୁନନ୍ଦା । ପରମୁହୂର୍ତ୍ତରେ ସେ ପଶିଗଲା ବାଥ୍‌ରୁମ୍‌ରେ । ତା' ଭିତରୁ ବାହାରିବା ପରେ ସେ ଦିଶିଲା ସତେଜ, ସୁନ୍ଦର । ଲିପ୍‌ଷ୍ଟିକ୍ ଓଠରେ ଲଗାଇବାବେଳେ ନିଜ ମୁହଁକୁ ମିରର୍‌ରେ ଦେଖି ସେ ହସିଲା । କ୍ଲାନ୍ତିର ଚିହ୍ନ ଉଭେଇଯାଇଚି ତା' ମୁହଁରୁ ।

ଠିକ୍ ସାତଟା ତିରିଶରେ ଆଉଥରେ ଶୁଭିଲା ମୋବାଇଲ୍‌ର ରିଂଟୋନ୍ । ତଳେ

ଅପେକ୍ଷା କରିଛନ୍ତି ନିଜ ଗାଡ଼ିରେ ମ୍ୟାନେଜର୍। ହୋଟେଲ୍ ସାମ୍‌ନାରେ । ଲିଫ୍‌ଟ୍‌ରେ ତଳକୁ ଓହ୍ଲାଇଆସିଲାବେଳେ ସୁନନ୍ଦାର ନଜରପଡ଼ିଲା ସଜାହୋଇ ରହିଥିବା ଫଳ ଉପରେ । ତିନିଚାରୋଟି ଆପଲ୍ ଆଣି ହୋଟେଲ୍ ବାହାରକୁ ଆସିଲା ସେ ।

ଅତି ମାର୍ଜିତ ବ୍ୟବହାର । ତା' ପାଇଁ ଡୋର୍ ଖୋଲିଦେଲେ ମ୍ୟାନେଜର୍ । 'କିଛି ଅସୁବିଧା ହୋଇଚି କି ନାହିଁ',ଏଇ ଥିଲା ତାଙ୍କର ପ୍ରଥମ ପ୍ରଶ୍ନ । ପରବର୍ତ୍ତୀ ମୁହୂର୍ତ୍ତଗୁଡ଼ିକ ବିତିଲା, ଅଫିସିଆଲ୍ କଥାବାର୍ତ୍ତାରେ । ଯେଉଁ କ୍ଲାଏଣ୍ଟ୍ ପାଇଁ ସୁନନ୍ଦା କାମ କରିବ, ତାହା ଏକ ଆମେରିକୀୟ କମ୍ପାନି । ଫେସନ୍ ଡିଜାଇନ୍ ପାଇଁ ସାରା ପୃଥିବୀରେ ପରିଚିତ ।

ପଇଁଚାଳିଶ ମିନିଟ୍‌ର ବାଟ । ହୋଟେଲ୍‌ରୁ ଅଫିସ୍ ।

ପ୍ରଥମ ଦିନର ଅନୁଭବଠାରୁ ଦ୍ୱିତୀୟଦିନର ଅନୁଭବ ସମ୍ପୂର୍ଣ୍ଣ ଭିନ୍ନ । ବିଛିନ୍ନହେବାର ଦୃଶ୍ୟ ଦିଶିଲା ଅସ୍ପଷ୍ଟ । କେହି ଜଣେ ପରିଚିତ ଲୋକ ତା' ପାଖରେ ଅଛନ୍ତି, ସେ ବୁଝିପାରିଲା । କଲମ୍ବସ୍‌ରେ। ଅଫିସ୍ ଭିତରକୁ ପଶିବାବେଳେ ସୁନ୍ଦରୀ ଝିଅମାନଙ୍କୁ ଦେଖିଲା । ସମସ୍ତେ ମଡେଲ୍‌ଭଳି । ଅଧାଖୋଲା ପୋଷାକ । ଆମେରିକାନ୍ ସଂସ୍କୃତିର ସ୍ପଷ୍ଟ ଝଲକ । ଏପଟସେପଟ ଚାହିଁ ଜାକେଟ୍‌ର ଉପର ବୋତାମ ଖୋଲିଦେଲା ସେ।

ବିରାଟ ହଲ୍ । ଝଲମଲ ଆଲୋକ । କମ୍ପ୍ୟୁଟର୍ । ସମୟ ସାଢ଼େ ଆଠ । ତା' ପାଇଁ ନିରୂପିତ ଚେୟାର୍‌ରେ ବସିବାବେଳେ, ସେ ପାଖରେ ଜଣେ ଯୁବକକୁ ଦେଖିଲା । ଆରପଟରେ ସେ ବସିଛି। ଲାଲ୍, ଗୋରା। ଆମେରିକାନ୍ । ଆଇ.ଡି. କାର୍ଡ୍‌ରୁ ତା' ନାଆଁ ବି ସେ ଜାଣିପାରିଲା । ଆବେଲ୍ ।

କଥା ନାହିଁ । କୋଳାହଳ ନାହିଁ । ନିଃଶ୍ୱାସର ଶବ୍ଦ ବି ନାହିଁ । ନୀରବତା । ସମ୍ପୂର୍ଣ୍ଣ ନୀରବତା । ଏମିତି ଶବ୍ଦହୀନ ପରିବେଶକୁ ସେ କେବେ ବି ଦେଖିନଥିଲା । ଅଧରାତିରେ ସେ ଶୁଣିଚି ଝିଙ୍କାରିର ଝିଁଝିଁ ଶବ୍ଦ । କୌଣସି ଚଢ଼େଇର ନିଦବାଉଳା ସ୍ୱର । ଶବ୍ଦ ନଥିଲେ ଜୀବନ ନାହିଁ । ଭାବିଲା, ଏଠି ବୋଧେ ଜୀବନ ନାହିଁ ।

ସ୍ୱପ୍ନ ଦେଖିବାପାଇଁ ଏଇ ନୀରବତା ।

ଊର୍ଦ୍ଧ୍ୱଉଡାଣ ପାଇଁ ଏଇ ନୀରବତା ।

ଦି'ଦିନ ପରେ ଏଇ କଥାକୁ ବୁଝିଲା ସୁନନ୍ଦା ।

ପ୍ରଥମ ଦେଖାରେ ଆବେଲ୍ ତାକୁ ପ୍ରେମକରିବସିଲା । ଏକଥା ସେ ଜାଣିବ କେମିତି ? ଆମେରିକାରେ ଏହା ଅତି ସହଜ କଥା । ଅଫିସ୍‌ରୁ ଫେରିବାପରେ ଆବେଲ୍ ତା' ସହ ଘନିଷ୍ଠତା ବଢ଼ାଇବାପାଇଁ ଚାହିଁଲା । ମଲ୍‌ରେ ତା' ସହ ବୁଲିଲା ।

ନିୟୁୟର୍କରେ ତା'ର ଗୋଟେ ଘର ଅଛି ଏବଂ ସେ ବ୍ୟାଚେଲର୍ ବୋଲି କଥାପ୍ରସଂଗରେ ସୂଚେଇଦେଲା, ଅତି ସ୍ୱାଭାବିକ ଭାବରେ ।

ଦିନେ ଅଫିସ୍‌ରୁ ଫେରିବାବେଳେ ଧଳାକାଗଜ ଦେଖାଇ ଆବେଲ୍ କହିଲା, 'ରାଇଟ୍ ଇୟୋର୍ ନେମ୍ ।'

କିଛି ନ ଭାବି ସୁନନ୍ଦା ତା' ନାଆଁ ଲେଖିଦେଲା ।

ତା' ନାଆଁ ପୂର୍ବରୁ ସେ ଯୋଡ଼ିଦେଲା ଆବେଲ୍ ଲଭ୍‌ସ୍ ।

ଆବେଲ୍ ଲଭ୍‌ସ୍ ସୁନନ୍ଦା ।

ବିଚିତ୍ର ଅନୁଭବର ଇଏ ଗୋଟେ କାହାଣୀ, ତାକୁ ବୋଧହେଲା । ତା'ଠାରୁ ପାଂଚଛଅ ବର୍ଷ ସାନ ହେବ ଆବେଲ୍ । କୌଣସି ପ୍ରତିକ୍ରିୟା ପ୍ରକାଶ କଲାନାହିଁ ସୁନନ୍ଦା ।

ବେଳେବେଳେ ମ୍ୟାନେଜର୍ ତାକୁ ଅପେକ୍ଷା କରିଥାନ୍ତି । ଅପରାହ୍ଣରେ। ଅଫିସ୍‌ରୁ ବାହାରିବାବେଳେ। ହୋଟେଲ୍ ପାଖରେ ସେ ଓହ୍ଲାଇପଡ଼େ। ଏବଂ ତାଙ୍କୁ ହାତ ହଲାଇ ବିଦାୟ ଜଣାଏ । ଅଳ୍ପ ହସେ । ଜାକେଟ୍‌ର କଲର୍‌କୁ ଉପରକୁ ଟେକିଦିଏ, ଗୋରାରଂଗର କାନ୍ଧ ଯେପରି ନଦିଶୁ ଲୋଭନୀୟ। କେତେ ବୟସ ମ୍ୟାନେଜର୍‌ଙ୍କର ? ଚାଳିଶ ପାଖାପାଖି ହୋଇପାରେ । ମୋଟା ଲେନ୍‌ସର ଚଷମାରେ ସେ ଟିକେ ଗମ୍ଭୀର ଦିଶନ୍ତି । କିନ୍ତୁ ବେଶ୍ ଖୁସ୍‌ମିଜାଜର ଲୋକ । ନ ଜାଣିଲାପରି ବେଳେବେଳେ ସେ ଛୁଇଁଦିଅନ୍ତି ତା' ହାତ । କାନ୍ଧ ।

ଶିହରଣ ଖେଳେନାହିଁ ସୁନନ୍ଦା ଦେହରେ । ହଁ, ଏମିତି ଘଟେ ବସ୍‌ରେ ଯିବାବେଳେ। ଏହା କ'ଣ ଭଲପାଇବାର କଥା କହିପାରିବ ? କେବେ ନୁହେଁ । ହାଇଦ୍ରାବାଦରେ ଏହା ଅସ୍ୱାଭାବିକ କଥା ନୁହେଁ । ଗହଳିରେ । ତେଣୁ ଏହି ଅନୁଭବ ସଂପ୍ରସାରିତ ହୋଇପାରେ ନାହିଁ ଦେହରୁ ମନକୁ । ପ୍ରତିବାଦ କରିବା ନିହାତି ଜରୁରି ବୋଲି ଭାବେନାହିଁ ।

ଫୋନ୍ କରନ୍ତି ଜୟନ୍ତ । ହାଇଦ୍ରାବାଦରୁ।

କଥାହୁଏ ସୁନନ୍ଦା । ନିଜର କାର୍ଯ୍ୟବ୍ୟସ୍ତତା ସମ୍ପର୍କରେ ସଂକ୍ଷିପ୍ତ ସୂଚନା ଦେବା ସହ ବିରକ୍ତି ପ୍ରକାଶ କରେ । ହାଇଦ୍ରାବାଦ ଫେରିଆସିବାପାଇଁ ସେ ଚାହେ । କଲମ୍ବସ୍ ସହରରେ ସମୟ ବିତେ ନାହିଁ ବୋଲି କହିବାପାଇଁ, ସେ ଭୁଲେ ନାହିଁ ।

ଏବଂ ସେ ଖୋଜେ। କ'ଣ ଖୋଜେ, ତାହା ସେ ଜାଣେ ନାହିଁ । ବରଫ ତଳେ କ'ଣ ଅଛି ? କେଉଁ ସମ୍ଭାବନାର ମାଟି ମୁଠାଏ ତାହାରି ତଳେ ଅଛି, ତାହା ସେ ଜାଣିବାକୁ ଚାହେ। ନହେଲେ, ସକାଳହେଲେ ଏତେ ପ୍ରଜାପତି ଦଳଦଳ ହୋଇ

କେଉଁଠୁ ଉଡ଼ିଆସନ୍ତି ? ସବୁ ଝିଅ ତାକୁ ପ୍ରଜାପତି ପରି ଦିଶନ୍ତି । ସ୍ୱପ୍ନ ଓ ଆବେଗକୁ ନେଇ ଜିଇବା ସେମାନେ କେଉଁଠୁ ଶିଖିଛନ୍ତି ? ଦୁଃଖ ନାହିଁ। ଅନୁଶୋଚନା ବି ନାହିଁ । ପ୍ରତ୍ୟେକଙ୍କ ମୁହଁରେ ହସ । ଖୁବ୍ ମୁଗ୍ଧ ହସ ।

ହାଇଦ୍ରାବାଦ ଫେରିବାକୁ ଦୁଇଦିନ ବାକି ଅଛି।

ଅଫିସ୍‌ରେ ଇ-ମେଲ୍ ପଢ଼ିଲାପରେ ଜାଣିପାରିଲା, ଆଉ ପନ୍ଦରଦିନ ତାକୁ କଲମ୍ବସ୍‌ରେ ରହିବାପାଇଁ ହେବ । ଏହା କେବଳ ସମ୍ଭବ ହୋଇଚି ଆମେରିକାନ୍ ମ୍ୟାନେଜରଙ୍କ ସକାଶେ । ସେ ହିଁ ଏକ୍‌ସ୍‌ଟେନସନ୍ କରିଦେଇଛନ୍ତି ତା'ର ରହଣି । ଏହିକଥା ଜାଣି ବିସ୍ମିତ ହେଲା । ମାତ୍ର କ'ଣ ପାଇଁ ସେ ଏମିତି କରିଛନ୍ତି, ବୁଝିବା ସହଜ ହେଲାନାହିଁ ।

ସେହିଦିନ ତାଙ୍କ ସାଂଗରେ ଗାଡ଼ିରେ ଫେରିବାବେଳେ ସେ ଅନୁରୋଧ କଲେ, ରାସ୍ତାକଡ଼ରେ କୌଣସି ଏକ କାଫେକୁ ଯିବାପାଇଁ। ମନାକରିପାରିଲା ନାହିଁ ସୁନନ୍ଦା । ସୌଜନ୍ୟ ଦୃଷ୍ଟିରୁ କଫି ପିଇଲା ତାଙ୍କ ସହିତ । ଟେବୁଲ୍‌ର ଆରପାଖରେ ବସି ।

ଏହି ସମୟରେ ମ୍ୟାନେଜର୍ କହିଲେ, 'ତୁମକୁ ଗୋଟେ କଥା ପଚାରିବି । ଭୁଲ୍ ବୁଝିବନାହିଁ । ମୋତେ ତୁମେ ବିବାହ କରିବ ? ଦୁଇମାସ ତଳେ ମୋ' ପତ୍ନୀ ରୋଡ୍ ଆକ୍ସିଡେଣ୍ଟ୍‌ରେ ଚାଲିଯାଇଛନ୍ତି ।'

ଉଷୁମ କଫି ଅଟକିଗଲା ତଣ୍ଟିଭିତରେ। ଢୋକିବା ଅସହଜ ମନେହେଲା । ସୁନନ୍ଦା ମ୍ୟାନେଜରଙ୍କ ମୁହଁକୁ ଚାହିଁଲା । ସେ ବୟସ୍କ ଜଣାପଡ଼ିଲେ ନାହିଁ, ବରଂ ଦିଶିଲେ ବର୍ଷାରେ ଫୁଟ୍‌ବଲ୍ ଧରି ପଡ଼ିଆକୁ ଯିବାପାଇଁ ସତରଅଠର ବର୍ଷର ପିଲାଟି ଭଳି ।

ସତରଅଠର ବର୍ଷର ପିଲାକୁ କ'ଣ କିଛି ଉତ୍ତର ଦିଆଯାଇପାରିବ ?

ଅଧା କଫି ରହିଲା କପ୍‌ରେ । ପିଇପାରିଲା ନାହିଁ ସୁନନ୍ଦା । ତଣ୍ଟି ଭିତରେ ଅସହ୍ୟ ଜ୍ୱଳନ । ଏହି ଜ୍ୱଳନ କଥା କହିପାରିବା ସହଜ ନୁହେଁ ମ୍ୟାନେଜରଙ୍କୁ, କାଫେ ଭିତରେ। ଏମିତି ଅବେଳରେ ।

ଉତ୍ସାହିତ କଲାପରି ମ୍ୟାନେଜର୍ ପୁଣି କହିଲେ, 'ପନ୍ଦର ଦିନ ତୁମ ହାତରେ ଅଛି । ଚିନ୍ତାକରି କହିବ । ମୁଁ ଜାଣେ, ଏହି ଡିସିସନ୍ ନେବା ତୁମ ପକ୍ଷରେ ସହଜ ନୁହେଁ । ଇଣ୍ଡିଆନ୍ କଲ୍‌ଚର୍ ସମ୍ପର୍କରେ ମୁଁ କିଛି ବହି ପଢ଼ିଚି । ଏ କଥା ସତ, ତୁମ ବ୍ୟବହାର ମୋତେ ଖୁବ୍ ଭଲ ଲାଗିଚି ।'

କାଫେରୁ ବାହାରିଲାବେଳେ ଦିନ ମଉଳି ନଥିଲା। ପାଇନ୍‌ଗଛର ପତ୍ର ଫଡ୍‌ଫଡ୍ ଶବ୍ଦ କରୁଥିଲା ପବନରେ । ଘଣ୍ଟା ଦେଖିଲା ସୁନନ୍ଦା । ଆଠଟା ବାଜିଚି। ଅଫିସ୍‌ଫେରନ୍ତା

ଲୋକ ବୁଲୁଥିଲେ ରାସ୍ତାକଡ଼ରେ । ନଅଟାରେ ସନ୍ଧ୍ୟାହେବ । ସନ୍ଧ୍ୟା ହେବାର ଦୃଶ୍ୟ ବେଶ୍ ଚମତ୍କାର । ଲାଲ୍‌ରଙ୍ଗର ହୋରି ଖେଳେ ଆକାଶ । ପାଇନ୍ ଓ ଓକ୍ ଗଛ ଉପରେ ଛାଇହୋଇପଡ଼େ ଲାଲ୍‌ରଂଗର ଓଢ଼ଣି ଯେମିତି । ଚୂଳ ଥିବା ରଂଗିନ୍ ଚଢ଼େଇର ସ୍ୱର ଶୁଭେ ।

କଲମ୍ବସ୍ ସହର କେଉଁ ସ୍ୱପ୍ନ କାହାପାଇଁ ଆଣେ, ଜାଣିପାରେ ନାହିଁ ସୁନନ୍ଦା । ମାତ୍ର ସମସ୍ତେ ସ୍ୱପ୍ନ ଖୋଜିବାରେ ବ୍ୟସ୍ତ, ତାହା ବୁଝେ ନୀରବରେ ।

ପରଦିନ ହୋଟେଲ୍ ଛାଡ଼ିଦେଲା ସୁନନ୍ଦା । ଅଫିସ୍ ପାଖରେ ରହେ ଲିପ୍‌ସା । ପାଂଚଛଅ ବର୍ଷ ଧରି ସେ ରହିଲାଣି କଲମ୍ବସ୍‌ରେ । ତା'ରି ଅଫିସ୍‌ରେ ସେ କାମ କରେ । ମୁମ୍ବାଇ ତା' ଘର । କାମବେଳେ ବେଶ୍ ଚୁପ୍‌ଚାପ୍ । ଅଫିସ୍‌ରୁ ଫେରିବାପରେ ମନଭରି ହସ । ତା' ସ୍ୱାମୀ ଚାକିରି କରନ୍ତି ସିକାଗୋରେ । ଉଇକ୍‌ଏଣ୍ଡ୍‌ରେ ସେ ଆସନ୍ତି । ସପ୍ତାହ ସାରା ଲିପ୍‌ସା ଏକା । ତା'ରି ପାଖରେ ରହିଲା ସୁନନ୍ଦା ।

କ'ଣ ଉତ୍ତର ଦେବ ମ୍ୟାନେଜରଙ୍କୁ, ତା' ଆଉ ଗୁରୁତ୍ୱପୂର୍ଣ୍ଣ ମନେହେଲା ନାହିଁ । ଅଫିସ୍‌ରେ ପ୍ରବଳ କାମ। କାମ ସରିବାପରେ ସମ୍ପୂର୍ଣ୍ଣ ଚିନ୍ତାମୁକ୍ତ । ରାତି ଏଗାରଟା ପର୍ଯ୍ୟନ୍ତ ଲିପ୍‌ସା ସହ କଲମ୍ବସ୍ ସହରକୁ ଦେଖିବାରେ ବ୍ୟସ୍ତ ରହିଲା ସୁନନ୍ଦା । ଗୋଟେ ମୁହୂର୍ତ୍ତ ହାତଛଡ଼ା କରିବାପାଇଁ ଇଚ୍ଛାକଲା ନାହିଁ । ଆଉଥରେ କଲମ୍ବସ୍ ଆସିବା ବି ନିଶ୍ଚିତ ନୁହେଁ ।

– 'ହାଭ୍ ଏ ଡ୍ରିଙ୍କ୍‌ସ୍ ।'

ଲିପ୍‌ସାର ଏଇକଥା ଶୁଣି ପ୍ରଥମେ ହଡବଡ଼େଇଗଲା ସୁନନ୍ଦା । କ'ଣ ପଚାରୁଛି ସେ ? ମଦପିଇବା ପାଇଁ ଆମନ୍ତ୍ରଣ, କଟକରେ ବୁଲିଲାବେଳେ କେହି ବାନ୍ଧବୀ ଆଇସ୍‌କ୍ରିମ୍ ଖାଇବାପାଇଁ କହେ ଯେମିତି ! ସେ ଚାହିଁଲା ଲିପ୍‌ସା ମୁହଁକୁ। ପରମୁହୂର୍ତ୍ତରେ ସମ୍ମତି ପ୍ରକାଶ କଲା ସେ ।

ପବ୍ ଭିତରୁ ବାହାରିଆସିବା ପରେ ସେ ଟିକେ ହାଲୁକା ଅନୁଭବ କଲା । ଅଳ୍ପ ଉଷୁମ ଦେହ ଭିତରେ । ଶିରାପ୍ରଶିରାରେ । କୁଆଡ଼େ ଉଭେଇଗଲା ସବୁ ଚିନ୍ତା ! ଆକାଶର ନୀଳରଂଗ ବିଂଚିହୋଇଗଲା ଚାରିଆଡ଼େ। ସ୍ୱପ୍ନ ଓ ବିଶ୍ୱାସର ଅଜସ୍ର ଫୁଲ ଭରିଗଲା ରାସ୍ତାକଡ଼ରେ ଢୁଳୋଉଥିବା ଆପଲ୍‌ଗଛରେ। କ'ଣ ଘଟିଲା ପରବର୍ତ୍ତୀ ସମୟରେ, ତାହା ଜାଣିପାରିଲା ନାହିଁ ସୁନନ୍ଦା । ମାତ୍ର ଏତିକି ଅନୁଭବକଲା, ସେ କାର୍‌ରେ ଯାଉନାହିଁ, ବରଂ ଭାସିଯାଉଚି ଓକ୍‌ଗଛ ଉପରେ, ଆକାଶରେ। ଚୂଳ ଥିବା ରଙ୍ଗିନ୍ ଚଢ଼େଇଟି ପରି ।

କଲମ୍ବସ୍ ଏୟାରପୋର୍ଟରେ ଥିଲେ ତା'ର ମ୍ୟାନେଜର୍। ଆବେଲ୍। ଲିପ୍‌ସା ଏବଂ ଲିପ୍‌ସାର ସ୍ୱାମୀ । ଉଇକ୍‌ଏଣ୍ଡ୍ ହେତୁ ସେ ଆସିଥିଲେ ସିକାଗୋରୁ । ସମସ୍ତଙ୍କ ସହ ହାତମିଳାଇ ସେ ଛାଡ଼ିଲା କଲମ୍ବସ୍ । ସବୁ ସ୍ମୃତିକୁ ଧରି ପ୍ଲେନ୍‌ରେ ବସିଲା । ନିୟୁର୍କ ଦେଇ ନୁହେଁ, ସିକାଗୋ ବାଟେ ଫେରିବ ସେ ହାଇଦ୍ରାବାଦ ।

ଦେଢଘଣ୍ଟା ପରେ ସିକାଗୋ ।

ସିକାଗୋ ଏୟାରପୋର୍ଟରେ ଠିକ୍ ସମୟରେ ଅବତରଣ କଲା ପ୍ଲେନ୍ । ସେଠି ଲେ' ଓଭର୍ ପ୍ରାୟ ଚାରିଘଣ୍ଟା । କ'ଣ କରିବ ସେଠି ଏତେ ସମୟ ? ସିକାଗୋ ସହର ଟିକେ ବୁଲିଆସିଲେ କେମିତି ହୁଅନ୍ତା ? ଏହି ପ୍ରଶ୍ନଟି ନିଜକୁ ନିଜେ ପଚାରି ଅଟକିଗଲା ସୁନନ୍ଦା । ନା, ଯିବା ଉଚିତ ହେବ ନାହିଁ । କେହି ଜଣେ ସାଥିରେ ଥିଲେ ଭଲହୋଇଥାନ୍ତା । ପୁଣି ସେହି ଭୟ। ଅଚିହ୍ନା ଜାଗା ହେତୁ ।

ଆଉ ଗୋଟିଏ ପ୍ଲେନ୍‌ରେ ଆସିବାକୁ ହେବ ଆବୁଧାବି। ଏଇଠି ସମସ୍ୟା ହେଲା ଲଗେଜ୍‌କୁ ନେଇ । ଗୁଡାଏ ଜିନିଷ ସାଂଗରେ ସେ ଆଣିଚି। ହ୍ୟାଣ୍ଡ୍‌ବ୍ୟାଗ୍‌ରେ ଯେତିକି ଓଜନର ଜିନିଷ ଆଣିବାକଥା, ତା'ଠାରୁ ଯଥେଷ୍ଟ ଅଧିକ । ଓଜନ ମେସିନ୍‌ରେ ତାହା ଜଣାପଡ଼ିଲା ।

କ୍ରିଉ ସହିତ ଯୁକ୍ତିତର୍କ ହେଲା । କ'ଣ କରିବ ସେ ? ଅଧିକା ଚାର୍ଜ୍ ତାକୁ ଦେବାକୁ ହେବ। ତା' ପଛରେ ଜଣେ ଯୁବକ ଠିଆହୋଇଥିଲେ । ସେ ସେହି ପ୍ଲେନ୍‌ରେ ଆସିବେ ଆବୁଧାବି । କହିଲେ, 'ମୋତେ କିଛି ଜିନିଷ ଦେଇଦିଅନ୍ତୁ । ମୋ'ର କମ୍ ଲଗେଜ୍ ଅଛି ।'

ସୁନନ୍ଦା ବ୍ୟାଗ୍ ଭିତରୁ କାଢ଼ି ବଢ଼ାଇଦେଲା ତିନିଚାରୋଟି ପ୍ୟାକେଟ୍। ସେହି ପ୍ୟାକେଟ୍‌ରେ ଅଛି ଡ୍ରାଏ ଫୁଡ୍‌ସ୍ । ବାପାଙ୍କ ପାଇଁ ସେ ଆଣିଚି କଲମ୍ବସ୍‌ରୁ। ଆଉ ଚକୋଲେଟ୍ ।

ଅସୁବିଧା ହେଲା ନାହିଁ । ବ୍ୟାଗ୍‌ର ଓଜନ କମିଗଲା । ଅଧିକ ଚାର୍ଜ୍ ଦେବାକୁ ହେଲା ନାହିଁ । ମାତ୍ର ସେ ଲାଉଂଜ୍ ଭିତରକୁ ଯିବାବେଳେ ପଛରୁ ଶୁଣିପାରିଲା, 'ଭେରି କ୍ଲେଭର୍ ଗାର୍ଲ୍ ।'

ସେ ହସିବ କି କାନ୍ଦିବ, ଜାଣିପାରିଲା ନାହିଁ । ଏତେ ସମୟଧରି ଓଜନିଆ ବ୍ୟାଗ୍ ଧରିଥିବା ହେତୁ ତା' ହାତ ବିନ୍ଧିବା ଆରମ୍ଭ କଲା । ମନେ ମନେ କହିଲା, ଆଉକିଛି ଅସୁବିଧା ହେବ ନାହିଁ ତ !

ଏତିକିବେଳେ ମୋବାଇଲ୍ ବାଜିଉଠିଲା। ଆରପଟରେ ଜୟନ୍ତ।

– 'ସିକାଗୋରେ। ପରେ କଥା ହେବି।'

- 'ଅପେକ୍ଷା କରିଥିବି ହାଇଦ୍ରାବାଦ ଏୟାରପୋର୍ଟ୍‌ରେ। ତୁମେ ବ୍ୟସ୍ତ ହେବ ନାହିଁ ।'

କଥା ଏତିକି। ଅସ୍ପଷ୍ଟ । ଅନ୍ତରଂଗ।

ଲାଉଂଜ୍‌ରେ ପ୍ଲେନ୍‌କୁ ଅପେକ୍ଷା କରିଥିବାବେଳେ କଫି ଆଣିଦେଲେ ଯୁବକ । ଅପରିଚିତ। ମାତ୍ର ମନେହେଲା, ଅନେକଦିନରୁ ପରିଚିତ। ସ୍ମିତହସର ରେଖା ସୁନନ୍ଦା ମୁହଁରେ । ତା' ପାଖରେ ସେ ବସିଲେ । ଏବଂ କଥାହେଲେ ।

ହାଇଦ୍ରାବାଦରେ ସେ ଚାକିରି କରନ୍ତି। ଘର ପୁନେ । ଯେଉଁ କମ୍ପାନିରେ ଚାକିରି କରନ୍ତି, ସେଇଟି ସେତେ ବଡ଼ କମ୍ପାନି ନୁହେଁ । ଚେଷ୍ଟାକରୁଛନ୍ତି ଅନ୍ୟ କୌଣସି କମ୍ପାନିକୁ ଚାଲିଯିବାପାଇଁ। ହେଲେ, ସେତେ ଭଲ ଅଫର୍ ମିଳୁନାହିଁ।

ସଫ୍‌ଟ୍‌ୱାର୍ କମ୍ପାନିରେ ଚାକିରି କରୁଥିବା ସବୁ କର୍ମଚାରୀ ସେହିକଥା ହିଁ ଭାବନ୍ତି। ଅଧିକା ସମୟ କାମ କରିବେ । ଏଥିସହ ଅଧିକା ଦରମା ପାଇବେ । ସୁନନ୍ଦା ବି କମ୍ପାନି ଛାଡ଼ିଦେବା କଥା ଅନେକ ସମୟରେ ଭାବେ ।

ଆଉ କିଛି ସମୟ ବୋଧେ କଥାହୋଇଥାନ୍ତେ ଯୁବକ ଜଣକ । ପ୍ଲେନ୍ ଛାଡ଼ିବାର ସମୟ ସୂଚେଇଦେଲା ଇଲେକ୍‌ଟ୍ରୋନିକ୍ ବୋର୍ଡ଼ରେ ।

ପ୍ଲେନ୍ ଭିତରକୁ ଗଲା ସୁନନ୍ଦା ।

ପଛଧାଡ଼ିରେ ବସିଲେ ଯୁବକ ।

ପ୍ଲେନ୍ ଛାଡ଼ିଲା ସିକାଗୋ । ତା' ପାଖରେ ଜଣେ ଆରବୀୟ। ଧଳା ପୋଷାକରେ ଦିଶୁଥାନ୍ତି ବେଶ୍ ପରିଷ୍କାର । ଆଖିରେ ଗୋଲ୍‌ଡେନ୍ ଫ୍ରେମ୍‌ର ଚଷମା। ହାତରେ ସୁନାର ବ୍ରେସ୍‌ଲେଟ୍ । କଳା ରଙ୍ଗର ଦାଢ଼ି ତାଙ୍କ ମୁହଁକୁ ବେଶ୍ ମାନୁଚି ।

ପ୍ରଥମେ ଆରବୀୟ ଭଦ୍ରବ୍ୟକ୍ତି କଥା ଆରମ୍ଭ କଲେ, 'ଆର୍ ୟୁ ଇଣ୍ଡିଆନ୍ ?'

ଅତି ସଙ୍କୋଚରେ ମଥା ଟୁଙ୍ଗାରିଲା ସୁନନ୍ଦା।

ତା' ପରେ ଭଦ୍ରବ୍ୟକ୍ତି ତାଙ୍କ କଥା କହିଲେ । ସେଥିରୁ ସୁନନ୍ଦା ଜାଣିଲା, ତାଙ୍କ ଘର ଆବୁଧାବି। ସେ ଜଣେ ବିଜିନେସ୍‌ମ୍ୟାନ୍। ସିକାଗୋ ଆସିଥିଲେ ବୁଲିବାପାଇଁ । ଏହା ତାଙ୍କର ପ୍ରଥମଥର ନୁହେଁ । ଦୁଇ ତିନି ମାସରେ ଥରେ ସେ ଚାଲିଆସନ୍ତି ଆମେରିକାର କୌଣସି ଏକ ସହରକୁ ଫୂର୍ତ୍ତିକରିବାପାଇଁ ।

କଥା ଶେଷରେ ଭଦ୍ରବ୍ୟକ୍ତିଙ୍କଠାରୁ ଆବୁଧାବି ଯିବାପାଇଁ ଆମନ୍ତ୍ରଣରେ ବିସ୍ମିତ ହୋଇପଡ଼ିଲା । ନା, ବିସ୍ମିତ ନୁହେଁ, ବରଂ ଭୟଭୀତ ହୋଇପଡ଼ିଲା ସୁନନ୍ଦା । ଆଉ ଆଖିପତା ବୁଜିବା ସମ୍ଭବପର ହେଲାନାହିଁ । ସେହି ପ୍ଲେନ୍‌ରେ ଗୋଟେ ଆତଙ୍କିତ ମୁହୂର୍ତ୍ତର ଉପସ୍ଥିତିକୁ ଅନୁଭବ କଲା ସେ ।

ଆବୁଧାବିରେ ପ୍ଲେନ୍ ଲାଣ୍ଡିଙ୍ଗ୍ କରିବା ପରେ ସୁନନ୍ଦା ଜାଣିପାରିଲା, ସେ ଏହିତକ ସମୟ ଆଦୌ ଶୋଇପାରିନାହିଁ । ଦୁଷ୍ଚିନ୍ତାରେ ବିତାଇଦେଇଛି ସମୟ । ହାତ ଦୁଇଟି ଅତି ସତର୍କତାର ସହ ରଖିଛି ଛାତିଉପରେ ।

ଆରବୀୟ ଭଦ୍ରଲୋକଙ୍କ ଆଖିରେ ଭୟଙ୍କର କ୍ଷୁଧାର ସ୍ୱାକ୍ଷର। ପ୍ଲେନ୍‌ରୁ ବାହାରିବାବେଳେ ତାହା ଦେଖିପାରିଲା ସୁନନ୍ଦା । ଅଳ୍ପ ହସ। ଯେମିତି ସେ କିଛି ଦେଖିନାହିଁ, ବୁଝି ବି ନାହିଁ । ପ୍ଲେନ୍ ଭିତରେ ।

ଆବୁଧାବିରେ ଆଉ ଗୋଟିଏ ପ୍ଲେନ୍‌ରେ ବସିଲା ସୁନନ୍ଦା । ସିଟ୍‌ଟି ଉଇଣ୍ଡୋ ପାଖରେ । ବାହାରେ ଆକାଶ । ନିର୍ମଳ, ମେଘମୁକ୍ତ।

ମେଘୁଆ ଆକାଶ ଅତି ନିଜର ଲାଗେ । ସେଥିପାଇଁ ଯେତେ ଦୂରରେ ରହିଲେ ବି ସୁନନ୍ଦାର ମନେପଡ଼େ ନିଜ ଘର, କାଠଯୋଡ଼ିକୂଳ, ହଳଦୀବସନ୍ତ ।

ଏବେ ନିଶ୍ଚିନ୍ତ। ଛାତି ଉପରେ ହାତରଖିଲା ନାହିଁ, ନିଜକୁ ନିରାପଦ କରିବାପାଇଁ। ଆପାତତଃ ଭୟଶୂନ୍ୟ ମୁହୂର୍ତ୍ତ । ଜାକେଟ୍‌ର ସବୁବୋତାମ ଖୋଲିଦେଲା। ବାହାରକୁ ଦିଶିଲା ବେକମୂଳ, କାନ୍ଧ ।

ବିତିଲା ସମୟ ପ୍ଲେନ୍ ଭିତରେ ।

ହାଇଦ୍ରାବାଦ ଏୟାର୍‌ପୋର୍ଟ୍‌ରେ ଯୁବକଜଣକ ତା' ହାତକୁ ବଢ଼ାଇଦେଲେ ସବୁ ପ୍ୟାକେଟ୍ । ଏବଂ ଏଥିସହ ତା' ଲଗେଜ୍ ଆଣିବାରେ ସାହାଯ୍ୟ କଲେ । ନହେଲେ ଓଜନିଆ ଲଗେଜ୍‌କୁ ଆଣିବା ତା' ପାଇଁ ଆଦୌ ସହଜ ହୋଇ ନଥାନ୍ତା।

ବାହାରେ ଅପେକ୍ଷା କରିଥିଲେ ଜୟନ୍ତ ।

ସେଇଠି ସେହି ଯୁବକ ବିଦାୟନେଲେ ହାତ ମିଳାଇ । ବାସ୍, ତାଙ୍କ ପାଇଁ ସେତିକି ଥିଲା ଯଥେଷ୍ଟ । କୃତଜ୍ଞତା ଜଣାଇବା ପାଇଁ । ମାତ୍ର ତାଙ୍କ ଆଖିର ଚାହାଣିରୁ ସୁନନ୍ଦା ବୁଝିପାରିଲା, ଅଧିକ କିଛି ସେ ଚାହୁଁଥିଲେ ।

ଗାଡ଼ିରେ ବସିଲାପରେ ହସିଲେ ଜୟନ୍ତ।

ସୁନନ୍ଦାର ମନ ଭିତରେ ହଳଦୀବସନ୍ତ ଡେଣା ଫଡ଼ଫଡ଼୍ କରୁଚି । ଉଡ଼ିବ ଆକାଶରେ। ଉର୍ଦ୍ଧ୍ୱଉଡାଣର ସାହସ ଭରିହୋଇଯାଇଚି ତା' ଭିତରେ । ତିନିମାସ ପନ୍ଦର ଦିନ ପରେ ଦେଖୁଚି ହାଇଦ୍ରାବାଦ ସହର। ରାସ୍ତା। ଏବଂ ଜନଗହଳି।

ଏହି ଗହଳି ଭିତରେ ସେ ଆରମ୍ଭ କରିବ ଯାତ୍ରା । ପୂର୍ବଭଳି । କୌଣସି ଅସୁବିଧା ହେଲେ ଜୟନ୍ତଙ୍କ ସହଯୋଗ ଲୋଡ଼ିବ। ପ୍ରତିଟି କଥାରେ ନିର୍ଭର କରିବ ତାଙ୍କ ଉପରେ । ଏଇ ଯେମିତି ଏୟାର୍‌ପୋର୍ଟ୍‌ରୁ ତାଙ୍କ ସହ ସେ ଫେରୁଚି । କାବ୍‌ରେ ଏକା ଆସିବା ନିରାପଦ ନୁହେଁ ବୋଲି । ହେଲେ, କାବ୍‌ରେ ଆସିଥିଲେ ତାକୁ ମିଳିଥାନ୍ତା

ଗୋଟେ ଭିନ୍ନ ଅନୁଭବ । ଡ୍ରାଇଭର୍ ଆଖିରେ ଭାଷା କେଉଁ କାହାଣୀ ତା’ ପାଇଁ ଲେଖୁଚି, ତାହା ସେ ଜାଣିପାରିଥାନ୍ତା ସହଜ ଭାବରେ ।

ସବୁକିଛି ଘଟିବ ସ୍ୱାଭାବିକ ଭାବରେ, ତାହା ବି ନୁହେଁ ।

ଅଟକିଲା ଗାଡ଼ି ଫ୍ଲାଟ୍ ସାମ୍ନାରେ । ଦ୍ୱିତୀୟମହଲାରେ ରହେ ସୁନନ୍ଦା । ତିନୋଟି ଝିଅଙ୍କ ସାଂଗରେ । ଲଗେଜ୍ କାଢ଼ିଲାବେଳେ ଜୟନ୍ତ କହିଲେ, ‘ଆଉ ବୋଧେ ବିଳମ୍ବ କରିବା ଉଚିତ ହେବନାହିଁ । ମମି ବ୍ୟସ୍ତ ହେଉଥିଲେ ।’

ସୁନନ୍ଦା ଚାପା ସ୍ୱରରେ କହିଲା, ‘ତୁମକୁ ଗୋଟେ କଥା କହିବି । ଯାହା ଶିଖିଚି ଆମେରିକାରେ । ନୂଆ କଥା ଦେଖିବ, ନୂଆ କଥା ଜାଣିବା ସହ କିଛି ନୂଆ ଅନୁଭବ କରିବ । ଏହା ହିଁ ହେଉଚି, ସେଠିକା ଜୀବନ ଜିଇବାର ରହସ୍ୟ । ବୋଧେ ସେଇଥିପାଇଁ ସମସ୍ତେ ଖୋଜିବାରେ ବ୍ୟସ୍ତ । କ’ଣ ଖୋଜୁଛନ୍ତି, ତାହା ମୁଁ ଜାଣିପାରିଲି ନାହିଁ । ହେଲେ, ଏଠି ପହଞ୍ଚିବା ପରେ ବୁଝୁଚି, ସମସ୍ତେ କଲମ୍ବସ୍‌କୁ ଖୋଜୁଛନ୍ତି । ଜାଣିବାପାଇଁ ତା’ ଖୁସି, ଆବେଗ ଓ ପ୍ରେମ ।’

ଏତିକି କହିବା ଭିତରେ ସାରା ପୃଥିବୀ ଅନ୍ଧାର ହୋଇଗଲା ଯେମିତି । ମନେହେଲା, ସେହି ଅନ୍ଧାର ଭିତରେ ସୁନନ୍ଦା ଭଲ ଭାବେ ଦେଖିପାରୁଚି । ଏବେ ହଜିଯାଇଥିବା ପେନ୍‌ସିଲ୍‌ଟିକୁ ସେ ନିଶ୍ଚେ ଖୋଜିପାଇବ ।

ହଳଦୀବସନ୍ତର ଛାଇ ଆଉ ଦିଶିଲା ନାହିଁ ମାଟି ଉପରେ ।

■

BLACK EAGLE BOOKS

www.blackeaglebooks.org
info@blackeaglebooks.org

Black Eagle Books, an independent publisher, was founded as a nonprofit organization in April, 2019. It is our mission to connect and engage the Indian diaspora and the world at large with the best of works of world literature published on a collaborative platform, with special emphasis on foregrounding Contemporary Classics and New Writing.

www.ingramcontent.com/pod-product-compliance
Lightning Source LLC
Chambersburg PA
CBHW050406110726
47899CB00008B/2665
9781645601685